James Douglas

Der Sintfluter

JAMES DOUGLAS

Der Sintfluter

Roman

HERBIG

Den Männern des Verwegenen Dutzends gewidmet

Schutzumschlaggestaltung: Wolfgang Heinzel
Foto: Image Bank, München
Satz: Filmsatz Schröter, München
Gesetzt aus: 10/12,15 Punkt Giovanni Book
auf Macintosh in QuarkXPress
Druck und Binden: Graphischer Großbetrieb Pößneck GmbH,
– Ein Mohn-Betrieb –
Printed in Germany
ISBN 3-7766-2050-1

Da sagte der Herr zu Josua: »Jetzt gebe ich Jericho mit seinem König und allen seinen Kriegsleuten in deine Gewalt. Zieh mit allen kriegstüchtigen Männern täglich einmal um die Stadt, sechs Tage lang. Sieben Priester mit Signalhörnern sollen vor der Bundeslade hergehen. Am siebten Tag aber zieht siebenmal um die Stadt, und die Priester sollen dabei die Hörner blasen. Sobald die Männer die Hörner hören, stimmen sie ein lautes Kriegsgeschrei an. Dann wird die Mauer einstürzen, und jeder kann von der Stelle aus, wo er gerade steht, in die Stadt eindringen.« So geschah es ...

JOSUA 6

Prolog

In einem Handstreich überfielen am 27. April 1997 zwölf Männer im Norden des Irak einen Konvoi, überwältigten die Eskorte und entführten den irakischen Machthaber ins Grenzgebiet der Türkei, um ihn von dort in ein sicheres Versteck nach Casablanca zu deportieren. Die Operation schlug fehl ... Doch der Zufall wollte es, daß sich der Leiter des geheimen irakischen Biowaffenprogramms, »Doctor Germ«, im Konvoi befand. Ebenso kaperte das Kommando einen Container mit einsatzfähigen, biologischen Kampfstoffen und Nährböden zur Herstellung von Botulin und Anthrax in ausreichenden Mengen, um Millionen von Menschen umzubringen. Bagdad bemühte sich hektisch, den Vorfall zu verheimlichen. »Doctor Germ« wurde gegen eine amerikanische Agentin, die im Gefängnis Abu Graib in Bagdad auf die Vollstreckung ihres Todesurteils wartete, ausgetauscht. Als er in den Irak zurückkehrte, wurde er hingerichtet.
Die zwölf Männer des tollkühnen Kommandos kehrten von ihrer Mission nie zurück. Was mit den erbeuteten biologischen Waffen geschah, blieb ein Geheimnis, das mit dem Verwegenen Dutzend in der Tiefe des Atlantiks versank. Erst Jahre später brach einer, der nichts wissen durfte, das Schweigen ...

Mexiko, 1999

Es war das Jahr, in dem die Kapriolen des Weltklimas den Menschen zunehmend Angst einflößten. Der Ostpazifik hatte sich um sechs Grad erwärmt, in Australien wüteten Buschbrände, Dürre herrschte, und die Farmer mußten große Ernteverluste hinnehmen. Eine Hitzewelle suchte China heim, während in Indien der Monsunregen ausblieb. In den Anden rissen Unwetter ganze Dörfer von den Hängen. Der Vesuv spie Feuer auf Neapel, und weltweit brodelten die Vulkane wieder. Die Hochwasserkatastrophen in den Alpen häuften sich, in Osteuropa brachen die Deiche, in der Schweiz explodierte ein Berg. Forscher warnten vor Sonneneruptionen, die auf der Erde den Plasma-Schock mit fürchterlich tobenden Hurrikanen auslösen würden. Asteroiden näherten sich der Erde. Chaos lag in der Luft. Furcht machte sich breit. Die Sekte der Samsoniten, in Amerika verbreitet, warnte vor einer neuen Sintflut. Viele Menschen glaubten den düsteren Prophezeiungen der Endzeitapostel, denn das Leben hatte sich drastisch verändert. Alles schien aus den Fugen geraten zu sein, und im chaotischen Ende der Welt erblickten viele den Neuanfang. Es war das verrückte Jahr 1999, das sich dem Ende zuneigte. In Washington D.C. bereiteten sich die Samsoniten auf eine große Massenveranstaltung vor. In London rang der britische Premierminister mit den Iren um den Friedensvertrag für Nordirland, während man sich im mondänen Skiort Parsenn für den 30. Weltwirtschaftsgipfel rüstete, wo eine Vielzahl von Staatschefs, Ministern und Industriekapitänen den Aufbruch ins neue Jahrtausend beschwören sollten. Die Menschen aber schwankten zwischen Bangen und Hoffen, und die nächste Katastrophe bahnte sich bereits an ...

Undurchdringlich dicht wogte das Nebelmeer über den schwarzen Höhenzügen der Sierra Madre de Chiapas und wälzte sich langsam von Norden gegen den See, der wie ein riesiger Schild im

Mondlicht schimmerte. Am Fußende, wo sich die mächtige Bogenstaumauer zwischen das Gebirge spannte, hüllte es den See allmählich ein, als bräuchte er Schutz. So schien es wenigstens dem Beobachter, der durch das Fernglas starrte, sich auf die Lippen biß und keinen Gefallen am heraufziehenden Wetter fand. Die Nacht glitzerte dunkelblau. Geheimnisvoll hielt die Natur Andacht, in friedlicher Harmonie mit dem Zauber des Universums. Die bernsteingelbe Scheibe des Mondes strahlte über der Sierra auf das Plateau mit den drei schwarzen Kreuzen, die Indianer vor langer Zeit als Mahnzeichen aufgerichtet hatten. Etwas abseits kauerte der unförmige Leib eines schwarzen Kampfhubschraubers. Die Männer saßen unbeweglich im Cockpit und stierten in die Nacht hinaus. In ihrem Rücken stieg der Berg an, durchsetzt von Schrunden und steilen Kämmen. Die Aufmerksamkeit der Männer galt nicht dem faszinierenden Naturschauspiel. Auch schenkten sie dem weißen Schweif, der weit entfernt durch den westlichen Himmel strich, keine Beachtung. Sie beobachteten statt dessen den See, das kahle Ufergestrüpp und die sich auftürmenden Wolken.
»Der Nebel steigt«, bemerkte Craig gedehnt.
Der Co-Pilot schaute kurz auf, nickte und murmelte: »Es hat geheißen, hier gebe es selten Nebel.«
Wie zur Antwort jagte ein Windstoß kleine Wolkenfetzen über das Wasser.
»Wir gehen«, befahl die rauhe Stimme auf der hinteren Bank.
Die Männer im Cockpit nickten sich zu und rissen das Nachtsichtgerät ihrer Fliegerhelme über die harten, geschwärzten Gesichter. Es gab ein zischendes Geräusch, als sich der Infrarotsucher einschaltete und die Einheit der Elemente in ein giftiges Grün verwandelte.
»Kurs zweihundertneunzig«, meldete der Pilot.
Die silberne Glitzerbahn, die der Mond über den See warf, gab zufällig die ungefähre Richtung an.
Der Mann auf dem Rücksitz hängte sich schwer in die Dreipunktgurte und blickte gebannt nach vorn, dabei zog er fröstelnd seine dunkelblaue, kälteabstoßende Jacke über der Brust zusammen. Die andere Hand steckte in der geräumigen Seitentasche und umklammerte die Zigarrenschachtel aus Zedernholz mit eisernem Griff, als enthielte sie die Kronjuwelen. Er beugte sich im grünen

Schimmer der schwach beleuchteten Kabine über eine Karte und schaute auf die Zeitanzeige. Kurz vor Mitternacht. An ihrem luftigen Startplatz gab es weder Dörfer noch Hütten. Die Rotoren begannen sich zu drehen, der Pilot gab Schub, und zitternd hob die Maschine ab. Ein paar ausgetretene, vom Steinschlag bedrohte Pfade führten weiter ins Gebirge hinauf, doch die Besiedlung endete auf zweitausend Meter. Das Plateau mit den drei Kreuzen lag gut fünfhundert Höhenmeter darüber. Kein Mensch verirrte sich um diese Jahreszeit in eine so unwirtliche Gegend. Im Osten, wo die Weite des Urwalds an das zentrale Hochland grenzte, glühte ein roter Schein.
»Dort brennt der Regenwald«, stellte einer der Männer fest.
Beide Piloten hatten schon unzählige Nachteinsätze geflogen, erst gegen Mujaheddin-Nester in Afghanistan, später im Nordirak, wo sie die Kurden mit Waffen und Munition versorgten. Craig, der Pilot, hatte sich in Kanada und in den Schweizer Alpen im Gebirgsflug ausgebildet. Dort hatte er eine Ahnung bekommen von den tückischen Aufwinden und jähen Wetterumstürzen, wie sie auch die Sierra heimsuchten. Er konzentrierte sich voll auf die Flugroute, die ihm respektvollen Abstand gebot zum schroffen Gelände, in dem sich die Schrunde wie gierige Rachen öffneten.
Das Klopfen der Maschine zerriß die Stille, flaute ab, schwoll wieder an, und für einen kurzen Augenblick zog der häßliche Umriß eines Rieseninsekts quer über den Ball des Mondes. Dann versank es in der Schwärze des Dschungels, und das Geknatter verhallte wie aus Ehrfurcht vor den uralten Geistern der Tiefen.
Jochen, der Co-Pilot, hatte den Ruf eines hervorragenden Navigators und behielt seine Präzisionsgeräte ständig im Auge. Heute abend konnten sie sich keinen Meter Abweichung vom Kurs leisten. Nichts durfte schiefgehen. Craig und er hatten sich den hochbezahlten Sondereinsatz fast eine Woche lang jede Nacht in einem vergleichbaren Gelände in den peruanischen Anden eingedrillt. Allerdings in Abwesenheit des blonden Hünen, der hinten auf der Bank saß und sie nervös machte, indem er ihnen seinen Atem in den Nacken blies. Schon bei schönem Wetter und klarer Sicht erforderte diese Flugbewegung größte Aufmerksamkeit. Nachts kam der präzisen Ausführung erst recht Bedeutung zu. Doch der Nebel, ein Meer wie aus Schurwolle, das sich träge, aber

beharrlich heranschob, stellte eine Gefahr für die Hubschrauberbesatzung dar.
»Die Suppe liegt einhundertachtzig Meter über dem Wasserspiegel«, informierte Jochen den Piloten.
»Dann haben wir gerade noch genügend Sicht.« Craig stieß erleichtert die Luft aus.
Sein Blick schweifte über die weiße Watteschicht. Er führte sich das Modell vor Augen, an dem sie in New York immer wieder trainiert hatten. Er fragte sich, wie der gewaltige Staudamm in Wirklichkeit aussah. Viel würde er davon allerdings nachts nicht zu sehen bekommen. Automatisch tastete er nach dem Sicherungsknopf für den Raketenabschuß.
Der Mann auf dem Rücksitz kannte sich mit Talsperren aus. Er wußte Bescheid über Wasser. Seine Pläne hingen mit dem nassen Element zusammen. Er dachte in dieser Sekunde nicht an die Geländemodelle im New Yorker Firmensitz. Er würde später genug Zeit finden, sich den andern Projekten, an denen dort gearbeitet wurde, zuzuwenden. Zunächst galt es, die Premiere von heute nacht erfolgreich zu bestehen. Vor seinem geistigen Auge sah er bereits die schreienden Schlagzeilen, die sein Werk auslösen würde:
»Sintflut über Chiapas
Im Katastrophengebiet von Tuxtla Gutiérrez hat der Dammbruch nach bisherigen Schätzungen 50 000 Todesopfer gefordert, und die Behörden rechnen damit, daß sich die Zahl der Opfer noch erhöhen wird ...«
»Oja de Agua in fünf Minuten«, rief der Pilot und warf einen flüchtigen Blick nach hinten. Das schwache, abgedämpfte Licht des Armaturenbretts flackerte in den fanatischen schwarzen Augen des Passagiers, und der Blick aus ihren tiefen Höhlen ließ den Piloten sich schnellstens wieder umdrehen.
Der Mann mit dem glühenden Blick suchte sorgfältig den Horizont ab. Die Nacht hatte ein schwarzes Tuch über die Vielfalt der Gebirgslandschaft am Fuß der Sierra Madre gebreitet, und inmitten der Einsamkeit lag der riesige Stausee wie ein gewaltiges Stück schwarzer Alabaster. Nichts regte sich. Einzig der rote Schein des brennenden Waldes schimmerte unheilverkündend durch die Nebelfetzen.
»Radar?« erkundigte sich der Koloß von einem Mann scharf.

»Negativ, *Sir*. Keine Seele in der Nähe. Weit und breit niemand.«
Der Hüne auf dem Hintersitz grunzte befriedigt.
»Die Ursachen des Dammbruches sind nach wie vor ungeklärt. Die Katastrophe hat den durch die militante Rebellenbewegung der Zapatisten weltweit bekannt gewordenen Bundesstaat Chiapas außerordentlich hart getroffen, und die wirtschaftlichen Folgen sind noch nicht absehbar«, hörte er bereits die Nachrichtensprecher, während der Hubschrauber auf einer geraden Linie über die Mitte des Sees flog. Die Besatzung konzentrierte sich mit steinernen Mienen und verschwendete keinen Gedanken an Hermit, den Meteoriten, der diese Nacht vor der Küste Chiles in den Pazifik niederbrausen sollte. Einzig der große Mann, dessen üppiges Haar als blonder Pferdeschwanz unter dem Fliegerhelm hervorquoll, freute sich über die Meisterleistung des zeitlichen Zusammentreffens. Hermit war erst vor ein paar Wochen von einem wißbegierigen Astronomen in Maui auf Hawaii entdeckt worden und hatte seither für Aufregung gesorgt. Wo schlägt er ein? Verglüht er vor dem Aufprall? Fragen über Fragen, die der uralten Furcht vor dem Weltuntergang neuen Auftrieb gaben. Dem Meister konnte das nur recht sein. Er formulierte in Gedanken bereits die Kommentare auf den Frontseiten der Extrablätter:
»Die Experten sind sich weitgehend einig, daß der Dammbruch mit großer Wahrscheinlichkeit durch das starke Beben im Anschluß an den spektakulären Einschlag des Meteoriten Hermit im Pazifik verursacht wurde.«
Es war die gefährlichste Mission seines Lebens. Sie machte ihn zwar beschwingt, hielt ihn aber gleichzeitig unter allerhöchster Anspannung. Wie wohltuend fühlten sich doch die vertrauten Adrenalinstöße an, die durch die Fasern seines massigen Körpers strömten und ihm die Gewißheit verschafften, nicht nur der Beste, sondern unüberwindlich, unberührbar zu sein. Besonders heute nacht, am 17. November, um 23.55 Uhr.

Über Südamerika

Genau zur gleichen Zeit befand sich der weiße Passagierjet vom Typ »Falcon« auf dem Rückflug zum Heimathafen. Seine Chartermission hatte fast zwanzig Stunden gedauert und war erfolgreich verlaufen. Die brasilianische Kundschaft hatte den Charterpreis am Ende des Flugs gleich in guten amerikanischen Dollars bezahlt. Jetzt hielt die »Falcon« auf das Funkfeuer der Flugsicherung von Cartagena in Kolumbien zu. Vorne im Cockpit blickten die beiden Männer gerade auf die unheimliche Himmelserscheinung, die einen blassen Schimmer ins Innere des Jets warf. Eine gewaltige Kugel gleißenden Lichts schob sich im westlichen Nachthimmel, Hunderte von Kilometern entfernt, mit einem langen rötlichen Schweif der Erde zu.

»Sieht phantastisch aus«, stöhnte Charly.

Der Mann neben ihm hielt das Gesicht abgewandt und schwieg.

»Wenn du dir überlegst, was da alles im Weltall herumfliegt, und du siehst einen Meteoriten niedergehen ... das kann dich das Fürchten lehren.«

Sie waren vor einer halben Stunde in Panama gestartet, hatten im Steigflug das Küstengebirge auf der Atlantikseite überquert und hielten auf die Nordküste Kolumbiens zu. Über Cartagena würde Charly auf nordnordwest drehen und Kurs auf Santo Domingo in der Dominikanischen Republik nehmen.

»Was geschieht, wenn so ein Ding nicht ins Meer fällt, sondern eine Stadt trifft?«

Ken Custer schien erst jetzt zuzuhören. »Ach so. Nun, es gibt da oben ungefähr dreihunderttausend solche Brocken, die die unangenehme Eigenschaft besitzen, daß sie der Erde nahe kommen. NEOs nennt man sie: *Near Earth Objects*, Erdnahe Objekte. Um eine Stadt wie London zu zerstören, genügt ein NEO von zwanzig Metern Durchmesser.«

»Man kann sie mit Atomraketen beschießen und dadurch vom Kollisionskurs auf die Erde ablenken.«

»Sofern man sie rechtzeitig entdeckt. Die NEAT auf Hawaii, die *Near Earth Asteroid Tracking*, hat bis jetzt achttausend neue entdeckt. Aber zwischendurch entwischt ihnen einer. Wie der Bursche, der vor zwei Jahren in Grönland niederging. Kein Mensch hatte ihn bemerkt, bis in der arktischen Nacht der Mega-Lichtschein wie ein Nuklearblitz aufflammte.«

»Wenn du es bedenkst, ist es eigentlich ganz plausibel, daß die Welt eines Tages untergeht. Getroffen von einem Kometen ...«

»Mmh. Es müßte aber einer sein von der Größe des Matterhorns, ungefähr einen Kilometer im Durchmesser und mit der Wirkung einer Atomexplosion von einer Million Megatonnen. Dann wär alles aus, finito ... Wann rechnest du, daß wir landen?«

»In zwei Stunden«, antwortete Charly.

Mexiko

Ziel erfaßt, Entfernung sechstausendvierhundert Meter, Kurs unverändert«, meldete Jochen, der fortwährend den bunten Bildschirm im Auge behielt, auf dem der Angostura-Stausee laufend über Radar aufgezeichnet wurde.

Der schwarze Hubschrauber flog unter der Nebeldecke, und im Nachtsichtgerät verengten sich die Ufer. Plötzlich kam die Talsperre in Sicht. Der große Mann mit dem Pferdeschwanz kniff die Augen zu, um den dicken breiten Strich der Mauerkrone über der Wasserkante schärfer wahrzunehmen. Der Wasserspiegel stand nach seiner Schätzung nur ein paar Meter unter dem maximalen Stauziel. Tausende Millionen von Kubikmetern Wasser hielt die gigantische Staumauer in Schach. »Abschuß bei fünftausend«, kam es von hinten.

Der Pilot quittierte und drückte auf eine Taste der Abschußvorrichtung am Steuerknüppel. »Raketen feuerbereit«, meldete er.

»Entfernung sechstausend«, sagte der Navigator.

Der Mann beugte sich ächzend nach vorn, als die roten Zahlen auf fünftausend zugingen.

»Feuer«, schrie er plötzlich.

»Feuer!« Craig betätigte den roten Knopf am Steuerknüppel. Helle Lichtscheine flammten auf, als die sechs Slicer-Raketen aus ihren Rohren zischten und sich in der Dunkelheit verloren.

»Eingetaucht«, rief Jochen, der Co-Pilot.
»Anhalten«, dröhnte der Hüne in den Bordfunk.
»Eine Minute bis zum Einschlag«, rief der Pilot und hielt den Hubschrauber schwebend über der gleichen Stelle. Angespannt starrten die Männer nach vorn. Ahnungslos, unverrückbar stemmte sich die Mauer noch gegen das Unfaßbare. Die Slicer pflügten sich auf der programmierten Höhe durch das Wasser auf ein und denselben Punkt zu, der sich achtundzwanzig Meter unter der Überlaufsicherung und zwischen zwei Inspektionsschächten der Mauer befand. Die Sprengköpfe besaßen eine enorme Durchschlagskraft, und drei Treffer an der wunden Stelle würden genügen, um die Mauer schwer zu beschädigen, den Rest würde der enorme Wasserdruck besorgen. Aber gegen sechs Einschläge im Abstand von nur wenigen Sekunden im Umkreis von zwei Metern im Scheitelpunkt seiner Biegung hatte das stolze, mächtige Bauwerk nicht den Hauch einer Chance. Es mußte unter der gewaltigen Explosivwirkung der gebündelten Sprengladungen auseinanderbersten.
»Einschlag«, rief der Pilot.
»Vorwärts«, schrie der Mann und riß das Nachtvisier hoch. Der Nebel war aufgerissen, denn eine weiße Glitzerbahn des Mondlichts legte sich über das Wasser. Doch plötzlich knickte der Silberschweif ab, als der mittlere Teil der Mauerkrone im Nichts versank, und obschon der Hubschrauber konstante Höhe hielt, schien es, als würde er aufsteigen, weil die Wasserfläche wegsackte. Plötzlich erfüllte ein fürchterliches Krachen und Tosen die Hubschrauberkabine, ein orkanartiges Rauschen übertönte den Rotor, die Maschine schüttelte, sackte ab und geriet in den Sog der ausbrechenden Fluten.
»Weg, weg, raus«, schrie der Mann, ohne im tosenden Inferno das eigene Wort zu verstehen.
Der Pilot riß den Helikopter hoch und drehte ab, nicht ohne noch einen entsetzten Blick ins Tal zu werfen. Er nahm eine gewaltige, weiße Schaumlawine wahr, Fontänen schossen hoch, als wären die Niagarafälle aus dem Himmel gestürzt, und jäh verschwand die Lichterkette, die eben noch weit unten aus dem Tal heraufgeschimmert hatte. Die Stadt! Alcala! Der Mond warf einen gespenstischen Schein auf das Getöse und Schäumen der Fluten. Irgendwo dort unten müßten die Maya-Ruinen von Santa Cruz liegen, schoß es Craig, der das Gelände noch gestochen scharf vor Augen

hatte, durch den Kopf. Er rieb sich den vor Schweiß feuchten Nacken und kämpfte gegen Übelkeit. Nur den Kurs nicht verlieren, hämmerte er sich ein. Da spritzte Gischt vor den Bug, Craig riß die Maschine höher und beschleunigte, so gut es nur möglich war. Lebhaft konnte sich der Mann auf dem Hintersitz die Schreckensnachrichten, die bald um die Welt jagen würden, vorstellen:

»... Die wahren Dramen spielten sich in den Armensiedlungen entlang des Flußlaufes ab. Die wenig soliden Bauten wurden auf einer Strecke von fast hundert Kilometern von den Wasserfluten und Schlammlawinen weggespült. Zehntausende von Indios aus den ärmsten Bevölkerungsschichten ertranken in den fürchterlichen Wassermassen oder verloren ihr Obdach. Zahlreiche Menschen werden noch immer vermißt, und stündlich werden neue Opfer aus den Schlammassen geborgen. Das Tal der Angostura bietet ein Bild biblischer Verwüstung. In Chiapas de Gorzo rasierten die entfesselten Fluten die großen Fabrikanlagen des Nahrungsmittelmultis Nestlé in wenigen Minuten weg. Das gleiche Schicksal ereilte die großen Lagerhäuser mexikanischer und ausländischer Großverteiler am Rande der Hauptstadt Chiapas, Tuxtla Gutiérrez.«

»Bodensignal aktiv«, durchbrach Jochen das Schweigen, als der Hubschrauber über die Höhenzüge flog. Sie hatten in der gerodeten Lichtung auf einem abgeernteten Maisfeld, weit abseits der schäbigen Palmhütten der Indianer, das Positionsgerät zurückgelassen, das jetzt rhythmisch einen Frequenzimpuls ausstrahlte, der vom Navigationscomputer im Hubschrauber in eine Kursangabe übersetzt wurde.

»Auf Kurs«, bestätigte Craig knapp. Der Schreck saß ihm immer noch in den Knochen. Vorsichtig hielt er die Maschine hoch genug über dem trügerischen Boden der Sierra. Der Hüne auf dem Rücksitz blieb ruhig, nur einmal äußerte er sich knapp, um die aufkeimende Euphorie zu dämpfen: »Erst wenn wir aus Mexiko raus sind, ist die Aktion beendet«.

Da tauchte die halbrunde Lichtung auf. Craig kurvte um sie herum, beobachtete aufmerksam den engen, sandigen Landeplatz neben dem Sumpfloch und begann den vertikalen Sinkflug. Dreihundert Fuß über Grund schaltete er die Scheinwerfer ein. Der Mann mit dem Pferdeschwanz schwelgte im Rausch seiner Phantasie:

»Die Wasserkraftanlagen von Angostura im Hochland Chiapas liefern über die Hälfte der hydroelektrischen Energie für ganz Mexiko, und sofort wurde in Geheimdienstkreisen spekuliert, ob die größte Dammkatastrophe aller Zeiten auf Sabotage der EZLN zurückgeführt werden könne. Die Zapatisten kämpfen seit Jahren gegen die ›schonungslose Ausbeutung‹ ihres Landes durch die ›internationale Hochfinanz‹ ... Der *Commandante* hatte in einer ersten Stellungnahme aus dem Lacandona-Urwald mit Nachdruck die Regierung für das Unglück verantwortlich gemacht. Die Stauwehranlage der Angostura sei aus reinem Profitdenken schlecht unterhalten und ungenügend überwacht worden. Die Natur habe die Ausbeuter mit ihrer schrankenlosen Profitgier in einer reinigenden Flut weggefegt ...«
Dann schreckte er aus seinen Träumereien auf und starrte in den Lichtkegel, der einen kargen, hellen Boden ausleuchtete. Zweiundfünfzig Minuten nach dem fürchterlichen Mauerbruch setzte der Hubschrauber zentimetergenau über dem zuverlässig arbeitenden Funkstrahlgerät ab. Die Piloten atmeten hörbar auf und wechselten zufriedene Blicke, während die schweren Rotorblätter ausliefen. Der dritte Mann stieß kehlige Laute aus, riß seine Gurte auf und herrschte die Besatzung grob an: »Los, Leute, vorwärts, bringen wir es hinter uns.«
Der Plan sah vor, hier die Abschußvorrichtungen der Slicer-Raketen zu entfernen und die Verankerungspunkte an der Maschine sorgfältig abzudecken. Jochen und Craig sprangen ächzend auf die feuchte Erde, streckten sich und schauten sich um. Der Regenwald türmte sich gewaltig vor ihnen auf, und im blassen Mondlicht war der dunkle Einschnitt zu erkennen, wo die tiefe Spalte im niederen Dickicht verborgen war.
Methodisch gingen die beiden Profis ans Werk, lockerten die Schraubenmuttern, zerlegten das Gestänge mit sicheren Handgriffen und legten es für den Transport auf die Stelle, die sich wie ein ausgetretener Pfad anfühlte.
Der dritte Mann wühlte unterdessen in einem Gepäckstück, ohne die Piloten auch nur einen Moment aus den Augen zu lassen.
Sorgfältig schleppten Pilot und Copilot die Stangen zum kleinen Einschnitt, dann an der schmalen Schneise entlang zum langen Graben, wo sie ein sicheres Versteck ausgekundschaftet hatten. Der

große Mann folgte ihnen und leuchtete mit dem starken ovalen Strahl der Halogenlampe den Weg aus. Der Pfad führte durch Dornbüsche, die knisternd raschelten, als die Männer die Zweige streiften, und beiderseits drängten Baumwurzeln und faulende Moospolster aus Erdhaufen. Als das Licht auf die schwarze Spalte fiel, kam die Gruppe zum Stehen. Die Männer stellten das Gestänge sorgfältig ab. Wolken zogen auf, aber die Nacht blieb schwül.
»Wow!« Der Pilot stieß die Luft aus, als das Metall krachend in der Tiefe aufschlug. »Das ist ins Schwarze gegangen!«
»Gut gemacht, Leute«, lobte der Hüne, der den Helm abgelegt hatte und die Haare nun offen trug. »Hier, fangt!« Er warf jedem eine Dose zu, die die beiden geschickt ergriffen und schmunzelnd öffneten. Gierig stürzten sie das Bier hinunter und ächzten von neuem vor Erleichterung.
In diesem Augenblick fielen fadendünne Strahlen Mondlichts durch das Blätterwerk und legten dem großen Mann einen goldenen Schimmer auf die gewaltige Mähne blonden Haares. Die Piloten klatschten sich ab nach Art der Fußballer, hoben das Bier und prosteten sich zu: »Was sind wir?« – »Einsame Spitze sind wir!«
»Das war kein Honigschlecken, Mannomann. Wie diese Mauer gebrochen ist. Hast du je so etwas gesehen?« Craig warf die zerdrückte Blechdose mit einem Seufzer der Erleichterung in die Gruft. Die Anspannung war gewichen, jetzt hatten sie die Belohnung verdient.
»Wo kriegen wir die Moneten, Boß?« wollte Jochen wissen.
»Im Beach Hotel, wie abgemacht, nicht hier«, sagte der Boß und wandte sich um. Plötzlich blitzte schwarzes Metall im Mondschein auf. Der blonde Hüne hielt eine Neunmillimeter Automatik in der Hand.
»In cash, wie besprochen?« Craig war auch in diesen Fragen peinlich genau, seinen Schreck ließ er sich nicht anmerken.
»Sicher. Heh, Männer, wie wär's mit noch einem?« rief der Boß jovial.
Jochen grinste zustimmend. Er kauerte am Boden und hob die Hand, um die nächste Dose abzufangen. Craig fand den Unterton in der Stimme etwas merkwürdig und fuhr alarmiert herum. Es war zu spät.
Der große Blonde schoß zweimal. Die erste Kugel traf Craig in die

Stirn. Ein häßlicher schwarzer Fleck platzte zwischen den weit geöffneten Augen auf. Die zweite durchschlug glatt die Brust. Der Körper wirbelte unter der Wucht der Kugeln herum, schlug an den Rand des Grabens und kollerte über den Abgrund in die Tiefe.

Jochen starrte entgeistert hinüber. Mit scharfem Schnüffeln holte er Luft: »Um Gottes willen, Mann ...«

»Sie bekommen seinen Anteil. Los, zurück zur Maschine«, schnappte der Blonde verächtlich und deutete mit der Waffe zur Lichtung.

In Jochen stieg eine heiße Wut auf. Die Annahme, er sei zum Fliegen unentbehrlich, machte ihn mutig. Das war sein Fehler. Im Jähzorn griff er an. »Schwein, Mörder ... warte, das zahl ich dir heim!« Er sprang mit einer wilden, unkontrollierten Bewegung dem Hünen an die Gurgel, faßte wütend den Haarschopf und riß daran, um den schweren Körper des starken Mannes zu Boden zu ringen. Doch der Angegriffene war auf diese Aktion gefaßt. Seine Hand fuhr hoch, die Pistole traf Jochen hart am Kinn, so daß er mit einem Aufschrei zurücktorkelte, ein blondes Haarbüschel in der geballten Faust. Die Neunmillimeter krachte zweimal. Die erste Kugel zerfetzte Jochens Bauch, die zweite durchbohrte seine Stirn. Genau zwischen den Augen. Danach schleppte der Schütze sein zweites Opfer an den Rand des Grabens und schubste es mit heftigen Fußtritten über die Kante in die Gruft, die Maya-Indianer vor vielleicht tausend Jahren ausgehoben hatten ... Was kümmerte es den Mann schon! Er hörte ihn tief unten mit einem dumpfen Knirschen aufschlagen. Zuletzt hob er die leere Bierdose auf und warf sie dem Toten hinterher.

Auf dem Rückmarsch zum Helikopter streckte der Mann seine Fäuste in einer Triumphgebärde in den hellen Nachthimmel und blieb stehen. Seine Mähne leuchtete hell. »Ich bin der Größte«, rief er ins Universum. Von einem dicken Baumstamm riß er übermütig Rinde weg und prüfte mit listigen Augen das knorrige Stück. Es enthielt eine Aushöhlung, wie sie Spechte klopfen, um ihre Insektenköder darin zu verstecken. Er bohrte den Daumen hinein, nickte befriedigt und schritt energisch zur Maschine, wo er sich an der im Boden der Pilotenkanzel eingebauten Kamera zu schaffen machte. Er klaubte die winzige Filmkapsel aus dem Gerät und drückte sie in das Loch der Baumrinde, die er sorgfältig mit der

Hand umschloß. Mit einem Rundgang inspizierte er nochmals den Helikopter, und als er in die Pilotenkanzel klettern wollte, um den Rotor in Gang zu setzen, blieb er wie angewurzelt stehen. Da lag sie, die lange blaue Feder, vor seinen Füßen. Er bückte sich und hob den kostbaren Fund von der Erde der Sierra auf. »Sieh mal an, die Schwanzfeder eines Quetzals. Bringt bestimmt Glück.« Rinde und Feder legte er liebevoll in seine Zigarrenschachtel aus Zedernholz und steckte diese Trophäensammlung in die Tasche zurück. Schließlich band er sein Haar am Hinterkopf zusammen, wozu er das Taschentuch mit den Initialen des toten Piloten benützte, das achtlos auf dem Sitz liegengeblieben war. Der Hüne unterdrückte die aufkeimende Euphorie, denn eine innere Stimme mahnte zur Vorsicht. Zwar flog er seit langem Hubschrauber, aber ein Nachtstart mitten in der Sierra war beileibe kein Kinderspiel. Die Routine unzähliger Flugstunden stellte sich zum Glück rasch ein, als er sich anschnallte und die nötigen Handgriffe vornahm, um die Maschine startklar zu machen. Aufmerksam überwachte er die Drehzahl, hob sorgfältig ab, prüfte die Instrumentenanzeigen, berichtigte den Radiokompaß um zwei Grad und schwenkte schließlich auf Westkurs ein. Das Wetter spielte zum Glück mit. Gute Sicht herrschte; und nur vereinzelt rüttelten Windstöße am schweren Rumpf des hochmodernen Fluggeräts, als er die Höhe erreichte, um den Rücken der Sierra zu überqueren. Nach knapp einer Stunde machte er im Küstengebiet die Bahnlinie ausfindig, drehte ab und folgte ihr in südöstlicher Richtung. Die Maschine hatte gut zweihundertzehn Kilometer zurückgelegt, als die Lichter von Tapachula an der Grenze zu Guatemala aufschienen. Das breite Gesicht grunzte zufrieden, steuerte um den hellen Flecken herum auf die Ostseite der Stadt und folgte einer drittklassigen Straße, die zu den Zapa-Ruinen hinaufführte. Die verlassene Landepiste lag neben einem alten Schuppen in einem finsteren Landstrich. In diesem Moment blitzte ein Licht auf und ging in rhythmisches Blinken über. »Du hast es geschafft, Robusto Samson. Du bist in Form, Junge, wie in alten Zeiten«, gratulierte sich der Hüne und hielt auf das Bodensignal zu. »Auf nach Washington, haha«, brüllte Samson ins Cockpit, als die Maschine sicher auf der markierten Stelle niederging. Niemand nahm in der verlassenen Gegend vom Hubschrauber Notiz, als er auf dem kleinen, behelfsmäßigen Stützpunkt absetzte. Überhaupt hatte vermutlich keine Menschenseele in dieser dramatischen Nacht das Flugmanöver eines Helikopters von *Executive Solutions* über der Sierra Madre de Chiapas registriert. Die Beobachtungssysteme in diesen Breitengraden und die Forschungssatelliten der Amerikaner und Brasilianer richteten in dieser Nacht ihre Objektive gierig auf Hermit, der eben im brodelnden Pazifik versunken war. Genau wie Samson es geplant hatte ...

Dominikanische Republik

Über der Karibischen See versank Ken Custer unter dem gleichmäßigen Summen der Maschinen in einen unruhigen Dämmerschlaf. Wachte oder träumte er? Er sah jetzt auf einmal das Gesicht von Delia Cooper vor sich. Er hatte sie gerade in die Klinik gefahren. Nun wartete er im grün gestrichenen, kahlen Flur, während sie im Operationssaal den Eingriff vornahmen. Es dauerte eine Ewigkeit ... Jetzt lag sie bleich im Bett. Er drückte ihre Hand, blickte ihr tief in die Augen und sah die ganze Verzweiflung und das Ausmaß ihres Schmerzes. Sie schenkte ihm ein erzwungenes Lächeln, er küßte sie auf die Stirn, dann verließ er sie rückwärts schreitend und fing ein letztes Mal ihren traurigen Blick ein. Um Mitternacht war es gewesen, vor bald zehn Jahren. Da hatten die Amerikaner mit einer gewaltigen Streitmacht Panama überfallen. Operation »Gerechte Sache«. Man schrieb den 20. Dezember 1989. Nun, das war längst vorbei, Geschichte. Die Episoden seiner geheimdienstlichen Tätigkeit in Panama gehörten der Vergangenheit an. Zum Glück, seufzte Custer, der mit dem Geschäftsverlauf seines Lufttaxiunternehmens nur halbwegs zufrieden war. Mehr solche Kunden wie heute bräuchten sie. Geschäftsleute und gut betuchte Investoren, die zwischen Panama und der Insel hin und her flogen.
Charly setzte die »Falcon« um drei Uhr morgens sicher auf der Landepiste von Puerto Plata auf und rollte zum Abfertigungsgebäude der Zivilluftfahrt, wo sich um diese Zeit erwartungsgemäß keine Seele mehr herumtrieb. Ken Custer hatte mit den schlecht bezahlten Beamten der Einwanderungsbehörde ein Abkommen getrof-

fen, das es ihm ermöglichte, außerhalb der Abfertigungszeiten zu landen und zu starten. Dafür brachte er ihnen als Gegenleistung ab und zu Geschenke aus Panama, Miami oder Havanna mit. Sein Charterunternehmen besaß einen kleinen Hangar etwas abseits an einer Stelle, wo die Straße zur Militärbase abzweigte. Dort stand auch eine Tankstelle auf einem großen Platz, auf dem Ken seinen zerbeulten Chevrolet abgestellt hatte. Während ein grinsender Charly die Bugtreppe hinunterließ und sich an die Checks machte, um die »Falcon« in Top-Zustand zu halten, schlenderte Custer zur kleinen Cafeteria, die zum Tankstellenbetrieb gehörte. Er grüßte die vertrauten Gesichter der Insulaner, die ihre Schicht beendet hatten oder gerade anfingen. Von dem verstaubten Fernseher, der hoch oben in der Ecke hing, vernahm Ken ein paar Wortfetzen des todernsten Sprechers, woraus er schloß, daß der Meteorit Hermit in der Nacht einen schlimmen Staudammbruch verursacht hatte. Er trank seinen Kaffee aus, zahlte an der Kasse, wo sich die alte Emilia wie jedesmal augenzwinkernd erkundigte, ob er sonst noch etwas nötig habe. Eine ganz natürliche Frage auf dieser gastfreundlichen Insel, wo man einem Fremden, den man mochte, junge, hübsche Mädchen als willige Begleiterinnen anbot. Ken winkte lächelnd ab, ließ ein ordentliches Trinkgeld liegen und machte sich müde auf den Heimweg. Ein anstrengender Tag stand bevor, und er konnte ein paar Stunden Schlaf gebrauchen. Allein. Männerstärkender Einzelschlaf war gefragt. Mochten ihn die Alpträume einmal in Ruhe lassen. Die verhängnisvolle Entwicklung seiner Psyche, die ihm in gewissen Abständen schöne und quälende Bilder in Erinnerung rief, hatte damals in New York angefangen ... im Wahlkampfteam des Gouverneurs aus Arkansas.

New York, 1992

Ken Custer stand am Heck und schaute auf die imposante Kulisse der Südspitze Manhattans. Die funkelnden Wolkenkratzertürme ragten wie Zacken eines Bergkristalls in den klaren Himmel, regelmäßig und doch ohne System.

»Sie beraten den Gouverneur, soweit ich informiert bin, und kennen sich in Sicherheitsfragen aus«, begann Frank Hogan. Ein großer Schwarm Möwen folgte dem Fährschiff, als hätte es Müll geladen. Hogan war am Vorabend überraschend auf der Wahlveranstaltung des irischen Forums aufgetaucht, angeblich um politische Kontakte zu knüpfen. In Wirklichkeit wollte er sich an Ken Custer heranmachen.

»Sie waren nie ein Feind unserer Bewegung, Ken. In Libyen hätten Sie mir das Spiel vermiesen können.« Der Ire dachte an die Zeit in Tripolis. Obschon Custer damals haargenau wußte, wie die IRA ihre Waffen besorgte, hatte er ihn nicht an die Briten verraten.

Custer wähnte sich auf einer Bühne:

Die zwei Männer stehen allein im Heck. Im Hintergrund die Weite, das Meer, rechts im Bild grüßt »Lady Liberty«, die Sonne strahlt. Du lehnst dich mit dem Rücken an die weiße Heckwand, starrst auf deine übergeschlagenen Beine hinunter. Neben dir stützt sich der IRA-Terrorist Hogan mit den Armen auf den schwarzen Rand der Reling und studiert die Strömung. Die Holzplanken des Decks sind schmutzig grau, ein roter Rettungsring baumelt von einem Haken. Die Zuschauer kehren euch den Rücken zu, sie bewegen sich bereits nach vorn zum Bug, weil die Fähre demnächst anlegt. Zwei Männer in dunklen Anzügen lösen sich aus der Menge und bewegen sich lässigen Ganges aufs Heck zu. Ein dritter bleibt sitzen und tarnt sein Gesicht mit einer Zeitung vor neugierigen Blicken ...

»Der ganze IRA-Mist hängt mir zum Hals heraus, Frank. Was ihr dort oben aufführt, gehört ins letzte Jahrhundert. Bombenwerfen, Glaubenskrieg, lächerlich ... Ich will damit nichts zu tun haben.«

»Ohne den militärischen Arm der IRA verkommen wir zum Papiertiger.«

Frank Hogan spuckte ins Wasser. Ein Segler kreuzte das Kielwasser, die Fähre verlangsamte. An der Anlegestelle im Battery Park drängte sich bereits ein neuer Schub Touristen zum Steg.

Da glitt ein Schatten in sein Blickfeld, und Custer schaute überrascht hoch. Die zwei Männer in dunklen Geschäftsanzügen blieben ein paar Schritte entfernt stehen und wippten herausfordernd auf ihren Absätzen. Custer nahm kaum Notiz, wandte sich wieder Hogan zu: »Man kennt dich als Terroristen, Frank. Die IRA hat in diesem Land verdammt wenig Sympathien.«

Hogan drehte sich im Aufrichten um. Die Antwort blieb ihm im Hals stecken, als er die schrägen Vögel musterte, die es darauf abgesehen hatten, sie langsam einzukreisen und offensichtlich etwas Unangenehmes im Schilde führten.
»Ja, was gibt's?« schnauzte Hogan und versteifte seine Haltung, während Custer vorsichtig einen Schritt zur Seite tat.
»FBI«, sagte der eine und klaubte in seiner Rocktasche nach der Dienstmarke. Hogan spuckte den Kaugummi verächtlich über Bord, eine Möwe tauchte danach. Die Fähre vibrierte unter dem Rückwärtsschub der Schrauben, das Heck war fast menschenleer.
»Heh, mehr Respekt vor dem Gesetz, Knallkopf«, sagte der rechts, packte Hogan mit beiden Händen am Revers und schüttelte ihn.
Custer blieb ruhig. Die Szene war unwirklich. »Gehen wir zuerst an Land«, schlug er vor. Aber der Kerl ließ nicht locker und rempelte ihn mit dem Ellbogen an. Unwirsch stieß ihn Ken von sich. Die beiden Typen schienen darauf gewartet zu haben. Theatralisch bauten sie sich in kämpferischer Position auf.
»Ah, ihr wollt einen kleinen Tanz aufführen«, grinste der links und holte aus. Es wäre ein perfekter Magenschwinger geworden, hätte Custer nicht der eingeimpfte Überlebensinstinkt der letzten zwanzig Jahre um Sekundenbruchteile vorgewarnt. Er wich zur Seite hin aus, griff dabei nach dem Kerl, brachte ihn dadurch aus dem Gleichgewicht, und schon hatte er ihn auf der Reling. Er ließ ihn los, packte ihn an den Beinen, und sofort sackte er hintenüber. Sein Kumpel wich vor Schreck ein paar Schritte zurück. In diesem Moment entdeckte Custer den hinter der Zeitung. Hatte da nicht eine Kameralinse aufgeblitzt?
Die Burleske steigerte sich. Ein Junge zerrte am Hosenbein seiner Mutter und deutete aufgeregt auf Custer. Aus der Trägheit aufgeweckte Gesichter fuhren herum. Ein älterer Passagier in zugeknöpfter Lederjacke löste sich aus der Menge und streckte seinen kantigen, kurzgeschorenen Schädel über die Reling. Aufgebracht und wild gestikulierend rief er nach der Polizei.
Es war wie inszeniertes Theater. Custer hätte es wissen müssen, aber die Einsicht kam zu spät. Schon ein Dutzend Leute wollten etwas gesehen haben. Custer machte zwei Schritte vorwärts und hob beschwichtigend die Hände.
»Schon gut, Leute, der Mann kann ja schwimmen«, rief er und warf

den Rettungsring in weitem Bogen ins Wasser, packte Hogan am Arm und zerrte ihn an empörten Gesichtern vorbei nach vorn, als die ersten Touristen auch schon über den Steg ans Ufer strömten. Die dubiosen Kerle nahmen prompt die Verfolgung auf.

»Mit wem haben Sie verdammt noch mal gesprochen, seit Sie in der Stadt sind, Hogan?« zischte Custer wütend.

Zwei Polizisten mit Sonnenbrillen pflanzten sich am Ende des Stegs auf und blickten kaugummikauend über die Köpfe der bunten Menge hinweg. Die Szene sah nicht nach einem Happy-End aus. Ein Wendepunkt war definitiv fällig. Sie waren noch zehn Schritte von den beiden uniformierten Kleiderschränken entfernt, als er zu laufen begann und plötzlich erregt ausrief: »*Officer*, dort, diese zwei Männer tragen Waffen!« Er streckte einen empörten Zeigfinger in Richtung der beiden Verfolger, riß Hogan am Arm vorwärts und nützte die Verwirrung, um an Land zu stürmen. Die Polizisten wälzten sich sogleich in der Gegenrichtung durch die Menschenschar auf die Kerle zu, die ihre Hände beschwörend hoben und alles taten, um die Aufmerksamkeit der Ordnungshüter auf das sich entfernende Ziel zu lenken. Ohne jeden Erfolg natürlich. Unter dem Applaus der sich mittlerweile köstlich amüsierenden Passagiere wurden die Typen ohne viel Federlesens in Handschellen abgeführt.

»Jemand hat Sie erkannt, Frank«, keuchte Custer, als sie durch den Park zur Straße hinüber hetzten. Wenig später raste ein Taxi mit den knapp der Verhaftung Entronnenen über den Umfahrungsring nordwärts. Custer starrte grimmig auf die Brooklyn-Bridge, als ließe sich aus dem stolzen Bauwerk eine Erklärung für den Zwischenfall ablesen.

»Sie sind zu gut, Ken, um sich für den Politiker aus Little Rock aufzureiben. Kommen Sie zu uns«, beschwichtigte Frank ihn mit einer Gemütsruhe, als hätten sie gerade eine Partie Schach zu Ende gespielt.

Auf dem graugrünen East River schob ein Schlepper einen ellenlangen Lastkahn mühelos aufwärts zur Queensboro-Brücke.

Ken spähte nach hinten auf den starken Verkehr, bevor er gehässig antwortete. »Sie durften sich doch gestern abend nicht bei der Wahlveranstaltung blicken lassen. Wie kann einer allein nur so blöd sein. Vermutlich wollten Sie provozieren. Stimmt's? Die Typen auf der Fähre waren sicher gemietet. Jemand, der weiß, daß Sie in New York herumlungern, plante ein Kidnapping oder ... noch Schlimmeres.« Sein Handrücken fuhr demonstrativ schneidend über die Kehle.

Hogan blieb völlig ungerührt. »Was soll das Theater? Sie haben mich rausgeboxt, wie damals«, sagte er fast ein wenig wegwerfend, als geschehe ihm so etwas alle Tage.

Ein Helikopter knatterte im Tiefflug zum Glashaus der Vereinten Nationen. Frank Hogan hielt sich am Handgriff fest, als der Fahrer einem Schlagloch auswich, und verriet bedeutungsvoll: »Es gibt einen neuen Nachschubweg.«

Custer zog überrascht die Brauen hoch. »Siebenundfünfzigste Straße und zweite Avenue«, rief er nach vorn. Der Haitianer am Steuer nickte und wechselte die Fahrspur.

»Iranische Botschaft in Bonn. Von dort aus lenkt der Geheimdienst die Waffenlieferungen«, erklärte Hogan. »Von Bonn führen auch Verbindungen in die Schweiz.«

»Interessiert mich einen alten Dreck«, wehrte Custer ab und blickte mürrisch zum Fenster hinaus. Hogan musterte ihn skeptisch, als das Taxi in die 57. Straße hineinholperte und in westlicher Richtung beschleunigte.

»Ich knüpfe alte Verbindungen. Und seit gestern abend ist mir klar, daß Sie zu diesen gehören, Ken.«

»Gehörten diese Typen etwa zu Ihren Verbindungen?« Custer zeigte erbost mit dem Daumen nach hinten, wo er den Battery Park vermutete.

Hogan zuckte gleichgültig die Schultern und verzog die Mundwinkel abschätzig nach unten: »Wir halten alle Optionen offen. Auf die Politiker ist kein Verlaß. Der Politik fehlt die Strategie! Aber unsere Organisation wird Ihnen ein Angebot machen, das Sie nicht ablehnen können.«

»Die IRA? Die Sinn Fein?« entrüstete sich Custer, beugte sich ärgerlich nach vorn und rief dem Fahrer etwas zu. Das Taxi schwenkte zur Ecke an der Kreuzung. »Sie glauben doch nicht im Ernst, daß ich mich mit verbohrten Bombenbastlern und Hitzköpfen einlasse, Frankie?«

Hogan stieß einen Seufzer voller Mitleid aus und erwiderte: »Nein, mein Boß spielt in einer viel höheren Liga, Ken.«

»Ich arbeite für den Gouverneur, Frankie. Und gedenke das auch weiterhin zu tun, klar?« Er drückte dem Fahrer ein paar Dollarscheine in die Hand, stieg aus und hielt nach einer Telefonzelle Ausschau.

Mexiko, 1999

Der dunkelhäutige Junge wußte noch nicht viel über das große Unglück, als er am Morgen von zu Hause weghuschte und auf seinem Geheimpfad in den Wald vordrang. Die Hütte seiner Eltern stand auf einem kleinen Flecken Land, das die Männer in mühevoller Arbeit dem Urwald abgerungen hatten. Das Feld lag ungefähr eine Stunde Fußmarsch vom Ort Angel Albino Corzo entfernt, an einem Zufluß auf der Ostseite der Presa de la Angostura, wie der große Stausee hieß. Der Junge flitzte zum mächtigen Stamm und beäugte die von Löchern übersäte Rinde des Baumriesen. Neugierig steckte er den kleinen Finger in eine der kleinen Höhlen, stupste eine faulende Eichel mit den daran klebenden Insekten übermütig an, um gleich darauf leichtfüßig von Wurzel zu Wurzel zu seinem Versteck zu springen. Er hatte das Fangnetz in Brusthöhe so geschickt in den Schatten sattgrüner, breiter Blattpflanzen gehängt, daß er das feine Garn zunächst nicht auf Anhieb wiederfand. Hoch über ihm klopfte ein Specht unbeirrt seine Fallen am Baum nach Beute ab, wobei der rote Scheitel im Takt des pickenden Schnabels erregt auf und ab hüpfte.
Wie es seine Vorfahren seit Jahrtausenden getan hatten, pirschte der Mayajunge prächtig bunten tropischen Vögeln nach, und zu seiner hellen Freude zappelte ein lieblicher Roter Kardinal im Netz. Der Junge strich voller Ewartung über seinen glatt nach hinten gekämmten schwarzen Haarschopf und näherte sich auf dem feuchten Waldboden vorsichtig der Beute. Der Rotgefiederte mit den schwarzen Äuglein maß etwas über zwanzig Zentimeter in der Länge, und als Antonio das zitternde Geschöpf sorgfältig in den Händen wog, schätzte er sein Gewicht auf gut fünfzig Gramm. Auf dem Markt in Angel Albino ließ sich dafür bestimmt ein guter Preis

erzielen. Schmunzelnd zog der Junge einen Stoffbeutel aus der Jackentasche, als ein böses Knurren ihm das Blut in den Adern erstarren ließ.

Nur einen Steinwurf entfernt kauerte der Jaguar sprungbereit am Rand des tiefen Grabens und beäugte den Jungen mißtrauisch aus Augen, die wie gelbe Kristalle funkelten. Antonio verharrte still, hielt den Atem an und sah sich mit halbgeöffneten Augen nach einem Fluchtweg um. Es war sinnlos. Der Jaguar würde nach seinen Beinen schnappen, lange bevor er eine rettende Zuflucht, die sich ohnehin nirgends anbot, erreicht hätte. Und versuchte er, auf den großen Baum in seinem Rücken zu klettern, würde der Jagdtrieb des Raubtiers erst recht geweckt werden. Am besten blieb er steif und unbeweglich wie ein Stamm, sagte sich der Junge. Vor Angst schwitzend betete er, daß der Rote Kardinal ja nicht zu singen anfing. Da knurrte die Raubkatze wieder, riß den Rachen weit auf und machte plötzlich einen eleganten Satz über den Graben. Auf der andern Seite setzte sie geschmeidig ab, schaute gelangweilt aus blinzelnden Augen zurück, um schließlich mit einem rollenden Laut im dunkelgrünen Blätterwerk zu verschwinden. Antonio schnappte nach Luft und faßte sich allmählich. Das Raubtier hatte sich endgültig verzogen. Als er sich umdrehte und im Begriff war, seinen kostbaren Fang aus dem Netz zu befreien und in den Beutel zu verpacken, schossen unter fürchterlichem Lärm die großen, schwarzen Ungetüme aus der Spalte hoch. Antonio hatte diese unheimlichen Vögel noch nie aus solcher Nähe beobachtet. Der Schwarm flog flatternd auf und verzog sich unter schaurigem Gekecker. Antonios Neugierde war geweckt. Er ließ den Roten Kardinal einstweilen im Fangnetz zappeln und schlich über die Anhöhe zum Rand des Grabens. Der tiefe Einschnitt am Eingang zum Regenwald maß etwa zweihundert Meter in der Länge und bot in der Breite knapp einem Menschen Platz. Die Mayas mieden den Ort, der als alte Grabstätte galt und auch schon von Plünderern heimgesucht worden war. Neugierig gemacht vom seltsamen Gang des Jaguars und den angsteinflößenden Geiern, faßte Antonio sich ein Herz und lehnte sich bäuchlings über die Kante der Gruft. Ein ekelhafter Gestank ließ ihn augenblicklich zurückfahren. Der Junge hustete, kniff die Nase zu und wagte einen zweiten Blick in die Tiefe. Langsam an die Dunkelheit gewöhnt, erfaßten seine Sperberaugen die unförmigen Gestänge neben den Bündeln. »O mein Gott, da liegen Körper, tote Menschen!« rief der Junge, und der blanke Schrecken fuhr ihm durch alle Glieder. Er würgte und unterdrückte den Brechreiz, rappelte sich panisch hoch, wankte rückwärts und wirbelte auf den Absätzen herum. Einen Moment verharrte er wie in Trance. Doch er hatte richtig beobachtet! Tote! In seinem Wald! Keuchend hetzte Antonio von Stamm zu Stamm, warf ängstliche Blicke zurück, bis er das freie Feld erreichte, wo er, so schnell er konnte, auf die Männer zurannte, die unterhalb der Hütte nahe am verkohlten Waldrand arbeiteten.

New York

Zwei Tage waren verstrichen, seit der Firmenboß von einer seiner zahlreichen Geschäftsreisen aus Südamerika zurückgekehrt war. Kein Mensch wußte von seinem Abstecher nach Chiapas. Der kühne Streich auf die große Angostura-Staumauer blieb Samsons bestgehütetes Geheimnis. Es gab keine Zeugen. Einzig die unauffindbar in seiner Zigarrenschachtel versteckte Mikrofilmspule würde ihm später den prickelnden Genuß verschaffen, den spektakulären Mauerbruch, von dem es inzwischen hieß, er sei von übernatürlichen Kräften verursacht worden, immer von neuem zu bestaunen. Robusto Samson hatte seine Subdirektoren über das interne Fernsehen und interaktive Verbindungsnetz versammelt, um auf Grund ihrer Informationen über den neuesten Stand der Dinge die notwendigen Anweisungen durchzugeben. Zur *ArkGroup*, die Samson kontrollierte, gehörten Rüstungsfirmen, Stahlwerke, Schiffswerften, ein Whiskey-Imperium, Fernsehanstalten und Dutzende von Gesellschaften, die über alle steuergünstigen Orte der Welt verstreut waren. Der Konzern glich einem Polypen mit unzähligen Armen, die sich um den Erdball schlangen. Niemand außer Robusto Samson selbst kannte sich im Labyrinth seiner verschachtelten Gesellschaften aus, die er gründete, wenn ein Projekt Millionen versprach, und wie alte Zeitungen wegwarf, sobald sie ihren Zweck erfüllt hatten.

Obwohl er in den Vereinigten Staaten jedes Jahr auf der Liste der reichsten Menschen höher hinaufrückte, gelang es ihm nicht, sich mit den Berühmtheiten aus der Filmwelt und Modebranche, der Wissenschaft und Politik zu schmücken. In den vornehmen Party-Gründen des Geld- und Glitteradels zwischen Boston und Washington hatte die Schickeria für ihn nur ein Naserümpfen übrig, sofern es nicht gerade ums Geschäft ging. Die Leute mit Einfluß beneideten allerdings insgeheim, wie er mit seinem außergewöhnlichen Charisma die Massen in Bann schlug, Intellektuelle ansteckte und Wirtschaftsführer verblüffte. Seine Botschaft, so simpel sie sein mochte, kam an. Als Superreicher, der die Armen und Benachteiligten, den Mittelstand und die Hochfinanz gleichermaßen zu Begeisterungsstürmen hinriß, symbolisierte er die Fähigkeit eines einfachen Amerikaners, nicht nur ganz nach oben zu gelangen, sondern der Menschheit auch eine bessere und gerechtere Zukunft zu bescheren. Robusto Samson war das Phänomen des Jahres 1999, und das Nachrichtenmagazin »Time« bereitete sich darauf vor, ihn als »Mann des Jahres« auf der Titelseite zu präsentieren. Mit dem Gebaren eines türkischen Paschas empfing er ausgewählte Gäste an seinem Hof, der im Gebäude der *ArkGroup*, im eleganten, grandios gestalteten Finanzdistrikt von Manhattan lag und von privaten Sicherheitsleuten bewacht wurde, deren Auftreten keinen Zweifel offenließ, daß ihre Fähigkeiten denen der Geheimdienstagenten im Weißen Haus in nichts nachstanden.
Die Delegation, die es erreicht hatte, bei Robusto Samson einen Termin zu bekommen, fuhr im rasanten Aufzug in die achtzigste Etage, wo sich die Anmeldung befand.
Zu den wenigen Glücklichen zählten heute die beiden Männer mittleren Alters, die feierlich an das Pult der Empfangsdame traten, die ihnen verängstigt zuflüsterte, *Mister* Samson erwarte sie bereits seit zwei Minuten. Dabei verdrehte sie die Augen ergeben zum Himmel und preßte die dünnen Lippen aufeinander, als sei jedes überflüssige Wort so nahe am Olymp verboten. Der Korridor war mit einem bordeauxroten Teppich ausgelegt, auf dem jeder zweite Schritt auf das eingewebte silbergraue Firmenzeichen traf: ein Schiff auf drei Wellen. Leicht indigniert stieg die Empfangsdame mit dürren Beinen eine Treppe hoch, öffnete den Herren mit den Aktentaschen die Tür und zog sich schleunigst zurück.

Die Unterhändler wußten noch nicht, daß Robusto Samson jedem in seiner Umgebung Angst einjagte. Insider behaupteten unter der Hand, seine Stimmung lasse sich an seiner Haartracht ablesen. Wallten die Locken wild über die Schultern, lag etwas Großes in der Luft, die Vernichtung einer Diktatur, der Aufkauf der Konkurrenz oder die Abrechnung mit Politikern.

Der Mann, um den es sich handelte, erhob sich breitschultrig und mächtig aus einem mit Leder überzogenen Sessel und wies die Besucher an, sich zu setzen. Robusto trug kein Jackett. Sein Haar erweckte einen gebändigten Eindruck. Ein dünnes Lederbändchen hielt die blonde Fülle im Nacken zu einem gepflegten Schweif zusammen.

Zunächst warf er ein Schriftstück auf die Tischplatte und schüttelte den Kopf.

Der größere der Besucher, Habermatt, Chef der Burlikon-Zurich, einer alteingesessenen Schweizer Rüstungsfirma, die sich seit Jahrzehnten auf den Bau von Fliegerabwehrraketen spezialisiert hatte, zuckte zusammen. Die Akte, die der Arche-Boß so achtlos auf den Tisch schmiß, enthielt die mit größter Sorgfalt ausgearbeitete Offerte für die Lieferung eines intelligenten Raketenwerfers mit neuartigen Sprengköpfen von enormer Durchschlagskraft.

Samson starrte Habermatt an, als wolle er ihm mit seinem Blick den Schädel durchbohren. Der Schweizer war versucht, sich den Kragen seines weißen Seidenhemdes aufzureißen. Statt dessen lehnte er sich gespielt gelangweilt zurück und zeigte mit dem Finger lässig auf das Dossier.

»Genau was Sie brauchen, *Mister* Samson.«

Samson hatte sich schon halb zum Servierboy gedreht und zog nun eine Weinflasche aus einem silbernen Kübel, der, nach dem klirrenden Geräusch zu schließen, Eiswüfel enthielt.

»Farniente«, stellte Samson fest, während er das Glas füllte und Habermatt einen raschen Blick zuwarf, wie um sich zu versichern, daß der Schweizer die Qualität des Tropfens auch zu schätzen wußte. Habermatt nahm einen Schluck, schnalzte kennerisch mit der Zunge. Der Wein war hervorragend, obschon ihm die vormittägliche Stunde zu früh erschien, um sich ein Aperitif hinter die Binde zu gießen. Zudem schien ihm der Name des Chardonnay kein besonders günstiges Omen für einen guten Geschäftsabschluß.

Habermatts Begleiter, ein kahlköpfiger, glattrasierter Anwalt mit goldberahmter Brille und Seidenkrawatte aus dem fernen Zürich, nippte nur, ohne zu trinken, am Glas und schob es mit einem mißbilligenden Gesicht, das die Zumutung einer Benebelung frühmorgens durch Alkohol zurückwies, eine Armlänge von sich weg.
Habermatt, dem es nicht entging, wie Samson belustigt auf den Anwalt schaute, ärgerte sich über das Verhalten seines verklemmten Rechtsverdrehers.
»Das Angebot ist gut«, sagte Robusto Samson mit einem Lächeln. »Trinken wir darauf.« Meinte er den Wein oder die Raketen?
Sie hoben die Gläser, der Anwalt war genötigt, über den Tisch zu langen, um das verpönte Glas wieder zu ergattern.
»Ich habe den Vertrag bereits unterschrieben«, eröffnete Samson.
Habermatt hätte sich um ein Haar verschluckt. Rasch goß er den Rest des Weins hinunter, um den Hustenreiz zu unterdrücken. Der Anwalt nickte mehrmals befriedigt, schließlich hatte er den Kontrakt aufgesetzt.
»Allerdings habe ich eine Bedingung hinzugefügt«, schränkte Samson die Euphorie ein. »Der Deal fällt ins Wasser, wenn eine Einigung nicht binnen dreißig Tagen zustande kommt. Dann gilt, was auf der Flasche steht: *far niente*.« Er lächelte hämisch, aber er betrachtete dabei Habermatt mit eiskalten Augen.
Habermatt und der Anwalt wechselten Blicke. Was es mit dem »großen Geschäft« auf sich haben sollte, versuchten die zwei Schweizer krampfhaft an seiner Miene abzulesen, aber Robusto Samson ließ sie nicht lange rätseln:
»Mir gefällt Ihre Firma, Habermatt. Ich will sie haben. Ich biete diesen Preis.« Er ließ ein Blatt Papier aus der Brusttasche auf den Tisch fallen, dann riß er das Haarband auf, so daß seine Haare kräftig über die Schultern wogten. Die Summe, die er auf das Papier gekritzelt hatte, war gigantisch.
Der Anwalt hüstelte geziert, rückte die Brille zurecht und begann: »Ich glaube nicht, daß wir ...«
Habermatt unterbrach ihn, indem er ihm die gespreizte Hand vors Gesicht hielt. Seine Firma hatte in den letzten Jahren mit schwindenden Aufträgen und einem schrumpfenden Markt für Rüstungsgüter zu kämpfen gehabt. Ein Kunde wie die *ArkGroup* erschien ihm wie das legendäre Geschenk des Himmels, wenn auch das An-

gebot einer Übernahme wie ein Blitz aus eben diesem heiteren Ort einschlug. Der abgebrühte Habermatt hatte nicht im Sinn, sich wegen der ruppigen Avance eines Robusto Samsons bedeckt zu geben, sondern war bestrebt, dem rettenden Engel die Arme so zu öffnen, daß die Hingabe nicht gerade nach Prostitution, sondern nach dem ehrbaren Bestreben einer anständigen Braut aussah, in den sicheren Hafen der Ehe zu segeln.

»Na, also, auf was warten Sie«, drängte Samson mit leichtem Stirnrunzeln.

»Wir liefern die doppelte Anzahl Raketen, und der Deal ist perfekt«, pokerte Habermatt frech, der zwar ohne Zustimmung des Hauptaktionärs gar nicht gültig verhandeln konnte, aber insgeheim darauf zählte, daß der alte Knacker von einem Patron und seine Zittergreise von Brüdern in Samsons Übernahmeversuch endlich die langersehnte Gelegenheit zur Versilberung des Familienschatzes erblicken würden.

»Ich brauche einen Teil der Raketen sofort. Außerdem möchten wir die Durchschlagskraft der neuen Serie mit eigenen Augen überprüfen. Sechs Meter Beton haben Sie zugesichert.«

»Acht Meter«, korrigierte Habermatt. »Es sind kleine Marschflugkörper, die Sie erhalten, *Mister* Samson. Das Neueste vom Neuen. Nicht einmal die Amerikaner verfügen über eine Waffe wie die neue Slicer. Beton durchschlägt sie wie Butter. Dank des genialen Zielverfahrens trifft sie jeden Punkt zentimetergenau, sogar unter Wasser.«

Genau, was ich brauche, sagte sich Samson und dachte an das Krachen der Angostura-Mauer. Laut sagte er: »Mit der ersten Serie, die Sie geliefert hatten, waren wir ganz zufrieden.«

Habermatt lächelte auch ganz zufrieden, und Samson ergötzte sich an seinen glänzenden Augen, die weder Gier noch Stolz verhehlten. Er wußte sehr wohl, auf Grund der Unterlagen, die seine Scouts für ihn erstellt hatten, daß die Burlikon-Zurich einige teure Entwicklungsleichen im Keller vermodern ließ und auf anderen hochtechnologischen Spitzenprodukten sitzengeblieben war, weil die Konkurrenz nach alter Väter Sitte den Kaufwilligen aus aller Welt die schöneren Geschenke angeboten hatte als die knausrigen Puritaner aus Zürich. Mit der Slicer war Burlikon-Zurich dann aber endlich der Durchbruch gelungen. Die Rakete läutete eine revolutionäre Epoche in der Zerstörungstechnik ein und sicherte dem angeschlagenen Unternehmen im erbarmungslosen Verdrängungskampf eine überlegene Stellung. Habermatt seinerseits sah im Geist rosigen Zeiten entgegen. Nach der Heirat mit Samsons *ArkGroup* (den Begriff Überlaufen verdrängte er) könnte Burlikon-Zurich endlich wieder auf vollen Touren produzieren und die Waffen dank der beherrschenden Marktstellung der *ArkGroup* auch noch weltweit besser absetzen.

Samson bedeutete ihm, zu unterschreiben, und als Habermatt noch zögerte, fragte er barsch: »Auf was warten Sie noch? Vertrauen Sie mir etwa nicht?«

»Doch, aber würden Sie einen Konzernchef nicht feuern, der nicht einmal die Verträge liest?« gab Habermatt zurück.

Samson gab einen grunzenden Laut von sich, der nach Zustimmung klang, wartete, bis Habermatt fertig war, klemmte das Schriftstück unter den Arm und verabschiedete sich jovial mit hochgehaltener Hand. Die schüchterne Sekretärin klopfte wenig später an die Tür und geleitete die Besucher durch den Korridor zum Lift, während Samson bereits sein Heiligtum im obersten Stockwerk betreten hatte, das ihm ganz allein vorbehalten war. Darüber befanden sich nur noch die Teleskopantennen und der Landeplatz für den Hubschrauber. Er leistete sich eine kurze Verschnaufpause, indem er Gewichte stemmte, unter die Dusche ging und ein Glas Milch trank. Als nächstes stand eines der in letzter Zeit zahlreichen Fernsehinterviews auf dem Programm, die wegen Samsons enormer Popularität den Sendern immer höher in den Himmel wachsende Einschaltquoten bescherten.

»Extra: Staudamm-Katastrophe in Mexiko. Über 100 000 Menschen ertrunken.«

Habermatt nahm die schreienden Schlagzeilen kaum wahr, als er nach dem ebenso denkwürdigen wie kurzen Termin unten in der Halle zum Zeitungsstand schritt. Den steifen Anwalt hatte er unter dem Vorwand ins Hotel vorausgeschickt, er solle den Bericht an den Hauptaktionär abfassen. Habermatt kaufte sich eine Zigarre, legte die Zeitung aus lauter Gewohnheit dazu und schwang sich durch die Drehtür auf die in grellem Licht flimmernde Plaza hinaus. Von seinem – er dachte wirklich: seinem – Coup mutig geworden, musterte er die jungen Frauen, die neugierig seinen Blick erwiderten, blieb stehen und zündete die Zigarre an. Er zog den

Rauch tief ein. Ein herrliches Gefühl! Ihm hatte sich das Geschäft seines Lebens geboten, und endlich hatte er es geschafft, sich über alle Skrupel hinwegzusetzen und zuzupacken.
Weiter drüben stand der Aufnahmewagen einer Fernsehstation, um den sich ein paar Neugierige scharten. Habermatt schlug die Zeitung auf, machte ein paar Schritte, blieb stehen, paffte und schlenderte, in die Lektüre vertieft, weiter. Als er die zweite Seite aufschlug, sprang ihm Samsons Name in die Augen:
»... Washington sieht gespannt dem Massenaufmarsch der Samsoniten an diesem Wochenende entgegen. Der Gründer und Spiritus rector der Bewegung, Robusto Samson, hat angegeben, ihm sei die genaue Teilnehmerzahl egal. Seine Bewegung bleibe die größte, und sie fülle überall auf der Welt Plätze und Stadien. ›Was soll‹, so Samson, ›die Zählerei? Wir werden immer mehr, das allein ist wichtig.‹
Ob er da nicht ein wenig flunkert, weiß nur Mr. Samson selbst. Tatsache ist, daß die Samsoniten seit ihrer Gründung 1990 die am raschesten wachsende Sektenbewegung der Vereinigten Staaten sind und Massenaufmärsche ebenso zur Vereinigung gehören wie gigantische Lautsprecheranlagen, riesige Lastwagen, ein florierender T-Shirt-Verkauf und leistungsfähige Schnellimbißstände ...«
Habermatt klemmte das Blatt unter den Arm und mischte sich unter die Leute vor dem Fernsehwagen. Über einen der Monitore liefen Bilder von der Flutkatastrophe in Mexiko. In ersten Stellungnahmen vermuteten die Ingenieure ein Erdbeben der Stärke acht als Ursache des Mauerbruchs, meinte der Sprecher, indes japanische Erdbebenforscher erklärten, der gewaltige Ausbruch der Wassermassen aus dem Staubecken habe das registrierte Beben ausgelöst. Indianer wollten sonderbare Lichtscheine beobachtet haben und führten das Unglück auf die Rache der Geister zurück, die vom Bau der Talsperre vertrieben worden waren. Das Weiße Haus bot dem mexikanischen Präsidenten seine volle Unterstützung für die Rettungs- und Wiederaufbauarbeiten an. In Rom las der neue Papst eine Messe für die Opfer. Eine junge Frau drückte Habermatt ein Flugblatt in die Hand: Angostura, Vorbote der Sintflut. Unwirsch zerknüllte er das Pamphlet, paffte die Zigarre und bummelte zum andern Ende des Platzes hinüber, wo er einen Imbißstand entdeckt hatte.

Mexiko

Vater Homero stach mit einer langen spitzen Stange aus Holz Löcher in den gepflügten Acker, um später die Maissamen hineinzustreuen, wie es die Indianer seit ewigen Zeiten machen. Er hielt erschrocken inne, als der Junge herankeuchte. Auch Antonios Onkel trieb seine Stange energisch in die weiche Erde und lief zu Antonios Vater, dem Antonio bereits aufgeregt berichtete, was er gesehen hatte. Die beiden Männer sahen sich bedeutungsvoll an, packten ihre Werkzeuge und beschlossen, die Sache im Haus zu besprechen. Homero Vasquez gehörte zu den Choles, einem als beharrlich und geduldig bekannten Gebirgsstamm. Er bewirtschaftete in der zweiten Generation den Flecken kargen Bodens, den sein Vater über die Jahrzehnte zunächst den Besitzern aus der fernen Hauptstadt, dann dem Urwald abgerungen hatte, und brachte einmal monatlich Fleisch und Gemüse auf den Markt nach Angel Albino.

Wortlos betraten die Männer die einfache Palmhütte. Die finsteren Mienen verhießen Antonios Mutter nichts Gutes. Sie stellte die Schüssel mit dem Teig für die Tortillas zur Seite und machte vorsorglich den Holztisch sauber. Aber Homero ging sofort in den Wohnraum und setzte sich dort auf den einzigen Stuhl. Mit einer unwirschen Gebärde verscheuchte er Luisa, Antonios Schwester, vom Webstuhl. Eiligst sammelte diese ihr Garn und die fertig gewordene Jacke ein und räumte unter Kopfschütteln das Feld. Homeros Bruder setzte sich auf den freigewordenen Hocker. Hinter verschlossener Tür berieten sie lange, was zu tun sei. Schließlich kamen sie aus der Stube heraus, um gleich darauf wegzugehen. Homero hatte gelernt, der Stimme des Windes zu lauschen, lange bevor die *Commandantes* auftauchten und die *Campesinos* in geheimen Lagern an den Waffen ausbildeten.

Die Ältesten der Indios überlieferten die Geschichte vom alten Zapata, der sich mit dem Ruf nach Land und Freiheit erhoben hatte und nie gestorben wäre. Zapata würde zurückkommen, prophezeiten sie, um sie in eine bessere Welt zu führen. Homero gab die Geschichte an Antonio weiter und erklärte ihm die wahre Bedeutung der Legende: »Du mußt auf den Wind, den Regen und die

Sonne hören, um zu erfahren, wann es Zeit ist, zu pflügen, zu säen und zu ernten.«
Homero hatte geträumt. Von einem großen Stück Land, das ihm gehörte, von einer Schule für Antonio, er träumte von Arzneimitteln gegen seine Schmerzen, einem reich gedeckten Tisch und Licht zum Lesen ... Aber kürzlich, eines Nachts, war etwas geschehen. Homero hörte den Wind heulen wie noch nie, er hörte ihn an den Dächern rütteln, spürte die Erde beben, und er sah einen Sturm sich entfesseln, wild wie keinen zuvor. Im Traum erschien wieder der alte Mann, auf einer schwarzen Wolke reitend, von Freiheit singend, das grüne Banner schwingend, und Homero begriff, daß der Wind zu Tale brauste, über jene hinwegfegte, die mit Geld herrschten und die Schätze seines Landes stahlen. Am Morgen danach erfuhr er von der großen Staumauerkatastrophe.

Die Männer kamen kurz vor dem Dunkelwerden mit ernsten Gesichtern zurück, setzten sich wortlos an den Küchentisch und aßen schweigend von den gebackenen Tortillas.
»Dort habe ich noch nie Geier beobachtet«, platzte Antonio in die Stille. Die Mutter legte ein paar Stücke Holz ins Feuer, und Homero trank seinen Kaffee.
»Du gehst einstweilen nicht mehr hin«, brach der Vater sein Schweigen.
»Aber mein roter Kardinal ...«
Unter dem Blick seines Vaters verstummte Antonio augenblicklich; so bestimmt, so grimmig hatte er ihn noch nie angeschaut. Doch Homero blieb bei all dem ein praktisch denkender Mann. Der Fund bedeutete Unannehmlichkeiten, Untersuchungen, vielleicht Schikanen. Zuallererst war es wichtig, mit niemandem darüber zu sprechen und zu verhindern, daß jemand sich verplapperte. Das Hochland bildete einen Stützpunkt der Rebellen, und alles, was den Regierungstruppen Anlaß gab, das Gebiet zu durchstreifen, mußte vermieden werden, soviel war klar. Andererseits sollte der Unterbefehlshaber davon erfahren, denn die Toten sahen nach Soldaten aus. Homero hatte deshalb im Einvernehmen mit seinem Bruder beschlossen, die Sache *Subcommandante* Marcos anzuvertrauen, wenn sie das nächste Mal nach Angel Albino auf den Markt gingen. In ein paar Tagen würde dies der Fall sein.

»Sprich mit keinem Menschen darüber«, warnte er Antonio, und Stolz flackerte in seinen Augen auf, denn er wußte, daß sein Sohn schweigen konnte, wenn die Lage es gebot.

New York, 1992

Als Custer an der Straßenecke unter die schalldämpfende Telefonhaube trat und das Marriot anrief, in dem das Wahlkampfbüro für einige Tage eine Suite belegt hatte, kam Nancy mit ihrer tiefen Stimme an den Apparat:
»Wo treibst du dich herum? Wie wär's, wenn du mir ein bißchen Händchen hieltest, Ken? Ich bin furchtbar allein in diesem Schuppen!«
»Wo ist er?« unterbrach Custer scharf.
»Moment, ist etwas nicht in Ordnung?« Ihre Stimme klang besorgt.
»Es ist etwas passiert, was er wissen sollte«, rief Custer in den Hörer.
»O nein, sag mir nicht, daß es eine Weibergeschichte ist, daß er wieder eine Affaire hat ...«
Custer hielt sich das Ohr zu, um den Straßenlärm abzuschirmen.
»Nein, nichts dergleichen.«
Er erzählte ihr von der Schlägerei auf der Fähre, was sie zunächst höchst aufregend fand; zugleich machte sie sich über sein ewiges Macho-Gehabe lustig. Dann wurde sie ernst, als sie erfaßte, daß die Verbindung zu einem notorischen IRA-Aktivisten wie Frank Hogan politischen Zündstoff enthielt, an den die New Yorker Presse mit Hochgenuß die Lunte legen würde. Es war nicht auszudenken, wenn in den Morgennachrichten die Gouverneursunschuld vom Land leichtfertiger Kontakte zur Irischen Republikanischen Armee bezichtigt würde.
»Der Gouverneur klopft die Wall Street nach Spendendollars ab, am Nachmittag jettet er nach Albany, und vor morgen mittag wird er nicht zurück sein«, informierte Nancy ihren Kollegen. »Ich mobilisiere Richie, dann machen wir ein Schadensbegrenzungs-Meeting.«

Richard Ferguson war der Wahlkampfmanager, den Custer senkrecht in die Luft abheben sah, wenn ihm Nancy die peinliche Geschichte weitergab. Unsere schönsten Planspiele sind völlig umsonst, und nur, weil du Idiot dich aufführst, als wärst du ein Schuljunge, hörte Ken ihn toben. Er stöhnte innerlich.
»Übrigens, da ist eine Nachricht von ihm für dich«, schrie Nancy aus einer anderen Ecke, wo sie, nach den Geräuschen zu schließen, nach einem Papier angelte. Nancy, Ken sah sie vor sich, mit Hornbrille, ungepflegten schwarzen Haarsträhnen, eingehüllt in ein blumiges Fahnentuch, Kekse mampfend. Nancy war wieder da, die Nachricht in der Hand: »Der Gouverneur will, daß du morgen einen VIP-Besuch machst, Ken. Hör gut zu. Ein hohes Tier im Verteidigungsgeschäft: Robusto Samson. Schon gehört? Morgen, um elf Uhr. Jim Frazer hat es arrangiert.«
Custer notierte die Adresse auf den Rand des Stadtplans und wiederholte die Angaben.
Anschließend schlenderte er Richtung »Grand Central Station«, und nach einer Weile stumpfen Vor-sich-hin-Stierens hellte sich seine Laune auf wie der verhangene Himmel, aus dem plötzlich die Sonne brach. Eine völlig Unbekannte hatte ihm lächelnd einen Blick zugeworfen! Er drehte sich um, aber sie lief weiter, schön, jung, unbeschwert ... New York! Diese Stadt war großartiger, schneller, lebendiger als alles andere, machte einen ganz kribbelig von dem vielen Leben, von der schieren Masse der Menschen: Penner und Investmentbanker schlurften herum, chic gekleidete Ladies verbargen ihre Blicke hinter dunklen Designer-Gläsern, blasse Yuppie-Typen kauften an den koreanischen Obstständen ein, Puertorikaner mit Goldketten um den Hals lungerten an den Ecken herum, junge Upper-West-Sider nippten an Espresso-Tassen in den europäisch gestylten Coffee-Shops, und jemand schenkt dir ein Lächeln, das alles ändert, dir vor Augen führt, mit welchem Ernst du verbissen durch die Welt trottest. Jeder andere Ort auf der Welt kam Custer in diesem Moment schneckenartig langsam und leer vor. Robusto Samson? Er zuckte die Achseln und blickte auf das schöne, dunkle Antlitz einer reizenden Frau: Ihre Augen huschten funkelnd über sein Gesicht, glitten den Körper hinunter, stolperten an seinem Hosenbund, die Lippen verzogen sich charmant-lasziv, dann war sie vorbei. Ah, wie wohl das tat ...

Ken Custer traf Robusto Samson am folgenden Tag an Bord seines Flaggschiffes, einer eleganten, hundertzehn Meter langen Yacht mit dem Namen »Lady Ark«. Sie lag am neuen Pier des kleinen Hafens an der Südostseite Manhattans im wärmenden Sonnenlicht, das sich in der imposanten Kulisse der stolz aufstrebenden, glänzenden Bürotürme spiegelte. Weißgekleidete Matrosen eilten geschäftig und geräuschlos über das Deck, während ein Steward in eleganter Marineuniform Ken unter den finsteren Blicken zweier Leibwächter höflich begrüßte und ihn die Landungsbrücke hinauf in das kostbar ausgestattete Schiff geleitete. Samson empfing ihn im großen, ovalen Salon, ganz Gefunkel und Glanz, viel Mahagoni, Korduan-Leder, Messing und Kristall. Doch der in weichen Tönen gehaltene Dekor, die flauschigen Perser und die gesamte mit sanfter Musik berieselte Prachteinrichtung entlarvten sich nach kurzer Zeit als Staffage für den Tatort einer blanken Erpressung. Zunächst aber zückte ein aufgeräumter, jovialer, in ein schwarzes Baumwollhemd gehüllter Samson die Brieftasche und ließ einen Scheck auf die mit ziseliertem Gold eingefaßte Glasplatte fallen.

»Sagen Sie dem Gouverneur, daß ich seine Politik und die Auswahl seiner Kontakte sehr bewundere, wirklich.«

Er schob eine Zeitung heran: »Gouverneur für Kontakte mit Sinn Fein«, prangte auf der Titelseite der »Daily News«. Ein leichtes Vibrieren durchlief den Schiffsrumpf. Samson lächelte versöhnlich. »Ich habe gedacht, wir verbinden unser Gespräch mit einem kleinen Ausflug rund um Manhattan.«

Ein Widerspruch wäre unhöflich gewesen. Custer nickte, gab sich von der Luxusyacht beeindruckt, was Samson veranlaßte, von technischen Raffinessen zu schwärmen. Ein Wort ergab das andere, während das schnittige Boot auslief. Custer erzählte von der vielbeachteten Versammlung im irischen Forum, wo der Gouverneur am Vorabend bekanntgegeben hatte, falls ihn die Amerikaner zum Präsidenten wählten, würde er einen Sonderbotschafter nach Nordirland entsenden, auf die Briten Druck ausüben und dem Sinn-Fein-Chef ein Visum für die Vereinigten Staaten ausstellen.

»Wahlpropaganda«, tat Samson das Ereignis ab.

»Seit Präsident Andrew Johnson im Jahre 1866 den Iren vorschlug, Kanada zu erobern, hat das Weiße Haus noch in keinem Fall für die Iren öffentlich auch nur einen Finger gerührt.«

Custer war überzeugt, daß die Unterstützung der Iren ein Wahlschlager sei.
»Reden wir vom Geld«, lenkte Samson ein, als die Schatten der »Brooklyn Bridge« über sie hinwegglitten. Auf den Scheck war eine hohe Summe gekritzelt. Höher als alles andere, was bis jetzt an Spendendollars eingegangen war. Custer setzte zu einer Dankesrede an, aber Samson unterbrach ihn: »Ich zahle noch einmal die gleiche Summe, wenn der Gouverneur Sie freigibt, *Mister* Custer.«
Ken hatte sich im Wahlkampfbüro über Samson informiert. Der Mann sah sich als Dienstleister für alle Bereiche der Verteidigung. Er gehörte zu den Reichen des Landes, und er war bekannt für seine sehr konservative Haltung, vergleichbar mit Ross Perrot, aber ohne politische Ambitionen. Dafür spielte er sich als Kultfigur einer wirren Endzeitlehre auf.
»Angenommen, ich nähme an: was wäre mein Job?« fragte Custer. Er konnte sich vorstellen, daß ihn eine Bezahlung erwartete, weit jenseits der Möglichkeiten des Gouverneurs.
Samsons Augen strahlten vor Begeisterung: »Ah, jetzt kommen wir zur Sache.« Mit unerwarteter Leichtigkeit schwang sich die massige Gestalt auf und tippte Zahlen in eine Tastatur an einer Konsole ein. An der Kabinenwand flammten Bildschirme auf, Sonnenblenden senkten sich summend über die Glasfront und schlossen den Blick auf die Bronx aus. Dafür erschien das Logo von *Executive Solutions* auf dem Bildschirm. Es folgten martialische Bilder von Elitetruppen, von verschwitzten Männern, die über Kampftrainingsanlagen keuchten, und eine Stimme erläuterte die Bedeutung der Sicherheitskräfte in einer Zeit von Terror, Kleinkriegen und Aufständen. Flüchtlinge zogen zermürbt vorbei, Verwundete schleppten sich vom Gefechtsfeld an geschützte Orte ...
»Unsere Kunden sind Diktatoren, Regierungen, Freiheitsbewegungen und Großkonzerne«, erläuterte der Gastgeber.
»Sie betreiben eine Söldnerfirma«, stellte Custer fest.
Samson klatschte in die Hände. »Applaus, *Mister* Custer. Ich vermiete Eingreiftruppen auf Zeit, verchartere kleine Armeen. Die Nachfrage in diesen turbulenten Zeiten ist riesengroß.«
»Verrückt«, murmelte Custer.
»Keineswegs. Militärische Aktionen sind selbst für Supermächte zu teuer geworden, von den politischen Kosten ganz abgesehen. Also

wenden sich bedrängte Regierungen an uns. Wir machen kurzen Prozeß. Bevor überhaupt jemand begreift, wer hinter einer Intervention steckt, haben wir aufgeräumt. Sehen Sie, *Mister* Custer, ich verkaufe Sicherheit und Ordnung. Ein begehrtes Produkt von *Executive Solutions*, die globale Dauerlösung, die Regierungen überlebt.«

Der Film lief weiter. Moderne Panzer jagten staubaufwirbelnd über eine Ebene. Fallschirmspringer schwebten auf eine Residenz nieder. Ein Landungsboot preschte durch die Bucht auf einen verlassenen, von üppiger Tropenvegetation bewachsenen Strand zu.

»Kleine Staaten können sich milliardenteure Armeen, deren Bewaffnung morgen nur noch Schrottwert hat, gar nicht mehr leisten. Sie kaufen besser im privaten *Defense*-Sektor ein. Wenn es brennt, liefern wir sofort die maßgeschneiderte Lösung. Selbst die Generäle im Pentagon liebäugeln mit meinen Söldnertruppen. Sie können sie einsetzen, ohne auf die Politiker Rücksicht zu nehmen.«

Samson stoppte die Übertragung und suchte nach seinem Glas.

»Vermutlich gibt's einen Versandkatalog«, bemerkte Custer spitz.

Samson ließ die Sonnenblenden hochfahren, als die eleganten Stahlträger der Washington Bridge in Sicht kamen.

»Natürlich, auf Bestellung führen wir gern auch einen Staatsstreich durch. In unseren Reihen stehen Veteranen, Legionäre, Sicherheitsprofis, Biologen, Chemiker und ehemalige Stabsoffiziere der Streitkräfte. Wir rekrutieren sie als Planer, Kommandanten ...«

»Gehört Frank Hogan auch dazu?« Custers Stimme klang kalt.

Wenn ihn die Frage überraschte, ließ sich Samson nichts anmerken.

»Die IRA ist ein Fehler, Ken. Die haben eine traumatische Geschichte, faschistische Strukturen. Unter moderner Politik verstehe ich etwas anderes. Politik ist ein Geschäft, sich aufzuopfern bringt nichts. Wechseln wir das Thema.« Er schob ihm eine Broschüre der Firma zu. »Ich biete Ihnen den Posten des Generaldirektors von *Executive Solutions* an. Was halten Sie davon?« Er zeigte auf eine aufgeschlagene Seite mit einer Gebirgslandschaft: »In der Schweiz, mitten in Europa, bauen wir unsere Welt-Cyber-Zentrale auf. Daran könnten Sie arbeiten.«

Samson hatte sich alle persönlichen Daten seines Gesprächspartners geben lassen. Der Bursche war schlicht perfekt. Ein Vierteljahrhundert hatte Ken Custer als Geheimagent eine CIA-Karriere voller Abenteuer durchlebt, war mit afghanischen Freischärlern zu Felde gezogen, hatte in Panama den Geheimdienst G-2 aufgebaut, das Superkartell in Medellín infiltriert, war CIA-Operationsleiter im Irak gewesen ... Und jetzt tauchte er an der Seite des Gouverneurs auf, was vermutlich soviel hieß, daß der Bursche aus Arkansas tatsächlich gewählt werden würde.

Als die Docks der Hafenanlagen in Sicht kamen, schüttelte Ken langsam den Kopf. Er sei altmodisch, die Loyalität zum Gouverneur bedeute ihm etwas, und so übers Knie brechen wollte er die Entscheidungen keinesfalls. Samson gab nicht nach und setzte seinen ganzen Charme ein, um Custer zu überzeugen, aber Ken blieb hart. Da verflog die Gutmütigkeit aus Samsons Gesicht. Es wurde kalt und berechnend. Seine Augen verengten sich. Wie konnte so ein windiger Kerl eines Provinzpolitikers es wagen, ihm zu widersprechen? So ein Deal wie der mit Habermatt, so etwas war Samson gewohnt, und jetzt sollte dieses Nichts von einem Agenten ihn auf Granit beißen lassen?

»Sie werden den Job beim Gouverneur verlieren, Ken«, donnerte er los und bedachte ihn mit einem Blick voller Abscheu. Custer zuckte die Schultern, nahm den Scheck vom Tisch und steckte ihn ein: »Der Gouverneur wird sich freuen, danke.«

Der Gehilfe, der mit dem Umschlag hereinkam, glich dem Kerl, der ihn auf der Fähre mit einem Magenschwinger hatte niederstrecken wollen, wie ein Ei dem andern. Custer ging schlagartig ein Licht auf. Der Argwohn der letzten Tage hatte einen Namen bekommen. Warum fiel ihm in letzter Zeit alles ein Momentchen zu spät ein? Casey hätte ihm vermutlich geantwortet, er sei von der Optimismusepidemie, die der Gouverneur ausgelöst hatte, infiziert und wolle das Negative nicht als schlecht, sondern als temporäre Abwesenheit des Guten begreifen.

»Sie steckten also dahinter, *Mister* Samson«, sagte Custer langsam. Das Mondgesicht zerschmolz zu einem zuckersüßen Lächeln. »Ich habe schon mal ein paar Fotos für Ihre Bewerbungsunterlagen machen lassen.« Er warf Ken die Bilder zu. »Sehen Sie selbst!« Er lachte hämisch, und sein Mund verzog sich zu einer häßlichen Grimasse.

Ken studierte die Bilder der Schlägerei auf der Fähre mit steigendem Unbehagen, während die »Lady Ark« um die Südspitze Manhattans glitt. Auf mehreren Fotos stand Frank Hogan scharf und unverkennbar neben Custer, im Hintegrund grüßte verschwommen die Freiheitsstatue. Ein gefundenes Fressen für die Presse. Wahlkampfhelfer und IRA-Aktivist zetteln Rauferei an. Ken sah bereits die Schlagzeile in ihrer ganzen verletzenden Ungeniertheit und spürte ein mulmiges Gefühl im Magen. Nein, das war kein Ruhmesblatt gewesen. Und für diesen schurkigen Machtmenschen, der ihn derart hereingelegt hatte, sollte er jetzt arbeiten? Nicht im Traum! Hogan hieß der andere Mistkerl. War also wahr geworden, was Ken nicht für möglich gehalten hatte?
»Überlegen Sie es sich gut, Ken. Mein Angebot gilt. Es wäre doch jammerschade, wenn die Kampagne des Gouverneurs Ihretwegen Schaden nähme«, sagte Samson und schritt zum Ausgang.
Als Ken auf das blitzblank gescheuerte Deck hinaustrat – sie hatten inzwischen angelegt – und die kühle Brise auf seinem erhitzten Gesicht spürte, fiel es ihm wieder ein: Samson war doch eine biblische Figur gewesen, die den Tempel der Philister zum Einsturz gebracht und damit alle seine Feinde mit sich in den Tod gerissen hatte. Das Unvertraute und in seiner Gewalttätigkeit völlig Neue an Robusto Samson flößten Ken Grauen ein.
»Was hecken Sie mit Ihrer martialischen Organisation aus, *Mister* Samson?« fragte Ken, bevor er den Fuß auf die Landungsbrücke setzte. Seine Stimme klirrte vor Wut.
»Wissen Sie, Ken, ich verkaufe weltweit integrierte Sicherheit«, gab Samson zurück. »Wir sind die Ordner des Planeten. Überall, wo Chaos herrscht, bin ich zur Stelle und räume auf. Chaos ist mein Geschäft. Und wir gehen Zeiten unglaublichen Chaos entgegen.«

New York, 1999

Delia Cooper, die Zeitung und zwei Einkaufstüten unter den Arm geklemmt, den Brief zwischen die Lippen gepreßt, drehte den Schlüssel im Schloß und trat mit der Fußspitze die Tür auf.

Im dämmrigen Flur ihres Westside-Appartements ließ sie die Last erleichtert fallen, nahm die Sonnenbrille ab und legte sie zusammen mit dem Schlüsselbund auf die Ablage unter dem Wandspiegel. Sie warf sich einen kritischen Blick zu, durchkämmte flüchtig die glänzenden Haare mit den Fingern und stieß seufzend die Luft aus. An der Wand am langen Ende des Flurs hing im Großformat das Porträt eines Mannes im weißen, offenen Hemd. Das lang geschnittene Gesicht wandte sich ab, der Halsmuskel straffte sich zu einem schmalen Kegel, der unter dem Ohr mit dem Kiefer verschmolz. Dieser sehnige Pfeiler gab Kopf und Nacken, wie es den Anschein machte, unverrückbaren Halt, um jeder Unbill, die aus unbestimmter Ferne drohte, zu trotzen. Und genau dorthin richtete der Mann seinen Blick, aus Augen, die unter hochgezogenen Brauen leicht spöttisch wirkten.

Das Porträt hatte sie selbst geschossen, in guten Zeiten, als die Welt zwischen ihr und Ken Custer noch in Ordnung war. Es war ein Klassefoto, das sie mit Stolz erfüllte, wie alles, was ihr perfekt gelungen war, und eines Tages hatte sie sogar entdeckt, daß Ken die gleiche Pose einnahm wie Humphrey Bogart auf der 32-Cent-Briefmarke.

Auf dem Sims lagen die drei Wurfpfeile, die dazu dienten, ihre Frustrationsanwandlungen in pragmatischer Weise abzuschütteln. Genau wie heute. Sie packte die drei Pfeile und warf sie in kurzen Abständen energisch auf den Kopf des Mannes, wobei sie jedes Wegschleudern des Arms mit einem fauchenden Gurgeln begleitete, als würde dadurch die Wucht des Wurfs verdoppelt. Die Geschosse schlugen hart ein und blieben zitternd stecken. Delia brummte, schritt zum Porträt und blickte mit Genugtuung auf ihre Tat. Das hübsche Gesicht war durch Delias Wutanfälle arg zerstochen, doch die Augen des Mannes blickten weiterhin gelassen von ihr weg, und dieser unbekümmerte, arrogante Blick versetzte Delia jedesmal in Rage. »Ich hasse, hasse, dich ...« fauchte sie und ging am Bild vorbei ins Wohnzimmer, wo sie aus lauter Gewohnheit den Fernseher einschaltete.

»... danken Ihnen für dieses Gespräch«, verklang die Frauenstimme, und Robusto Samsons Gesicht füllte das ganze Bild aus.

Sie setzte sich erschöpft hin, stand gleich wieder auf, eilte ins Badezimmer, dann in die Küche, wo sie die Tüten auspackte und ein Wasser aus dem Kühlschrank angelte. Damit kehrte sie ins Wohnzimmer zurück und plumpste auf das Sofa.

Samson signierte jetzt Bücher, ein Knäuel Leute drängelte um den Tisch, der mitten in der Cafeteria der Buchhandlung stand. Die Reporterin hielt den Band »Überleben mit Robusto Samson« in die Kamera.

Delia zog die Schuhe aus und legte ihre Beine auf das Sofa. Mit der Fernbedienung zappte sie lustlos durch das Programm, um schließlich entnervt auszuschalten. Im Schlafzimmer zog sie sich aus, reckte sich wohlig, streifte einen schwarzen Body über ihren athletischen Körper, steckte das lange Haar zu einem dicken Knoten auf und wand sich die Wendeltreppe hinunter in ihr Studio.

Auf engem Raum standen dort ihr weißer Hometrainer und gegenüber, in der Ecke, die Bar mit dem Kühlschrank, aus dem sie einen Fruchtsaft und Eiswüfel herauskramte. Sie stellte alles auf den großen, hellen Arbeitstisch vorn am Fenster, auf dem ein Bildschirm mit Rechner, Modem, Drucker und was sonst so alles den multimedialen Arbeitsplatz ausmachte, standen. Sie setzte sich und tippte:

Betrifft: Tapachula, Mexiko. *Executive Solutions* besaß in der Nähe der Stadt einen logistischen Stützpunkt. Seit Wochen gelingt es mir nicht, mit dem Burschen, der den Schuppen betreibt, Kontakt aufzunehmen. Könntest du mal mit deiner Kiste hinfliegen und herausfinden, was der Kerl treibt? Herzlichst Delia.

Sie sandte die E-mail an ihre alte Liebschaft Carlos, eine treue Seele, die seit Jahren in Guatemala City Baumwolle einkaufte und in die USA exportierte.

Lustlos blätterte sie danach durch eine Zeitschrift, nahm einen Schluck Citrusdrink, klickte schließlich den kleinen Fernseher auf dem Fußboden an und entschloß sich, auf den Hometrainer zu klettern. Während sie in die Pedale trat, löste sich Bedrückendes allmählich wie Schnee, der in der Frühlingssonne vom Hausdach rutscht. Nach einer Viertelstunde, als ihr Bewußtsein anfing, sanfte Wellen zu schlagen, erschien Robusto Samson nochmals auf dem Bildschirm, diesmal auf CBN. Er bewegte in dieser Aufzeichnung den muskelbepackten Körper gar nicht schwerfällig auf der Hafenmole an einer grauen Schiffswand entlang. Der riesige Rumpf entpuppte sich als ein mächtiger Flugzeugträger. Die Kamera schwenkte zum Bug auf das silbern glänzende Symbol der *ArkGroup*, während der Reporter informierte:

»... Robusto Samson, ein Wirtschaftskapitän, der seine Milliarden im Waffen- und Sicherheitsgeschäft verdient, hat die Samsoniten als überkonfessionelle Hoffnungsbewegung konzipiert und seit 1990 nach Angaben seines Stabes schon fünf Komma acht Millionen Menschen in Sportstadien im ganzen Land versammelt ...«

Mit dem Kauf der Flugzeugträger bewies Robusto Samson einmal mehr seinen genialen Spürsinn für kommende Veränderungen, staunte Delia. Lange vor den Generälen im Pentagon hatte er erkannt, daß die modernen Kampfgeschwader Flugzeugträger obsolet machten. Robustos Beispiel leuchtete Delia ein: Ein Geschwader, ungefähr siebzig Kampfbomber stark, kann von den Vereinigten Staaten aus den Persischen Golf in vierundzwanzig Stunden erreichen. Sofern einer nicht gerade zufällig in der Nähe liegt, braucht ein Flugzeugträger drei Tage bis eine Woche, um in der jeweiligen Kampfarena mit nur vierzig Kampfflugzeugen aufzukreuzen. Der Verteidigungsminister zeigte sich in diesem Zusammenhang nicht abgeneigt, die älteren Exemplare der schwimmenden Flugplätze auszumustern oder zu verkaufen. Samson packte die Gelegenheit beim Schopf. Aus zwei martialischen Trägern machte er Archen und vertäute je eine an der Ost- und Westküste. Die Zahl der Leute, die in Scharen Plätze buchten, um die vom Guru prophezeite Sintflut zu überstehen, übertraf alle Erwartungen. Jetzt streckte der Reporter Samson ein Mikrophon entgegen:

»*Mister* Samson, wie fühlen Sie sich, wenn übermorgen Hunderttausende in Washington zusammenströmen, um Ihren Worten zu lauschen?«

Ein breites Grinsen füllte den Bildschirm:

»Historisch hat es Gott schon immer gefallen«, antwortete Samson, »wenn Menschen aus großen Distanzen zusammenkommen, um zu bereuen und sich auf das Jüngste Gericht vorzubereiten.«

Delia drückte auf die Fernbedienung, ein schwarzes Loch saugte den Hafen samt Flugzeugträger ab, dann visierte sie einen Punkt an der Wand an. Dort verbreiteten das dunkel gebeizte Bücherregal und Messinglampen südstaatlichen Charme. Mit einem Druck auf die Fernbedienung erwachte das anthrazitfarbene Gehäuse zwischen Bänden von Nietzsche, Bukowski und Henry Miller zum Leben. Eine Sinfonie von Beethoven schwoll langsam an, die Klangwolke trug sie über ein endloses Meer mit Tausenden von Wellen, die in ihr Hirn und Gemüt flossen. Delia suchte nach einem moralischen Leitfaden, horchte nach dem vertrauten Zwiegespräch, suchte den Orientierungspunkt ... doch die Gedanken schweiften beharrlich ab, zurück zum Mann auf dem Bild im Flur. Amors Pfeile waren schuld an ihrem desolaten Gemütszustand, und es nützte wenig, sie in periodischen Unlustanfällen zurückzuwerfen; denn der Mann hatte sich in ihre Seele eingeritzt wie der Namenszug Verliebter in die Rinde alter Buchen. Er war ein Ungeheuer, ein Genie, ein Charmeur, er war alles, nur nicht ihr Liebhaber. Delia trat verbissen in die Pedale, der Tacho kletterte auf dreißig Stundenkilometer, die Gedanken rasten mit ... Ihr Blick fiel auf das Gebäudewirrwar Manhattans, auf flache Dächer mit eckigen Aufbauten, über Spitzen und Türme, auf grüne Flecken und Wasser. Sie schloß die Augen und sah im Geist die mediterrane Hügelstadt: Sie kämpfte sich über unzählige Stufen hoch, keuchte durch Winkel und Gäßchen bis zum höchsten Punkt auf einen leeren Platz und sah in der Ferne die friedlich glänzende Meeresbucht. Aus den Fenstern zielten Gewehrläufe auf sie. Befand sie sich schon im Kampftraining? Oder war es die Hafenstadt?
Sie sah sich von weit oben, wie sie das Kopftuch tiefer in die Stirn zog und hinter den dunklen Gläsern nach der Bushaltestelle spähte, bemerkte, wie plötzlich die Gestalt im dunklen Spalt des weißen Gemäuers stand. Delia erinnerte sich, wie ihr Gang stockte, sie ein Handzeichen vermutete, weiterlief ... Das junge Gesicht nickte, verlor sich im Schatten, sie folgte, rannte die letzten Meter und verschwand im finsteren Durchgang. Sie sah die Bilder vor sich, als wäre es gestern gewesen. Man hatte sie in Latakia an der syrischen Küste an Land gesetzt. Ihr Kontakt schleuste sie über Aleppo in den Nordirak, in ein Versteck, nicht weit von Mosul entfernt. Danach blieb sie mit einem Funk- und Positionsgerät und der bewährten,

schwarzen SIG Sauer-Neunmillimeter auf sich allein gestellt. Doch die Gewißheit, daß Ken Custer zum Team gehörte und irgendwo im Feindesland an sie dachte, um sie nach Erfüllung der hochgeheimen Mission sicher nach Hause zu bringen, gab ihrer Moral Auftrieb. Sie durfte nur den Treffpunkt nicht verfehlen ...

Im Nordirak, 1997

Sie sah das zerfallene Gemäuer und den blechernen Schuppen mit den Ölfässern, dazwischen den Ziehbrunnen, genau wie auf der Luftaufnahme, die sie ihr gegeben hatten, um den Treffpunkt im Gelände zu erkennen. Eine staubige Piste lief schnurgerade von den armseligen Bauten weg und stieß tiefer im Tal rechtwinklig auf die entfernte Straße. Dahinter konnte das bloße Auge im Dunst der Dämmerung nichts Genaueres ausmachen. Delia nahm das leistungsstarke Fernglas zur Hilfe und suchte das Terrain entlang der Straße sorgfältig ab. Niedriges Gebüsch und grobe, fast mannshohe Steinbrocken boten ideale Verstecke für Scharfschützen, doch nichts regte sich. Für den Bruchteil einer Sekunde blitzte schwach ein Licht auf, eine Reflexion von Metall, ein Blinkzeichen? Delia suchte die Stelle ab. Steinhaufen, von hellen Flechten bewachsene Felsplatten, Sand, Schiefergestein, sonst nichts Auffälliges. Sie hob das Fernglas zum Horizont. Der dunkle Berg zerschnitt mit seiner Felsspitze den rötlichen Abendhimmel. Delia lag im Schatten des Olivenbaums auf dem Bauch und spähte über den Rand ihres abgewetzten Rucksacks, den sie vor sich als Deckung aufgebaut hatte. Mit den Händen schirmte sie das Fernglas ab, um Spiegelungen des letzten Lichts zu verhindern. Von ihrem Standort aus konnte sie die Straße in ihrer ganzen Länge überblicken und jede Bewegung feststellen. Doch alles blieb ruhig, wie sie erwartet hatte. Nach dem Plan sollte der Helikopter in ungefähr zwanzig Minuten eintreffen, am Ziehbrunnen niedergehen, sie aufnehmen und zur türkischen Grenze zurückfliegen. Das Ende der Mission war nur noch eine Frage von Minuten. Delia hob den Feldstecher erneut vors Gesicht und strich langsam mit dem Blick durch die Stille der kargen Landschaft zu beiden Seiten der Staubpiste. Beruhigt ließ sie das Glas

sinken, zog das GPS-Gerät heraus und prüfte ein letztes Mal ihre Position. Kein Zweifel, sie wartete haargenau an der richtigen Stelle. In wenigen Minuten würde sie das beruhigende Klopfen des Hubschraubers vernehmen. Sie klaubte die Wasserflasche aus dem Rucksack, schraubte den Verschluß auf, rollte sich auf den Rücken und nahm zwei kräftige Schlucke. Sie schloß und öffnete abwechselnd die Augen, blickte ins Grün des alten Baums hinauf, folgte den knorrigen, braunen Ästen, blinzelte in den blauen Himmel hinauf, atmete den Duft von Oliven ein und ließ die letzten Stunden vor dem inneren Auge ablaufen. Jetzt war alles vorbei, und sie würden bald sicher vereint einander umschlingen ... Da sah sie ihn. Zunächst fiel ihr nur der weiße Fleck auf, dann nahm sie das weiße Tuch wahr und einen Fuß. Erschrocken fuhr sie auf und hielt die automatische Pistole in der Hand.
»Komm runter, sonst schieße ich«, rief sie auf arabisch ins Blätterwerk hinauf.
Es war ein Junge von etwa zwölf Jahren, der sich aus dem Baum fallen ließ und entsetzt zwischen dem bedrohlichen Lauf und den zornigen Augen der Frau hin und her sah. Sie trug einen Kampfanzug wie die amerikanischen Soldaten und hatte das pechschwarze Haar am Hinterkopf zusammengebunden.
»Wie viele von euch sind da?« fragte Delia scharf und drückte dem Jungen, der flehend die Arme hob, den Lauf hart ans Kinn. Er sei allein hier, stammelte er und ließ sich unter ihrem grimmigen Blick durchsuchen. Delia fand nichts, biß sich auf die Lippen und befahl dem Jungen, seinen Beutel vom Baum herunterzuholen. Natürlich kam ein Funkgerät zum Vorschein, und als Delia den nächsten Schritt überlegte, kam klopfendes Rotorengeräusch näher. Der Junge beteuerte, nichts gesendet zu haben, er schwor und flehte. Delia glaubte ihm kein Wort. Sie packte ihre Waffe am Lauf und zertrümmerte mit ein paar Schlägen das Funkgerät. Das Klopfen der Rotoren schwoll an. Delia schielte auf die Uhr, dann befahl sie dem Jungen, sich an den Stamm zu lehnen. Ihre Vorschrift hieß töten, denn niemand durfte ihr Gesicht später wiedererkennen. Sie hob die Waffe und richtete den Lauf auf die Stirn des Jungen. Der Blick aus schwarzen, unschuldigen Augen ließ sie zögern. Unschuldig? Zum Teufel, fluchte sie innerlich. Dann stieß sie auf arabisch hervor: »Lauf!« Im gleichen Moment ließ sich der Junge fallen, über-

schlug sich blitzartig, stand behende auf und rannte um sein Leben auf den Blechschuppen zu. Delia zielte sorgfältig zwischen die Schulterblätter des Fliehenden ... Sie lag in der Klinik von Panama, das Kind ist weg, ist weg, ist weg, die Fratze des Arztes ... Sie ließ den Arm sinken. Der Junge verschwand im Innern des Schuppens, stürzte nach ein paar Sekunden wieder heraus, ein altes Fahrrad umklammernd, warf einen gehetzten Blick zurück wie ein gejagtes Wild, schwang sich in den Sattel und radelte so schnell er konnte die Staubstraße hinunter.
Delia rannte zum Ziehbrunnen, als der graugrün gefleckte Hubschrauber, eine Hawk-Version des SH-60, tief über das Gemäuer brauste und zu einer Wendeschleife aufzog. Sie sah die Katastrophe erst hereinbrechen, als sie außer Atem den Treffpunkt erreichte und der Helikopter sich langsam absenkte. Ken Custer stand in der breiten, offenen Luke und streckte den rettenden Arm aus.
Da dröhnte die Kolonne der Geländefahrzeuge in einer Staubwolke heran, wie aus dem Nichts aufgetaucht, raste die Dreckpiste hoch, Schüsse krachten, Einschläge hämmerten ins Blechdach des Schuppens und prallten sirrend von Steinbrocken ab. Delia hetzte keuchend zur Maschine, die jetzt nur noch zwei Meter über dem Boden schwebte. Staub wirbelte auf, blendete Delia, sie taumelte, fing sich wieder. Im Höllenlärm der Schießerei pfiffen Kugeln vorbei. Noch zehn Schritte, die Maschine kam tiefer, Ken brüllte etwas, hielt die Hand hinunter, sie griff danach. Im gleichen Augenblick riß er den Arm zurück, verschwand im Innern, die Maschine hob an und drehte seitlich im Schutz des Gemäuers weg. Ungläubig starrte Delia auf den dunklen Rumpf, suchte Gesichter, es war unfaßbar. Er ließ sie elendiglich im Stich! Sie explodierte aus ihrer Erstarrung und schrie: »Du verdammter Hundesohn«.
Fünf Minuten später war Delia Cooper Gefangene der irakischen Truppen.
Zwei Soldaten packten sie, ein dritter band ihr die Arme auf den Rücken und durchsuchte sie langsam und genüßlich. Delia schlug mit den Füßen aus, der Kerl lachte laut heraus, aber dann machte ein scharfes Kommando dem üblen Spiel ein jähes Ende. Der Kommandant der Truppe trat vor sie hin, Delia blickte trotzig auf die Erde, er hob mit dem Zeigfinger ihr Kinn an, und ihre Augen trafen sich. Aus dem Hintergrund radelte der Junge, der eben noch ge-

flohen war, heran und schrie aufgeregt. Einige Soldaten lachten, der Hauptmann wandte sich um und befahl dem Jungen zu schweigen. Dann trat er näher zu ihm heran, redete und redete, nickte mehrmals und schaute feindselig auf Delia. Die Szene verhieß nichts Gutes. Delia suchte den Himmel nach einem rettenden Kampfgeschwader ab, das es ebensowenig gab wie sonst ein Kommando, das aufbrechen würde, um sie zu befreien. Der Hauptmann zog seine Pistole und richtete sie aus einer Entfernung von zwei Metern auf Delias von Staub und Schweiß verklebtes Gesicht. »Spione werden erschossen«, teilte er in gutem Englisch mit. Die Soldaten ringsum verharrten bewegungslos. Kein Laut war zu hören. Er zielte auf ihr Herz, dann hob er den Lauf erneut auf die Höhe ihrer gefährlich funkelnden Augen. Delia zuckte nicht mit der Wimper. Ein zorniger, wilder Blick traf ihren Henker.

»Du hast meinen Sohn laufenlassen«, sagte der Hauptmann und senkte die Pistole langsam. »Ich lasse dich dafür am Leben.« Er gab ein Handzeichen, rief einen knappen Befehl, drehte sich auf dem Absatz um und schritt gleichgültig zu seinem Fahrzeug, in dem er eine Zigarette anzündete. Die Männer führten Delia zu einem der Laster mit aufgespannter Plane. Keiner wagte, sie grob anzufassen oder zu betatschen. Eine Art Ehrfurcht hatte sich breitgemacht, denn sie stand jetzt unter dem Schutz des Kommandanten.

Doch am gleichen Abend saß sie in einer finsteren, feuchten Sicherheitszelle im Abu-Graib-Gefängnis von Bagdad, ihre Hoffnungen jäh zerbrochen, elendiglich im Stich gelassen und in der Gewalt einer barbarischen Schnelljustiz.

New York, 1999

Erschöpft stieg Delia vom Hometrainer, drehte die Musik lauter, warf den verschwitzten Body ab und wählte die Nummer des Limousinen-Service. Sie bestellte den Wagen und ging unter die Dusche.

Ach, Ken Custer ... Panama ... Eine ungestüme Liaison zweier auf diesem Flecken Erde gestrandeter Menschen. Sie fühlten sich beide von der Gunst des Schicksals auf Händen getragen. Gemeinsam kreuzten sie durch die Karibik, flogen nach Florida, kraxelten im Grenzgebirge zu Costa Rica herum. Sie hatten sich eines Abends in einer romantischen Bucht getroffen, dann noch einmal tags darauf und jeden folgenden Tag wieder. Keinen Moment störte während dieser leidenschaftlichen Tage voll erotischer Sehnsucht die Gefahr, die sich über Panama zusammenbraute, ihren Rausch der Ekstase. Erst im nachhinein dämmerte es Delia, daß Ken die dramatischen Ereignisse vorausgesehen hatte und die glücklichen Momente bis zur allerletzten Minute auskosten wollte.

An einem verlängerten Wochenende, ein paar Wochen, bevor das Inferno der amerikanischen Luftlandung über die Stadt hereinbrach, wußte Delia, daß sie schwanger war. Ken blieb wortkarg, wie wenn ihn die Aussicht auf eine gemeinsame Zukunft bedrückte. Die Entscheidung, das Kind nicht zu bekommen, war vermutlich der Anfang vom Ende ihrer Beziehung. Ken verschwand in dieser verhängnisvollen Nacht der Invasion aus Panama. Zurück blieben wilde Gerüchte, die sich um die schillernde Figur dieses abenteuerlichen Gringos namens Ken Custer rankten.

Der Pförtner meldete den Wagen. Delia machte den engen Rock zu und zog die hochhackigen Schuhe an, als das Telefon wieder summte.

Die Anruferkennung verriet den Big Boß: »Hallo, Delia, Süße, ich bin zurück. Wie geht es dir? Hör mal, hast du die Sendung gesehen?« Seine tiefe, kernige Stimme klang gut gelaunt.

»Sicher«, log Delia, »du warst Spitze wie immer, nur ... ach nichts!«

»Was hast du? Schlechte Laune?«

»Kunststück. Du gehst allein nach Südamerika und läßt mich hier sitzen.«

»Ach so, da drückt der Schuh. Es ging diesmal nicht, Liebling. Ich hatte nur Streß, nichts als Streß. Keine freie Minute. Du weißt schon.«

»Hmm.«

»Jetzt bist du böse auf mich. Ich mach alles wieder gut. Versprochen. Bald geht's nach Europa ... Sehen wir uns später?«

»Meinetwegen. Aber auf dein Haar solltest du besser achtgeben. Es sah völlig chaotisch aus.« Er redete, sie lauschte und bestätigte die Abmachung: »Ich bin schon unterwegs, du Monster!«

Sie nahm beim Hinausgehen die Zeitung mit, und wie immer, wenn sie die Tür schloß, fiel ihr letzter Blick auf das Porträt von Ken.

In der Geborgenheit der luxuriösen Limousine schlug Delia die »New York Times« auf. »Sintflut über Chiapas« stand in großen Lettern über dem Bild eines Mädchens, das mit ungläubigem Blick aus dunklen Augen zuoberst auf einem angeschwemmten, meterhohen Felsbrocken kauerte, umspült von einer grauenhaft braunen Brühe mit treibenden Autowracks, Hausdächern und dem Kadaver einer Kuh, die das Maul aufgerissen hatte, als sei das letzte Brüllen eben entwichen. Delia überflog den Text:

»... Für die Hilfsaktion wurden in den vergangenen Tagen über 25 000 Soldaten und Hunderte von Militärärzten und Krankenschwestern in die Region geflogen. ... Das große Tal ist über Hunderte von Kilometer einfach weggeschwemmt. Es ist grauenhaft, entsetzlich ...

Tage nach der ›Sintflut des Jahrhunderts‹, die sich mit gigantischer Wucht ins Tal ergoß und die großen Städte Acala und Chiapas de Gorzo auslöschte, aber auch die höher gelegenen Vororte von Tuxtla Gutiérrez verwüstete, wird das Ausmaß der Katastrophe erst richtig sichtbar ... Aber nicht nur die industriellen Anlagen mitsamt den eingelagerten Waren in Millionenhöhe sind vernichtet, auch Straßen und Brücken und Krankenhäuser fehlen ...«

Sie hob den Blick und betrachtete die Fassaden mit den Ladengeschäften, die wie in einem unscharfen Film vorbeiflitzten. Ihre Gedanken schweiften ab ...

Sie hatten sich gut eine Woche vor dem Tag X in Casablanca eingefunden, um die Mission in einem Gelände, das mit dem bergigen Hinterland im Norden des Irak vergleichbar war, einzuüben. Eine Offizierskaserne der königlich-marokkanischen Leibgarde diente als ihr Quartier, von wo aus sie zu Abstechern in verschiedene, täglich wechselnde Gebiete aufbrachen, um die einzelnen Phasen der Infiltration des Irak zu trainieren. An einem Abend gegen Ende der entbehrungsreichen Ausbildung mit harten Drills stand Ausgang nach Casablanca auf dem Tagesbefehl, und Delia gelang es, Ken zu einem Spaziergang über den grandiosen Platz der Moschee Hassans II. zu bewegen. Sie hoffte, der mystische Ort dramatischer Filmgeschichten, die Distanz zur Hektik der Großstadt

und der von guten Geistern bevölkerte Platz unter einem goldgelben Vollmond würden ihre alte Leidenschaft von neuem schüren. Die strengen Einsatzvorbereitungen hatten allerdings ihren Tribut gefordert. Die schwierige Mission schob sich wie eine unheilvolle schwarze Wolke vor den Mond ihrer Sehnsüchte. Der Funke sprang nicht über ...
Die Limousine fuhr langsam die 13. Straße hinunter, schwenkte in die breite Auffahrt und hielt weiter hinten unter einem großen Vordach an. Der Chauffeur sprang heraus und öffnete flink und mit einer leichten Verbeugung den Schlag.
»Ach, da sind wir ja.« Lächelnd setzte sie ihre Füße auf den Gehsteig und schritt mit ihrem bezaubernden Gang durch den Eingang in die hohe, mit Marmor und Messing verkleidete Halle des Gebäudes, das die Trainingsanlagen der *ArkGroup* beherbergte. Es war Zeit für ihr tägliches Kampftraining.

Karibik

Um sechs Uhr morgens rüttelte Charly an den zerschlissenen Jalousien des Schlafzimmers, nachdem er vergeblich mit der Hausglocke Sturm geläutet hatte. Endlich ging Licht an, und jemand zog mit der Hand die Lamellen auseinander. Ein zugekniffenes und ein blinzelndes Auge kamen zum Vorschein, gefolgt von Gemurmel, Murren und Schlurfen. Charly deutete die komischen Laute richtig, setzte sich auf der kleinen Terrasse in einen Rohrsessel, und während er wartete, schaute er auf die stille, grünliche Lagune von »Cabarete Beach« hinaus. Der Bungalow lag nur einen Steinwurf vom weißen mit Palmen gesäumten Sandstrand entfernt. Sanft plätscherten die Wellen heran, die mächtige Brecher von weit draußen ans Ufer schoben. Das Wasser war herrlich blau. Hellblau, fast grün in der Ferne, diamantblau am Ufer, wo die Wellen das erste Licht der aufgehenden Sonne einfingen. Es würde ein schöner, warmer Tag werden, dachte Charly, als der Store raschelte, die Verandatür aufging und Ken barfuß in dunkelgrünen Shorts und einem weißen T-Shirt heraustrat.

»Morgen, Charly, was gibt's?«
»Ein Fax aus Washington. Sieht ziemlich dringend aus. Tut mir leid. Störe ich?« Er spähte neugierig durch die Türspalte.
»Ach wo. Hmm.« Ken las das Fax zu Ende. »... Maschine der U.S Air Force steht heute 12.00 Uhr auf dem Army-Stützpunkt in Puerto Plata bereit. In Washington wird Sie Chuck abholen. Alles weitere später. Jim.
P. S. Ken, deine Fluglizenzen stehen in zwei Wochen zur Verlängerung an.«
Custer legte das Blatt nachdenklich auf den Tisch und ging wortlos ins Haus zurück. Als er nach einer Weile zurückkam, hielt er zwei dampfende Tassen in den Händen.
»Wie sieht unser Programm diese Woche aus?« Er reichte Charly den Kaffee.
»Heute sind zwei Flüge in die Hauptstadt gebucht. Hin und zurück. Morgen ist Flaute, aber übermorgen müssen wir die Ersatzteile für die Iberia in Puerto Rico abholen.«
»Gib bitte Kurt Bescheid«, bat Custer, den Kaffee schlürfend, und nahm das Fax in die Hand. Kurt war ein ehemaliger Lufthansa-Pilot, der sein langweiliges Rentnerdasein auf der Insel fristete. Ab und zu hatte ihn Ken um Aushilfsdienste angefragt und es nie bereut. Kurt konnte das Fliegen nicht lassen. Geld stand bei ihm nicht an erster Stelle.
»Er wird sich freuen. Wie lange glaubst du, daß du weg bist?«
»Ein, zwei Tage ...«
»Sieht aber ziemlich wuchtig aus. Sondermaschine der Air Force. Wer ist Jim?« erkundigte sich Charly.
»Jim? Ach, Jim Frazer. Das ist der Außenminister der Vereinigten Staaten«, ließ Ken trocken fallen, woraufhin Charly beinahe die Tasse aus der Hand gefallen wäre. »Nun, Jim ist ein alter Kumpel«, erklärte Ken und warb um Verständnis für das sonderbare Vorgehen. »Es ist so eine Macke von ihm, seine Freunde mit Sondermaschinen heranzukommandieren.«
Charly blieb still und schaute belustigt zur Lagune hinaus, wo ein Windsurfer in orangeroten Hosen auf seinem Brett das Gleichgewicht verlor und ins Wasser klatschte. Auf dem nassen Sand machte ein behaarter Mann Turnübungen und ließ seine Füße von den Wellen überspülen.

»Du wirst schon zurechtkommen, Charly. Auf Kurt ist Verlaß«, beruhigte ihn Ken.
»Das Fax erwähnt deine Fluglizenzen?«
Custer zuckte ungehalten die Schultern. »Jimmys Art, seinen Einladungen Nachdruck zu verleihen.«
»Eine Drohung?«
»Sanfter Druck, sagen wir mal. Ginge ich nicht nach Washington, bekäme ich eventuell Schwierigkeiten. Du weißt ja, die alte Sache.«
Charly wollte aufbrechen, aber Ken drückte ihm die Hand auf die Schulter. »Warte, Mom hat übermorgen Geburtstag.« Er eilte ins Haus und kehrte gleich darauf mit einem Paket unter dem Arm zurück. »Daß ich es nicht vergesse. Hier sind ihre Lieblings-Teekräuter. Schick sie per Kurier weg, bitte.«
Charly grinste zustimmend und verabschiedete sich mit dem Hinweis auf dringende Wartungsarbeiten. Ken blickte ihm schmunzelnd nach und entschied sich zunächst für einen Morgenlauf über den langen weißen Strand. Zum Ordnen der Gedanken. Alles andere würde sich ergeben.

New York

Der Bogen zog sich als brauner, senkrechter Strich weit über ihren Kopf hinaus, während das untere Ende bis zum Knie verlief. Sie umklammerte den geschwungenen Stahlhandgriff mit der Faust der gestreckten Linken, die Rechte spannte die Sehne an ihrer Wange vorbei nach hinten. Das Rechteck der Zielvorrichtung umrahmte das stechende Auge, die Nasenspitze und die halboffenen, roten Lippen. Ohne mit der Wimper zu zucken, stand sie zum Abschuß bereit, geschmeidig, eins mit der Waffe. Schon hörte Habermatt das Zischen des tödlichen Geschosses und fühlte den brennenden Schmerz im Herzen.
Da vollzog die Pantherkatze behende eine halbe Drehung und zielte auf die Gestalt, die plötzlich aus dem Schatten der Baumkrone getreten war. Habermatt atmete auf. Der Pfeil zischte weg, mit einem Aufschrei torkelte der Mann rückwärts, seine Pump Action

wirbelte durch die Luft. Der lange Pfeil mit der harten Stahlspitze steckte in der rechten Schulter des Opfers.
»Gut«, lobte eine Stimme. Delia Cooper ließ den Bogen sinken und riß den Hut vom Kopf. Rußschwarzes Haar quoll über ihre Schultern.
»Es war Notwehr«, rechtfertigte sie sich keuchend.
»*No problem*«, kommentierte die Stimme. »Sie haben den Verdächtigen kampfunfähig gemacht. Sauberer Schuß.«
Das lange Tuten eines Schiffshorns drang in die momentane Stille. Sie befanden sich am Ufer des Hudson im unteren Teil von Manhattan in dem Gebäude der *ArkGroup*, in dem die Schießstände und technischen Labors untergebracht waren.
»Gehen wir nach unten.« Delia musterte Habermatt belustigt. »Ein schönes Ziel hätten Sie abgegeben!«
»Wo haben Sie denn hingezielt?« stotterte der Schweizer.
Sie warf einen frechen Blick auf seinen Bauch, den er mit der Hand hielt, und murmelte: »Mmh, vielleicht auf ein lohnendes Ziel.« Mit einem hellen Lachen schob sie sich an ihm vorbei zur Tür. Benommen vom verführerischen Duft folgte er ihr durch eine Flucht von abgedunkelten Räumen ins Untergeschoß.
»Polizei aus El Salvador«, erklärte sie und deutete zur Simulationsanlage, auf der ein Uniformierter gerade eine Straße hinunterschritt. Man sah geparkte Wagen, Ladengeschäfte, Leute, die auf dem Gehsteig spazierten. Eine alltägliche Szene. Gegenüber der Bank stand ein Cabriolet, dessen Fahrer scheinbar gelangweilt hinter dem Steuer saß, aber plötzlich mit einer schweren Automatik in der Hand herumwirbelte, als der Polizist näher kam. Delia sah die Katastrophe voraus. Der Übende fummelte an seiner Dienstwaffe, weiter kam er nicht. Der Typ im Wagen feuerte, während seine maskierten Komplizen aus der Bank herausstürmten. Der erfolglose Absolvent des Parcours ließ die Waffe entmutigt fallen, als an seiner Weste ein rotes Licht aufblinkte. »Getroffen, mausetot!« spottete Delia, zog Habermatt zur glänzenden Metalltür und legte ihre Hand auf das Erkennungsgerät, woraufhin sich das Portal zur Seite schob.
»Wir liefern diese Simulationsanlagen für das Schießtraining in die ganze Welt. Der lukrative Markt gehört zu fünfundsiebzig Prozent uns«, erklärte sie.

»Die Anlagen funktionieren nach dem Prinzip der Flugsimulatoren. Wie der Pilot jede kritische Situation im Landeanflug meistern muß, will er nicht auf Kosten seiner Freizeit zu weiteren Simulationsflügen antreten, entscheidet unser Computer, ob der Kampfschütze den Auftrag erfüllt und die Prüfung bestanden hat. Wenn nicht, muß er nachexerzieren und zusätzliche Tests bestehen, bis er wieder das vorgegebene Niveau erreicht hat.«

Delia gehörte zu den wenigen Schützen, die sowohl mit dem Bogen als auch mit den Handfeuerwaffen die oberste Schwierigkeitsstufe der Kriegskunst beherrschten, die *Executive Solutions* in ständiger Absprache mit den professionellen Sicherheitskräften westlicher Nationen verlangte.

Sie führte Habermatt nach hinten in ein großes Labor, das über dem Eingang mit »Sandhurst« bezeichnet war. Die Halle war durch bewegliche Trennwände in größere und kleinere Räume aufgeteilt. In jedem Abteil standen große Tische mit grauen Aufbauten, flachen Bildschirmen und anderen Geräten. Die fensterlosen Wände waren schneeweiß gestrichen. Schwarze Strahler, die an langen Kabeln von der dunklen Decke hingen, warfen einen matten Schein auf die farbig leuchtenden Graphiken der mathematischen Geländemodelle. Der Fußboden war mit Fliesen aus Kunststoff ausgelegt: schwarz mit feinen silbernen Streifen.

Delia führte ihren Gast zu der kleinen Gruppe der Besucher, die sich in der Mitte des Labors um Robusto Samson scharte, der sie alle um einen Kopf überragte.

»Zunächst nehmen wir das Einsatzgebiet fotografisch auf«, dozierte er. »Dann zerteilen es unsere Zeichner am Computer in verschiedene Abschnitte. Am Beispiel dieser Talsperre in der Schweiz sehen Sie sofort, was ich meine.« Die fünf Männer und Habermatt reckten ihre Hälse und blickten auf den großen Bildschirm.

»Dank Multimedia sind wir in der Lage, ein Gelände mit Hilfe von Karten, Graphiken und Videosequenzen optimal zu präsentieren. Schauen Sie!«

Im Hauptfenster des Bildschirms erschien eine gebirgige Landschaft an einem langen, leicht geschwungenen, grünlichen See. Dahinter stiegen die Felsen steil bis zu einem schneebedeckten Gipfel an.

»Wir benutzen auch Animation und Ton«, fuhr Samson angeregt

fort. Wieder blickten alle gebannt hin, als sich prompt eine Schneedecke über das Gebirge legte und eisiger Wind über den zugefrorenen See pfiff. »Alles interaktiv«, schwärmte der Hüne.
Ein anerkennendes Gemurmel ging durch die Gruppe. In kleinen Fenstern am rechten Rand sah man eine Totalansicht des ausgewählten Gebietsausschnitts, eine Einstellung für Zoom und Distanzen sowie Anklickfelder zum Wählen der Darstellungsart: Relief in Farbe oder Block-Diagramm. Über die Menüleiste konnten verschiedene Hangneigungen und Perspektiven, der Kartenausschnitt oder eine Panorama-Ansicht auf den Bildschirm gezaubert werden.
»Für bestimmte Stellen läßt sich die geologische Struktur und die Vegetation darstellen«, redete Samson weiter.
»Ein Wunderding«, staunte der Koreaner.
»Wir können Vorgänge, die für das Verhalten der Mauer wichtig sind, simulieren. Zum Beispiel den See auf die Hälfte seines Fassungsvermögens absinken lassen ...«
Das Bild wechselte. Das Staubecken lag jetzt viel tiefer vor dem entblößten Bauch der Staumauer.
»... oder ihn ganz entleeren.« Das Programm reagierte auf Samsons Tastendruck und zeigte ein häßlich braunes Schlammbecken.
»Der Computer berechnet natürlich fortlaufend die veränderten Druckverhältnisse, denen die Mauer ausgesetzt ist. Wir können das Wasser auch bis zum Überströmen ansteigen lassen. Sehen Sie.«
Die Präsentation simulierte in rascher Bildfolge eine gefährliche Hochwassersituation. Im eingeblendeten Fenster schien die geometrische Darstellung der Mauerstruktur auf. Das rote Gitternetz verbog und verformte sich zusehends. Die Besucher starrten gebannt auf das Spektakel. Ein Chinese im weißen Kittel trat hinzu und rückte lächelnd seine randlose Brille zurecht.
»Ah, Doktor Dix-Sang. Unser Ingenieur und Talsperrenspezialist. *Mister* Dix, bitte, helfen Sie mir doch mit den technischen Einzelheiten.«
Die dünne Gestalt verbeugte sich mehrmals und begann mit hoher Stimme zu erklären: »Staubecken sind mehrere Kilometer lang. Uns interessiert nur die unmittelbare Einwirkung auf die Mauer. Daher modellieren wir den See nur im Nahbereich. Der Fernbe-

reich wird durch einen unendlichen prismatischen Kanal idealisiert. Ein Talsperrenbauwerk verhält sich nicht linear ...«
»Jetzt, schauen Sie, in diesem Moment entsteht der Riß«, unterbrach Samson theatralisch den Redeschwall. Das Gitternetz der Graphik verformte sich beängstigend. Samson schaltete auf Panorama-Ansicht. Den Betrachtern entfuhr ein verblüfftes »Ah«, als unterhalb der Mauerkrone eine lange, vertikale Spalte aufklaffte.
»Die Computersimulation eröffnet uns natürlich gewaltige Möglichkeiten. *Executive Solutions* kann mit diesem Verfahren zum Beispiel die Eigenschwingung einer Staumauer ermitteln«, schloß Samson.
»Wozu soll das gut sein?« bezweifelte Habermatt das Gehörte.
»Ah, sehen Sie«, meldete sich Doktor Dix zurück, »ein Erdbeben erzeugt eine Schwingung im Bereich von zwei bis vier Hertz. Eine Bogenstaumauer hat als einheitliches System ihre eigene Schwingung, ebenfalls in einem niedrigen Frequenzbereich. Werden nun die Schwingungen des Bebens von der Resonanzschwingung der Mauer absorbiert, entstehen gewaltige Energien. Ein Teil davon wird von den Felsen und den Fundamenten gedämpft, versteht sich. Ist die externe Schwingung aber stark genug, kann sich die Mauer bis zum Bruch verformen. Wir sind in der Lage, solche Schwingungen künstlich ...«
Samson unterbrach ihn mit einer nicht unfreundlichen Gebärde. »Danke, Doktor Dix.«
Habermatt räusperte sich und meinte: »In der Schweiz werden Staumauern in einem Langzeittest ständig auf ihre Sicherheit überprüft.«
Samson bedachte ihn mit einem mitleidigen Blick. »Sicher, in Ihrem Land gibt es die besten Ingenieurbüros der Welt für Talsperrenbau«, antwortete er höflich. »Wir arbeiten mit einigen von ihnen zusammen, um die Sicherheitsvorkehrungen gegen mutwillige Störungen oder Sabotage zu verbessern. Im vertrauensseligen Alpenland kann sich ja ein Verrückter mit Säcken voll Dynamit ungehindert an eine Staumauer heranmachen, ohne gestört zu werden ...« Er brachte ein rauhes Lachen hervor.
»Wenn es um die Möglichkeiten geht, daß Staumauern brechen, wie konnte dann die Angostura-Staumauer bersten?« erkundigte sich der Südafrikaner ernst.

Samson schien perplex. Er faßte sich und erklärte: »Ach so. Wasser und Erde sind eben interaktive Elemente. Wie gesagt, bebt die Erde, potenzieren sich die chaotischen Kräfte. Die Mauer wird arg gebeutelt und kann brechen.«
»Das Wasser im Staubecken kann übrigens selbst ein Erbeben auslösen«, ergänzte Doktor Dix-Sang.
»Das versteh ich nicht«, gestand Habermatt.
»Doch, wenn ein Erdrutsch eine Schwallwelle im Staubecken auslöst oder wenn sehr schnell abgestaut wird, lassen die herunterdonnernden Wassermassen die Erde beben. Gewissermaßen wie eine Büffelherde, die die Prärie erzittern läßt.«
»Wie stark?«
»Bis Stärke sechs Komma fünf«, lächelte Doktor Dix.
Samson winkte die Gruppe zu einem anderen Arbeitstisch, wo die Topographie einer Hafenstadt am Meer bearbeitet wurde.
»Wir benützen hauptsächlich die Bildschirmpräsentation«, begründete er die Anordnung der Geräte.
Delia blieb unauffällig zurück und schielte nach dem Modell der Talsperre in der Schweiz. Die Mauer lag als harter Riegel fest verankert im Gebirge über dem Kongreßort Parsenn, wo jedes Jahr der inoffizielle Gipfel der Mächtigen dieser Welt aus Politik, Wirtschaft und Wissenschaft über die winterliche Bühne ging und sich Staatschefs, Präsidenten, Industriekapitäne und alles, was Rang und Namen hatte, zuhauf ein Stelldichein gaben. Gedankenvoll betrachtete Delia den Großbildschirm mit dem plastischen Modell. Auf dem Gebäude unterhalb der riesigen Talsperre verharrte ihr Blick. Hier irgendwo würden sie sich also einrichten, neben dem alten Maschinenhaus, hatte Robusto erklärt. Am Ende der Welt, dachte sie dumpf bei sich.
»Ziemlich nahe an der Staumauer, nicht?« Delia fuhr erschrocken herum. Hinter ihr grinste Frank Hogan sie an. »Tut mir leid, wollte Sie nicht erschrecken. Suchen Sie etwas Bestimmtes?«
»Oh, ja, nein, wollte mich nur vertraut machen«, erwiderte sie kühl.
Frank Hogan beugte sich beflissen vor und zeigte auf den mächtigen, von den Gletschern abgeschliffenen Felsvorsprung, aus dem die Bogenmauer herauslief. »Im Innern dieses Felsens befindet sich unser operatives Zentrum.«

»Sieht nicht gerade nach Rambo Zambo aus«, erwiderte Delia und ließ Hogan stehen. Die Besucher standen im Vorraum um die Bar herum. Ein Kellner füllte Gläser mit Champagner. Samson stand etwas abseits und lehnte seine mächtige Körpermasse an den schmächtigen Habermatt.
»Können Sie die anderen Sachen liefern?« fragte der Hüne und durchbohrte den armen Schweizer mit einem forschenden Blick.
»Die Baßkanonen?« platzte Habermatt heraus.
»Psst, nicht so laut.« Samson schaute sich erschrocken um.
»Es ist nicht so einfach«, flüsterte Habermatt eingeschüchtert. »Aber ich werde mich mit Zachs unterhalten. Egon Zachs hat Schwingungserzeuger zur Hand. Er wohnt auch in Zürich.«
»Ich weiß«, wimmelte ihn Samson ab, hob zum Schein das Glas und wandte sich der Gruppe um den Koreaner zu.

Schweiz, vor zirka dreißig Jahren

Wenn Robusto Samson an das phantastische Land Schweiz dachte, fiel ihm der reizende Blondschopf eines Mädchens ein, das ihn am Ufer des Inns im Unterengadin ins niedere Gebüsch gezogen hatte, ihr Röckchen über den Bauch hob und ihm den Unterschied vor Augen führte.
Robusto verbrachte damals einen ganzen Monat im vornehmen St. Moritz, wo sein Großvater jeden Sommer seiner Bergsteigerleidenschaft frönte. Mit Andri, dem Führer, stieg er häufig auf die Gipfel rund um das Hochtal. Robusto verbrachte an solchen Tagen die Zeit mit dem Jungen und dem Mädchen des Bergführers im kleinen Bauerndorf Madulain. Andri bewirtschaftete einen kleinen Hof mit ein paar Rindern, Hühnern und einer Muttersau. Robusto interessierte sich sogleich für das bäuerliche Handwerk, lernte mit dem Motormäher Gras mähen, konnte bald die zwei Kühe melken und brachte die Milch zur Käserei. Die Idylle der Bergferien mit ersten kitzlig-erotischen Erlebnissen störten zwei Rotzbengel aus dem vornehmen Nachbarhaus, in dem eine vom Wirtschaftswunder hochgespülte Familie aus Nordrhein-Westfalen den Urlaub

verbrachte. Die Sache eskalierte. Schuld hatte in der Rückschau Tschanuttli, wie Robustos Freunde den Dickwanst aus dem Nachbarhaus nannten. Der bewies seinen Mut, indem er in sicherer Nähe seines Vaters ein großes Mundwerk hatte. Eines Tages eröffnete der Sohn der deutschen Urlaubsgäste zusammen mit dem Tschanuttli die Feindseligkeiten mit Wurfgeschossen über die Grenze. Robusto wurde von einem Stein am Kopf getroffen. Blut floß. Der Vorfall schrie klarerweise nach fürchterlicher Vergeltung. Robusto versammelte seine Freunde in der Scheune zum Kriegsrat und schmiedete einen Plan, um den Weichlingen von nebenan einen saftigen Denkzettel zu verpassen.

Am nächsten Morgen überfielen sie den ahnungslosen Tschanuttli und dessen deutschen Freund am Weg zur Brücke und schleppten die Gefangenen unter Triumphgeheul flußabwärts in dichtes Gebüsch. Sie banden sie an zwei als Marterpfähle auserkorene Baumstämme. Robusto begann das rächende Ritual, indem er Tschanuttli die Hosen herunterließ und sich über sein Glied lustig machte. Das Mädchen schielte verschämt hinter ihrem älteren Bruder hervor, aber Tschanuttlis Anatomie blieb an der besagten Stelle kümmerlich klein. Darauf zückte ein grimmig dreinblickender Robusto sein Fahrtenmesser, stellte sich vor den Halbnackten hin und erklärte, er werde ihm nun seinen lächerlichen Pimmel abschneiden. Er schwang ungerührt die blitzende Klinge und schnitt eine fürchterliche Grimasse. Plötzlich packte er den Haarschopf von Tschanuttli und setzte das Messer an. Der Junge des Bergführers sprang erschrocken heran und wollte das Schlimmste verhindern. Samson schubste ihn zur Seite, und schon hielt er das dichte Haarbüschel theatralisch in die Höhe. Der Gefesselte schrie. Blut floß aus der angeritzten Kopfhaut. Danach begannen die Sieger, ihre gebastelten Holzbeile nach Indianerart über den Köpfen zu schwingen und sie haarscharf an den Marterpfählen vorbeizuwerfen. Die Gefesselten schrien vor Entsetzen. Das Mädchen hatte an dieser Stelle die Nase voll und rannte nach Hause. Nicht aber Samson. Er vergrößerte die Wurfdistanz, setzte eine noch grimmigere Miene auf und holte unter Kampfgeheul erneut aus. Der Tomahawk, ein harter, spitzer Buchenklotz mit langem Stiel, wirbelte durch die Luft. Diesmal hatte sich Samson verschätzt, der Wurf driftete ab und traf Tschanuttli ins Gesicht. Seine Unterlippe war aufgeplatzt,

und Blut tropfte von seinem Kinn herunter. Vorn fehlten Schneidezähne, einen davon las Robusto triumphierend von der feuchten Erde auf und steckte ihn als Trophäe in die Hosentasche.
Andri verdrosch seinen Sohn abends so mit dem Lederriemen, daß das Gejammer und Gepolter im ganzen Dorf zu hören war. Seinem Nachbarn brachte er zur Versöhnung einen ganzen Laib Bergkäse mit einem Stück schwarzem Rauchfleisch, und bei einer Flasche Wein wurde die dumme Geschichte schließlich freundnachbarlich begraben. Doch für Robusto war die Sache noch keineswegs ausgestanden ...

New York, 1999

In seinem Büro in New York lehnte sich Samson zurück und deutete mit der Hand zum großen Fenster. Die Kamera folgte ihm, und die Regie zeigte den Fernsehzuschauern in einer Einschaltung den Betrieb draußen vor dem *ArkGroup*-Gebäude. Wie schon in den Vortagen hatte sich auf der Plaza mit dem mächtig sprudelnden Springbrunnen eine beachtliche Menschenmenge angesammelt. Die Außenkamera fing das Spruchband »*Samson for President*« ein. Danach füllte wieder Samsons strahlendes Gesicht im einundachtzigsten Stockwerk den Bildschirm.
Das Interview ging langsam dem Ende entgegen. Die Chefreporterin stellte die nächste Frage: »Sie vermieten Plätze auf Archen, *Mister* Samson. Sie erwarten also die Sintflut?«
Der Hüne blieb ernst und deutete mit dem Kopf zum Fenster. »Die Menschen haben Angst. Die Erde steuert auf eine Katastrophe zu.«
»Sprechen Sie die Klimakatastrophe an, *Mister* Samson?«
»Schlimmer.«
»Hmm. Tja, Sie hatten vor ein paar Jahren schon prophezeit, daß am Ende dieses Jahrhunderts ein Meteorit im Südmeer niedergehen würde ...«
»Ja, sicher, als Auftakt zum Chaos.«
»In der Zwischenzeit ist etwas Schreckliches tatsächlich geschehen. Was prophezeien Sie uns als nächstes, *Mister* Samson?«

Samson lehnte sich pathetisch zurück, senkte das Haupt demütig, schlug die Augen auf und verkündete ernst: »Ich sehe einen weißrot glühenden Meteoriten nahe am Nordpol einschlagen. Ungefähr auf der Höhe des Kennedy Channel, nördlich des Luftwaffenstützpunkts Thule. Zirka zweiundachtzig Grad nördlicher Breite. Die enorme Hitze des Meteoriteneinschlags bringt die Eiskappe des Nordpols zum Schmelzen wie Schnee auf einem heißen Blechdach.«
Die Kamera zog sein Gesicht ganz heran. Die wie Feuerbälle funkelnden, dunklen Augen blickten nachdenklich in die Kamera. Die Reporterin erholte sich von ihrem Schock:
»Und ... wann soll ... diese Horrorvision sich verwirklichen?«
Er rieb sich die Stirn, die Augen, fuhr sich durch die Haare, langsam, bedächtig, drückte die Hände gegen die Augen, als wollte er den Blick in die Zukunft festhalten. Es war wichtiger als alles andere, die richtigen Worte zu finden.
»Wollen Sie uns das Geheimnis nicht verraten?« drängte die Reporterin.
Samson blickte auf: »Es ist Jahrtausendwende. Ich sehe einen gewaltigen Feuerschein über dem Norden Grönlands. Hunderte von Kilometern weit wird es taghell. Bis nach New York glüht der Feuerblitz ... Es ist wie eine gewaltige Atomexplosion in der Atmosphäre ... Dann bebt die Erde. Winde heulen. Die Erdbebenstationen messen seismische Ausschläge von noch nie erlebtem Ausmaß ... Das Eis schmilzt ... Ich sehe Wasser brodeln und kochen ... Das Meer steigt, die Küsten versinken in den Fluten ...«
Vor dem Aufnahmewagen auf der Plaza hatte sich eine Menschentraube gebildet, und immer mehr Leute drängten zu den Bildschirmen, um das Interview zu verfolgen. Auf den flachen Treppenstufen hinter dem Springbrunnen rissen Ordnungskräfte ein Transparent mit der Aufschrift »Hitler 1939, Samson 1999« nieder.
»*Mister* Samson, *Mister* ...«, unterbrach die Chefreporterin nervös. Der Guru öffnete die Augen und blickte sie halb verwirrt, halb belustigt an.
»Oh, o entschuldigen Sie. Wo sind wir denn steckengeblieben?« fragte er mit dem charmantesten Lächeln.
»Warum gerade Grönland, *Mister* Samson?«
»Oh, ganz einfach. Die Meteoriten haben schon immer Grönland

getroffen. Man nennt sie dort oben »Sternen-Mist«. Vielleicht zieht der Magnet des Nordpols das Nickeleisen dieser Burschen an. In prähistorischer Zeit ging ein gewaltiger Meteoritenschauer am Kap York nieder. Das ist südlich von Thule, wo die Melville Bay liegt. Man hat dort über fünfzig Tonnen Eisen geborgen. Der größte Brocken, den sie aus der Bucht fischten, erhielt den Namen Ahnigito. Seit 1935 steht er hier im Naturhistorischen Museum.«
»Interessant. Gab es noch mehr Einschläge?«
»Ja, sicher. In der arktischen Finsternis des neunten Dezember 1997 schlug ein Meteorit in die Südspitze Grönlands ein, nicht weit vom Küstenflughafen Narsarsuag entfernt. Sie erinnern sich vielleicht?«
»Ja, stimmt. Soviel ich weiß, entstand aber kein Schaden.«
»Richtig. Die Fragmente waren nicht sehr groß. Trotzdem machte die Feuerkugel die Nacht zum Tag, wie eine Atomexplosion.«
»Jetzt prophezeien Sie also, daß im Jahr 2000 ein riesiger Himmelskörper nahe am Nordpol feuerspeiend niedersausen wird?«
Samson strich sich durch die Haare und nickte würdevoll.
»In der Bibel spricht Gott, daß die Sintflut kein zweites Mal die Erde heimsuchen wird. Ihre Vision steht dazu im Widerspruch«, argumentierte die Chefreporterin.
»Gott hat in letzter Zeit nicht mit mir gesprochen, ich kenne seine Pläne nicht«, anwortete Samson und senkte demütig sein Haupt.
Ein Teil der Menge vor dem Fernsehwagen brach in Gelächter aus, andere klatschten begeistert. Einige hoben beide Arme in die Luft und drehten sich wippend im Kreis. Ein Redner fuchtelte mit einem Buch in der Luft herum und erhitzte sich an den Thesen Samsons, die er als demagogisch demaskierte. Eine Gruppe treuer Samsoniten schrie den Störenfried nieder. Jemand warf ihm eine Getränkedose an den Kopf.
»Sie machen mit der Angst Geschäfte?« fuhr die Reporterin unbeirrt fort.
»Ich habe die Angst nicht geschaffen. Sie keimt auf und schwillt an, gerade zur Jahrtausendwende. Ich versuche bloß, so viele Menschen wie nur möglich vor dem Verderben zu retten. Deshalb habe ich alte Flugzeugträger umgebaut und über hundert Kreuzfahrtschiffe zusammengekauft, um den Menschen einen geschützten Platz anzubieten, wenn die Fluten steigen.«

»Man würde Sie kaum ernst nehmen, wären Sie nicht ein sehr erfolgreicher Unternehmer.«
»Die Katastrophen sind leider vorgezeichnet«, hielt Samson an seiner Theorie fest.
»Jaa! Stimmt doch! Samson hat recht!« ertönte es aus der Menge auf der Plaza.
»Ihr Reichtum beruht auf dem Waffengeschäft«, bemühte sich die Reporterin, das Gespräch in ihre Richtung zu lenken.
Samson schüttelte energisch den Kopf. Eine Strähne des kräftigen Haares löste sich und fiel in die breite Stirn. »Meine Unternehmen verkaufen Sicherheit und Schutz. Davon profitieren alle Menschen.«
»In Ihrer Broschüre bieten Sie ganze militärische Verbände an, um beispielsweise einen Nachbarstaat zu erobern oder einen Aufstand niederzuschlagen. Sie haben nachweislich in der kenianischen Armee Kämpfer trainiert, die dann die Regierung in Nairobi stürzten. Sie sind ein Kriegstreiber, und trotzdem bauen Sie friedliche Archen. Wie paßt das zusammen?«
Die Menge quittierte die Äußerungen mit Unmut und Kopfschütteln, und die Regie im Aufnahmewagen wies die Reporterin an, einen versöhnlichen Schluß zu finden.
»Sehen Sie, wo Chaos herrscht, braucht es eine globale Ordnungskraft. Das begreift doch jedes Kind. Die Ordnungsmacht sind wir, die Leute von *Executive Solutions*, ein Unternehmen der *ArkGroup*«, antwortete Samson, beugte sich über den Tisch und sprach direkt in die Kamera: »Auch die Explosion der Erdbevölkerung führt zwangsläufig zum Chaos. Dann droht der Kampf um Lebensräume. Ich will nicht, daß die Kulturen aufeinanderprallen. Darum biete ich Rettungstruppen und Eingreifverbände an, damit Konflikte ausbleiben und die Menschen die Katastrophen überleben. Die Leute von der Straße begreifen das.«
Sein Kopf füllte den Bildschirm aus, der samtene Blick überzeugte Millionen von seinem friedfertigen Wesen und seinen lauteren Absichten. Zur Krönung fiel das Licht des Schweinwerfers wie die Aura eines Heiligenscheins über sein blondes Haar.
»Mit Ihren Archen können Sie aber nur einen ganz kleinen Teil der Menschheit retten, wenn die Fluten steigen«, bemühte sich die Reporterin, Widerspruch anzumelden.

»Sehen Sie, wer auf meinen Archen bucht, glaubt an eine bessere Zukunft. Darum geht es. Darin liegt eine gewaltige, symbolische Kraft. Die Endzeitkatastrophe im Jahr 2000 werden nur die Menschen überleben, die diese Energie besitzen.«
»Bewerben Sie sich um die Präsidentschaft, *Mister* Samson?«
Die Menge auf der Plaza johlte. Einige skandierten »*Robusto for President*«.
In seinem Sessel in der einundachtzigsten Etage hob Samson beschwörend die Arme und blickte ergeben in die Höhe, dann führte er seine Hände an die Stirn und stützte seine Arme auf die Ellbogen, dabei fielen die Haarsträhnen auf die Tischplatte. Es dauerte eine Weile, bis er sich aufrichtete und mit tiefer Stimme verkündete: »Es braucht im Jahr 2000 keine Präsidenten mehr. Regierungen werden überflüssig sein.«
»Ein letzte Frage *Mister* Samson: Wo werden Sie die Sintflut durchstehen? Bleiben Sie hier und schauen zu, wie Manhattan untergeht?«
Er lachte nicht, sondern starrte durchdringend in die Kamera. »Wenn das Chaos droht, müssen wir zu den Bergen hochsteigen und den Weitblick suchen. Ich werde in den Schweizer Alpen meinen Überlebensposten einrichten, wo das Wasser der Läuterung entspringt.«
»Hoher Himmel, enges Tal?« warf die Reporterin sarkastisch ein.
»Sie verstehen, dieses kleine Land ist doch ein einziger Park mit grünen Tälern, lieblichen Seen, duftenden Wäldern und wunderbaren Gletschern ...«
»Die Schweiz hat es Ihnen offensichtlich angetan, *Mister* Samson?«
»Natürlich, und für die Weltbevölkerung werden die Gebirge im nächsten Jahrhundert immer wichtiger. Sehen Sie, Küsten sind linear, monoton, zubetoniert mit Siedlungen, Berge dagegen sind dreidimensionale, dramatische Lebensräume mit gewaltigen Reserven an Süßwasser, Süßwasser ...«
Die Reporterin starrte mit halboffenen Lippen herüber. Sie hatte eigentlich noch fragen wollen, wie viele Besucher Samson auf der demnächst stattfindenden Kundgebung in Washington erwarte. Aber es widerstrebte ihr, für den Massenaufmarsch der Samsoniten die Werbetrommel zu rühren.
»Nun, wir danken Ihnen für das Gespräch, *Mister* Samson«, würg-

te sie schließlich hervor, mit dem stereotypen Lächeln, das nur jahrelange Routine hervorbringen kann.

Mexiko

Über der tiefen Spalte im Wald von Chiapas dröhnte eine Armada von Polizei- und Militärhubschraubern. Einer nach dem andern setzte vor den Augen des Jungen auf der Lichtung ab, und schwerbewaffnete Soldaten stürzten aus den Leibern der Ungetüme und bezogen in einem großen Umkreis Stellung, als stünde ein Rebellenangriff unmittelbar bevor.

Ein Mann in dunklem Anzug und weißem Hemd trug ein Funkgerät in der Hand und eine Sonnenbrille auf der Nase. Ein paar Männer scharten sich um ihn und stoben nach einer Weile wieder auseinander, woraufhin der Anführer in das Funkgerät sprach. Antonio näherte sich unauffällig und legte sich hinter einem Gesteinsbrocken in die rötliche Erde, aufmerksam beobachtend, wie die Soldaten Seilwinden befestigten und Leitern zusammensetzten.

Die Männer, die in die Grube kletterten, trugen Atemschutzmasken, auch die Frau im weißen Kittel, die sich über die Leichen beugte, mit denen die Männer wieder heraufkamen. Der Junge erspähte, wie das Gesicht eines der Toten aufgedunsen und mit schwarzen Flecken übersät aus der Uniform stach. Die Ärztin rief den Anführer, der sich ein Taschentuch vor die Nase hielt, und zeigte mit einem Instrument auf eine Stelle am Kopf, an der ein großes Loch klaffte. Dann wurden mit den Winden schwere Eisenteile heraufgezogen, und am Schluß wurde alles fotografiert.

Der Generalbundesanwalt von Mexiko sandte die Tatortbilder einem alten Abkommen gemäß dem FBI in Washington. Der Direktor ließ Kopien anfertigen, die er dem texanischen Justizminister in Austin übermittelte. Zuletzt landeten die Bilder der Leichen aus Chiapas auf dem Tisch des Staatsanwalts von Dallas, DiBenedetto, einem Sohn mexikanischer Einwanderer, der zuständig für grenzübergreifende Ermittlungen war. Er war gerade im Begriff, das Büro

zu verlassen, als der Laufbursche die Umschläge auf seinen Schreibtisch legte. Instinktiv unterdrückte DiBenedetto den Drang, die Unterlagen erst am folgenden Morgen zu studieren. Eine Stunde später forderte er von seiner Dienststelle die Akten »Jefferson« an, und zwei Stunden später telefonierte er aus seinem inzwischen völlig verqualmten Büro mit dem mexikanischen Ermittler. Zuletzt verfaßte er eine kurze Notiz:
»Gleiche Tötungsart. Schuß zwischen die Augen. Gleiches Kaliber, Neun Millimeter. Bitte Haarspuren am Tatort sicherstellen.« Er sandte den Zweizeiler per E-mail seinem Kollegen. Nach weniger als zehn Minuten verkündete die Stimme aus dem Mac-Powerbook: »Sie haben Post!« DiBenedetto klickte das Mail-Center an und las: »Mehrere lange blonde Haare sichergestellt. Schicke Muster.«
Staatsanwalt DiBenedetto schlug vor Freude die Faust in die Hand und zog sich beschwingt das Jackett über. Dann packte er seine Zigarren ein, machte das Licht aus und raste in seinem BMW-Roadster durch die Innenstadt von Dallas zur McKinney-Straße. Das »Sfuzzi« quoll über mit einer jungen, ungezwungenen Kundschaft, die das chic gestylte In-Lokal mit bester italienisch-kalifornischer Küche regelmäßig bevölkerte. »Ich konnte nicht länger warten, Lolita«, las DiBenedetto atemlos auf der Notiz, die ihm der Kellner mit steinerner Miene hinhielt. Dann aber führte er den Stammgast gleich durch das Gedränge an einen Tisch, wo eine junge schwarze Anwältin saß. »Sie wurde auch versetzt«, raunte der Kellner dem Staatsanwalt augenzwinkernd zu.

Washington D.C.

Im weit entfernten Washington D.C. breitete sich am nächsten Tag eine feierliche Stille aus, als der bekannte Filmstar seinen Aufruf beendet hatte und Robusto Samson im blendend weißen Hemd endlich die Rednertribüne bestieg. Mit wallendem Haar breitete er die Arme über der gewaltigen Menschenmenge aus, die sich an diesem milden Novembernachmittag dicht gedrängt zwischen Capi-

tol und Lincoln Memorial versammelt hatte, um den Worten des Meisters zu lauschen. Das letzte Laub der Bäume leuchtete rotgolden im blassen Sonnenlicht, von jenseits des Flusses schimmerten tiefgrüne Anhöhen im Dunst, und all die Köpfe mit den bunten Mützen, die grellen T-Shirts und farbigen Jacken bildeten ein wogendes Meer von Farbtupfern wie eine blühende Frühlingswiese. Aber die Dammkatastrophe von Angostura, die vor ein paar Tagen das Hochland von Chiapas verwüstet hatte, wühlte Köpfe und Herzen auf. Rote und schwarze Transparente aller Art brachten Bangen und Hoffen der von überall her angereisten Samsoniten und Neugierigen zum Ausdruck: »Angostura, Sintflut, Endzeit«, brachte ein Spruchband hinter dem Rednerpodium die Sorgen vieler Menschen an der Schwelle eines neuen Jahrtausends auf den Punkt.
»Man fragt sich, was die Regierung tut, um uns gegen die schlimmen Überschwemmungen und Erdrutsche zu schützen, die ganze Siedlungen wegreißen ...«, begann Robusto Samson.
»Nichts ... nichts ... null ...«, tobte die Menge.
»Dürren, Stürme, Fluten, Frost und Feuer haben seit Urzeiten das Schicksal der Völker bestimmt ...«
Der Guru streckte die Hände pathetisch den Mächten des Wetterhimmels entgegen, aber kein Bannstrahl zuckte herunter, sondern ein Hubschrauber zog hoch oben seine Kreise und filmte vermutlich den zweiten Massenaufmarsch, den Washington in diesem Jahr erlebte.
Die Kamera schwenkte auf ein Transparent, das eine Gruppe von Burschen in tarnfarbenen Jacken und farbigen Stirnbändern hochhielt: »SSS – Samson, Schutz, Sicherheit«, hieß ihre Botschaft.
»Die Menschheit geht sehend in eine schreckliche, weltweite Naturkatastrophe, die unsere Regierung euch verschweigen will ...«
Die Fernsehkamera holte erboste Gesichter heran. Buhrufe erschallten. Unzählige lebensgroße Poster von Samson schossen in die Höhe, und die Menschen skandierten »Samson, Samson«.

Ken Custer stand im großen Eckzimmer des Kongreßgebäudes, wandte sich angewidert vom Fernsehgerät des Senators ab, trat kopfschüttelnd ans Fenster und starrte zum Washington Monument hinunter. Ein paar Hunderttausend Menschen, schätzte er, lagerten um die historischen Stätten und lauschten dem Mann, den er für den schlimmsten Demagogen, den Amerika je erlebte hatte, hielt. Unten an der Treppe des Capitols streckten Demonstranten ein großes, weißes Spruchband in die Höhe. Die blutroten Lettern verkündeten: »Der Anfang vom Ende: Hermit, Angostura, was kommt als nächstes?«

»Das Klima läuft Amok«, rief Samson aus. »Die Sintflut wird kommen. Wir werden unseren Wohlstand verlieren, Anarchie, Mord und Plünderung bedrohen uns. Wer schützt uns, Leute? Wer sorgt für die Sicherheit unserer Frauen und Kinder? Die Regierung? Nein! Das Weiße Haus? Das Pentagon? Die UNO? Ich frage euch, wer? Wer?«

»Samson, Samson, Samson ...« schrien die Leute. Transparente und Poster hoben und senkten sich im Takt mit den rhythmischen Rufen, geballte Fäuste zuckten auf und ab.

»Der Mann ist total verrückt«, sagte Chuck Steel III. und trat neben Ken Custer ans Fenster. Der Senator aus North Carolina und Vorsitzende der Geheimdienstkommission im Senat überblickte stirnrunzelnd den Massenaufmarsch, der sich über die ganze Länge der Mall bis zur Statue von Abraham Lincoln erstreckte.

»Nur wer gewappnet ist, wird das Chaos überleben!« Samson beugte sich vor und schleuderte die Hand gegen die Menge. »Noah baute eine Arche, ich, Robusto Samson, baue tausend Archen, tausend, damit gerettet wird, wer würdig ist«, donnerte er, und tosender Applaus brandete ihm entgegen.

»Die Samsoniten sind für viele die Alternative zur Globokultur des Internets«, philosophierte der Senator und leerte sein Glas mit einer energischen Kopfbewegung.

»Samson ist viel gefährlicher, Chuck. Ich drehe den Kerl durch den Fleischwolf«, knirschte Custer.

»... unerklärliche Fluten und Stürme suchen uns heim, die Polkappen schmelzen, und was macht die Regierung? Was? Sie läßt euch kümmerlich im Stich!« Samson hob die Hände in den Beifallssturm, er schien es zu genießen.

»Das Apokalyptische hat große Anziehungskraft«, sagte Chuck Steel III. »Samson ist ein gerissener Populist. Er zerreißt den Menschen die Seele, und wenn Ängste aufsteigen, beutet er diese aus.«

»Der Mann ist schlimmer als Hitler. Rabiater. Und abenteuerlicher als Indiana Jones, und verdammt charmant noch obendrein. Ich

skalpiere das Schwein«, brummte Custer bissig. Alle Sektengurus machten seiner Ansicht nach ihre persönlichen Wünsche zu denen der Gesellschaft.
»Eine Neuauflage der Sintflutlegende. Er schafft das Chaos und lockt seine Anhänger in das Wunderland phantastischer Versprechungen«, bemerkte der Senator kritisch.
Custer schlug mit der Faust gegen die Wand. »Du bist viel zu nachsichtig mit ihm, Chuck. Samson ist ein High-Tech-Halunke, der sein Netz um den ganzen Erdball spannt.«
»Na, komm schon, Ken. Du nimmst alles zu persönlich. Zu einem Guru gehören nun mal Charisma, Genialität und großes Sendungsbewußtsein. All das hat Robusto Samson. Er ist vollkommen überzeugt, daß er eine Mission verfolgt.«
»Mit einer rostigen Konservendose sollte man ihn kastrieren ...«
Chuck Steel III. lachte. »Das ist technisch schwierig und politisch unkorrekt, Ken. Komm, es ist Zeit. Jim Frazer erwartet dich.«
Vor der mit Gesetzesbänden prall gefüllten Bücherwand saß die nicht mehr ganz junge Sekretärin des Senators an ihrem Arbeitstisch und blickte ziemlich entzückt in ihren eigenen kleinen Fernseher, als Samson gerade in einer Kraftpose seine Hände durch die volle Mähne blonden Haares strich. »Das ist ein richtiger Kerl. Ich mag ihn. Der kann auch hier ganz schön was vorweisen«, meinte die Frau.
Des Senators Kopf fuhr herum, als wäre der Kronleuchter von der ehrwürdigen Kassettendecke heruntergekracht. Doch die Sekretärin tippte mit dem Finger unschuldig an ihre Stirn: »Ja, hier hat er etwas drauf, *Sir*, glauben Sie mir. Der spricht den Leuten aus dem Herzen.«
Chucks starre Züge zerfielen in ein befreiendes Grinsen: »Ach, Linda, so eine tolle Frau wie Sie. Für diesen Wanst wären Sie doch viel zu schade!« Das schmale, gut vierzigjährige Gesicht hinter der Hornbrille errötete und wandte sich dem Stoß Papiere zu, den die unermüdliche Gesetzesmaschinerie Washingtons auf den Tisch gespuckt hatte. »Ich mag ihn trotzdem«, schmollte sie halblaut und schmiß eine Handvoll der bedruckten Blätter in den Mülleimer.
»... werdet bessere Männer, führt eure Frauen und Kinder in Sicherheit. Schon morgen kann die Hölle über uns hereinbrechen ...«

Die dröhnende Stimme des Gurus versank im Aufschrei der Massen.
»Phantasie ist die Zuflucht der Besitzlosen«, rief Ken in Richtung der Demonstration. »Robusto Samson will die blanke Macht, Chuck. Die Samsoniten leben und denken wie Bewohner einer kleinen Insel. Der Rest der Welt dient denen doch nur als Spielplatz für das Chaos.«
»Der Präsident will dich in ein paar Staatsgeschäfte einweihen, Ken«, schmunzelte der Senator geheimnisvoll, als sie das Büro verließen. »Wir sind nicht so blöd, wie es den Anschein hat. Es gibt Leute im Weißen Haus, die Samson stoppen wollen, wobei stoppen ziemlich gnädig formuliert ist. Du hast sicher mit Casey darüber gesprochen. Die Burschen in Langley sind ja auch nicht auf den Kopf gefallen.«
Ken erwiderte nichts darauf. Die *Central Intelligence Agency* in Langley fiel nach seiner Meinung weniger auf den Kopf, als des öfteren aus allen Wolken.
Sie schritten über den belebten Flur, das Gespräch versiegte, weil der Senator aufgeräumt nach rechts und links nickte, und erst als sie vor den Aufzügen warteten, raunte er Ken zu: »Jim Frazer kann dir den rostigen Dosendeckel auf einem Silbertablett reichen, Ken.« Custer blickte ihn stirnrunzelnd an, bis der Groschen endlich fiel. »Ach so!« Er hieb Chuck die Faust auf die Brust und lachte kopfschüttelnd. Doch der Senator blieb ernst: »Samson rangiert auf unserer Liste gleich nach Gaddafi und Saddam, verstehst du mich?« Er schaute auf die Uhr. »Beeil dich, Jim Frazer sitzt bestimmt schon im Lincoln-Zimmer vor einem Drink.«
Frazer, der Außenminister, gehörte zum legendären Wahlkampfteam 1992. Anscheinend hatte ihn der Präsident mit einer Sonderaufgabe betraut, die mit Robusto Samson zu tun hatte. Jim zählte jedenfalls zu den verläßlichen Freunden Kens in Washington, genau wie natürlich der Präsident selbst, obschon ihm der Außenminister damals in New York die Sache mit Samson eingebrockt hatte. Mit Chuck, einem Zahnarzt, der den Behandlungstuhl nach einer heldenhaften Verletzung im Golfkrieg mit dem Senatssitz vertauscht hatte, verbanden Ken fliegerische Leidenschaften. Dem Gespräch mit dem Präsidenten der Vereinigten Staaten im »Oval Office« sah Ken trotz allem mit eher gemischten Gefühlen entgegen. Ihn be-

schlich das untrügliche Gefühl, daß seine Freunde etwas von ihm wollten, was an seine frühere Tätigkeit anknüpfte. Aber das Treffen würde auch alle Voraussetzungen eines vertraulichen Schwatzes unter alten Kameraden erfüllen, bei dem Informationen ebenso locker flossen wie das gute alte Lieblingsgetränk der drei: Scotch. Custer schmunzelte vor Vorfreude, als er im Lift in die Parkgarage hinunterfuhr.

Schweiz, vor zirka dreißig Jahren

Für den jungen Robusto Samson war, wie gesagt, die Sache mit der Rauferei längst nicht ausgestanden. Sein Großvater zerrte ihn am nächsten Morgen im feudalen Palace-Hotel in St. Moritz auf den Stuhl des Friseurs und befahl diesem, die goldene Haarpracht des Jungen in einen millimeterkurzen, militärischen Bürstenschnitt zu verwandeln. Samson bäumte sich auf, aber im Schraubstock der starken Hände seines Großvaters erwies sich jede Gegenwehr als zwecklos. Und Samsons rebellische Kraft erschlaffte eigenartigerweise mehr mit jeder Locke, die auf den Fußboden fiel. Am Ende der Tortur sammelte Robusto das Resultat der großväterlichen Demütigung ein und legte die schönsten der kraftvollen Locken in eine Zigarrenschachtel, die ihm der Friseur mitfühlend hinstreckte. Am Abend, allein in seinem Zimmer, dachte Robusto an das Mädchen, und ihm stand vor Augen, wie es den Rock hochzog, auf seine Blöße äugte und ihn so berührte, daß sein Glied wie eine Rakete hochschoß. Er wollte masturbieren, wie er es täglich tat, seit er elf war, aber diesmal lief gar nichts. Sein Körper ließ ihn im Stich ohne Kraft und Saft. Es war tiefe Nacht, der süße Geruch von Luzernen wehte durchs offene Fenster ins Zimmer, ein flimmernder Sternenhimmel wölbte sich über den Bergen, die das Hochtal umschlossen. Als Samson später erwachte, ohne zu wissen warum, suchte er mit der Hand nach der Lampe, um das Licht anzuknipsen. Da berührten seine tastenden Finger die Zigarrenschachtel, und wie ein elektrischer Stoß durchfuhr ihn ein warmer Strahl von Energie, strömte in die Brust, hinunter in sein Glied, so daß er ein

Ziehen verspürte und sich die Decke hob unter dem Sprießen seines wiedererwachten Schwanzes. Ein Gefühl der Unbändigkeit durchglühte seinen Körper. Jetzt ging es. Erlöst betrachtete er, als er entspannt dalag, die Zigarrenschachtel und versteckte sie zuunterst in seinem Rucksack.
Sein Großvater holte Robusto zu früher Morgenstunde aus den Federn und brach mit ihm zu einer mehrstündigen Bergtour auf. Von der Bahnstation führte der Strafmarsch im Zickzack durch eine steile, von der Morgensonne ausgeglühte, steinige Schlucht. Nach zwei Stunden hielt der Großvater auf der Höhe an und setzte sich auf einen flachen Felsbrocken. Der Blick auf den gleißenden Gletscher unter tiefblauem Himmel und die Bergblumen rundherum in ihren kräftigen Farben entschädigten die verschwitzten Wanderer für den mühsamen Aufstieg. Robusto ließ sich ermattet ins Gras fallen, und sein Großvater streckte ihm eine Feldflasche mit Tee hin. Samson wühlte in der dunklen Tiefe des Rucksackes nach einem Brot und stieß mit der Hand an das Zedernholz der Zigarrenschachtel. Er zog sie heraus, steckte sie in den Hosenbund und schnallte seinen Gürtel ein Loch enger. Dann aß er schweigend und trank Tee. Die Wirkung der Zwischenverpflegung fiel so aus, wie sie der Großvater angepriesen hatte. Samson fühlte sich in der Tat plötzlich erholt und drängte zur Überraschung seines Großvaters zum Weitergehen. Der Junge zog nun voraus, das Keuchen seines Bestrafers im Rücken, und nach drei Stunden standen sie schwer atmend, aber stolz auf dem Gipfel und blickten hinunter auf die winzigen Gebilde der Dörfer und Gehöfte, die weit unten verstreut in den blaugrünen, dunstigen Tälern klebten.
Auf dem heiklen Rückweg über einen schmalen Firngrat, auf dem vermutlich selbst Gemsen kürzer atmeten, nahm der Großvater seinen Enkel straffer ans Seil und ermahnte ihn, vorsichtig aufzutreten. Als sie die schwierigste Stelle, wo der Grat auf eine breite Platte auslief, schon fast gemeistert hatten, brach plötzlich eine Schneedecke unter Großvaters Fuß. Robusto sollte das Schreckensbild sein Leben lang nie mehr vergessen. Lautlos fiel der Alte vor seinen Augen in den Abgrund. Das lose Seil schlingerte in der Luft. Der Eispickel schwebte wie ein Kruzifix über seinem Kopf. Einem Reflex gehorchend warf sich der Junge mit Todesverachtung auf die andere Seite des Grats. Eine Weile segelte er durch die Luft, es kam

ihm wie eine Ewigkeit vor. Ein scharfer Ruck stoppte den Fall, das Seil schnürte ihn zusammen. Über einem senkrechten Schneefeld blieb er hängen. Stille herrschte. Dann traf ihn die Erkenntnis: Sein kühner Sprung hatte die Seilschaft vor dem Sturz in den sicheren Tod bewahrt. Samson und sein Großvater hingen an beiden Seiten des Grats baumelnd im Seil und hielten mit ihrem Körpergewicht die Waage. Als erstes tastete Robusto in einer impulsiven Reaktion, die er sich später nicht rational erklären konnte, nach seiner Zigarrenschachtel. Sie hatte den Sturz unbeschädigt überstanden. Als er die Hand darauf ruhen ließ, spürte er von neuem den glühenden Kraftstrom, und wieder floß diese unbändige Regung durch seine Arme und Beine. Er arbeitete sich Meter um Meter am Seil hoch, spielend wie er später dachte, und schlang das Seil oben um einen Felszacken, der aus dem Firn ragte. Er sicherte es und suchte festen Halt. Dann begann er, seinen Großvater, der schlaff und benommen im Seil hing, langsam hochzuziehen. Der Alte konnte seinen Arm nicht mehr abstützen, wahrscheinlich war er gebrochen. Samson gelang es, den Verletzten zu bergen und ihn unterhalb der Felszacke unter seinen stöhnenden Anweisungen zu stabilisieren. Dann belebte er des Alten Geister neu mit einem Schluck Tee aus der Feldflasche. Auf dem Rückweg mußte er ihn stützen und ihm immer wieder über die steilen Stellen helfen. Der Abstieg zur Hütte dauerte dadurch doppelt so lang wie üblich, und als der Hüttenwart den Zustand des alten Mannes mit dem prüfenden Blick des Berglers erfaßte, telefonierte er ins Tal. Als der Junge ihm den Vorfall schilderte, meinte er trocken: »Wie damals am Dom, als eine Gipfelwächte abbrach und eine Militärpatrouille in den Tod riß. Sechs Tote. Nur eine Zweierseilschaft überlebte, weil sich einer, genau wie du heute, auf der andern Seite des Gipfels in die Schneise hinuntergeworfen hatte, wodurch der Sturz des Seilkameraden aufgefangen wurde. Gut gemacht, Junge.« Er legte ihm seine kräftige Hand auf die Schulter.

Der Großvater bekam nichts von der Geschichte mit, und Samson legte das Seil aus, das sie gerettet hatte, und entschied sich für eine bestimmte Stelle. Mit dem Holzbeil des Hüttenwarts hackte er ein fingerlanges Stück heraus.

»Was treibst du da?« erkundigte sich sein Großvater.

»Der Faden, an dem dein Leben hing«, antwortete Robusto und

hielt das Stück Seil hoch. Blut des Alten klebte dran. »Ein Lebensfaden«, sagte er und packte das Erinnerungstück zu den Haarlocken in die Zigarrenschachtel.
Ein Hubschrauber flog sie zu Tal. Am Abend saß der Großvater mit einer dunkelblauen Armschlinge und einem Wundpflaster am Hinterkopf bereits wieder in der Bar an seinem Stammplatz, inmitten eines Knäuels von Bewunderern, die dem verrückten Amerikaner an den Lippen hingen, als er die Geschichte der dramatischen Rettung durch seinen tapferen Enkel zum besten gab.
Samson lag derweil gedankenversunken in seinem Zimmer auf dem Bett und strich liebevoll über die blonden Locken in der Zigarrenschachtel. An diesem Abend begriff er, daß aus seinem Haar Kräfte flossen, die ihn unbesiegbar machten. Und er war felsenfest überzeugt, daß die Quelle dieser Macht direkt der Seele seiner Mutter entsprang.

Washington D. C., 1999

Mitten auf dem säuberlich geschnittenen Rasen auf der Südseite des Weißen Hauses kauerte der Hubschrauber des Präsidenten wie ein sprungbereiter Puma. Ken ging hinter dem Leutnant in einen leichten Laufschritt über. Zwei Soldaten an der Bugtreppe salutierten schneidig. Ken kletterte behutsam die Stufen hoch in die Maschine, wo der Außenminister Jim Frazer bereits angeschnallt auf seinem Platz saß. Ken begrüßte ihn mit der lässigen Nachahmung eines militärischen Grußes und ließ sich in den Schalensitz fallen, als die gewaltigen Rotorblätter sich auch schon schneller zu drehen begannen. Er wandte sich mit hochgezogenen Brauen dem Außenminister zu, die naheliegende Frage auf den Lippen, aber dieser hielt den Finger vor den Mund und runzelte warnend die hohe Stirn.
Während des Flugs sprachen sie kaum, nur einmal kam Frazer auf das gestrige katastrophale Spiel der Washington Red Skins gegen die Dallas Cowboys zu sprechen, und Ken bemühte kurz vor der Landung noch das uralte Konversationsthema Wetter.

Sie landeten nach einer knappen Stunde an Bord der »USS Dwight D. Eisenhower«. Der atomar getriebene Flugzeugträger ankerte im Süden der langen Bucht von Chesapeak, nicht weit vom großen Marine- und Luftwaffenstützpunkt Newsport entfernt. Der Hubschrauber mit Custer und Frazer an Bord war vom Weißen Haus mehr oder weniger dem Flußlauf des Potomac gefolgt, bis dieser in die Bucht mündete, dann auf südlichem Kurs direkt auf die »Eisenhower« zugeflogen, deren mächtige, majestätische Silhouette von weitem ins Auge stach.
Der Präsident erwartete sie an Deck. Mit eingezogenem Kopf eilte er unter den auslaufenden Rotorblättern zur Bugtür. Er trug einen marineblauen Mannschaftsoverall und eine rote Schildmütze mit der Aufschrift CVN-69 und darunter: *Commander in Chief*. Er schüttelte ihnen mit seinem gewinnenden Lächeln die Hände, dann schritten sie sofort gemeinsam das breite Deck ab, nach vorn zum Bug und vorbei an einer Reihe wie zur Parade aufgestellter weißer Kampfflugzeuge. Abfangjäger vom neuesten Typ F/A-18/F Super Hornet, registrierte Custer mit Kennerblick. Der Skipper der »Eisenhower« hatte die strikte Anweisung erhalten, das Vorderdeck von Mannschaften und jeglicher Aktivität freizuhalten und die drei hochkarätigen Persönlichkeiten weder zu begleiten noch anderweitig zu behelligen.
Der Präsident eilte zügig voran, den Kopf leicht in den Wind geneigt, Ken folgte in geringem Abstand. Jim Frazer neben ihm war für sein Alter recht schlank. Nicht einmal ein Bauchansatz wölbte sich unter dem tadellos sitzenden dunklen Anzug, der mit seinem silbergrauen Haar angenehm kontrastierte. Als sie auf der Höhe des vordersten Flugzeugs ankamen, das mit dem Bugrad auf der riesengroßen weißen Sechs der Zahl Neunundsechzig stand, die den Träger identifizierte, drehte sich der Präsident energisch um und sagte:
»Ich will absolute Geheimhaltung. Darum habe ich diesen Treffpunkt gewählt.«
Ken schaute sich prüfend um und nickte zustimmend.
»Es geht um ein Projekt, von dem nur wir drei etwas wissen dürfen. Keine Stabsleute, keine Ehefrau, Sekretärin, Freundin, kein Anwalt, Seelsorger, kein FBI-Chef, kein CIA-Boss, kein *Secret-Service*-Mann, niemand weiß Bescheid, und ich will, daß es so bleibt. In der Vergangenheit ist viel zuviel Unheil durch Indiskretionen, Pu-

blizitätssucht, Bettgeflüster, Angeberei und Prahlereien im Club angerichtet worden. Nicht zu reden von Verrat in den Reihen der CIA.«

Er drehte sich um, machte ein paar Schritte und kam wieder zur Gruppe zurück. »Über die Operation sind nur der Außenminister, Ken Custer und ich informiert«, hämmerte er ihnen ein.

Die beiden Besucher steckten die Hände in die Hosentaschen, blinzelten in das grelle Licht hinaus und nickten. Der Wind ließ etwas nach. Am Horizont fiel eine weiße Wolkenwand ins tiefblaue Meer, und im Westen wölbte sich der klare, aber blasse Himmel über das Festland. Der Radar drehte sich oben am Tower unaufhörlich, Matrosen und Sicherheitsleute beobachteten auf der Brücke mit Ferngläsern aufmerksam die nähere und weitere Umgebung.

»Nun zur Sache, meine Herren«, fuhr der Präsident fort, »die Globalisierung führt zum Entstehen von Machtkonglomeraten. Sie beeinflussen die Finanzmärkte, und die Finanzmärkte diktieren die Politik, so daß im Endeffekt an Stelle der vom Volk legitimierten Regierung die Diktatur der Kapitalmärkte tritt. Wir« – der Präsident zeigte mit der Hand zwischen sich und dem Außenminister hin und her –, »wir sehen in diesen Monopolgebilden eine Bedrohung der Freiheit, eine Gefahr für die nationale Sicherheit. Wir sprechen von der ›Macht der dritten Art‹.«

Der Präsident schaute Ken prüfend an, um sich zu vergewissern, ob die Botschaft auch richtig angekommen war. Ken ließ nur ein Wort fallen: »Samson.«

»*Touché*«, nickte der Präsident. »Haargenau richtig.«

»Wir können alle unsere Nachrichtendienste anzapfen«, erklärte Jim Frazer. »Ich habe auch bereits eine Fülle von Material über unseren Freund. Was uns interessiert, sind die Absichten Samsons. Wir glauben, daß er an einer großen Sache dran ist. Will er alles im Stich lassen? *Après moi le déluge?* Oder sich mit unseren Feinden, den Chinesen, Iranern oder anderen Verkündern von Irrlehren verbünden?«

»Amen. Und ich soll den Auftrag übernehmen«, schloß Custer.

»So ist es, Ken. Ich weiß, es mag nicht leicht sein für Sie ... Doch Sie tun es für das Land, für all die guten Männer und Frauen, die für Amerika ihr Bestes geben. Wie die Männer auf diesem Schiff, Ken.« Er macht eine pathetische Gebärde.

»Sir, es gibt auch noch einundzwanzig Frauen an Bord, habe ich mir sagen lassen«, grinste Ken.
»Wo zum Teufel hat sie denn der Skipper versteckt?« spielte der Präsident den Entrüsteten. Ihr Gelächter wehte über Deck zum Tower hinüber, zu dem sie langsam zurückspazierten. »Wir besprechen die Einzelheiten in der Kabine des Skippers«, entschied der Präsident.
»Es muß ja einen Anlaß geben, *Sir*, daß Sie mich gerade jetzt rufen ließen«, meinte Custer wenig später im bequemen Sessel des Konferenzraumes, in dem die Offziere ihre Einsatzbesprechungen durchführten.
Sie saßen vor einem Glas Scotch, was vermutlich gegen die Schiffsordnung der »USS Dwight D. Eisenhower« verstieß.
»Ach nun, Sie wissen ja, diese Massenkundgebung in Washington, diese Geschichten mit den Archen, die überall vom Stapel laufen ...«
Ken schüttelte den Kopf. »Wir müssen Klartext reden, *Sir*.«
Der Präsident wechselte einen Blick mit dem Außenminister. Dieser räusperte sich und sagte: »Nun, das FBI hat gewisse Anhaltspunkte. Danach wäre es möglich, daß Samson in der Nacht der Angostura-Katastrophe dort in der Gegend gewesen ist.«
»Wo? In Chiapas?«
Frazer nickte: »In der Nähe der Angostura-Talsperre.«
»Hmm. Und worauf stützt das FBI seine Vermutung?« fragte Ken.
»In einer Felsspalte, etwa hundert Kilometer von der Staumauer entfernt, stießen Mexikaner zufällig auf zwei Leichen. Piloten, die für eine Samson-Gesellschaft geflogen waren. Und neben den Toten lagen Raketenhalterungen für Hubschrauber.«
»Sabotage?« Ken deutete auf die Bildschirme rundherum: »Was haben die Satellitenbilder hergegeben? Erkennt man Flugbewegungen?«
Frazer schüttelte den Kopf: »Leider existieren keine brauchbaren Aufnahmen von diesem Teil Mexikos in dieser Nacht. Wie gesagt, es handelt sich nur um Indizien. Die Verdachtsmomente reichen nicht aus, um Samson zu kriegen, aber die Ermittlungen laufen weiter.«
»Um den vermuteten Zusammenhang zu beweisen, sind wir auf

Sie angewiesen.« Der Präsident blickte Custer durchdringend an. »Finden Sie es heraus, Ken.« Er schob ihm eine rote Akte zu. »Hier steht alles drin, was das FBI ermittelt hat.« Ken schlug das dünne Dossier auf und sah es durch, während der Präsident fortfuhr: »Samson bezeugt Interesse an der Schweiz. Wir meinen, er sucht ein kleines, überschaubares, sicheres Land, als Operationsbasis. Er hat sich in einer Alpenfestung, ganz in der Nähe einer großen Talsperre, eingerichtet. Die Frage lautet: Was hat der Bursche als nächstes vor?«
»Was meinen die Nachrichtenfritzen?« Custer schob die Akte von sich.
»Sie werden es nicht glauben, Ken. Nichts. Die haben keine Meinung. Sie sind vom Persischen Golf hypnotisiert und hätscheln das neue Lieblingskind, die Informationskriegsführung.«
»Kein Interesse an der ›Macht der dritten Art‹?«
»Nein.«
»Und das Pentagon, die Wunderkinder der Rand-Corporation, der Nationale Sicherheitsrat?« Es war kaum zu fassen, daß nicht eine Fülle von Material vorlag.
»Ach, da gibt es ein paar Daten, einige gute Szenarien, gescheite Empfehlungen. Diese Burschen sind zwar immer eine Nasenlänge voraus, aber Samson stehen sie ratlos gegenüber«, versicherte Frazer.
»In zwei Monaten findet in der Schweiz die Weltwirtschaftskonferenz statt.« Der Präsident sprach damit an, was er befürchtete: einen Anschlag auf die einmalige, jährlich wiederkehrende Zusammenkunft von Regierungschefs, Wirtschaftsführern und Top-Vertretern der Weltmacht.
»Wie jedes Jahr.« Custer gab sich unbeeindruckt.
»Diesmal werde ich auch dort sein«, gab der Präsident bekannt. Ken stellte das Glas mit einem Ruck ab. »Der britische Premierminister übrigens auch. Es geht um den Friedensvertrag für Nordirland, Ken. Ein historisches Treffen.«
»Warum ausgerechnet in Parsenn?«
»Vorschlag der Iren. Die Schweiz ist neutraler Boden. Weit weg von England.«
»Wer weiß davon?« fragte Custer besorgt. In der Information war genug Sprengstoff verpackt.

»Sie sind der Vierte im Bund, der von dem Plan erfährt. Tony Blair will ihn unbedingt durchboxen.«
»Den Plan?«
»Nein, den Friedensvertrag. Diesmal muß der Durchbruch gelingen.«
»In Parsenn, in der Schweiz? Mitten in dieser Monstertagung des Global Economy Forum?«
Der Präsident nickte. »Nun, sind Sie dabei?«
Custer atmete tief durch und antwortete nicht gleich. Nordirland, Samson, die Macht der dritten Art? Warum bildete der Präsident diese Mini-Task Force, diese winzige Spezialeinheit, ohne die Geheimdienste?
»Ehrlich gesagt, lieber nicht, *Mister President*«, stieß Ken hervor. »Ich bin nicht mehr in diesem Geschäft. Ich habe einen Beruf, die Fliegerei, zwei geschiedene Frauen, eine Mutter und ein paar Halbwüchsige, für die ich sorgen muß.«
Die beiden Männer verkniffen sich ein Lachen.
Custer trat ans Bullauge und schaute nachdenklich auf die Kampfflugzeuge hinunter. Kaum vorstellbar, daß Samson Flugzeugträger erstehen konnte, um sie als Archen anzupreisen. Und wenn dieser Halunke ungehindert weitermachte, eines Tages die Finanzmärkte beherrschte und seine privaten Söldnerarmeen losmarschierten? Taten sie das nicht schon? Du bist ja ohnehin den Winter über in der Schweiz, sagte sich Ken. Wer handelt, hat den Sieg schon in der Tasche ...
»Die Sache eilt, Ken«, drängte Frazer. »Sie könnten eine Scharte auswetzen ...«
»Was sagen Sie?« Ken bedachte ihn mit einem ungläubigen Blick.
»Samson ist ein barbarischer Chaot. Töten ist für ihn Mittel zum Zweck. Hunderte von Menschen werden das gleiche Schicksal erleiden wie, ja, Sharon Jefferson, die Sie in eine unangenehme Situation gebracht haben, in Texas, bevor sie ...«
»Bitte, Jim!« unterbrach der Präsident.
Custers Magen zog sich zusammen. »Ich, ich brauche Bedenkzeit ...«, brummte er und klemmte die FBI-Akte unter den Arm.
Der Präsident legte ihm die Hand auf die Schulter. »Sicher. Ihr alter Freund wird sich mit Ihnen in Verbindung setzen. Casey ist doch noch Ihr alter Freund?« Er schüttelte Ken die Hand. »Na also.

Dann sind wir ja im Geschäft. Großartig.« Er streifte sich die schwarze Barbourjacke über und gab damit das Signal zum Aufbruch.

Dallas, Texas, 1995

Jedesmal, wenn Ken an die Zeit in Texas dachte, lief der Irrsinnsfilm im Zeitraffertempo vor seinen Augen ab. Unauslöschliche Bilder hatten sich in seinem Bewußtsein wie Blutsauger festgekrallt.

... Er roch geradezu den Duft der erwachenden Stadt. Die Taufrische der weiten Felder wehte herein, vermengte sich mit den Dünsten der Nacht, des Asphalts und des Gestanks der ersten Busse. Kurz vor halb sechs lag Dallas noch im Dämmerschlaf, vor den Ladengeschäften hingen die schweren Gitter, Müllsäcke häuften sich neben den verriegelten Restaurants, die Morgenzeitung lag auf Türmatten, und der Verkehr rollte leicht und schnell. Custer nahm den Verkehr unbewußt wahr und suchte mit halbem Auge nach Straßenräubern, Rasern, Polizisten und anderen morgendlichen Gefahren ...

Die Entscheidung, nach Texas zu ziehen, hatte Ken nicht bereut, wohl aber der Gouverneur, der ihn im Team behalten wollte. »Ken, wir sind im Aufwind, jetzt gelingt uns der große Durchbruch. Über die dumme Geschichte in New York wird Gras wachsen ...«, beschwichtigte ihn der Präsidentschaftskandidat. Auf dem Tischchen im Hotelzimmer lag ein Haufen Zeitungen. Die »Post« brachte die Bilder vom Gerangel auf der Fähre von 1992 auf der Frontseite. Eine gesalzene Story warf dem »Gouverneur vom Land« Naivität im Umgang mit IRA-Terroristen vor.

Der Governeur war inzwischen Präsident der Vereinigten Staaten geworden, trotz der Frauengeschichten, hatte eine Kennedy zur Botschafterin in Irland ernannt, Belfast besucht und den Iren neue Hoffnungen eingeflößt.

... Charly, im ölverschmierten Overall, wartete an diesem Morgen im kleinen Barackenbüro neben dem Hangar. Er grinste über das ganze Gesicht, als er Ken den Kaffeebecher entgegenhielt.

»Mitch ist krank, Chef, ich habe Bobby aus den Federn geholt. Er sollte es bis acht Uhr schaffen, wenn *Mister* Swidle kommt«, informierte ihn Charly.
Ken nickte abwesend, während die Boeing ins Blickfeld rollte. Er hatte die *Lonestar Aviation* rasch auf Vordermann gebracht. Sein Vorgänger kannte das Fliegen nur als Passagier, operierte mit dem Rotstift, kürzte Löhne und sparte beim Einkauf. Ken hatte auf die Leute gesetzt und sie am Erfolg beteiligt.
Am Nachmittag stand Absprungtraining mit Sharon Jefferson auf dem Programm. Gedankenverloren nahm Ken das gerahmte Bild seines Adoptivsohnes in die Hand: Thomas, die Nachwuchshoffnung der Schwimmer-Nationalmannschaft, lachte ihm an seinem sechzehnten Geburtstag entgegen.
»Am Ende der Piste bauen sie eine Bühne auf, Boß«, sagte Charly mit besorgter Stimme.
»Russell?«
Charly nickte. »Sieht nach einer Kundgebung aus. Aufnahmewagen von Fernsehstationen stehen auch schon herum. Ich habe mit Russells Manager gesprochen. Heute abend soll ein hohes Tier auftreten, von dem man munkelt, es sei der Sektenboß. Robusto Samson, so heißt der Guru.«
Custer starrte entgeistert auf den jungen Blondschopf. Sein Magen verkrampfte sich ...
Er schritt zur großen Boeing hinüber, hielt die Hände auf dem Rücken, wie beim Abschreiten einer Parade oder beim Marsch ins Kittchen (beides hatte er erlebt). Charly schielte zu seinem Boß hinüber. Aus seinem Gesicht, das seine fünfzig Jahre nicht verriet, strahlten Hingabe und Unternehmungslust. Wenn er sprach, zerschmolz sein Mund zu einem Lächeln. Charly fühlte sich jedesmal besser, wenn er es erspähte.
»Wer sind diese Leute?« fragte Charly und reckte das Kinn gegen Süden.
»Endzeit-Apostel, Charly.«
»Endzeit?«
»Apokalypse wow«, lachte Custer bitter. »Eine Sekte, die glaubt, aus dem Chaos entstehe eine bessere Welt.«
Die Triebwerke der Boeing liefen an, und unüberhörbar näherte sich das Klopfen eines Helikopters. Custer blickte besorgt auf die

Armbanduhr. Fünf Minuten vor acht. Die Leute beeilten sich und taten, was möglich war. Es würde knapp werden. Aber der Besitzer der Swidle Oil Corporation entstieg gut gelaunt dem Hubschrauber und zerstreute Custers Befürchtungen: kein Wunder, eine attraktive Brünette wogte in einem aufreizenden Gang nebenher, die Aktentasche am goldkettenbehängten Arm.
»Sagen Sie, Custer«, brüllte Mr. Swidle und hielt seinen Stetson fest, »machen die euch Probleme?« Er zeigte über die Schulter auf einen imaginären Punkt. Charly wartete an der Bugtreppe und genoß den Blick auf zwei Prachtbeine, die weiter aufwärts immer aufregendere Perspektiven eröffneten, während die Männer gestikulierten: Custer, breite Schultern, kräftige, sportliche Statur, Swidle, ein Hüne mit monströsen Armen und abstehenden Ohren. Swidle deutete zum Pistenende, nickte und hieb seine Pranke auf Custers Schultern. Dann ging er die Treppe hinauf und verschwand im Flugzeug.

Die Sektenzusammenkunft ... Es war abends, acht Uhr. Musik, die er für indisch hielt, klang aus einer Batterie von Lautsprechern. Einweisposten kanalisierten die Leute zur Wiese mit der Bühne, auf der eine riesige Leinwand in der Abendsonne glänzte. Die zwei Typen führten Ken Custer an Imbißständen und Lautsprecherboxen vorbei zum Wohnhaus. Dahinter stand in einem Park unter alten, hohen Eichen ein silberner Bus mit brummendem Motor, wie ein Greyhound, aber mit geschwärzten, undurchsichtigen Fenstern. Im gekühlten, luxuriösen Salon saß Robusto in einem roten Sessel. Er war von spöttischer Höflichkeit zu seinem Besucher, trug eine weiße Jacke, ein blaues Hemd ohne Krawatte und schwarze Baumwollhosen.
»Lange her, seit ich Ihnen in New York das Angebot machte ... Ich brauche Entlastung, Custer, ich will mich vermehrt der Bewegung widmen. Bald sind es zwei Millionen eingeschriebene Anhänger.« Er verfiel plötzlich in Schweigen, zündete sich eine Zigarette an, und während er ein winziges Stück Tabak entfernte, das an seinen vollen, roten Lippen hängengeblieben war, sagte er: »Fünf Millionen Dollar Grundgehalt plus Bonus.« Der Betrag bezog sich auf den verlockendsten Vertrag, der Ken je zu Ohren gekommen war: Eine Anstellung als Geschäftsführer der *Executive Solutions*, wie da-

mals auf der »Lady Ark«, nur mit höheren, schwindelerregenden Zahlen.

Aber Ken Custer lehnte ab, fast kaltschnäuzig, und als er im Begriff war, sich dem Klammergriff des Gurus zu entwinden, trat Sharon Jefferson wie ein Unschuldsengel aus dem dunklen Hintergrund heraus.

»Sharon? Was zum Teufel machst du hier?«

Mit fest verschränkten Armen stand sie da und suchte nach Worten, ihr Gesicht war schuldbewußt, aber Samson gebot ihr zu schweigen.

»Die Werbeagentur, in der Sharon arbeitet, gehört zufällig mir, *Mister* Custer. Sharon ist großartig. Ihre Karriere kann senkrecht in den Himmel starten oder am Boden zerstört werden, je nachdem, ob Sie mitmachen, Ken. Wir wären ein großartiges Team. Denken Sie an Ihren Jungen – und an Sharon ... Sie werden sie doch nicht in Schwierigkeiten bringen wollen.«

... Im Schnellimbiß ... »Der *leg down* gestern war super«, schmunzelte Ken. Sharon Jefferson stutzte, dann fiel der Groschen. Ken meinte natürlich die nicht ganz einfache Formation, in der sich die Fallschirmspringer in der Luft aufrichten, ein Bein nach unten strecken und das andere nach hinten wegspreizen, natürlich vor dem Öffnen des Schirms. Sie lachte erleichtert: »Oh, ich bin so gern mit dir dort oben, Ken, und überhaupt ...« Er schwieg und rührte im Kaffee.

»Wie geht es Thomas?« erkundigte sie sich.

»Wie üblich, Schule, dann geht er schwimmen und kommt gegen sechs nach Hause.« Custer sah durch das Fenster hinaus zum Flugfeld, wo sie die Challenger startklar machten.

»Kennst du einen Frank Hogan?« fragte er unvermittelt.

»Ich hab von ihm gehört. Er arbeitet für *Executive Solutions* in Europa. Warum?«

»Der Mistkerl hat mich in New York reingelegt.«

Er griff nach hinten in die Gesäßtasche und zog einen Briefumschlag hervor. Mit Daumen und Zeigfinger hielt er ihn vor Sharons verdutztes Gesicht. »Bring den Brief Samson, bitte. Er enthält meine Absage mitsamt seinem Scheck, mit dem er mich locken wollte.«

Ungläubig hob Sharon ihren Blick. »Du gibst seinen Scheck zurück?«

... Ken fuhr allein zum Flugplatz zurück. Der Fall war erledigt. Erleichtert machte er sich an die Arbeit. Die Flugpläne und Buchungen mußten aufgelistet werden. Das Wochenende versprach gut zu werden, angefangen mit heute abend, wenn Thomas zum Wettkampf antrat. Der Junge schwamm verdammt schnell, und sein Coach hatte ihm eine Trainingswoche mit dem Nachwuchskader in Atlanta vorgeschlagen ... Ken sah die Post durch und öffnete den Umschlag mit dem vertrauten Absender. Flüchtig überflog er, was ihm Casey aus dem Archiv in Langley zusammengetragen hatte:

Robusto Samson:

... Kreuze einen Löwen mit einem Mann, entferne alle Zutaten eines gepflegten Äußeren, und du hast Samson, der sich so sagenhaft mythisch fand, daß er nie regelmäßig badete. .... Samson nannte sich ein planetares Enzym und roch nach Zwiebeln, aber er war die Verbindung zur bewußtseinserweiternden Welt.

... Samson ist auf Mission. Sein wegweisender Stern ist das Chaos als Naturkraft. Geld und Macht sein Leben. Er prophezeit sintflutartige Katastrophen und ist vermutlich bereit, in dieser Richtung etwas nachzuhelfen, damit er sich als »Noah 2000« aufschwingen kann ...

Charly platzte herein und legte die Piper-Belegung auf den Tisch. »Hoffentlich schafft es *Miss* Jefferson morgen. Eine *Miss Texas* bei *Lonestar Aviation* ... Wow!«

Ken legte den Bogen schmunzelnd in den Umschlag zurück. »Ich geh dann, Charly. Thomas braucht seinen Dad als Cheerleader.«

... Alles schien in Ordnung, und Ken fuhr in gedämpfter Erwartung über die Schnellstraße zum Wettkampf der Schwimmer. Doch irgendwie war er sich eines dumpfen Unbehagens bewußt.

New York, 1999

Du verwöhnst mich.« Im flauschigen Salon über den Kampftrainingsanlagen von *Executive Solutions* in Manhattan hob Delia mit dem Zeigfinger den Deckel des samtschwarzen Schächtelchens

an und ließ ihn gleich wieder zuschnappen. »Du bist verrückt«, hauchte sie und spürte, wie sie rot anlief.
Er genoß es. Väterlich umfaßte er sie und beteuerte: »Ich will, daß du dich wie zu Hause fühlst, Delia.«
Sie öffnete das Schmuckkästchen ganz und blickte verzückt auf den glitzernden Diamanten. Dann schlang sie ihre Arme um seinen Hals und küßte ihn zärtlich auf beide Wangen, dann auf den Mund. »Danke, tausend Dank, aber du übertreibst.« Samson schnurrte wohlig wie ein Kater.
»Du bist mein Schatz.« Er strich über ihre schlanke Taille zu den Ansätzen ihrer verführerischen Rundungen und drückte sie an sich. Die Berührung erregte Delia. Ihr Beine spreizten sich leicht. Sie öffnete das seidene Hemd, fuhr über seine behaarte Brust und legte eine Hand auf den Gürtel. Mit der andern griff sie ihm neckisch zwischen die Schenkel.
»Du hast alles, was eine Frau begehrenswert macht«, flüsterte er, und seine dunkelbraunen Augen glänzten. Er sonnte sich in ihrer Gegenwart, ihre Jugend beflügelte ihn. Seine geschickten Hände tasteten sich an ihren Beinen empor. Sie spürte ein angenehmes Prickeln, und während sie ihre Wimpern entzückt aufschlug, hauchte sie: »Du bist die Nummer eins, Rob, und das wirkt, du glaubst nicht, wie!«
Samson gab ihr die Geborgenheit, die im Traum ihrer Kindheit begraben war.
Aber ihre Beziehung war eine große Schau. Die Lüge gehörte zum täglichen Brot, ja das Leben selbst war nichts als Lüge. Kein Wunder. Die ganze Undercover-Tätigkeit für Casey setzte voraus, daß sie Samson anlog, um zu überleben. Andererseits konnte sie den Spieß auch umdrehen und Casey betrügen, indem sie sich auf Samsons Seite schlug. Im Grunde war sie nicht schlüssig, welche Rolle sie spielen sollte. Loyalität war eine praktische Frage, hatte auch mit Komfort zu tun. Samson gab ihr Sicherheit und Luxus. Casey, der ja für die CIA arbeitete, appellierte an das Gute. Beiden fehlte die moralische Orientierung. Es gab nur ganz wenige Personen in ihrem Leben, denen Delia sich zu mehr verpflichtet fühlte, als professionell zu glänzen: ihre Mutter und ... na ja, da war noch Ken, Ken Custer. Beide hatte sie noch nie angelogen. Eigentlich völlig verrückt.

Samson log ihr mit Bestimmtheit ständig etwas vor, aber es war ihr gleich. In Samsons Geschäft gehörte Lügen zum Selbstverständnis. Er log die Partner an, die Regierung, seine Freunde, er log, wenn es ihm nützte oder Spaß machte.
»Schade, daß du New York vorzeitig verläßt«, schnurrte Samson. Gelogen.
»Ich wäre gerne noch geblieben. Ich genieße diese Stadt, vor allem mit einem Verehrer wie dir.« Auch gelogen. »Was mich daran erinnert, daß ich mich umziehen sollte. Etwas ganz Verrücktes, für später, es wird dir gefallen.« Sie warf ihm einen Luftkuß zu und hüpfte hinaus.
Samson lächelte versonnen. Die Frau war eine Wucht. Gescheit, willensstark und durchtrieben. Dazu verfügte sie über eine hervorragende Ausbildung im martialischen Handwerk. Er lachte. Sie liebte den Flirt und machte kein Hehl daraus. Doch Robusto machte sich auch nichts vor. Delia blieb ein gefährliches Weibsstück. Er begehrte sie, aber bei aller Geilheit verlor er nicht den Kopf. Sie führte etwas im Schilde. Ihre Karriere sah aus, als wäre die Frau auf ein ganz bestimmtes Ziel abgerichtet worden. Ihre Bekanntschaft in Fort Campbell konnte ebensogut ein raffinierter Plan wie Zufall gewesen sein. Samson überlegte. Wie hieß sein Kontakt in der CIA? Harrison war der Mann. Seit er ihn damals in Texas als Spitzel angeworben hatte, war der CIA-Agent mehrmals befördert worden und hatte sich zuletzt zum Vizechef der Abteilung Anti-Terror gemausert. Eigentlich müßte er in dieser hochrangigen Position an die Personalakten der wichtigen Agenten herankommen. Falls Langley mit Delia Cooper etwas am Hut oder am Strumpfband hätte, müßte es Harrison herauskriegen. Vielleicht brauchte Harrison auch eine kleine Gedankenstütze, wie zum Beispiel die Nummer des Bankkontos in Luxemburg.
Aber zunächst würde er mit Delia im »Balthasar« speisen, mit Austern anfangen, guten Chardonnay trinken und dann, na ja, vielleicht ...

Delia hatte nur wenig Zeit zur Verfügung. Im oberen Stock, der mit einer internen Treppe verbunden war, hatte ihr Robusto ein kleines Appartement eingerichtet, in dem sie ihre Ausgehgarderobe in den Schränken verstaute. Im kleinen Vorraum führte aber auch eine Tür direkt in den Flur des Gebäudes, und diese öffnete Delia, huschte hinaus und raste zum Lift. Im Labor »Sandhurst« brannte noch Licht. Delia hastete zwischen den mächtigen Tischen hindurch, bis sie die Schilder wiederfand: »Assuan«, »Hoover Dam«, »Paraguay«, »Indien«...

Sie hörte Schritte und duckte sich. Da sah sie den Papierstreifen von einem Drucker herunterbaumeln. Geistesgegenwärtig riß sie ihn ab und erhob sich. Das Geräusch entfernte sich. Sie stand vor dem Relief der Angostura-Talsperre. Sie schaute auf den Streifen in ihrer Hand. Ein Strichcode mit Seriennummer. Wieder Schritte. Sie huschte von Tisch zu Tisch, die Sammlung von Staumauern lief weiter, Kanada, Argentinien, China ...

»Wo ist Parsenn?« sagte sie zu sich selbst.

»Parsenn liegt hier drüben, Süße«, dröhnte Samson in ihrem Rücken. Entgeistert fuhr Delia herum.

»Du lieber Himmel, hast du mich erschreckt.« Sie verschränkte die Arme auf dem Rücken.

»Ich dachte, du wolltest dich umziehen.« Er hielt einen Drink in der Hand.

»Das Projekt hat mich nicht losgelassen. Parsenn, du weißt schon!«

»Hmm, sonderbar ... daß dich Staumauern interessieren. Was ist daran so sexy? Ich dachte, Talsperren seien meine höchstpersönliche Leidenschaft.«

Gelogen, dachte Delia. Ihre Gedanken rasten. Plötzlich kam ihr ein wunderbarer Einfall: »Die Sicherheit von Staumauern gehört zum Geschäft der Firma. In Angostura haben die Prüfsysteme versagt. Wir könnten daraus Kapital schlagen.« Sie gab sich jetzt ganz geschäftsmäßig und merkte, daß Samson anbiß. »Das Erdbeben bewirkte, daß die Bodenstruktur und die Wasserstruktur mit der Staumauer interagierten, dadurch wurden verschiedene dynamische Parameter der Mauer beeinflußt«, rasselte sie herunter, was sie beim Chinesen aufgeschnappt hatte. »Bei Steinschlägen, Erdrutschen und Erdbeben entfesseln Erde und Wasser gigantische chaotische Kräfte.«

»Nun, erklär mir mal, wer hat dir das beigebracht?« fragte Samson mißtrauisch.

»Dein Chinese, der gewitzte *Mister* Dix-Sang.« Sie zuckte lässig die

Schultern. »Doch jetzt interessiert mich der.« Sie trat an ihn heran und legte beide Hände an die Wölbung seiner schwarzen Anzughose.

»Bei Angostura war doch kein Erdbeben.« Samson nahm ihre Hände.

»Doch, auf der Cocos-Platte bebt die Erde ständig«, murmelte Delia. »Wie hier unten.« Sie drückte fester.

»Die Zapatisten stecken dahinter«, grinste Samson. »Die haben die Sache genau auf den Zeitpunkt des Meteoriteneinschlags gedreht.«

»Einen Damm dieser Größe kann man nicht einfach mit ein paar Rohrbomben, wie sie die Zapatisten basteln, in die Luft jagen«, wandte Delia ein und schob rasch den Streifen in ihren Ausschnitt, als Samson nach seinem Drink griff.

Samson blieb still und nippte an seinem Glas. Plötzlich prustete er heraus und schüttelte sich vor Lachen: »Dieses Getränk hier, Delia, Süße, weißt du, wie es heißt? Es heißt *Death in the Afternoon* ... und ... weißt du, was drin ist? Nein? Also, Pernod, Angostura und Sekt ... Angostura ... Angostura ist doch auch ein Bitterlikör ... Tod am Nachmittag.«

»Du verdienst ganz hübsch an der Katastrophe, was?«

Robusto schaute sie verblüfft an. Dann faßte er sie zärtlich um die Hüfte, küßte sie schnell auf ihre roten vollen Lippen und schwärmte:

»Ich liebe Chaos, ich lebe vom Chaos, es lebe das Chaos ... Aber meine wahren Sehnsüchte gelten einer schönen Frau!« Er wollte sie an sich ziehen, aber sie entwand sich ihm neckisch.

»Kein Chaos im Betrieb, okay?«

»Angostura. Über einhunderttausend neue Anhänger haben sich seit der Katastrophe eingeschrieben. Jeder gibt im Jahr im Schnitt eintausend Dollar aus: für die Mitgliedschaft, für Spenden, T-Shirts, Bücher, Kassetten und Schriften. Eintausend ...«

Delia rechnete. »Einhundert Millionen Dollar.«

»Siehst du, jag den Leuten einen Schrecken ein, und schon zücken sie das Scheckbuch. Wann geht übrigens morgen deine Maschine?« Sein sehnsüchtiger Blick tat ihr fast leid.

»Um elf Uhr vormittags. Concorde. London. Komm, Schatz, ich habe Hunger«, hauchte Delia und zog ihn von dem Katastrophenszenario weg.

»Du solltest nicht ohne mich da runtergehen«, ermahnte er sie flau. Aber es war ihm schnurzegal. Er würde mit Harrison sprechen und ein paar Aufklärungen über Delia Cooper in Gang setzen.

Dallas, Texas, 1995

Der Wettbewerb um den Titel »*Miss Texas*« war für Samstagnacht im piekfeinen Westin Hotel angesagt. Sharon Jeffersons schärfste Konkurrentin, die Tochter eines steinreichen Immobilienmoguls, hatte alle Register gezogen, um die Gunst des Publikums zu gewinnen. Fast jeden Abend trat sie in einem Fernsehprogramm auf, stand einfach da, zeigte blendend weiße Zähne und anwortete mit Banalitäten auf verlegene Fragen der Interviewer. Sharon geriet in Rage. Sie hatte sich aus einfachen Verhältnissen hochgerackert, den Golfkrieg nicht nur im Fernsehen erlebt, im Fallschirmspringen jeden männlichen Konkurrenten in den Schatten gestellt. Aber niemand schien Notiz zu nehmen. Alle schauten wie gebannt auf das verwöhnte, behütete Töchterchen aus gutem Hause, wie sie Fußballspiele eröffnete, vom Ein-Meter-Brett in den Swimmingpool sprang und auf der Ranch schnöselig Pferde streichelte.
Ken Custer hatte eine Idee. Am Tag der Wahl, als sich der Klüngel von Kameraleuten und Fotografen mit den Leuten der Jury auf der Plaza vor dem Hotel versammelte, brauste urplötzlich eine Propellermaschine im Tiefflug über die verdutzten Köpfe, zog unter dem Gekreische der Menge scharf hoch und drehte eine waghalsige Schlaufe. Niemand nahm noch die geringste Notiz von der schwarzen Limousine, die in diesem Moment auf die Plaza glitt. Alle Augen starrten weit aufgerissen dem Teufelskerl der Lüfte nach, als eine Person aus dem Rumpf des Flugzeugs sprang. Rufe, Schreie, Arme, die gen Himmel fuhren. »Eine Frau!« schrie einer. »Die Jefferson!« folgten aufgeregte Rufe.
Nur mit einem schwarzroten Bikini bekleidet, sauste sie im freien Fall nach unten, die Arme ausgebreitet – es sah furchterregend aus. Die Menge schrie und kreischte, dann endlich öffnete sich der Schirm. Ausrufe der Erleichterung, Beifallklatschen, und Sharon

Jefferson landete mit dem süßesten Lächeln haargenau neben dem Podest des Jury-Präsidenten, der eben zur Begrüßungsrede ansetzen wollte. Schlagfertig tat der zweimetergroße, breitschultrige texanische Hüne Swidle, übrigens kein Freund des Immobilienkönigs, dessen Nesthäkchen der langen Limousine völlig unbemerkt entstiegen war, so, als sei alles geplant gewesen und rief grinsend: »Leute, alles Gute kommt von oben. Fangen wir an!« Damit war die Wahl von Sharon Jefferson zur Schönheitskönigin von Texas vorentschieden ...

Über den schwarzgebratenen Steaks und einer Flasche Cabernet besiegelten sie am gleichen Abend ihre Verschwörung. Custer erklärte irgendwann pathetisch: »Was auch immer geschehen mag, Sharon, immer werde ich zu dir halten!« Sie schaute ihn lange an, der Wein wirkte bereits ein bißchen, und sie netzte verführerisch ihre vollen Lippen. Sie sah hinreißend aus. »Ich laß dich nicht im Stich, Kenneth Arnold Custer, was auch immer geschehen mag.« Sie beugte sich über den Tisch und küßte Ken lange auf den Mund. Die Flasche fiel um, färbte das makellos weiße Tuch burgunderrot, die anderen Gäste klatschten begeistert. Das war Texas ...
Langsam lösten sich ihre Lippen, und der Kellner richtete geistesgegenwärtig die Weinflasche auf. Die frisch gekürte Schönheitskönigin nestelte verlegen an ihrer goldenen Halskette, schielte nach rechts und links, errötete, als hätte der verschüttete Wein abgefärbt ... Plötzlich standen drei Mexikaner mit breiten Sombreros am Tisch. Custer winkte höflich ab, es kam ihm kein Lied in den Sinn.
Sharon schritt grazil zur Garderobe, die Leute nickten ihr freundlich zu ... Die drei Gitarristen griffen in die Saiten und sangen ein melancholisches Lied. Als sie beschwingt zurückschlenderte, stand ein großer Mann in dunkelbraunem Anzug mit Krawatte neben Custer.
»FBI«, sagte der lange Typ und klopfte diskret seine Brusttasche ab, in der offenbar seine Dienstmarke steckte. »Kommen Sie hinaus, bitte. Draußen will Sie jemand sprechen, *Mister* Custer.«
Das Wetter hatte umgeschlagen. Schwarze Wolken zogen auf, rascher als Ken lieb war. Es roch nach Regen. In der Ferne zuckten Blitze in einen gespenstisch lila verfärbten Himmel. Custer folgte dem baumlangen FBI-Mann zu einem Wagen.

»Hallo, Ken, lange nicht mehr gesehen«, begrüßte ihn eine Stimme aus dem offenen Fenster.
»Sie? Was zum Teufel bringt Sie denn nach Texas?« Widerwillig stieg Ken in den Fond der schwarzen Limousine, während der Lange neben der Kühlerhaube Aufstellung nahm.
Harrison, aus der Abteilung Anti-Terror in der CIA, lehnte in der Ecke, einen Hut über die Stirn gezogen. Er roch nach Tabak.
»Sie sind in Schwierigkeiten, Ken.«
»Ach je, wäre nicht das erste Mal, nun?«
»Mein Kollege ist vom FBI in Dallas. Die wollen Ihnen einen Strick drehen.«
»Ach, und woraus?«
»Aus Ihrer tollkühnen Fliegerei. Anscheinend haben Sie mehr Vorschriften mißachtet, als meine Hände Finger haben.«
Custer schaute durch das Fenster ungeduldig zum Restaurant hinüber.
»Na, dann sollen sie mal. Warum so dramatisch? Sie holen mich aus dem Restaurant heraus, als wäre ich aus Quantico getürmt.«
»Tut mir leid, Ken. Es geht um eine heikle Sache.«
»Das kann bestimmt bis morgen warten, Harrison.« Custer öffnete die Tür.
»Robusto Samson.«
Custer drehte sich langsam um und schloß die Tür wieder. Seine Augen verengten sich.
»Casey möchte, daß Sie mit ihm sprechen.«
»Mit Samson?«
»Nein, mit Casey.«
»Worüber?«
Harrison hob wieder die Brauen. Die Regeln ...! Mannomann, dachte er.
Das Bundesflugamt habe das FBI angerufen, gestand er schließlich, und die Verhaftung des Piloten verlangt. Das FBI sei nach Dienstvorschrift mit Casey in Kontakt gekommen, da Custer immer noch den Sonderstatus genieße ...
Custer öffnete die Tür. »Kommen Sie morgen zum Flugfeld. Eine reizende Frau wartet drinnen auf mich, Harrison.« Er wies mit dem Daumen zum Steakhouse. »Um acht in der Früh, im Hangar der *Lonestar Aviation*.«

Harrison hob die Hand zum Gruß an die Hutkrempe. »Wie Sie meinen, Custer.«
Bevor Ken sich aus dem Sitz herausgewunden hatte, schob der CIA-Agent ein spöttisches »Lassen-Sie-sich-den-Abend-nicht-verderben« nach.
»Der ist schon im Eimer, Wichser. Halten Sie mir gefälligst den Bullen vom Leib.« Wütend knallte Custer die schwere Wagentür zu.
Es wetterleuchtete über dem Hinterland. Wind kam auf, und schwere Regentropfen fielen aus tiefhängenden Wolken.
»Sie haben einen schweren Gewittersturm angesagt«, sagte der Pförtner, als Ken mit einem kritischen Blick zum Himmel das Restaurant zum zweiten Mal an diesem Abend betrat. Kaum war er drinnen, prasselte der Regen sintflutartig nieder. Böen klatschten an die Scheiben, das Licht flackerte.
Die liebenswürdige Sharon hatte sich mit einem älteren Herrn am Nebentisch unterhalten und richtete sich sichtlich erleichtert auf, als Ken sich setzte.
»Was war?«
Er ergriff ihre Hände und beugte sich vor, bis sich ihre Köpfe berührten.
Ken drängte durch die Tische zum Ausgang. Sharon winkte den Gästen und bemühte sich lächelnd, den abrupten Aufbruch zu überspielen. Der Sturm tobte. Es goß in Strömen. Sie waren schon klatschnaß, als sie den Wagen erreichten. Custer fuhr los, die Wischer arbeiteten vergebens, Blitze erhellten die überschwemmte Fahrbahn ...

Custers Schneidezähne nagten an der Unterlippe, die Augen hatte er zugekniffen, während er den schweren Chevy-Achtsitzer durch die Pfützen jagte.
»Ruf Thomas an, daß wir unterwegs sind, bitte.«
Sharon wählte die Nummer. Die Straße senkte sich ab, und Custer trat plötzlich mit voller Wucht auf die Bremse: »Paß auf!« schrie er. Ein Wasserschwall ergoß sich über die Frontscheibe. Sharon kreischte erschrocken auf.
Custer legte den Rückwärtsgang ein. Die Räder drehten durch, doch langsam, unendlich langsam setzte der Wagen zurück. Vor ih-

nen lagen, in Umrissen erkennbar, die Trümmer der weggerissenen Brücke.
»Phuu, das war knapp«, keuchte Custer und fuhr noch ein Stück vom reißenden Fluß weg, bevor er anhielt.
»Das Rufzeichen ertönt nicht«, sagte Sharon. Dann bemerkte sie den Feuerschein. »Dort, Ken, es brennt, es ...« Die Worte blieben ihr im Hals stecken ...
Eine unheimliche Ruhe hatte sich Ken Custers bemächtigt. Er steuerte den Wagen über Nebenstraßen und Feldwege zur oberen Brücke, dann zurück zu seinem Haus, in dem Thomas schlief ...
Es brannte lichterloh. Custer preschte durch die Absperrungen der Feuerwehr, Holz splitterte, Metall krachte. Vor dem Flammenmeer kam der Wagen abrupt zum Stillstand ...
Das Feuer hatte rasend schnell um sich gegriffen. Aus einem Helikopter senkte sich ein Retter am Seil ab, aber die sprühende Glut, die Hitze und der Rauch zwangen den Piloten zur Rückkehr. Die Leiter stürzte ein. Die Männer, die mit Gasmasken versehen ins Untergeschoß vorstoßen wollten, waren gezwungen, unverrichteter Dinge umzukehren.
Ken stand da, starrte ins Leere. Wo blieb Thomas? Bitte, lieber Gott, laß ihn leben ... Custer hielt nach Sharon Ausschau. Sie war wie vom Erdboden verschwunden.
»Miss Jefferson! Hierher! *Mister* Custer sucht Sie!« rief eine Stimme, die ihr vertraut schien. Sharon hetzte durch den Wirrwar von Fahrzeugen und Schlauchleitungen in Richtung des Rufers, als kräftige Arme sie packten und eine Hand brutal ihren Mund zudrückte. Bevor sie begriff, wie ihr geschah, befand sie sich auf dem Rücksitz eines Wagens. Die Tür knallte zu, und als sie aufsah, blickte sie in die Augen von Robusto Samson ...
Er packte sie so hart am Oberarm, daß sie vor Schmerz aufschrie.
»Sie Schwein, Sie sind an allem schuld. Lassen Sie mich los!« Sie hackte ihre Zähne in seine Hand, aber der verzweifelte Befreiungsversuch entlockte ihm nur ein spöttisches Lachen.
»Ich fahr dich nach Hause, Süße.« Andere Wagen kamen angerast oder fuhren weg. Niemand schenkte der schwarzen Limousine, die das Gelände verließ, die geringste Beachtung ...
»Schrecklich, dieser Brand«, lenkte Samson ein und senkte mitfühlend den Kopf. Sharon ließ sich einlullen, aber als der Wagen

plötzlich in den finsteren Waldweg abbog, wußte sie, daß sie einen Fehler gemacht hatte. Abrupt stoppte der Fahrer.

»Aussteigen!« Samson hielt eine schwarze Neunmillimeter in der Hand. Sein Antlitz verzog sich im gespenstischen Schein der Blitze zur teuflischen Fratze. Draußen drückte er sie mit dem Rücken heftig gegen den Wagen. Sie wehrte sich und faßte verzweifelt nach seiner Mähne. »Laß mich los!« Sie zerrte an seinem Haarschopf und zog das Knie an, um es ihm in den Unterleib zu rammen. Doch Samson hatte sich vorausahnend seitlich weggedreht, so daß ihr Knie nur seinen Oberschenkel traf. Wuchtig stieß er ihr den Pistolenlauf in die Magengrube. Sharon schnappte nach Luft und ließ die Mähne ihres Quälers los.

»Du könntest meine Tochter sein«, keuchte Samson. »Ich weiß, du arbeitest für Casey. Warum hast du mich verraten?« Sie schüttelte verzweifelt den Kopf. »Doch, du spionierst mich aus für die CIA, ich weiß es!«

»Wer sagt das?« flüsterte sie entsetzt.

»Harrison.« Ein Blitzgeäder zuckte über den schwarzen, unheimlich gelb und grün verfärbten Himmel. Samson blickte in große, warme Augen, die flehten, als gehörten sie einem wunden Reh. »Bitte, hör mir zu ...«

Bevor sie weiterreden konnte, erschoß er sie. Wie alle seine Opfer mit einem Schuß zwischen die Augen. Genau oberhalb der Nasenwurzel. Dann sah Robusto Samson verächtlich in den Lauf der Pistole, machte unschlüssig ein paar Schritte, steckte die Waffe hastig ein und stierte auf die Tote. Wieder flammte der Nachthimmel auf.

»Selbst schuld, Sharon. Kein anderer soll dich haben.« Daraufhin bückte er sich, riß der Toten die Kette mit den drei kleinen goldgefaßten Rubinen vom Hals und stieg ein. Pajero saß unbeweglich am Steuer, starrte geradeaus und hatte von allem natürlich nichts bemerkt. Er setzte mit steinerner Miene zurück, bog in die verlassene Straße ein und lenkte die schwarze Limousine über verschiedene Umleitungen auf die Autobahn zum Flughafen Dallas/Fort Worth.

Die Polizei fand in der Brandruine Kerosinkanister aus dem Hangar der *Lonestar Aviation*. Die Durchsuchung der Büros im Flugplatzgebäude förderte einen mysteriösen Zeitzünder zutage, wie er

auch am Tatort sichergestellt worden war ... Der Untersuchungsrichter nahm sich Zeit. Er hieß DiBenedetto, trug einen schwarzen Schnauzbart, eine goldene Halskette und stand im Ruf eines hartnäckigen Fahnders. Er blickte Custer verwundert ins Gesicht und sagte: »Sie haben einen so gelassenen und in sich ruhenden Ausdruck.«
Zum Glück hatte Casey die Angelegenheit im Griff. Aus Washington erhielt der Staatsanwalt die Order, der Fall gehöre in die Kompetenz des Bundes wegen Verwendung von Zeitzündern und Sprengkapseln. Zwei von Caseys Leuten entrissen Custer den Texanern und setzten ihn in eine Sondermaschine nach Washington. DiBenedetto nahm es gelassen: »Sie müssen denen verdammt wichtig sein«, meinte er zum Abschied und schüttelte Custer kräftig die Hand, so, als sähe er ihn nicht zum letzten Mal.
Das war Texas, 1995.

Über dem Atlantik, 1999

Die Concorde schoß schneller als eine Gewehrkugel über den Atlantik. Delia saß in der zweiten Reihe in weichem Leder, auf dem Sitz nebenan lagen Zeitungen, darunter die Berichte und Recherchen über die neuen iranischen Machthaber. Delia griff gelangweilt nach der »Herald Tribune« und betrachtete das Bild auf der Frontseite: Der Sinn-Fein-Chef und Tony Blair standen händeschüttelnd vor dem Amtssitz des Premierministers in der Downing Street 10. »Ich riskiere die Begegnung für den Frieden«, wurde der britische Premier zitiert.
Die doppelte Überschallgeschwindigkeit war nicht fühlbar. Delia hätte ebensogut im Intercity sitzen können. Sie blätterte und überflog die Meldungen: »Der iranische Präsident Chatami spricht am Weltwirtschaftsgipfel in Parsenn. Ist ein Treffen mit Bill Clinton geplant?«
How the Tango Went from Hot to Cool beleuchtete ein Artikel auf der letzten Seite den heißen Tanz. Er wurde erstmals 1877 in Buenos Aires rund um Bordelle und zwielichtige Lokale zu Violinen-, Har-

fen- und Flötenmusik getanzt. *Buenos Eros* ... Eros, seufzte Delia, legte das Blatt zur Seite und zog den vertraulichen Report von Frankie Hogan unter einem Papierstoß hervor. Er handelte vom angeworbenen Agenten im schweizerischen Rüstungsamt in Bern: Tschanutt, Roland Tschanutt. Delia studierte das rundliche Gesicht mit den stechenden Augen, die öligen Haare, die in Locken auf dem Kopf anlagen, die wulstigen Lippen, das Doppelkinn ... Kein Adonis!
Sie ließ die Papiere in ihren Schoß fallen und schloß die Augen. Die digitale Anzeige an der Kabine blieb unbeachtet:
2.00 Mach, 58 500 Feet, – 60 °C, 1410 MPH (2256 KMH)

... Delia Cooper war achtzehn, als sie der erdrückenden Armut auf den Zuckerrohrplantagen Floridas entfloh, um sich bei der Marineinfanterie einzuschreiben. Sie schlief mit sechs Geschwistern im Zimmer eines mit Wellblech überdachten Schuppens an der »Stationsstraße« in Monticello, an der Grenze zu Georgia. Das Haus hatte keine sanitären Anlagen im Innern, keine Teppiche, die Löcher in den Wänden stopfte man mit Lumpen oder Maiskolben. Delias Vater arbeitete als Gärtner bei der Stadt, die Mutter legte Nachtschichten in der Kistenfabrik ein. Auf einem Landstück außerhalb der Stadt hielten die Kinder ein paar Schweine und bestellten das Land mit einem rostigen, von einem müden Maulesel gezogenen Pflug. Wie für ihre Brüder bedeutete die Armee für Delia Ausbruch und Aufstieg. Sie war ein guter, unkomplizierter »Ledernacken«, den es gleich nach Panama in die amerikanische Botschaft verschlug. Das Oberkommando ernannte sie dann ziemlich rasch zur Spezialassistentin in der Abteilung für Waffenerprobung. So schnell stieg Delia auf, daß Kommißmuffel und Neider das Gerücht einer Affäre mit ihrem *Commander*, einem verwitweten Oberst, in Umlauf setzten. Sex in der Armee war gefährlich, doch Delia hielt das Gerücht cool am Kochen und befaßte sich weiterhin mit dem Zusammenstellen von vertraulichen Broschüren, organisierte Meetings und lernte nebenbei viel über Waffen, ihre Hersteller und das ganze Gerangel um Rüstungsaufträge. Ihre Aufgabe brachte sie auf fast alle Stützpunkte im ganzen Land. Nach ihrer Rückkehr aus dem Irak beharrte Casey darauf, daß sie eine Gruppe Industrieller und ausländische Käufer auf eine Tour zu verschiedenen Ausbildungs- und Waffenerprobungsplätzen begleitete. Ihr Organisationsgeschick und adrettes Auftreten blieben nicht unbemerkt, und als die Gruppe im Armeelager von Fort Campbell in Tennessee eintraf, lud sie ein *Mister* Samson nach dem Abendessen zu einem Spaziergang ein. Delia war vorbereitet. Sie schlenderten an den Kampftrainingsanlagen entlang, wo ein paar Soldaten sich an Seilen eine Steilwand emporarbeiteten, als er ihr Zigarren paffend die Stelle anbot.

Sie erbat sich Bedenkzeit und erhielt von ihrem Vorgesetzten ein günstiges Bild von Robusto Samson und seiner *Executive Solutions*. Delia nahm Rücksprache, und in Fort Bragg, auf der letzten Station der Tour, sagte sie zu. Allerdings stellte sie ein paar Bedingungen: Sie wollte weiterhin Leichtathletik trainieren, fliegen und gewisse Kurse besuchen, Beschäftigungen, an denen Samson ebenso Gefallen fand, wie er die Frau heimlich begehrte. Die »gewissen Kurse« hielt der Macho für eine Weibermacke und stellte sich darunter Psychologie, Buchhaltung oder – auch nicht schlecht – esoterische Seminare vor.

Delia klappte den Deckel ihres Computers auf, schloß das Kabel ans Bordtelefon an und wählte die Nummer. Nach dem üblichen Rauschen und Piepsen erschien die Menüseite von AOL. »Sie haben Post«, verhieß die Stimme. Es war Carlos aus Guatemala-City:

»Betrifft: Tapachula: Der Stützpunkt ist niedergebrannt. Ich setzte meine ›Kiste‹ (immerhin eine brandneue Bonanza) ab und fand außer verkohlten Resten nichts. Einheimische erzählten mir, der Bursche vom Flugfeld sei mit dem Kerosin-Lager in die Luft geflogen. Am Morgen nach der Staudammkatastrophe in Angostura. Im Suff, wie das Gerücht ging. Spielst du jetzt Detektivin? *I love you,* Carlos.«

Schmunzelnd lehnte sich Delia zurück. »Darf ich Ihnen einen leichten Snack servieren?« fragte die Hostess mit freundlichem Lächeln. Delia schob den Computer zur Seite, wählte Champagner als Aperitif und nahm »USA Today« zur Hand. Unter dem farbigen Bild eines mit den Armen ausholenden Robusto Samson begann sie zu lesen.

»Massenaufmarsch beim Treffen der Samsoniten.

Im Zentrum von Washington haben sich auf einen Aufruf der End-

zeitbewegung der Samsoniten hin gewaltige Scharen von Männern und Frauen versammelt ...
Wie viele Anhänger der Endzeitsekte an diesem sonnigen Samstag in Washington zusammengeströmt sind, wird man nie wissen. Seit dem *Million Man March* des schwarzen Islamisten Farrakhan zählt der National Park Service die Teilnehmer an solchen Anlässen nicht mehr.
Ein Blick über das Meer an schlanken und umfangreichen, weißen und schwarzen Leibern läßt indessen keinen Zweifel daran, daß mehrere Hunderttausend Amerikaner hergereist sind, und damit dürfte auch ein Großteil der Kampfschrift ›Überleben mit Robusto Samson‹ Abnehmer gefunden haben ...
Die friedlichen Auftritte der Samsoniten haben auch Proteste provoziert. Kleine, aber laute Gruppen nützten die Anwesenheit der Medien, um die Samsoniten zu beschuldigen, sie würden mit der Angst der Menschen riesige Geschäfte machen und die Kassen der mächtigen *ArkGroup*, die Samson kontrolliert, füllen. Der Vorwurf hat einiges Gewicht, da Robusto Samson weltweit von den Mißständen profitiert und angeblich sogar über Verbindungen zu terroristischen Gruppen verfügt, was er allerdings bestreitet. Andere, meist linke Protestgruppen, befürchten, die Samsoniten könnten zu einer christlich-fundamentalistischen Bewegung ausarten und den religiösen Frieden im Land bedrohen.
Weniger Beachtung fand eine warnende Stimme aus Europa. Der Organisator des Weltwirtschaftsforums, das im Februar 2000 zum dreißigsten Mal in der Schweiz stattfindet, bezeichnete die Kombination einer Endzeitbewegung mit einem weltumspannenden Rüstungsimperium als Machtkonstellation, welche die Freiheit bedrohe und Regierungen in die Bedeutungslosigkeit absinken lasse ...
... Robusto Samson hat für die Probleme unserer Zeit die einfache Lösung: Mache dich fit für den Jüngsten Tag, oder du fährst zur Hölle.
Nach dem Grund des großen Zulaufs befragt, meinte Patricia aus Virginia: ›Man gibt soviel Geld zum Vergnügen aus, warum nicht statt dessen ins Überleben investieren.‹ Lachend zeigte sie auf die Broschüre mit den Archen, auf denen Plätze gebucht werden können ...

... Steven, ein Computerspezialist aus Iowa, fand dieses Gefühl der Zusammengehörigkeit mit derart viel Gleichgesinnten unglaublich. Er war mit Arbeits- und Sportkollegen hierhergekommen und schaute gebannt auf eine riesige Leinwand. Manchmal legte Steven die Arme um die Schultern seiner Freunde und senkte den Kopf. Ein richtiges Fieber erfaßte die Menge, als schließlich Robusto das Bild einer im Chaos versinkenden Welt zeichnete. Mit einem Aufschrei quittierten die Massen die Bekanntgabe des Endtermins weltlichen Daseins: 2. Februar 2000 ...«

Die Hostess schob Delia den Snack auf den Klapptisch. »Lassen Sie sich den Appetit nicht verderben, *Miss* Cooper!«
Verdutzt blickte Delia auf den köstlichen Lachstartar, den feinen Kaviar. Alles schien in Ordnung. »Warum denn?«
»Wegen dem. Ich meine den da.« Die Hostess zeigte grinsend auf Samsons Kopf in der Zeitung.
Delia lachte befreiend heraus: »Aha, nun, wissen Sie, den verspeist unsereins zum Frühstück.«

Bern, Schweiz

Sie standen auf dem Dach des Hauptbahnhofs unter einem großen, blauweißen Regenschirm, und ihre Umrisse spiegelten sich im bleiernen Wasser der länglichen Pfütze, die vor der Treppe in einen Gitterschacht rann. Es hatte aufgehört zu regnen, aber Frank Hogan hielt den Schirm fest in der Hand, als gelte es, das Banner der Freiheit gegen den nahenden Sturm der Unterwerfung hochzuhalten. Unterhalb des Standorts der drei Personen erstreckte sich die Stadt Bern in einem Geäder von Gassen und roten dampfenden Dächern. Die Häuserreihen verloren sich wie drachenähnliche Ungeheuer in einer grauen Dunstwolke, die den Blick auf die Schneeriesen der Alpen verhängte.
Roland Tschanutt war unbehaglich zumute. Von einem dritten Mann war keine Rede gewesen, und er beschloß, sich zugeknöpft zu geben. Delia preßte ihre Arme an die Taille, die Haare fielen

weich über die Schläfen und verliehen ihrem Antlitz etwas Mädchenhaftes. Tschanutt drängte sich an sie, als hätte sie Schutz nötig.
»Ich darf Ihnen die Grüße eines Jugendfreundes überbringen«, löste Hogan die Spannung und zog ein Bild aus der Jackentasche. Tschanutt las den Namenszug unter der Fotografie. »Das ist doch Samson.«
»Unser Boß«, informierte ihn Delia. »Als Jungen habt ihr euch gerauft. Er möchte dich kennenlernen, Roland.«
Tschanutt wandte sich halb ab, Ärger verfinsterte sein Gesicht. »Was soll der Quatsch?«
»Doch, im Engadin, vor vielen Jahren. Robusto Samson war zu Besuch beim Bergführer. Sie wohnten im Haus nebenan«, erinnerte ihn der dritte Mann.
»Madulain«, sagte Tschanutt leise und riß Hogan das Bild aus der Hand. »Tatsächlich, so sah er aus!« Er schüttelte langsam den Kopf, und mit glänzenden Augen sagte er: »Natürlich, jetzt erinnere ich mich, wir haben Indianer gespielt. Einmal haben wir so ein Herrensöhnchen skalpiert, ein deutsches.« Er starrte lange auf das Bild, die Wangen gerötet, die Haare kraus in der Stirn. »Eine starke Figur, dieser Robusto, und Kraft hatte er, unheimlich. Wann kann ich ihn sehen?«
Delia und Hogan wechselten Blicke. »*Mister* Samson ist schwer beschäftigt. Doch er kommt demnächst in die Schweiz«, verriet Delia.
»Er möchte, daß Sie für ihn arbeiten«, ergänzte Hogan.
»Wow, ich steh auf ihn. Wer möchte nicht in seiner Organisation mitwirken?!«
»Eben. Doch *Mister* Samson will, daß Sie die Stelle als Vizedirektor im Rüstungsamt behalten. Er glaubt, Sie könnten bald zum Direktor avancieren, wenn ...«
»Direktor?« Tschanutt sah sich im großen Eckbüro von Brönimann stehen und seine Sklaven versammeln. Von jetzt an weht ein schärferer Wind, meine Damen und Herren ...
»*Mister* Samson will Informationen. Ab und zu ein paar Lieferungen, Sie wissen schon.«
Tschanutt schluckte. Ihm war nach den Ereignissen der letzten Tage alles egal. Er würde für Delia das Bundeshaus in die Luft sprengen. »Okay, und wie geht es weiter?«

Delia öffnete ihre kleine Handtasche aus dunkelrotem Leder und zog einen Briefumschlag heraus. »Wir begründen eine geschäftliche Partnerschaft. Du wirst von uns gut entlohnt. Aus Sicherheitsgründen müssen wir sehr diskret vorgehen. Hier, nimm, zwanzigtausend!« Sie zwinkerte listig mit den Augen.
Tschanutt steckte den Umschlag blitzschnell in seine Jackentasche.
»Gut so«, lobte Hogan, der den Mantel aufgeschlagen hatte, um die Geldübergabe vor neugierigen Augen abzuschirmen. Dann steckte er ihm ein kleines Paket zu und murmelte, ohne die Lippen zu bewegen: »Da drin sind alle Anweisungen enthalten, wie Sie mich kontaktieren, wo künftig das Geld übergeben wird und was im Notfall zu tun ist.«
»Für besondere Aufträge läßt *Mister* Samson einen Bonus springen. Gut und gern das Jahresgehalt eines Vizedirektors. Nun trennen wir uns.« Delias Augen blitzten gefährlich, und Arglist schlich sich in ihr Antlitz. »Sei vorsichtig, enttäusche deinen Freund Robusto nicht«, warnte sie.
Hogan erläuterte kurz das Abschiedszeremoniell, dann gingen sie auseinander. Wäre einem Beobachter hinter einem Fenster der nahen Universität die Gruppe ins Blickfeld geraten, hätte er eine kurze Begegnung, ein lebhaftes Gespräch und eine aufgeräumte Verabschiedung mit Wangenküssen festgestellt, ohne dabei weitere Überlegungen anzustellen. Dem kauzigen Kerl in einer grauen Regenpelerine, der in der Nähe mit einer Pumpe am Fahrrad herumhantierte, schenkte schon gar niemand Beachtung. Tschanutt stakste mit gewölbter Brust davon und konnte kaum glauben, wie alles angefangen hatte ...

Es war vor ungefähr einer Woche. Roland Tschanutt saß an der Bar der »Silberkugel« und biß in einen Hamburger, als sie sich wie beiläufig neben ihn setzte. Er wagte kauend einen scheuen Seitenblick. Für eine Sekunde trafen sich ihre Augen. Elektrisiert zuckte er zusammen. Die Kellnerin stellte ihm grinsend einen Fruchtsaft vor die Nase.
Am nächsten Tag setzte er sich frühzeitig an den Tresen, legte seine Tasche auf den nächsten Hocker und hoffte. Sie kam und sah sich nach einem Platz um. Tschanutt strich Mayonnaise von den Lippen und stöhnte innerlich. In einem Zug trank er das Glas leer.

»Ist der Stuhl besetzt?« Ein verführerisches Lächeln spielte um ihre feuchten, roten Lippen. Tschanutt schob hastig die Tasche weg und nickte Zustimmung.
»Arbeiten Sie drüben im Amt?« fragte die Frau nach einer Weile und blickte ihn erwartungsvoll aus tiefliegenden, grünlichen Augen an.
Tschanutt verschluckte sich: »Vizedirektor im Rüstungsbereich.«
Sie neigte den Kopf bewundernd. »Sicher hochgeheim«, flüsterte sie und strich mit dem Finger verschwörerisch über ihre Lippen.
Tschanutt hob beide Hände spielerisch, als wäge er die riesige Verantwortung: »Ach, man gewöhnt sich daran. Was machen Sie denn, wenn ich fragen darf?«
»Ich redigiere ein internationales Waffenmagazin. Schon gehört von ›Gun‹?«
Tschanutt schätzte sie mit zugekniffenen Augen ab. Der spöttische Unterton entging ihr nicht, als er fragte: »Können Sie mit einer Waffe umgehen?« Er stopfte sein Hemd vorn am Gürtel in die Hosen.
Sie zuckte mit den Achseln . »Ich schieße ab und zu mit einer Sportpistole. Und Sie?«
»Nur schwere Geschütze, Festungsartillerie, Sturmgewehre, Panzerfäuste ...«
»Wow, Sie sind ein richtiger *action-man*, he?« Wie zufällig streifte ihre Hand seinen breiten Oberschenkel.
»Nun, Sportpistolen passen besser in eine Frauenhand«, sagte Tschanutt onkelhaft. »Treffen Sie auch etwas?«
»Ab und zu schon. Meine Spezialdisziplin ist das olympische Schnellfeuerschießen. In Atlanta habe ich die Bronzemedaille allerdings um lumpige zwei Punkte verpatzt. Na, was soll's?« Sie warf mit einer Kopfbewegung die Haare nach hinten, dabei straffte sich ihre Bluse verführerisch über ihrer Brust. Verblüfft hielt Tschanutt im Kauen inne und heftete seinen Blick auf die wundersame Aussicht.
»Wir interessieren uns für alte Festungsanlagen, Flugzeugkavernen und dergleichen. Würden Sie an einer Geschichte in unserer Zeitschrift mitwirken?«
Enttäuscht schüttelte Tschanutt den Kopf. »Es handelt sich um militärische Anlagen. Da hat die Presse nichts verloren. Leider kann ich nichts für Sie tun.«

»Schade, zahlen bitte!« Sie legte einen Geldschein auf den Tresen und schien das Interesse an ihm verloren zu haben. Tschanutt rutschte nervös auf dem Hocker hin und her, und als sie aufstand, um zu gehen, warf er schnell ein: »Es käme darauf an, was Sie genau wollen, vielleicht gibt es doch noch eine Möglichkeit. Nicht ganz offiziell, Sie verstehen ...« Er zwinkerte mit den Augen.
»Könnten wir die Sache woanders besprechen?« Sie schob sich so nahe an ihm vorbei, daß ihre vollen Brüste seine Schulter streiften. Tschanutt erschauerte, drehte nervös den Löffel in seinen klobigen Fingern und überlegte fieberhaft. Sie lächelte ironisch und bemerkte die Schweißperlen auf seiner Stirn unter der fettigen Haarkrause. Die Frucht war reif zum Pflücken.
»Sie haben sicher eine interessante Waffensammlung. Vielleicht auch ein paar Dosen Bier im Eiskasten? Heute abend, um neun?« Sie griff nach ihrer Handtasche. »Nun, Sie haben bestimmt Spannendes vorzuzeigen?« Ihre Augen senkten sich wie beiläufig auf seinen Bauch.
Tschanutt strahlte über beide Ohren: »Ja, ja, sicher!« Aus der Brieftasche reichte er ihr die Geschäftskarte. »Über dem Bärengraben«, stammelte er. Sie schenkte ihm einen entzückten Augenaufschlag und verabschiedete sich mit einem neckischen »bis später«.
Tschanutt atmete tief durch, schaute sich mit stolzgeschwellter Brust im Restaurant nach Kollegen um, aber ausgerechnet heute hing keiner am Tresen, um seine Eroberung zu bewundern. Die Trottel saßen vermutlich bereits wieder an ihren Bildschirmen und luden Pornos vom Internet herunter. In Hochstimmung warf er einen Geldschein auf den Tresen: »Es stimmt so«, wehrte er ab, als ihm die Kellnerin das Wechselgeld hinlegte. Auch den Griesgram, der auf der andern Seite der U-förmigen Bar in ein Heftchen der »Zeugen Jehovas« stierte, hielt Tschanutt für einen Volltrottel. Er verachtete die Gewaltlosen und vergaß den Deppen, noch bevor er das Lokal verlassen hatte. Das war Tschanutts Fehler. Der Mann faltete das Blatt zusammen und verlangte die Rechnung. Bevor er aufstand, um hinauszugehen, schaltete er in seinem Ärmel das winzige Aufnahmegerät mit dem Hochleistungsmikrophon aus.

Am Abend lag Tschanutt splitternackt auf dem Bauch in seiner Altstadtwohnung über der Aareschleife, die Arme wohlig nach vorne ausgestreckt, die Beine weit gespreizt. Delia hatte sich bis auf den schwarzen Spitzenslip ausgezogen und sich auf die Bettkante gesetzt. Jetzt massierte sie mit beiden Händen seinen Nacken. Oh, tat das gut. Seine kühnsten Phantasien wurden Wirklichkeit. Er fühlte ihre drallen Brüste.

»Schatz, kannst du mir Munition besorgen?« hauchte sie ihm ins Ohr.

»O ja, meine Kanone ist geladen«, stöhnte er.

»Ach, du machst mich verrückt!« Mit beiden Händen fuhr sie seinen unförmigen Rücken hinunter und kniff derb in seine Hinterbacken. Tschanutt ächzte vor Lust.

»Ich meine richtige Munition, Liebling. Du kannst bestimmt ein paar Kisten aus den Lagern herausschmuggeln?«

Der klobige Leib versteifte sich. Tschanutt hob den Kopf: »Redest du von den Kügelchen für deine Pistölchen?«

Sie massierte jetzt seine Oberschenkel, aber mied sein Geschlecht, obschon er das Gesäß lüstern hochzog.

»Nein, ich meine Handgranaten und Panzerfäuste«, flüsterte sie und strich mit leichten Fingern über seine Hoden.

»Du bist wahnsinnig, ich kann das nicht ... auh, oh.«

»Komm schon, Liebling, du weißt doch mehr darüber.« Er drehte sich um, und ihre Hand umfaßte plötzlich sein steifes Glied. »Du bist der Größte, du machst mich wahnsinnig.« Ihre Hand fuhr auf und ab. »Es gibt doch diese alten Bestände, die vernichtet werden. Ist doch die reine Verschwendung. Meine Freunde würden für die Schrottmunition gut bezahlen.«

»Unmöglich«, keuchte Tschanutt und fuhr mit der Hand zwischen ihre Schenkel, die sich leicht geöffnet hatten. »Ich will deinen Schlitz.« Die feuchtwarme Stelle unter ihrem Slip machte ihn rasend.

Sie preßte ihre Schenkel zusammen und griff fester zu.

»Oh, das tut gut, das habe ich noch nie erlebt.«

Sie ließ los.

»Ich wüßte schon, wie ... aber ... es ist fast unmöglich.« Sie massierte ihn wieder. Tschanutts Körper erschauerte. Seine Hand suchte nach ihren Brüsten. »Es gibt ein spezielles Munitionslager ... in den Bergen ... aber es ist strengstens bewacht ... am Bristenpaß.«

Über dem Atlantik

Auf dem siebenstündigen Flug nach Zürich ging Samson im Arbeitszimmer seiner »Flying Ark« trivialen Beschäftigungen nach. Die brandneue Boeing 757–300 war ein tolles Ding: ganz Nußbaum, Leder und Kristall, leise summende Triebwerke. Samson fühlte sich im Prunk zu Hause. Geistesabwesend ordnete er einen Stapel Zeitschriften, knabberte an einem Croissant, trank Kaffee, schaltete die Monitore ein, suchte im Netzwerk Börsenkurse ... Schließlich setzte er sich hinter den Schreibtisch und begann, die Entwürfe seiner Memoiren durchzulesen:

»Mein Vater besaß in Manhattan eine Firma für die Herstellung von Militärabzeichen. Als ich sieben war, starb meine Mutter, eine wunderschöne Frau. Mit acht kam ich vorübergehend ins Blaue Haus, wie sie die Heimstätte für verwahrloste Kinder nannten, weil mein Alter dem Herumweibern mehr Gewicht beimaß als meiner Erziehung. Als seine Firma von den Banken übernommen wurde, war ich vierzehn und beging meinen ersten großen Diebstahl, ausgerechnet an einem Typ, der sich als Leibwächter einer Unterweltgröße entpuppte. Ich erleichterte den Sorglosen um seinen 38er Revolver, als der Kerl an der Bartheke hing. Natürlich verfolgte mich die gesamte Meute der schweren Jungs mit aufheulenden Motoren, und aus irgendeinem Grund rannte ich in die Fabrik meines Vaters. Die Verfolger stoppten an den Fabriktoren, aber am nächsten Tag brachte mich die alte Jungfer vom Blauen Haus ins Büro meines Alten. Er saß in seinem abgegriffenen Lehnstuhl, als wäre er halb betrunken. Hinter ihm stand der Gangsterboß, der zu meiner Überraschung sanft auf mich einredete. Danach eröffnete mir Vater das Urteil. Was herauskam, sollte meine nächsten Jahre, wenn nicht mein Leben überhaupt prägen. Sie verdonnerten mich, nach der Schule für Genovese, so hieß der Gefürchtete, zu arbeiten, damit ich Disziplin lernte. Genovese hatte eine eigentümliche Macht über meinen Vater, was mir erst viel später bewußt wurde. Zunächst mußte ich für den Gangster den Hausburschen spielen. In dieser Rolle ging ich seinem Butler zur Hand, wusch die Wagen und rannte auch sonst herum, um Freundinnen Blumen zu bringen oder von Wettbüros Zettel abzuholen. Später vertraute er mir wichtigere

Botengänge an, mal hier, mal dort einen Brief oder ein Paket abzuliefern. Er zeigte sich zufrieden, und eines Abends geriet ich in den Genuß seiner guten Stimmung, als er mich zur Seite nahm, den Arm um meine Schultern schlang und mir sagte: ›Du kannst jetzt bei mir wohnen. Die Jugendbehörde hat ihre Zustimmung erteilt.‹

Meine Gangsterkarriere hatte ihren Anfang genommen. Genovese verlegte sich in dieser blühenden Zeit langsam auf harte Drogen. Mein Job bestand darin, kleine Lieferungen an bestimmten Punkten im unteren Teil der Stadt an den Mann zu bringen.

Großvater übernahm die Rolle, die mein Vater hätte spielen müssen. Der Bulgare hatte die Firma vor dem Krieg aufgebaut und sich zum Hauptlieferanten der Streitkräfte aufgeschwungen. Ich streifte als kleiner Junge oft durch die langen Konfektionshallen, wo in gerader Linie Nähmaschine an Nähmaschine stand, darüber beugte sich Rücken um Rücken, sicher hundert in jeder Halle, und ich schaute zu, wie die Truppenabzeichen geschneidert, gestickt, genäht und geklebt wurden: ich lernte früh, aus welchen Truppenteilen unsere Streitmacht bestand, und die Vorstellung, wie eine Kampffliegerstaffel mit unseren Abzeichen in Wirklichkeit aussah, faszinierte mich. Großvater gab mir Bücher und Hefte über die verschiedenen Truppengattungen, und einmal nahm er mich mit zu einem Fort, in dem neuentwickelte Panzerfahrzeuge Staubwolken aufwirbelten und schwarze Auspuffahnen in die Luft stießen. Ich stand mit Großvater, hohen Offizieren der Armee und ein paar Zivilisten auf der Tribüne, als die Raupenmonster an uns vorbeirasselten. Ich glaube, damals faßte ich in meiner kindlichen Begeisterung für das Militär den Entschluß, auch einmal ein schneidiger Soldat zu werden, der einen Panzer fahren kann.

Meine Mutter? So, wie ich sie in meiner Erinnerung bewahre, war sie viel gefaßter und abgeklärter, als man es damals von einer jungen Frau erwartete. Sie war eine helle, toskanische Schönheit: Warme, gütige Augen und blondes Engelshaar, das weich um ihr feingeschnittenes Gesicht fiel und eine Abstammung von nordischen Vätern verriet, die es nach der Familienchronik zu schließen, unbändig in den Süden gezogen hatte, so wie es meine Großeltern vor dem Ersten Weltkrieg aus Bulgarien nach Amerika gelockt hatte.

Sie lief eines Tages einfach ins Meer hinaus. Vor meinen Augen. Ich sehe ihr wallendes Haar, die schlanke Figur, das schwarze Badekleid, ihr Lächeln, als wäre es gestern gewesen ... Sie lief in die hohen Wellen hinein und blickte zurück. Ruf mich, wenn du mich brauchst, schien sie mir bedeuten zu wollen. Die Brecher fielen über den blonden Schopf, das Meer deckte sie zu, weg, verschwunden. Ich rieb meine Augen, sprang auf, stürzte ins Wasser, warf mich in den weißen Schaum der Brandung, kämpfte gegen den Sog, der mich unter den nächsten Brecher riß, konnte Fuß fassen, da schlug mich die Welle um, wirbelte mich den Strand hinauf, ich schnappte nach Luft, der Sog riß mich unter die nächste schäumende Woge. Ich japste panisch, als mich jemand packte. Ein harter Griff zog mich an Armen und Beinen heraus, und der Bademeister setzte mich mit einer zürnenden Ermahnung in den trockenen Sand. Als mein Retter sich verzogen hatte, lief ich keuchend, hustend und verwirrt den Strand hoch zum Platz, an dem wir unsere Sachen unter dem Sonnenschirm ausgebreitet hatten. Ich setzte mich benommen hin und suchte mit den Augen das Wasser ab. Der Ozean stampfte, kroch ans Ufer und wich wieder zurück, aber ich sah keine Spur eines dunklen Punkts oder eines blonden Schimmers auf dem diamantblauen Wasser. Ich durfte Mutter doch nicht einfach im Stich lassen, nein ... der Bademeister, ja, der wird sie retten ... dort schwatzte er, der Bademeister! Ich wollte aufspringen, zu ihm hinüberrennen, da sah ich es plötzlich. Hypnotisiert verharrte ich in halb aufgerichteter Stellung, wie ein Sprinter vor dem Startschuß, und schaute unverwandt auf das purpurne Badetuch. Da lag ein Schweif goldenen, weichen Haares, sanft gelockt, strahlend wie Sonnenlicht. Ich griff unweigerlich danach und schaute lange über das Meer. Da fühlte ich eine Kraft wie einen heißen Strom, als hätte ich ein Glas vom stärksten Branntwein die Kehle hinuntergeschüttet, und in diesem Moment sah ich den glitzernden Bug, den weißen Rumpf. Das Schiff glitt über die Wogen, gerade wie der Vogel im Flug, die Wellen schlugen hoch, aber das stolze Boot wankte nicht. Wie von Zauberhand geführt, schwebte es über dem Wasser. Erst viel später erkannte ich die besondere Form des glitzernden Kahns als die einer Arche wieder. Was hatte meine Mutter mit einer Arche zu tun?«

Auf dem Bristenpaß, nahe Parsenn

Die Gruppe schritt entschlossen abwärts, und das Eis knirschte unter den schweren Bergstiefeln der sechs Männer. Die schmale Straße führte in einer engen Biegung zu einem grauen, aus dem Berg herausgehauenen Kiesplatz, auf dem tarnfarbene Laster parkten, neben einer Hütte mit großem, wie ein Hut über die Ohren hinuntergezogenen Dach. Die Männer blinzelten zum schwarzen Grat hinauf, hinter dem sich die Lichtfülle der Sonne ballte.

Matter lief am Ende der Gruppe, ein Prickeln im Rücken, denn hinter ihm brannten Zündschnüre ab. Er schaute auf die Stoppuhr. Routinemäßig zählte er seine Männer. Sie erreichten die Mauer des Unterstands gleichzeitig mit den ersten Sonnenstrahlen und setzten sich auf die Holzbank. Ein glitzerndes Rinnsal schlängelte sich vom Eisbauch des Gletschers zum Talausgang. Es war kurz vor Mittag.

»Dreißig Sekunden«, sagte Matter ruhig und stülpte sich den Gehörschutz über. Sie hatten heute morgen tonnenweise alte Artilleriemunition gesprengt. Schmutzspritzer und Rauchschwaden der unzähligen Explosionen hatten Muster wie Trauerflor in den Schnee gezeichnet, doch für die Nacht war Schneefall angekündigt, und am Morgen würden die häßlichen Wunden übertüncht sein.

Die Ladungen zündeten in gleichmäßigem Abstand, der Talkessel dröhnte, Dreckfontänen zischten hoch, Geröll rieselte über die Hänge, es regnete Eis und Metallsplitter. Dann kam der hochbeinige Geländewagen in Sicht.

Die Männer rissen den Gehörschutz ab, einer reichte eine Feldflasche mit Tee herum. Der mit dem Fernglas vor den Augen sagte: »Es ist Tschanutt.«

Matter steckte in aller Ruhe eine krumme, dünne Zigarre in Brand. Der schwarze Jeep kurvte spritzend heran und stoppte vor der Schutzmauer. Tschanutt trug die braune Lederjacke offen, am Arm baumelte ein Stahlhelm, am Hals ein Fernglas.

»Die Sprengungen sollten längst vorbei sein«, herrschte er grußlos die Männer an.

»Nachsprengungen wegen defekter Zündleitungen«, entgegnete Matter ruhig.

Tschanutt schürzte verächtlich die Lippen. »Beeilen Sie sich. Die Inspektion der Kommission beginnt in einer halben Stunde.«
»Ein Großkotz, dieser Tschanutt«, faßte der Fahrer die Begegnung zusammen, als sie losfuhren. Matter entgegnete nichts. Der Fahrer wartete an der Paßstraße, um dem Postbus den Vortritt zu lassen.
»Setz das Material wie üblich im Lager ab, du weißt schon wo«, sagte Matter. Der Fahrer nickte, legte etwas mühsam den Gang ein und fuhr in die Straße hinaus. Der Zugang zum unterirdischen Munitionslager der Armee befand sich neben dem Parkplatz, auf dem der gelbe Postbus gerade angehalten hatte. Die Tür des Busses öffnete sich, die Reisenden stiegen ohne Hast aus und vertraten sich die Füße. »Langsam«, wies Matter den Fahrer an. »Das ist die Kommission.«
Der Fahrer hielt an und betrachtete die Gruppe. »Der Große mit der Zigarre in der Hand ist der Nationalrat Praschauder, Präsident der Sicherheitskommission«, erklärte Matter und starrte nach vorn. Die Parlamentarier schlenderten zum Bunkereingang hinüber, redeten, und einige lachten. Sie blieben stehen, als ein grauhaariger Mann in einer militärischen Arbeitsuniform auf den Nationalrat Praschauder zuging und ihm kräftig die Hand schüttelte.
»Wieviel Zeit haben Sie für den Rundgang eingeplant, Brönimann?« wollte der Nationalrat nach der Begrüßung wissen.
»Ungefähr eineinhalb Stunden. Wir beginnen ganz unten bei den schweren Kalibern, und am Schluß zeigen wir Ihnen noch ein paar Neuheiten ...«
»Ich lege Wert auf einen straffen Ablauf«, schnitt ihm Praschauder das Wort ab. »Keine ellenlangen Erklärungen. Wo essen wir?«
»Unten im ›Bären‹, gute Küche.«
»Aperitif?«
»Im ›Steingletscher‹, bei Franzen, wie Sie es gewünscht haben.« Sie gelangten jetzt unter das mächtige, aus der Felswand ragende Vordach aus Eisenbeton, darüber glänzte die gepanzerte Fensterscheibe der Kommandokanzel, von wo aus sich die Sprengungen beobachten ließen.
Praschauder zündete sich die schwarze Zigarre an, blies den Qualm in die kalte Novemberluft und blieb stehen.
»Sie glauben also, Ihr Stellvertreter schummelt mit den Listen?«
»Schlimmer, Herr Nationalrat.«

Praschauder sog an der Brasil. »Nun, reden Sie schon, Brönimann. Wo drückt der Schuh?«
»Tschanutt läßt sich vermutlich bezahlen«, sagte Brönimann und rieb den Daumen am Zeigfinger.
Der Parlamentarier riß die Zigarre von den Lippen und starrte Brönimann entgeistert an: »Was sagen Sie? Schmiergelder? Sie haben doch hoffentlich etwas in der Hand, Brönimann? Wenn Sie da etwas leichtfertig ...« Er ließ die Konsequenz offen, aber es war klar, was er damit sagen wollte.
»Drinnen im Stollen, Herr Nationalrat. Mein Verdacht fiel schon vor Monaten auf Tschanutt. Wissen Sie, er fährt plötzlich teure Wagen und ... äh, weibert herum.«
Praschauder schwenkte ungehalten die Hand mit der Zigarre.
»Wer weiß Bescheid, Brönimann?«
»Niemand. Sie wissen ja, Indiskretionen sind heikel.«
Praschauder knurrte Zustimmung und sog an seiner Zigarre. Dann machte er einen energischen Schritt. »Gehen wir? Es wird Zeit.«
Zügig ging er über den betonierten Vorplatz, die Gruppe folgte träge. Der Berg stand im vollen Licht der Sonne. Über dem weißen Firn zog ein Adler einsame Kreise im dunkelblauen Himmel.
»Kommt Tschanutt auch?« erkundigte sich Praschauder.
»Jawohl, Herr Nationalrat.«
Praschauder drehte sich um und machte eine ausholende Bewegung: »Meine Dame, meine Herren: Munitionslager Bristenpaß. Hier lagern über dreißigtausend Tonnen Sprengstoff der Armee. Wir verlassen jetzt diese erfrischende Bergwelt und steigen hinunter in den Moder der modernsten, bestgesicherten Katakomben.«
Er winkte gut gelaunt und schritt voran zur Felspforte.
»Herr Nationalrat«, raunte Brönimann.
»Wir reden drinnen weiter, klar?«
»Die Zigarre, Herr Nationalrat.«
Praschauder stutzte. »Ach so, natürlich.« In weitem Bogen warf er das Rauchzeug weg und lachte: »Schließlich wollen wir ja nicht in die Luft fliegen.«

Über dem Atlantik

An Bord der »Flying Ark« blätterte Robusto Samson derweil in den geheimen Manuskripten, die ihm seine langjährige, hochbezahlte Privatsekretärin hingelegt hatte. Sie mochte ein Männerschreck oder eine Lesbe sein, doch was zählte, waren die unschätzbaren Qualitäten des Faktotums: treu ergeben, ledig und verschwiegen bis ins Grab. Schön durfte sie nicht sein, das schuf Komplikationen. Für die Pflege von Lust und Wollust konnte der Boß auf einen Pool schönster Mädchen zurückgreifen. Aber momentan gehörte Sex nicht zu den Prioritäten. Macht war sexy. Power geilte Samson viel stärker auf. Er las weiter:

»Vater fiel, soweit ich das nachträglich beurteilen kann, völlig in die Abhängigkeit von Genovese, der ihm Immobiliengeschäfte schmackhaft machte, als die Firma mit der Herstellung der Militärabzeichen saftige Gewinne einstrich. Vater ließ sich von Genovese einwickeln und investierte in großem Ausmaß in Grundstücke im Bekleidungsdistrikt von Manhattan. Eine Zeitlang lief alles gut, aber Vater war nicht bei der Sache. Er verbrachte zuviel Zeit mit seiner Leidenschaft, den Frauen, und verpraßte ebensoviel Geld. Der Profit aus der Firma floß in neue Richtungen, und nach ein paar Jahren mußten die Banken mit Krediten einspringen. Dann, als die Grundstückspreise purzelten, trat Genovese, der meinem Vater nur die schlechten Objekte angedreht hatte, als Retter auf: er löste die Bankkredite ab und wurde praktisch über Nacht Besitzer der Firma. Mein Vater starb drei Monate später. Sein Wagen raste mit hoher Geschwindigkeit frontal gegen einen Brückenpfeiler. Der heftige Aufprall zerdrückte den Cadillac zu einem erbärmlichen Wrack aus verbogenem Stahl und zerquetschtem Blech. Innen verblutete mein Vater einsam und verlassen.

Die Entscheidung, Genovese umzubringen, faßte ich an meinem zwanzigsten Geburtstag. Der Gangster hatte an mir einen Narren gefressen, was sich darin äußerte, daß ich in seiner Organisation rasch höher stieg. Vom Boten zum Drogenkurier zum Gebietschef. Und am Geburtstag beförderte er mich zu seinem Leutnant. Diese Funktion beinhaltete in den sechziger Jahren die Planung, Ausführung und Überwachung gewisser Operationen, die der Boß an-

geordnet hatte. Ich war der jüngste Leutnant und verfügte über eine unheimliche Macht, da mir eine ganze Armee von Spezialisten, vom unbescholtenen Anwalt bis zum Berufskiller, zur Verfügung stand. Großvater als mein moralischer Wächter hatte sich nach Florida abgesetzt. Nichts hielt mich zurück, die Macht der Genovese-Familie skrupellos auszudehnen. Im Gegenteil, die seelische Verbindung zu meiner Mutter beflügelte meine Gedanken, so daß ich mein Tun von der höheren Warte ihrer Arche aus bestätigt wußte. Die Entscheidung, die Haare wachsen zu lassen, fiel kurz vor dem Mord und katapultierte mich auf den Mond. Es war, als säße ich auf einer dreistufigen Apollo-Rakete.
Daß ich meinen Wohltäter umbringen wollte, hing mit der Wut zusammen, die mich bei der Nachricht vom Tod meines Vaters überkommen hatte. Obwohl wir uns völlig entfremdet hatten, seit er mich den alten Jungfern im Blauen Haus überlassen hatte, versöhnte uns der tödliche Autounfall gleichsam über den Tod hinaus. Die Polizei fand heraus, daß mein Alter schwer betrunken in den Stützpfeiler gerast war. Entsetzt las ich den Abschiedsbrief: Genovese hatte ihn ruiniert, Genovese hatte meinen Vater auf dem Gewissen. Das durfte nicht ungesühnt bleiben. Familie bleibt Familie, selbst im tiefsten Zerwürfnis. Einen so traurigen Abgang hatte mein Vater nicht verdient, trotz seiner hemmungslosen Selbstsucht.
Ich schlug Genovese mit bloßer Faust den Schädel ein. Diese Tötungsart hatte den Vorteil, daß keine Spuren einer Tatwaffe zurückblieben. Lieber hätte ich ihm zwar ganz langsam die Gurgel durchgeschnitten oder ihn nach Art der Branche mit einer Klaviersaite von hinten erdrosselt. Doch irgendwie entschloß ich mich für die »Naturmethode«: mit meinen eigenen Händen sollte Vater gerächt werden. Zudem mußte ich bei diesem Plan nicht viel vorbereiten. Einfach auf die richtige Gelegenheit warten: Und sie kam, als er mich am Erntedankfest in seinem Wagen zu einem Ausflug in den Norden der Stadt einlud. Irgendwo an der Küste hielten wir an und packten den Picknickkorb aus. Als Genovese sich anschickte, auf der Bank am verlassenen Strand in sein Thunfischbrot zu beißen, schlug ich zu und zerschmetterte seinen Schädel mit einem einzigen Hieb der rechten, zur eisernen Faust geballten Hand. Er rülpste und fiel vornüber. Dann zerrte ich ihn in den Wagen und fuhr

zu einer geeigneten Stelle, die ich ziemlich rasch fand. Die Autobahn, die sich bis nach Boston erstreckt, überquerte dort auf einer massiven Brücke mit dicken Stützpfeilern die Nebenstraße, auf der ich mit der Leiche Genoveses dahinkutschierte. Sofort reifte der Plan, und nach einer halben Stunde Vorbereitungen war es soweit. Ich setzte Genovese hinter das Lenkrad, startete den schweren Plymouth und fuhr los. Es war ein leichtes, Gas und Lenkrad zu bedienen, da der Wagen vorne mit einer durchgehenden Sitzbank ausgerüstet war. Im richtigen Moment blockierte ich das Gaspedal mit dem Wagenheber und sprang ab. Niemand schaute zu, als der Plymouth in den Betonpfeiler krachte und die Hupe losging. Ich verzog mich hinter ein Gebüsch und beobachtete, wie nach fast zehn Minuten ein Motorradfahrer quietschend eine Bremsspur zog, hastig wendete und zur Ortschaft zurückraste. Wenig später ertönte Sirenengeheul, für mich das Zeichen, mich aus dem Staub zu machen. Mit dem Zug fuhr ich in die Stadt zurück und tischte meinen Leuten, denen die blanke Angst in den Gesichtern stand, eine Geschichte auf, die meine Abwesenheit zum Unfallzeitpunkt plausibel machte. Wen kümmerte es? Mein Faustschlag war bereits legendär geworden. Ab sofort schenkten sie mir ihre uneingeschränkte Loyalität.

Genovese hatte mich zum Universalerben eingesetzt. Der Verblichene hinterließ zwei Töchter. Eine hatte ausgerechnet einen Staatsanwalt geheiratet, die andere Biologie studiert und in Kalifornien eine Forscherkarriere begonnen, der ein Gangsterboß als Vater nicht förderlich war. Sie hatte deshalb ihre Verbindungen zur Familie abgebrochen und prompt die Quittung erhalten. Genovese hatte seine Töchter enterbt. Immerhin hatte er für die Kinder der Staatsanwaltsgattin noch einen Fonds eingerichtet, doch den Löwenanteil von seinem Vermögen hatte er einem überschrieben, der nicht von seinem Blute war: Robusto Samson. Für mich stand fest, den mir durch einen Fausthieb in den Schoß gefallenen Geldsegen in eine profitable Wachstumsbranche zu investieren: Waffen und Krieg. Die Geschäftstradition von Vater und Großvater setzte ich fort. Die alteingesessene Abzeichenfabrik lief wieder auf Hochtouren, die Streitkräfte und die Polizei im ganzen Land überschütteten uns mit Aufträgen. Als der Vietnamkrieg so richtig tobte, hatte ich meine Hausaufgaben gemacht. Mein General im Pentagon

wußte, welche Waffen und Ausrüstung in Zukunft gefragt sein würden. Also interessierte ich mich für die Firmen, die zwar das Produkt, nicht aber die Finanzen besaßen, um die Rüstungsaufträge einzuheimsen. Ich pumpte in solche Firmen Geld, und mit ein paar Kapitalerhöhungen erwarb ich jeweils die kontrollierende Mehrheit. Eines Tages, als ich mich an den Strand setzte und ins weite Blau hinausträumte, gebar ich die Idee der ›Ark Holding‹. Der Vietnamkrieg entwickelte sich zum Trauma einer Nation. Meine Landsleute litten unter den Bildern heimkehrender Särge, dem Verrat an der Fernsehfront, aber ich, Robusto zog meine Lehre daraus: Angst schürt Panik, Panik zeugt Chaos, Chaos Krieg, und Krieg fördert das Geschäft.
Als ich die Archen propagierte, riß man mir die wenigen Plätze aus den Händen. Es war sensationell. Wie eine Epidemie breitete sich mein Gedankengut aus. ›Samson führt euch durch das Chaos der Endzeit ins Nirwana des Glücks‹. (Ich muß sturzbetrunken gewesen sein, als ich diesen Satz prägte ...) Und der Dollar rollte! Von Noah zu Samson. Die Symbolik der Arche verfing ...«
Samson schaute griesgrämig auf den Text und wiegte seinen Kopf.
Es klopfte, der Butler trat ein und sagte: »Wir landen in zehn Minuten in Zürich, *Sir.*«
»Gut, äh, Moment«, rief Samson. »Was halten Sie davon: ›Von Noah zu Samson‹.« Er warf sich in die Brust.
»Wie bitte, *Sir*?«
»Ach ... eh ... hören Sie zu: ›Noah war ein weiser Mann / Ein Retter und Wohltäter; Samson hat's ihm gleichgetan / Dreitausend Jahre später.‹ Nun, wie gefällt Ihnen der Vers?«
»Hmmm, zu lang«, sagte der Butler. »Besser wäre ...«
»Was?!«
Der Butler beugte sich herab und flüsterte Samson ins Ohr.
»Gut, Mann, gut!« rief Samson begeistert. »Das merk ich mir.«

Auf dem Bristenpaß, nahe Parsenn

Haben Sie alles im Griff?« fragte die Abgeordnete und lehnte sich an den Tresen der Pförtnerloge.
»Fast alles«, grinste Matter.
»Sie müssen bestimmt strenge Sicherheitsvorschriften einhalten«, befand sie mit wichtiger Miene.
»Die gesamte Anlage wird über diesen Computer gesteuert. Schauen Sie, ich zeig's Ihnen.« Er trat etwas zurück, aber die Abgeordnete eilte bereits zur Gruppe zurück, die in den Lift drängte. »Alles ist computerisiert«, hörte er sie sagen, als die Tür zurumpelte.
Er nahm ein Blatt aus der Schublade und trug die Namen der Besucher in das Formular ein, als Tschanutt hereinplatzte. Matter deutete zum Lift und setzte Tschanutts Namen auf die Liste.
Im Untergeschoß füllte sich nach und nach der enge Rapportraum, Brönimann stand schon hüstelnd vor dem Projektor und legte eine Folie mit kleingedruckten Zahlen auf. Praschauder setzte sich und gähnte.

Tschanutt stand am Tresen und starrte auf Matter hinunter. »Wir müssen die Unterlagen kontrollieren, Matter. Rücken Sie mal die rote Sicherheits-CD heraus.« Ungeduldig schaute er auf die Uhr.
»Ist gegen die Vorschriften.«
»Wem erzählen Sie das, Matter? Wo ist die Kommission?«
»Unten. Brönimann macht die Einführung.«
»Gut. Geben Sie her. Ich prüfe die Seriennummer, Sie öffnen das Programm, dann machen wir den Test, kapiert?«
»Haben Sie etwas Schriftliches?«
»Natürlich. Brönimann hat die Papiere. Bern weiß Bescheid. Rufen Sie doch an.« Tschanutt bluffte. Matter blickte skeptisch zum Telefon und zuckte die Schultern. Widerwillig drückte er auf den Eject-Knopf am Computer und legte die rote Scheibe auf den Tresen.

Im Rapportraum starrte die Kommission lustlos auf die verteilten Blätter mit der Kostenaufstellung. »Wir lagern auch Spezialmunition mit hohem Sicherheitsbedarf. Deshalb sind die Anlagen auf

den modernsten Stand gebracht worden«, erklärte Brönimann und wischte sich Schweißperlen von der Stirn.
Praschauder ging die Aufstellung durch: Panzerstahlgranaten, Fliegerbomben. »Wäre diese Munition noch einsetzbar, obschon sie alt ist?« fragte er.
Brönimann lächelte und nickte mit dem Kopf. »Bevor wir sie auf dem Sprengplatz vernichten, wird sie in Teile zerlegt ...«
»Ist sie noch verwendbar?« unterbrach ihn der Nationalrat eisig.
»Ja, das Verbrauchsdatum ist zwar abgelaufen, aber die Munition wäre noch lange brauchbar ...« Brönimann blickte unsicher in die Runde. Die Abgeordnete mit dem Pagenschnitt schüttelte mißbilligend ihren Kopf.
Einer pochte mit dem Finger auf die Liste: »Ich sehe hier Treibsätze für Fliegerabwehrraketen!«
»Das ist neue Munition, die wird in diesem Teil eingelagert.« Brönimann legte erleichtert einen Grundriß der Anlage auf den Projektor und erläuterte die Lage von Verladestollen, Lagerkammern und Rampen.
»Von wegen Sicherheitsrisiko, informieren Sie die Kommission über Ihren Verdacht, Herr Direktor«, unterbrach ihn Praschauder, der seine Krawatte lockerte und den Kragen öffnete.
Brönimann kratzte sich am Hinterkopf, nickte und klaubte einen Umschlag aus der Aktentasche.
»Dieses Blatt ist unser Beweisstück, daß Tschanutt eine krumme Tour reitet ...«, begann Brönimann und legte das Corpus delicti auf den Projektor. »Danach scheint er für abgezweigte Munition fünfhundertsechsundsechzigtausend Franken kassiert zu haben.« Ein Entrüstungssturm brach los, während Tschanutt im oberen Stock befahl: »Öffnen Sie den AC-Raum, Matter.«
Der Angesprochene zögerte: Die Hochsicherheitszelle blieb seit Jahren verschlossen. Nach dem Handbuch greifend, sagte er: »Ich muß Brönimann informieren. Vorschrift.«
»Kein Problem, ich spreche selbst mit ihm.«
Matter gab ihm den Weg frei zum Telefon und beugte sich wieder über die Tastatur. Tschanutt hielt die schwere Neunmillimeter-Automatik am Lauf und holte aus. »Okay«, knurrte Matter. Auf dem Bildschirm blinkte das Ergebnis: »AC-Raum entriegelt.« Er bemerkte den Luftzug den Bruchteil einer Sekunde zu spät. Der har-

te Schlag traf genau die empfindliche Stelle am Halsansatz der Schulter. Matter wankte nach vorne, sank an der Tischkante entlang zu Boden, drehte sich und kam halbwegs unter dem Tisch zu liegen. Tschanutt versetzte dem reglosen Körper einen so heftigen Tritt in die Seite, daß er zur Wand rollte.

Parsenn

In der Schweiz liefen unterdessen die Vorbereitungen für den 30. Weltwirtschaftsgipfel auf Hochtouren. Der Jubiläumsanlaß sollte die Bedeutung des Gipfels an der Schwelle des neuen Jahrtausends mit einer hochkarätigen Besucherliste unterstreichen. Noch nie in den Vorjahren hatten so viele Spitzenleute ihre Teilnahme zugesagt, und alles deutete darauf hin, daß die Zahl der teilnehmenden Präsidenten und Regierungschefs jeden Rekord brechen würde.

Der Ruf der Fünfzehntausend-Seelen-Stadt Parsenn als weltweit bekannter Kur- und Skiort rückte jeweils Ende Januar in den Hintergrund, um für eine knappe Woche vom internationalen Renommee als Ort des Wirtschaftssymposiums überdeckt zu werden. Vom 28. Januar bis 3. Februar 2000 wurden über zweitausendsechshundert Spitzenleute aus Politik, Wirtschaft, Wissenschaft und Kultur im Schweizer Städtchen erwartet, um unter dem Generalthema »Die Bürde des Klimaterrors« die wirtschaftlichen Konsequenzen der sich häufenden Naturkatastrophen zu erörtern. Leider hatte das schreckliche Desaster von Angostura den Organisatoren einen Dämpfer versetzt. Anderseits liefen bereits die Vorbereitungen für eine Gesprächsrunde über den Wiederaufbau der heimgesuchten Gebiete in Chiapas, und der Präsident Mexikos hatte seine Teilnahme am Forum angekündigt.

Marcel Dulliker, Chef des Sicherheitsdienstes des Bundes, vergrub seine Hände in den Taschen seiner weinroten Skijacke, blies Atemhauchfahnen in die frische Bergluft und schaute amüsiert zu, wie der Engländer mit zittrigen Fingern seine Tabakpfeife in Brand setzte.

Sie waren auf das Dach des Kongreßzentrums gestiegen, um einen möglichst guten Überblick zu gewinnen, und schauten sich jetzt in die Augen. Der Brite trug lediglich ein kariertes Jackett mit einem gelben Wollschal um den Hals und fror. Dagegen half auch das heftige Paffen und Umklammern des warmen Pfeifenkopfs nicht viel.
»Schön kalt«, brummte Clark vom *Secret Service* zwischen zwei Zügen.
»Normal. Nehmen Sie das nächste Mal den Ohrenschutz mit.«
»Weswegen? Gibt's viel Lärm um nichts?«
Sie grinsten, worauf Dulliker die Gegend und die Vorteile des engen Tals für den Schutz der Prominenz erklärte. Der Sicherheitsapparat sei eingespielt und habe sich über die Jahre bewährt. Der Ort lasse sich gut abriegeln. Er sei durch die natürlichen Hindernisse der Berge eingefaßt, die wenigen Zufahrten auf der Straße könnten einfach kontrolliert werden. Der Luftraum werde ständig überwacht, und private Starts und Landungen würden nur mit Sondererlaubnis gestattet. Wer mit der Eisenbahn anreise, werde schon beim Einsteigen im Tal unten kontrolliert.
Dulliker breitete die Arme aus: »Deshalb ist Parsenn der ideale Konferenzort. Letztes Jahr hatten wir Jelzin hier, den Chinesen, den französischen Staatspräsidenten und den deutschen Bundeskanzler ...«
»Diesmal geht es um mehr«, deutete Clark mit wichtiger Miene an und nahm die Pfeife aus dem Mund. Mit verschränkten Armen trat er fröstelnd auf und ab. »Die Nordirland-Konferenz findet da unten statt.« Er zeigte mit der Pfeife in der Hand großzügig über das glitzernde Tal. »Ideal, wie Sie sagten, Dulliker. Der ganze Sicherheitsapparat steht schon.«
»Wann und worüber wird verhandelt?« täuschte Dulliker Interesse vor.
Das Thema schien dem Briten zuwider. Er strich sich mit dem Finger über den Schnurbart, an dem sich Rauhreif abgesetzt hatte, und grunzte: »Der Friedensvertrag soll in Parsenn unterzeichnet werden, nachdem er 1998 wieder gescheitert ist. Die Amis, wir, der irische Regierungschef und ...«
»Sinn Fein?«
Clark nickte. »Wichtig sind der US-Präsident und der britische Premier. Könnten wir übrigens die Sache woanders besprechen?«

Dulliker nickte, zog ein kleines Gerät aus der Brusttasche und gab mit vorgehaltener Hand eine kurze Anweisung. Dann schritt er gedankenvoll an den Rand des flachen Daches. Seine Leute hatten schon etliche Male für den reibungslosen Ablauf von Staatsbesuchen gesorgt. Die Schweiz hatte immer wieder anderen Ländern ihre guten Vermittlerdienste angeboten. Liegen Nationen unter sich oder mit rebellierenden Volksgruppen im Clinch, geht der Ruf oft an eine unparteiische Regierung, einer Konferenz Gastrecht zu gewähren. Präsident Reagan und Michail Gorbatschow hatten Genf als Ort ihrer Gipfelkonferenz erwählt, Kissinger mit dem Vietcong in Zürich konferiert, in Parsenn hatte Präsident Mandela seinen Auftritt, Arafat und der israelische Regierungschef waren sich in der Schweiz nähergekommen, der chinesische Premierminister hatte dort westliche Investoren umworben, Notenbankpräsidenten hatten in Parsenn den Euro ausgeheckt, Türken und Griechen konferiert, japanische Industriekapitäne sich mit der russischen Hochfinanz im Schnee getummelt ... die Liste ließe sich beliebig verlängern.
Staatsbesuche gehörten zum politischen Alltag, und die Mechanismen waren eingespielt. Die innere Sicherheit der Schweiz gewährleistete der SID, der Sicherheitsdienst der Bundesverwaltung. Als Chef des SID war Dulliker gleichzeitig Bundespolizeichef und koordinierte bei Staatsbesuchen den Einsatz der kantonalen Polizeikorps. Er konnte die Dossiers früherer Staatsbesuche aus der Schublade ziehen und brauchte nur ein paar Eckdaten zu ändern.
Marcel Dulliker nahm sich dennoch Zeit mit der Antwort. Sein Blick schweifte über die weißen Zacken der Schneeberge. Langsam drehte er sich um. »Kein Problem, Alan.«
»Es könnte Probleme geben«, warnte der Engländer.
»Die IRA?«
Der Armeehubschrauber näherte sich, und die Männer suchten Schutz hinter einem würfelförmigen Dachaufbau.
»Die Hardliner auf beiden Seiten wollen den Friedensvertrag sabotieren«, schrie Clark, steckte die Pfeife ein und hielt sich den Schal vors Gesicht, als ein bißchen Schnee aufwirbelte. »Manchmal hoffe ich insgeheim, daß sie Erfolg haben«, brüllte er Dulliker ins Ohr.
Der Hubschrauber setzte ab, und während die Rotoren ausliefen, stieß Clark heftig hervor: »Ich habe meine besten Männer in die-

sem Krieg verloren, Marcel. Die einzige Lösung, um mit der IRA fertig zu werden, besteht darin, sechshundert Terroristen in einer Nacht zu erschießen und dann die geharnischten Proteste der UNO und Menschenrechtsverfechter über sich ergehen zu lassen – das brächte uns zwanzig Jahre Ruhe.« Sprach's und rannte mit flatterndem Schal zur Maschine. Dulliker kratzte sich verlegen am Kopf und beschloß, kein Wort verstanden zu haben. Er lief ebenfalls zum Heli und stieg hinter dem Engländer ein.

Der Hubschrauber hob ab und zog auf Anweisung Dullikers ein paar Schlaufen über dem im grellen Sonnenlicht funkelnden Tal.

»Gehört dieses Boot zur Schweizer Marine?« witzelte Clark und zeigte auf einen Punkt tief unter ihnen auf der Erde. In einem Feld am Fluß in der Nähe einer Gebäudegruppe stand auf einem felsigen Hügel ein großes weißes Boot.

»Das ist eine dieser Archen, die die Samsoniten aufstellen«, rief Dulliker in den Lärm der Maschine. Der auf zwei Schwimmern aufgebaute elegante Schiffsrumpf hob sich von der schwarzen Felswand ab, die den Flugplatz überragte. Der Hubschrauber zog hoch und umkreiste nach ein paar Minuten den schmalen Grat des schwarzen Piz Mephisto.

»Sah eher nach einem Katamaran aus als nach einer Arche«, schrie Clark zurück.

»Der Schiffsbau hat sich halt seit Noah auch entwickelt. Haben Sie schon gebucht für die Sintflut?« grinste Dulliker, als der große Stausee in Sicht kam. Der Pilot ging auf westlichen Kurs in Richtung der Bundeshauptstadt Bern. Über dem gleißenden Gletscher zog Dulliker einen Flachmann aus der Tasche und reichte dem durchfrorenen Kollegen einen Schluck einheimischen Branntweins. »Auf gutes Gelingen!« bedankte sich Clark. Der Hubschrauber kurvte und gab einen letzten Blick auf die gewaltige Forno-Talsperre frei. Dullikers Gedanken verweilten bei Samson: Der Guru kam in der Schweiz gut an. Der Bau einer weißen Arche in den Ausmaßen, die Noahs Vorbild gehabt haben mußte, auf dem schon von Goethe besuchten Rigi-Gipfel bei Luzern, erhob ihn auch in diesem Land zum allgegenwärtigen Mahner. In Dullikers Dienststelle lag auch nichts gegen *Executive Solutions* vor. Im Gegenteil, die Firma kooperierte mit dem Sicherheitsdienst in Parsenn, und Dulliker war über die professionelle Unterstützung alles andere als unglücklich.

Auf dem Bristenpaß, nahe Parsenn

Tschanutt verschachert heimlich Munition aus dem Lager«, flüsterte Brönimann in die Grabesstille des unterirdischen Bunkers und hörte sein Herz pochen.
»Das ist ein unglaublicher Skandal«, rief die Abgeordnete, »da geben wir Millionen aus für die Sicherheit und dann so was!«
»Langsam«, gebot Praschauder, »bis jetzt weiß niemand außer uns in diesem Raum Bescheid. Was Sie als Beweis vorlegen, ist dürftig, Brönimann.« Er gab ihm das Blatt zurück.
Oben steckte Tschanutt die geheime Sicherheits-CD mit den Daten aller Felskavernen sorgfältig in die Innentasche seiner Jacke.
Unten fragte einer gelangweilt: »Macht ihr denn keine Kontrollen?«
Brönimann hob flehend beide Hände: »Doch. Aber wir haben das Fehlen der Munition zu spät festgestellt.«
»Wie bitte?« fauchte Praschauder. Brönimann befürchtete ein neues Donnerwetter und beeilte sich zu erklären, daß Bestandskontrollen nur halbjährlich stattfanden. Zudem würden die Rapporte von Tschanutt geprüft. Brönimann wischte sich aufs neue den Schweiß aus der Stirn, als Praschauder fragte, welche Munition denn fehle.
»Handgranaten und ... und Panzerfäuste«, stieß Brönimann heraus.
Vierzig Meter unter der Erde sprachen alle aufgeregt durcheinander. Skandale scheuten Parlamentarier wie der Teufel das Weihwasser. Die Abgeordnete, die nach einem Exekutivamt schielte, sah sich bereits als Präsidentin einer Untersuchungskommission durch die Wandelhallen des Parlaments ziehen, die Medienmeute im Schlepptau. Ein feines Lächeln umspielte ihre Lippen, aber da kam ihr einer, der in der hintersten Reihe am Funktelefon fummelte, zuvor: »*Eh bien*, wir müssen *toute de suite* alarmieren ... *la police, mais oui!*« Der Nationalrat aus Genf rang nach Worten. Da breitete Praschauder wie ein Pastor die Arme aus und gebot seinen Schäfchen Ruhe.

Tschanutt blockierte die Aufzugstür mit dem schwarzen Besuchersessel und verließ die Pförtnerloge. Die schwere Panzertür fiel mit dumpfem Knall hinter ihm ins Schloß. Er rannte der Rampe entlang zum grünen Blinklicht. Die Umladekaverne lag in düsterem Licht, nasse Felswände glänzten matt. Als er keuchend den AC-Raum betrat, stand ein Mann mit dem Rücken zu ihm vor den grauen Behältern und kratzte sich am Kopf. Tschanutt erstarrte mitten im Lauf, während der Magaziner sich langsam herumdrehte. »Was zum Teufel ist hier los?« stieß er feindselig hervor.

Tschanutt richtete sich schwer atmend auf. Er zählte im Betrieb nicht gerade zu denen, für die man sich bereitwilig ein Bein ausriß. Mit einem schmutzigen Lächeln ließ er die Arme sinken: »Kontrolle, Mensch, was denn sonst. Die Kommission ...« Er breitete die Hände vielsagend aus. »Diese Behälter müssen auf die Rampe. Los, Mensch, pack an!« Tschanutt deutete mit dem Kopf zum Handstapler hinüber.

»Das erste Mal, daß ich das Zeugs sehe, seit ich hier arbeite«, schnaubte der Magaziner und schob die Greifarme heran. Gemeinsam schoben sie die Holzpalette mit den vier sargähnlichen Behältern auf die Rampe.

»Das Material geht heute weg. Es ist Spezialmunition«, erklärte Tschanutt und horchte nervös in die große Kaverne hinaus. Der Magaziner zuckte die Achseln und schob den Stapler brummend in den Raum zurück. »Handelt es sich etwa um radioaktives Material?«

»Ach, Unsinn. Das Uran liegt dort hinten an der Wand in den grauen Kisten. Gut abgeschirmt hinter Bleiwänden. Seit dreißig Jahren, als die Armee das Atomwaffenprojekt begraben mußte. Und es wird dort bleiben. Keine Angst, Schauen Sie nur hin!«

Als der Magaziner ahnungslos näher zu den grauen Uranbehältern trat, um die Aufschriften zu lesen, schlang ihm Tschanutt blitzartig ein Zündkabel um den Hals, stieß das Knie hart in den gebeugten Rücken und riß erbamungslos an beiden Enden. Der völlig Überrumpelte bäumte sich auf, röchelte, schlug mit den Armen wild um sich, dann erschlaffte er. Der ungleiche Kampf war für ihn verloren.

»Wir gehen jetzt wie geplant zunächst auf den Rundgang«, schlug Nationalrat Praschauder vor, »dann kommen wir hierher zurück und legen das weitere Vorgehen fest.« Die Männer der Kommission erhoben sich brummend und sammelten die Papiere ein.

Tschanutt schob die Behälter durch die offene Hecktür in den Laderaum des Jeeps. Dann packte er seinen Rucksack und zerrte aus einer Plastiktasche eine weiche, farblose Masse heraus. Naserümpfend – der Stoff roch nach verwestem Fisch – klaubte er aus dem Seitenfach eine aufgerollte Schnur mit einem Messingteil am Ende. Die Ausrüstung war einfach: Semtex-Sprengstoff, ein Meter Zündschnur, eine Zündkapsel. Er steckte die Zündkapsel in die weiche Masse, klemmte den Rucksack unter den Arm und rannte zu den Stapeln von Kisten hinüber, die auf der Rampe auf den Abtransport warteten.

»Halt«, rief die Abgeordnete, die früher Untersuchungsrichterin gewesen war, zwei Etagen tiefer. »Wir setzen Tschanutt in Sicherheitshaft, jetzt und sofort. Das Gesetz läßt das zu.« Praschauder suchte nach einem Einwand. Der von der gleichen Partei wie Brönimann meinte, das könne warten, der Abmarsch zum Rundgang verzögere sich unnötig.

Die Munitionskisten aus Holz mit alten Stielhandgranaten türmten sich vor ihm auf. Tschanutt schätzte hundertzwanzig Stück; er zwängte den Rucksack mit dem Semtex in den Spalt zwischen zwei Stapeln, zerrte das Feuerzeug hervor, entfachte die Flamme und hielt sie an die Zündschnur.

»Brönimann, holen Sie Tschanutt«, entschied Praschauder und setzte sich müde. Der Antrag der Abgeordneten leuchtete ein. Dieser Mist hatte gerade noch gefehlt. Das Leben ist zu kurz, um sich mit Blindgängern abzugeben. Welcher Idiot hatte diesen Tschanutt eingestellt und regelmäßig befördert? Der Nationalrat sehnte sich nach seiner Zigarre, als Brönimann draußen nervös auf den Liftknopf drückte: Aufzug besetzt, leuchtete ihm rot entgegen.

Tschanutt überzeugte sich, daß die Zündschnur Feuer gefangen hatte, drückte auf seine Stoppuhr und warf sich hinter das Steuer. Der Motor heulte auf, das Kavernentor schob sich zur Seite, und der Jeep schoß ins Freie. Tschanutt beherrschte sich und bremste ab. Im Rückspiegel schob die automatische Sicherungsanlage das schwere Tor zu. Ein Blick auf die Uhr, noch vierzig Sekunden. Er erreich-

te die Straße und bog talwärts ein. Niemand war in Sicht. Tschanutt atmete auf, beschleunigte ruppig und schlitterte rasant die Straße hinunter. Er mußte die Biegung schaffen, bevor die Zeit ablief. Der Wagen war hinter dem Felsrücken verschwunden, als sich Brönimann entschloß, die Treppe hochzusteigen.
Er kam genau bis zur sechsten Stufe, die er aus stumpfer Gewohnheit zählte, als ein unheimlicher Knall seine Sinne schlagartig auslöschte. Im Rapportraum überlebten sie ein paar Sekunden länger.
»Hergottsackzumdonner«, waren Praschauders letzten Worte. Dann brach alles über ihnen ein. Das Inferno erreichte die obere Munitionskammer fast gleichzeitig. Matters Männer von der Sprengequipe saßen ahnungslos auf Kisten von Artilleriegranaten und warteten auf die Besucher. Einer schnitt Scheiben von einer geräucherten Wurst ab und reichte sie herum, als der gleißende orange Feuerball die Männer in Sekundenbruchteilen verglühte.

Langley, Virginia

Rötlichgraue Nebelfetzen strichen gegen den südöstlichen Trakt des Hauptquartiers des amerikanischen Geheimdienstes in Langley. Ein klarer Himmel lag über Virginia, und Ken Custer, der über mehrere flache Stufen zum röhrenförmigen Eingangsportal schritt, wunderte sich, wo der Nebel herkam. Vielleicht war er symbolisch. Der Dienststelle fehlte eine neue, klare Rolle, und Ken beneidete den Direktor nicht, der diesen Flohhaufen hüten und dem durch Pannen und Pleiten angeschlagenen Geheimdienst auch noch ein neues Bewußtsein verschaffen sollte.
Das flache Aufnahmegebäude mit der Röhre, die in den offenen Hof führte, verband die Eckgebäude, die wie Türme einer Festung jedem unbefugten Zutritt trotzten. Der ganze weitläufige Komplex bildete eine mächtige Siedlung mitten in Pinien- und Kiefernwäldern und beherbergte eine Unzahl von Bürofluchten, Besprechungszimmern, Labors, Überwachungszentralen, Kantinen, Archiven, Gästezimmern, Küchen und Sporthallen.
Custer stieg in den Wagen von Casey um und verfluchte die Ereig-

nisse, die schuld hatten, daß er wieder in diese Mischung von Taubenschlag und Ameisenhaufen zurückgekehrt war, in dem man sofort mit Haut und Haaren in Beschlag genommen wurde. Schweigend fuhren sie weg.

»Du erinnerst dich an Mosul?« begann Casey, als sie auf der Anhöhe aus dem Wagen stiegen.

Die Frage war rhetorisch. Custer blickte stumm vor sich hin, als läge die Antwort auf dem kiesigen Fußweg, der in den Park führte. Mosul stand für ein kühnes Unternehmen, das fehlgeschlagen und trotzdem nicht zum Fiasko ausgeartet war.

»Ich dachte, der Fall sei abgeschlossen«, bemerkte Ken. Sie schritten nebeneinander her, Casey hatte sich eine Pfeife angesteckt und paffte Rauchkringel in die milde Novemberluft. Durch ein gelbgoldenes Blättermeer schimmerte das grünliche Band des Potomac.

»Wir wollten eine alte Rechnung begleichen«, sagte Casey.

»Ihr seid haarscharf an einer Katastrophe vorbeigeschlittert«, erwiderte Custer. »Der Persische Golf ist nicht Amerika, Casey. Menschenrechte lassen sich nicht wie Coca-Cola exportieren, Demokratie nicht wie Jeanshosen verpassen.«

»Trotzdem«, nickte Casey, »wie du weißt, war das Unternehmen minutiös geplant, und der verrückte Handstreich ist geglückt.«

Irak, 1997

Der Great Zab, ein Nebenfluß des Tigris, führte weniger Wasser, als es der Plan vorsah. Samson kauerte hinter einem Felsbrocken, ziemlich genau in der Mitte der hundert Kilometer langen Strecke zwischen den Städten Mosul und Irbil und blickte auf die Brücke. Vier der zwölf Männer hielten sich im gebirgigen Gelände weiter im Norden mit zwei Hubschraubern bereit. Sechs saßen im getarnten Laster mit irakischen Armeeschildern in Samsons Rücken und warteten. Alle warteten – auf das erlösende Kennwort der unbekannten Agentin auf ihrem Beobachtungsposten irgendwo zwanzig Kilometer im Westen. Das Rinnsal im Flußbett konnte in-

nerhalb von Minuten zu einem reißenden Strom anschwellen, wenn sich das Gewitter in den Bergen entlud. Samson blickte skeptisch zu den schwarzen Wolkentürmen mit der untrüglichen Regenwand, die bedrohlich vom Hakkari-Gebirge Kurdistans herunterzog. Zu allem Überfluß zuckten Blitze, gefolgt von unheimlichem Donnergrollen.
Samson prüfte das Funkgerät. Es blieb stumm. Er legte es auf seine Zigarrenschachtel und ging den Plan zum hundertsten Mal durch. Er war schlicht genial. Kühn.
Die beiden Kameltreiber an der Brücke schien das aufziehende Unwetter nicht im geringsten zu stören. Das genau zweihundertzweiunddreißig Meter lange Brückenbauwerk überspannte das Flußbett in einer Höhe von knapp drei Metern. Samson richtete das starke Fernglas auf die Widerlager, zuerst auf das am näheren Ufer, dann auf das entferntere. Die Sprengladungen waren nicht auszumachen.

In ihrem Versteck schreckte Delia Cooper in diesem Augenblick aus ihrer Lethargie auf. Das schwache Signal aus dem Empfänger schwoll an, ebbte ab, und tickte dann in gleichmäßigen Abständen. Delia schaltete den Ton aus und beobachtete das Positionsgerät. Ein kräftiges, rhythmisches Blinkzeichen setzte sich beharrlich auf der Linie fort, die die kleine Straße nach Irbil darstellte. Kemal, der PKK-Untergrundmann im Zweiten Korps der Revolutionsgarde, Militärdistrikt Mosul, hatte versprochen, den Minisender an der Mercedes-Panzerlimousine des Staatschefs anzubringen. Kein einfacher Job. Gut gemacht, Kemal, danke, murmelte Delia und verfolgte gespannt das Leuchtzeichen. Auch die ausgekundschaftete Route stimmte. In fünfzehn Minuten würde der Konvoi an der Brücke eintreffen.
Das Funkgerät auf Samsons Zigarrenschachtel knisterte. Er griff danach. Es knisterte zum zweiten Mal. »Karbala in fünfzehn«, kam die ruhige Stimme der Agentin über den Äther. »Roger, Karbala fünfzehn«, bestätigte Samson erregt. Danach stand er auf, wandte sich zum Laster und hob beide Arme mit ausgestreckten Daumen in die Luft. Auf das zweimalige Hupen des Militärlastwagens hin fuhren die beiden Kameltreiber in die Höhe und zerrten am Geschirr ihrer Tiere.
Weiter nördlich starteten die Piloten die Rotoren. Im Laster prüf-

ten die Männer ein letztes Mal den richtigen Sitz ihrer Ausrüstung: Betäubungsgranaten, Gasmasken, Sprenggranaten. Sie setzten den Helm mit dem eingebauten Funkgerät auf und entsicherten die Schnellfeuergewehre.
Der Konvoi bestand aus den drei schwarzen Limousinen, zwei schweren Jeeps und einem Truck. Einer der Jeeps fuhr an der Spitze, der andere folgte den Limousinen dichtauf. In beiden saßen schwerbewaffnete Wachen hinter geschwärzten Scheiben. Den Schluß des Konvois bildete der Chevy-Truck, auf dessen offener Ladefläche ein massiver Gegenstand unter einer Plane verborgen war. Über der schnellen, kompakten Formation flog ein Hubschrauber mit bedrohlich gekrümmter, mit zwei Bordkanonen gespickter Nase. Im mittleren Mercedes saß der prominente Mann im gekühlten Fond und telefonierte mit der Hubschrauberbesatzung.
Samson legte die Kugelweste um. Delia rechnete die Marschzeit des Konvois bis zur Brücke nach. »Karbala elf«, gab sie durch. Der Apache-Longbow-Kampfhelikopter im Norden hob dröhnend ab, gefolgt in sicherem Abstand von einem dunkelgrünen Transporthubschrauber.
»Wo befindet sich Tornado?« fragte der Mann im Mercedes, dessen grimmiges, bauernschlaues Gesicht mit dem untrüglich stumpfen Blick Freund und Feind immer wieder Angst und Schrecken einjagte.
»Am Standort in Mosul, Hoheit«, antwortete der Hubschrauber.
»Setzen Sie Tornado in Marsch. Er soll nachkommen«, hörte die Besatzung die gefürchtete Stimme des Machthabers.
Als der Konvoi aus einer Staubfahne heranraste, trotteten die beiden Kamele mit ihren Treibern von der andern Seite auf die Brücke und hielten an. Eines der Tiere legte sich quer auf die Fahrbahn. Aufgeregt gestikulierten die Männer, als das erste Fahrzeug hupend auf die Brücke fuhr.
»Was gibt's?« rief der Mann in Generalsuniform im Mercedes.
»Zwei Bauernlümmel mit Kamelen. Sie machen gleich den Weg frei«, meldete der Hubschrauber, als der Konvoi abbremste.
Samson starrte angespannt auf die Szene. Der vordere Jeep kam kreischend vor den völlig unbeeindruckten Höckertieren zum Stillstand, die Türen flogen auf, und vier Bewaffnete sprangen heraus. Sie schrien und machten heftige Gebärden. Die drei Limousinen

schlossen auf. Auch der zweite Jeep war jetzt auf die Brücke gefahren. Fünf Uniformierte stürzten heraus und nahmen rechts und links der Limousinen Aufstellung, die Waffen schußbereit in der Hand. Der Chevy-Truck hatte in sicherer Distanz am Ufer vor der Brücke angehalten.
Der irakische Begleithubschrauber kreiste jetzt über den Kameltreibern, die in ihren bodenlangen Gewändern verzweifelt an den Zügeln rissen und wild gestikulierten. In diesem Augenblick schoß der schwarze Apache-Helikopter des Kommandos aus dem Nichts hervor und eröffnete das Feuer. Bevor die irakische Besatzung reagieren konnte, zischten die Raketen weg. Ihre russische Maschine vom Typ »Hind« ging innerhalb von Sekunden in einem gewaltigen Feuerball auf. Metallfetzen segelten zur Erde. Eine schwarze Rauchsäule stieg in den bewölkten Himmel. Die Kameltreiber nutzten die Überraschung, um ihre Maschinenpistolen blitzschnell in Anschlag zu bringen. Die verblüffte Jeep-Besatzung brach im Feuerhagel zusammen, bevor sie wußte, wie ihr geschah. Danach rissen die Kameltreiber sich die Gewänder vom Leib und rannten so schnell sie konnten los. Nach dreißig Metern warfen sie sich in die vorbereitete Deckung, als auch schon die Sprengladungen an den Widerlagern detonierten.
Es war ein geradezu groteskes Bild. Wie die Abdeckung einer Fallgrube sackte die Brücke mitsamt dem Fahrzeugkonvoi ab und krachte ins Flußbett. Eine riesige Staubwolke deckte alles zu. Der Laster mit Samson auf dem Trittbrett erreichte die zerstörte Brücke gleichzeitig mit dem Transporthubschrauber, der auf der anderen Seite niederging, während der Apache am Ort schwebend die Gegner in Schach hielt.
»Im Truck auf dem anderen Ufer regt sich nichts. Sollen wir ihn erledigen?« hörte Samson im Funk.
»Negativ. Überwachen, niederhalten«, gab Robusto zurück.
Das Kommando räumte rasch und systematisch auf. Die Iraker, die sich aus den Wagen zwängten, fielen unter gezielten Schüssen, bevor sie sich vom Schock des Absturzes erholen konnten. Die Soldaten im zweiten Jeep hatten sich am schnellsten wieder gefangen. Verschanzt hinter Trümmern zwangen sie das Kommando mit dichtem Feuer in Deckung. Samson gab dem Kampfhelikopter die genaue Position des Widerstandsnestes an, als ihn eine Kugel traf.

Er wirbelte herum und fiel vom Trittbrett. Das Napalmgeschoß aus dem Apachen machte dem Kampf ein rasches Ende. Vier vorbestimmte Männer des Verwegenen Dutzends zerrten Saddam Hussein aus seinem gepanzerten Mercedes und schleppten ihn unter Feuerschutz des Helikopters zum vereinbarten Punkt diesseits der Brücke.

Samson erhob sich stöhnend, die rechte Hand am blutenden Oberarm.

»Der Truck!« schrie er. »Stoppt den verdammten Truck!« Der Chevy wendete, indem er ins steinige Gelände auswich und in einem Bogen holpernd auf die Straße zuhielt. Einer der »Kameltreiber« gab aus seiner guten Stellung gezielte Schüsse auf die Reifen ab. Der Chevy-Truck sackte ein und kam wankend zum Stehen. Der Fahrer sprang heraus und warf sich zu Boden. In der Hand glänzte eine Pistole. Eine Geschoßgarbe zerfetzte sein junges Gesicht.

»Wir müssen abhauen«, schrie Samson dem Anführer der zwölf zu. Aber dieser schüttelte den Kopf und deutete zum verlassenen Truck auf der andern Seite der Brücke. Es war die Kampfroutine, die dem hochdekorierten Veteranen eingab, den Chevy zu untersuchen.

Auf dem Beifahrersitz schlotterte ein bebrillter, völlig verdatterter weißhaariger Mann und hielt die Hände zitternd in die Höhe. Hinten auf der Ladebrücke entblößte die heruntergerissene Plane einen langen, breiten Aluminium-Container mit roten Warnaufschriften und, wie der Anführer sofort feststellte, einem speziellen Sicherheitsverschluß.

Ohne zu zögern erteilte er Befehle. Sechs Minuten später hob der Transporter unter dem Schutz des Apache-Kampfhubschraubers mit der Geisel, dem Weißhaarigen und dem Container am Schleppseil dröhnend ab und brauste im Tiefflug nordwestwärts in Richtung der türkischen Grenze. An Bord rissen die Männer des Verwegenen Dutzends ihre Kampfhelme vom Kopf und brüllten sich im Dröhnen der Rotoren Glückwünsche zu. Einer reichte eine Flasche Whiskey herum, als heftige Regenschauer gegen die Kabinenwand prasselten. Der Anführer schnitt Samson den Ärmel auf und begutachtete die Wunde am Oberarm. »Die Kugel steckt noch drin«.

Delia Cooper hörte im Funk die kurze Nachricht von dem erfolgreichen Verlauf der Aktion und legte sich erschöpft ins Gras. Sie

wußte nicht, wer die Männer waren, denen sie mit ihrem Einsatz zu Ruhm verholfen hatte. Sie stand noch unter einem anderen Kommando, das in den nächsten Minuten aus der Luft auftauchen müßte, um sie aus dem Feindesland herauszuholen. Sie starrte hoffnungsvoll zum Ziehbrunnen neben dem Blechschuppen. In der Ferne stieg schwarzer Rauch auf.
Zwei Stunden später donnerte das Hochwasser des Great Zab von den Bergen herunter und schwemmte die Toten an der zerstörten Brücke mitsamt den Trümmern und Autowracks weg. Im Hubschrauber desinfizierte der Anführer derweil die Klinge im Whiskeybad und setzte sie auf die Haut neben der Einschußwunde. Samson zuckte mit keiner Wimper.
»Ein schönes Andenken«, grinste der Operateur nach fünf Minuten sorgfältiger Arbeit, legte den Verband an und hielt Robusto das Projektil hin: »Kalaschnikow«, ächzte dieser und verstaute die Kugel in seiner Zigarrenschachtel.

Langley, 1999

Warum erzählst du mir diese alte Geschichte?« Custer blieb stehen, die Hände in den Hosentaschen. Casey nahm die Pfeife aus dem Mund. »Die CIA hat sich aus der heiklen Sache rausgehalten, außer daß wir die Informationen beschafften, du weißt schon.«
Custer betrachtete schweigend seine braunen Stiefel. Nach einer Weile fuhr Casey fort: »Samsons *Executive Solutions* hat den Job besorgt. Die Operation traf haargenau seinen Geschmack. Er sah im Auftrag die Gelegenheit, auf ewig lieb Kind von Langley zu werden. Im Gegenzug garantierte er absolute Verschwiegenheit. Seine Männer mußten schweigen bis ins Grab.«
»Ihr habt Delia Cooper kläglich im Stich gelassen«, protestierte Custer und beobachtete den Vogel, der ihnen von Ast zu Ast voraushüpfte. Ken kannte den Ausgang der Geschichte. Saddam Hussein hatte einen seiner Doppelgänger in die Ölfelder geschickt. Das Kommando des Verwegenen Dutzends fiel darauf herein. Kein Wunder, das Double war das perfekte Ebenbild des Diktators. Pein-

lich. Die Verwechslung kam erst auf der Startbase im türkischen Hinterland heraus. Die CIA war konsterniert. Saddam würde die Lacher auf seiner Seite haben, und daß er die Schmach der Amerikaner der Weltöffentlichkeit gebührend präsentierte, war nur noch eine Frage von Stunden.

Doch es kam anders. Saddam Hussein verhielt sich, als sei nichts geschehen. Später erfuhr Custer den Grund: Auch dem Diktator war die Rechnung nicht aufgegangen. Kein Mensch hatte mit der Festnahme von »Doctor Germ«, dem Leiter des irakischen Biowaffenprogramms, gerechnet. Der berühmt-berüchtigte Wissenschaftler und Vater von Saddams biologischem Massenvernichtungspotential hatte den Transport des gefährlichen Containers persönlich begleitet. In Gefangenschaft geraten, mußte er in der Türkei ohnmächtig zusehen, wie die Wissenschaftler des Hauptfeinds die einsatzbereiten biologischen Kampfstoffe mitsamt den Nährböden und Brutapparaten entdeckten.

»Was geschah eigentlich mit den erbeuteten biologischen Waffen?« forschte Custer nach.

»Wir trafen Vorkehrungen, daß der gesamte Container in die Hände einer UNO-Sonderkommission gelangte und zunächst nach Genf überführt wurde. Der Irak, dem der Vorfall zur hochpeinlichen Staatsaffäre ausartete, entfaltete fieberhafte diplomatische Aktivitäten. Über die schweizerische Botschaft in Bagdad gelangten erste Signale an den *Secret Service* in London. Bagdad offerierte Konzessionen.«

Der bunte, magere Specht klopfte fleißig auf die graue Borke des knorrigen Stammes, als ihn das schlurfende Geräusch der Schritte aufschreckte. Listig äugte er zu den Männern und erwog, ob es ratsam sei, Reißaus zu nehmen. Aber sie wendeten und schritten mit der Sonne im Rücken langsam den gleichen Weg zurück.

»Erzähl mir nicht, das wäre das Ende der Geschichte!« reizte Custer seinen alten Freund.

»Nun, das ging so«, sagte Casey und steckte die Pfeife in den anderen Mundwinkel. »Die Schweiz unterstützte die UNO-Rüstungskontrollen im Irak ja seit 1992. Deshalb war es naheliegend, daß der heiße Irak-Container einer Spezialstelle der Schweizer Armee zur Analyse und Entsorgung überlassen wurde. Schweizer Chemie-Experten konnten also gleich für die UNO-Abrüstungskommission, Unscom, einen objektiven Bericht über den Stand der irakischen Chemie- und Biowaffen verfassen und der Unscom auch darlegen, wie hoch das Know-how der Iraker auf diesem Gebiet war und ob sie bereits ein chemisch synthetisiertes Nervengas entwickelt hatten.«

Custer antwortete nicht gleich; er überlegte. »Warum konnten diesen Job nur Schweizer besorgen?« fragte er schießlich.

»Zwei gute Gründe«, antwortete Casey. »Erstens hatte Bagdad darauf beharrt, daß ein neutraler Staat die Gift-Container übernahm, prüfte und unschädlich machte. Die Schweiz ist neutral und bekanntlich Nichtmitglied der UNO.«

»Die schlauen Schweizer«, brummelte Custer.

»Was meinst du?« Casey runzelte irritiert die Stirn und fuhr fort: »Zweitens ist das AC-Labor Niesen der Schweizer Armee international angesehen. Es beschäftigt sich seit Jahrzehnten mit nuklearen, chemischen und biologischen Kampfstoffen. Schweizer Chemie-Experten waren schon früher für die UNO im Irak tätig gewesen und hatten offensichtlich das Vertrauen der Iraker gewonnen.«

»Happy-End?«

»Ja, ungefähr. Bagdad war nach Abschluß der Berichterstattung gezwungen, weitere UNO-Inspektionsteams ins Land zu lassen. Zwei Produktionsanlagen und zwei oder drei geheime Lager kamen ans Tageslicht und wurden vernichtet. Darunter Al Hakam II, die als Wasseraufbereitungsanlage getarnte Fabrik für Botulin und Anthrax-Kampfstoffe. Lag praktisch unter dem Schlafzimmer des Diktators, mitten in Bagdad, fünfzig Meter im Erdboden versenkt.«

Schweigend schritten sie weiter. Zwei Eichhörnchen jagten einander über die Astspitzen nach.

»Hat Samson übrigens Wort gehalten?« erkundigte sich Ken.

Casey zog fragend die buschigen Augenbrauen hoch.

»Wegen der Männer, die nicht reden durften«, setzte Ken nach.

»Ach so. Nun, Samsons Verwegenes Dutzend ist tot. Ihre Maschine explodierte auf dem Rückflug über dem Meer. Sabotage«, antwortete Casey. »Auf Samson ist Verlaß.«

»Bis ins Grab.«

Ein grüner Kastenwagen der Parkverwaltung rollte langsam vorbei und hielt weiter hinten an. Der Fahrer stieg aus und begann, ein Absperrband um eine Baumgruppe zu spannen.

»Samson will sich an die Biowaffen heranmachen, die immer noch in der Schweiz lagern«, erklärte Casey und blieb stehen. Sein Auto war ein paar Schritte entfernt.

»Das ist doch unrealistisch, Casey. Die Schweizer Armee hat die Stoffe entweder vernichtet oder unter hundert Meter Granit bombensicher versteckt.«

Casey schüttelte ernst den Kopf. »Vielleicht. Aber nach meinen Informationen hat Samson in Bern einen Rüstungsbeamten angeworben, der ausgerechnet für die Felskaverne verantwortlich ist, in der die Biowaffen aufbewahrt werden.«

»Wie zuverlässig sind deine ...« Custer brach ab.

»Sehr verläßlich, Ken«, schmunzelte Casey.

Custer war müde. Die alten Geschichten kamen wieder hoch. Er hatte die Nase voll. »Ich bin zu alt, Casey ...«

Der Spionagechef winkte unwillig ab und musterte Custer spöttisch von der Seite. »Wo genau geht es nicht mehr?«

Ken lachte und trommelte mit den Fingerspitzen auf seinen Schädel. »Im emotionalen Schaltzentrum. Ich will nicht nochmals den ganzen Weg zurückgehen, meine Seele aufpeitschen ... Nein, ich mache nicht mit.«

Custer wollte schlechte Erfahrungen unterdrücken. Die Kraft des Vergessens federte ihn ab gegen den unnötigen Verschleiß von Energien, um alte Rechnungen zu begleichen. Er ließ sich den Antrieb zum Neubeginn nicht durch seelische Altlasten nehmen. Einzig das Bild von Sharon mit dem anklagenden Blick hatte sich als Stachel in seinem Herzen festgesetzt.

»Ich kann mich nicht mehr auf diese Gewaltsphäre einstimmen, es tut mir leid, Casey, ich will meine Ruhe haben.«

Casey schaute ihn lange an und nickte langsam. Die Pfeife war erloschen und die Sonne beschien den Park mit einem blassen Licht.

»Weißt du, Ken, was ich gerne eines Tages noch wissen möchte? Warum hat Saddam Hussein ausgerechnet an jenem siebenundzwanzigsten April einen Doppelgänger in den Konvoi gesetzt?«

Die alten Nachrichtenfüchse schauten sich stumm an und wußten Bescheid. In Libyen hatte die US-Luftwaffe schon einmal versucht, einem unerwünschten Diktator den Garaus zu machen, so nebenbei, während eines Raketenangriffs auf die Operationszentrale in der Bab-Al-Azizia-Kaserne. Man schrieb das Jahr 1987, als in Tri-

polis Oberst Gaddaffi ins Fadenkreuz der Laserbomben geriet und sterben sollte, hätte nicht ein CIA-Agent namens Ken Custer den Volkshelden warnen lassen. Casey vergaß Custers Worte nicht: »Wenn der Oberst fällt, geht der Maghreb in Flammen auf.«
»Samson ist der einzige, der vom geheimen Kommando weiß. Richtig?«
»Ja und nein«, antwortete Casey. »Samson weiß nicht, daß Delia und du mit von der Partie waren. Und Delia hat keine Ahnung, daß Samson die Operation leitete.«
Sie blieben nachdenklich stehen. Nach einer Weile drängte Casey: »Geh in die Schweiz, Ken. Finde heraus, was Samson im Schild führt. Das ist eine Chance. Gut bezahlt. In der Firma weiß nur ich Bescheid. Es gibt kein Dossier. Du operierst in geheimer Mission des Außenministers.«
»Was nützt mir das viele Geld, wenn ich draufgehe?« Custer konnte den Vorschlag nicht gut finden. Er öffnete die Wagentür und setzte sich auf den Beifahrersitz. In der Windschutzscheibe spiegelten sich die Baumkronen vor dem aufgerissenen Himmel. Der grüne Kastenwagen mit der Aufschrift der Parkverwaltung wendete, als Casey zurücksetzte und auf die Parkstraße einbog.
Der Ältere im Lieferwagen zupfte an seinem Schnurrbart. »Es geht los«, rief er und schaltete den Lautsprecher ein. Motorengeräusch, dann die Stimme Caseys: »Warum sollte es mißlingen?«
»Je höher die Gage, desto dünner die Chancen«, antwortete Custer, und die Abhörspezialisten wechselten Blicke.
»Wer jedem Risiko ausweicht, hat bald nichts mehr, dem er ausweichen könnte«, konterte Casey. Der Wagen versank hinter der Böschung. Der Kastenwagen holte auf.
Casey packte plötzlich den Rückspiegel und riß ihn aus der Halterung. Verdutzt schaute ihm Custer zu, aber der alte Spionagechef hatte seine Beute schon in weitem Bogen zum Fenter hinausgeworfen.
»Scheiße, die Leitung ist tot«, fluchte der Schnauzbärtige im Kastenwagen.
»Was zum Teufel machst du?« staunte Custer.
»Diese Dinger sind überflüssig, wer schaut denn beim Fahren schon nach hinten? Höchstens Fahrschüler.«
Custer lachte. »Wanzen?«

»Nicht nur. Teure Elektronik, schade um das gute Zeug.« Casey nickte heftig und beschleunigte rasant, bis er die Auffahrt zur Autobahn erreichte, wo der Verkehr in stetem Strom floß. Sie fädelten sich reibungslos in die Kolonnen ein und entschwanden mit der rauschenden Blechlawine in die Anonymität Washingtons.
»Alles, was wir haben, ist dieser Quatsch, hör mal«, jammerte der Jüngere im Abhörwagen: »Wer jedem Risiko ausweicht, hat bald nichts mehr, dem er ausweichen könnte.«
»Merk dir's, dann hast du wenigstens von diesem stumpfsinnigen Einsatz profitiert«, spottete der andere und riß sich die Kopfhörer herunter. »Ich schreib wieder einmal den Rapport für Harrison.« Er schüttelte eine Zigarette aus dem Päckchen, riß ein Streicholz an und zündete sie an. »Diese alten Hasen fallen doch auf die faulen Tricks von Harrison längst nicht mehr herein. Wanzen im Auto, so ein Anfängertrick!«
Der Kastenwagen stoppte abrupt, der Beifahrer sprang auf die Straße und hob die Überreste des Rückspiegels auf. Zwischen dem geborstenen Glas klaffte ein Loch, in dem die winzige Kamera und der Sender verborgen gewesen waren. »Zehntausend Dollar im Eimer!« lachte der Mann schadenfroh.
Casey suchte in den Seitenspiegeln nach Anzeichen einer Verfolgung. »Schau nach vorn auf die Straße«, mahnte Custer. »Wer, glaubst du, hat die Schnüffler auf uns angesetzt?« Casey blickte stumm geradeaus und zuckte nur mit den Achseln.

Parsenn

Über der Schweiz lag die Nacht, es war kurz nach zehn. Das Radio lief in Tschanutts Auto. Der Regen ging allmählich in Schnee über, als der Jeep Cherokee durch die pechschwarze Dunkelheit das Tal hinaufbrauste. Gespenstisch wirbelten nasse Flocken wie Papierfetzen durch den Lichtkegel der Scheinwerfer, klatschten an die Scheibe, wo sie der Wischer wegfegte.
Das Unglücksgebiet am Bristenpaß sei sofort abgesperrt worden, sagte der Sprecher. Die Kaverne befindet sich auf einer Höhe von

etwa zweitausend Metern über Meer. Helikoptereinsätze seien wegen der hereinbrechenden Dunkelheit nur bis halb sechs Uhr möglich gewesen ...

Tschanutt verlangsamte und bog nach links zum Fluß ab. Ein euphorisches Gefühl duchströmte jede Faser seines Körpers, als der schwere Wagen die Brücke passierte.

...auf Grund von Risikoanalysen würden die Sicherheitskriterien in den Munitionskavernen laufend optimiert, erklärte ein Armeesprecher, aber menschliches Versagen könne trotz größter Umsicht nie ausgeschlossen werden ...

Ein teuflisches Grinsen verzog den Mund von Tschanutt.

... Auf die Aussage hin, Munition explodiere bekanntlich nicht von selbst und vermutlich seien Fehler in der Handhabung von Sprengstoff für das folgenschwere Unglück ausschlaggebend gewesen, gab der Sprecher ausweichend zur Antwort, das könne man erst nach Abschluß der Untersuchung beantworten.

... »Es war ein Erdbeben, dann zerriß ein gewaltiger Knall den Talkessel, ich wußte sofort, das war keine geplante Sprengung«, keuchte Berghotelier Franzen ins Mikrophon des Reporters. »Es war zehn nach vier. Der Boden zitterte, das ganze Hotel rüttelte, Flaschen fielen aus den Regalen, bevor ein fürchterliches Getöse losging, das ich mein Leben lang nie vergesse.«

Die Hoffnung, noch Überlebende zu finden, müsse als gering bezeichnet werden, fuhr der Sprecher fort. Der Schneefall, der zur Zeit den Bristen eindecke, lege sich wie ein Leichentuch über das riesige Trümmerfeld, das wohl für die Verschütteten zur letzten Ruhestätte würde.

»Haha«, höhnte Tschanutt, als im Lichtkegel endlich das verlassene Steinhaus auftauchte. Unter dem gigantischen, sich bedrohlich auftürmenden schwarzen Felsmassiv wirkte das alte Maschinenhaus wie ein Imbißstand vor dem »Empire State Building«. Es lehnte sich schutzsuchend gegen die gewaltige, von der Witterung abgeschliffene Granitwand, die der mächtigen Bogenstaumauer als unverrückbares Widerlager diente.

In Tschanutts Kopf kreisten die Gedanken, es war wie Schwindel. Ein Wunder, daß er im starken Verkehr überhaupt heil nach Parsenn gefunden hatte. Aber jetzt konnte er Luft ablassen. Seine Muskeln entspannten sich, ein wärmendes Gefühl der Euphorie durch-

strömte ihn. Er öffnete die schmale, von einer Steinschlaggalerie geschützte Einfahrt in den Felsbauch, indem er die Kennzahl in den Apparat eintippte und gleichzeitig die Handfläche auf ein Lesegerät drückte. Einem Summton folgte grünes Licht, woraufhin die Schranke nach oben ging und die Panzertür sich zur Seite schob. Tschanutt fuhr andächtig durch die Passage an den Kameras vorbei in das Bergesinnere. Noch einmal mußte er die Karte in einen Schlitz stecken, bevor sich ihm der große, klimatisierte Lagerraum öffnete. Dort hielt er vor einer weißen Doppeltür mit kleinen vergitterten Fensterchen an. Zwei Etagen höher saß Frank Hogan vor dem großen Bildschirm des Kommandoraums. Um ihn herum arbeiteten rund um die Uhr ungefähr zwanzig Frauen und Männer an Monitoren, Faxgeräten, Decodern und Telefonapparaten. Kameras hatten jede einzelne Bewegung von Tschanutt aufgezeichnet, seit er vor dem *Safehouse,* dem Bunker, vorgefahren war. Sensoren betasteten automatisch das einfahrende Fahrzeug und übersetzten die aufgefangenen Signale augenblicklich in einen verständlichen Wortlaut. »Radioaktivität negativ«, las Frank Hogan mit halbem Auge, während er in die Sprechanlage bellte: »Gasschutztruppe sofort zur Pforte BC-2.« Dann schaltete er sich mit einem Tastendruck auf die Kamera des biologischen Labors, um die Vorgänge zu beobachten.
Die Doppeltürflügel sprangen auf, und vier verhüllte Gestalten, von denen Tschanutt annahm, es seien Männer, stampften entschlossenen Schrittes über die kleine Rampe zum Jeep. Sie trugen weiße Schutzanzüge mit der Aufschrift *Emergency Service ArkGroup* quer über Brust und Rücken. Darüber hing ein Zutrittsausweis neben dem Namensschild. Die Füße steckten in schwarzgelben Stiefeln, und über die Arme hatten die Männer schwarze Handschuhe gestreift, die bis zum Ellbogen reichten. Der Kopfschutz bestand aus einem würfelförmigen Gehäuse, wie ein Zelt mit einem großen Plastikfenster, das den Blick auf den ganzen Kopf freigab. Vom Gesicht sah Tschanutt nicht viel. Schwarze Schutzmasken gaben gerade die Augen und die Nase frei. Die Männer im Astronauten-Look faßten den ersten Behälter professionell an und trugen ihn mit sicherem Griff durch die Doppeltür ins Labor. Der Vorgang wiederholte sich.
»Sie sind entlassen, Tschanutt«, plärrte eine Stimme, die vermutlich

Hogan gehörte, aus dem Lautsprecher, als das letzte Behältnis abgeladen war.

Tschanutt nickte, ließ den Wagen stehen und schlurfte müde zu den Aufzügen, die in die Schlaf- und Wohnräume hinaufführten. Die unterirdische Superanlage des *Safehouse* diente offiziell der Einlagerung von unersetzlichen Wertsachen und dem Schutz der Geschäftsgeheimnisse großer Firmen vor neuartigen Gefahren wie dem elektromagnetischen Puls. Im Lift klaubte Tschanutt den Flachmann aus der Jacke, schüttete einen kräftigen Schluck Wodka hinunter, hielt das metallene Gefäß grinsend zur Kamera hoch und ächzte wohlig, während er mit Hochgeschwindigkeit bergauf sauste.

Unterdessen öffneten die Männer in den Schutzanzügen die Behälter mit Spezialwerkzeug, das die elektronischen Verriegelungen außer Betrieb setzte. Als alle Deckel entfernt waren, traten sie zur Seite. Frank Hogan starrte mit großen Augen auf die roten Kanister im ersten und zweiten sargähnlichen Behälter.

»Anthrax«, kommentierte einer der weißen Männer. Im dritten und vierten Behälter lagen grüne Kanister, und die Aufschrift verriet: Botulin.

»Passen Sie verdammt auf, Mann«, warnte Hogan über den Lautsprecher. Doch die Männer wußten, womit sie es zu tun hatten. Wie Anthrax gehörte Botulin zu den biologischen Keimen von größter Gefährlichkeit. Vor allem Botulin war extrem heimtükkisch. Gelangte der Erreger über die Luft oder das Wasser in den menschlichen Körper, lähmte er die Atemmuskeln und führte innerhalb von sechsunddreißig Stunden zum Erstickungstod.

Aus dem vierten Behälter förderte die Gasschutztruppe noch Schriften zutage. »Handbücher mit den Formeln, den spezifischen Daten, Mengen et cetera«, meldete einer in die Kamera.

»Steht ein Absender drauf?« fragte Hogan.

»Moment.« Ein anderer angelte sich ein paar Papiere und studierte sie: »Hier steht: Hochgeheim, dann folgt das Datum, und hier: AC-Labor der Armee. Versuchsreihe Niesen 34/B.«

»Ist die Ware echt?« kam die Frage aus der oberen Etage.

»Wir werden sogleich die Tests vornehmen. Aber alles sieht ziemlich echt und tödlich aus«, antwortete der Größte der Gruppe und schob seine Schutzmaske zurecht.

Hogan brummte Zustimmung und schaltete die Kamera aus. Tschanutt hatte ihm erzählt, daß die Armee eine international angesehene Forschungs- und Ausbildungsanlage betrieb. Spezialisten befaßten sich dort unter strengsten Sicherheitsvorkehrungen mit Abwehrmöglichkeiten gegen die chemische und biologische Kampfführung. Nicht nur fand ein reger Erfahrungsaustausch mit anderen Armeen statt, sondern im AC-Labor Niesen experimentierten die Biologen auch mit hochgefährlichen Kampfstoffen, wie Tschanutt wußte. Hogan schätzte, daß die Menge der biologischen Gifte aus der Bristen-Kaverne genügte, um über halb Europa Tod und Schrecken zu bringen.

Festung Piz Mephisto, oberhalb von Parsenn

Am nächsten Tag schien eine strahlende Sonne auf die massive Blockhütte, die über dem Abgrund klebte, von dem aus die kahle Granitwand des Piz Mephisto senkrecht in den Stausee fiel. Kein Wölkchen trübte den glasklaren Himmel, Postkartenwetter herrschte in der wilden Gerbirgswelt. Nichts deutete darauf hin, daß unter dem Blockhaus im Bergesinnern die hochmoderne Führungszentrale der *ArkGroup* steckte. Wenigstens der Aussicht wegen habe sich die lange Reise gelohnt, bemerkte einer der Besucher, die mit Gläsern auf der Felsterrasse herumstanden und eiskalten Weißwein tranken. Die gleißend weißen Gipfel der mächtigen Schneeberge türmten sich zum Anfassen nahe vor der Gruppe auf, die sich in Englisch unterhielt, weil diese Sprache alle beherrschten. Das Gespräch drehte sich um Belangloses, wie die Anreise aus Übersee, Singapur, Rom, oder wer wen gesehen hatte, um die Yacht in Monte Carlo, den Club in St. Tropez oder das Wetter in Hongkong. Nur über das Thema, das alle beschäftigte, sprachen sie nicht. Warum waren sie eigentlich hergekommen?
Der breitschultrige Mann mit dem blonden, dichten Haarschopf trat vor die Blockhütte. Das Gemurmel versiegte.
»Ich danke Ihnen allen, daß Sie meinem Ruf so prompt gefolgt sind. Ich weiß, meine Einladung hat Ihr berufliches und gesell-

schaftliches Leben durcheinandergebracht. Aber ich konnte Ihnen nicht erklären, worum es ging.«
»Nun, jetzt haben Sie ja die Chance, es uns zu sagen«, bemerkte der blonde, große Deutsche; er hatte einen starken Akzent.
»Ich weiß, Sie waren auf dem Weg nach Frankfurt, um die Aktien Ihrer Überwachungsfirma an der Börse zu plazieren. Das Unternehmen könnte mißlingen, wenn die Staatsanwaltschaft erfährt, wie Ihr Finanzchef die Bilanzen frisiert hat.«
»Ach, welche Bilanzen sind schon nicht frisiert oder verfälscht?« versetzte der Deutsche unwirsch. »Und wenn sie doch stimmen, sind sie bereits Vergangenheit, wenn man sie schließlich zur Kenntnis nimmt. Also, ich muß schon bitten ...«
»Ich hasse Bittsteller, mein Herr«, wimmelte ihn Robusto ab.
»Was mich anbelangt«, meinte der Russe, »hat mich Ihre versteckte Drohung herangeführt, ich könnte meine Banklizenzen verlieren. Was ist daran?«
Ein erbostes Stimmengewirr brandete auf. Gut ein Dutzend Manager und Firmenbosse standen vor Robusto. Sie alle waren aus dem *Security-Business*, dem Sicherheitsgeschäft, sie alle waren steinreich, und sie alle verdankten ihren Reichtum nicht nur dubiosen Geschäften, Bestechung, Mord, Verleumdung und Sabotage, sondern auch einer mächtigen Hand, die sich immer dann schützend über sie breitete, wenn es brenzlig wurde: Samson.
Ab und zu erinnerte er sie an die Umstände von Erwerb und Erhalt ihres Reichtums, ihrer Macht. Dann legte sich aufkeimender Widerspruch recht schnell wieder. Denn Samson breitete nicht nur seine Hand schützend über sie: er hatte sie in der Hand. Die Besucher wußten, daß er über jeden Informationen besaß, mit denen er sie glatt ruinieren konnte. Samson gebot mit erhobenen Armen Schweigen. In seiner dunklen Sonnenbrille spiegelten sich die leuchtenden Zinnen der Berge hinter der Gruppe feiner Stadtpinkel: »Ist es einem von euch je schlechtgegangen?« fragte er mit gespielter Entrüstung. »Habt ihr nicht riesige Vermögen und blühende Firmen unter dem Schirm der *ArkGroup*? Aber eure Disziplin läßt nach. Die *ArkGroup* ist auf dem besten Weg, die wirschaftliche und politische Macht auf diesem Planeten an sich zu reißen, und ihr verzettelt eure Kräfte mit Weibern und Luxus ...« Er trat vor den schlanken Andalusier mit dünnem schwarzem Lippenbart und

drückte ihm seinen Finger auf die Brust: »Ihre Affäre, *Señor*, mit der jungen Frau des Verteidigungsministers, hätte das Mega-Geschäft über die Lieferung unserer Kampfsimulatoren beinahe vermasselt.« Der Spanier wollte aufbrausen, aber der finstere Pajero, der als Butler die Sicherheit seines Bosses im Auge behielt, drückte ihm unmißverständlich eine harte Hand auf die Schulter.
»Nun, können wir zur Sache kommen?« Niemand widersprach. Einige nickten eifrig. »Schön«, sagte Samson. »Das Jahr 2000 beginnt in Kürze. Katastrophen werden den Menschen Angst und Schrekken einjagen. Wir werden ihnen ein bißchen nachhelfen.« Er zuckte die Achseln mit einer Gleichgültigkeit, die nur noch durch die tiefe Verachtung seiner Miene übertroffen wurde. »An der Schwelle des nächsten Jahrtausends befindet sich die Menschheit in einer einmalig labilen psychischen Verfassung. Die Menschen haben Endzeitsehnsüchte. Sie sind anfällig für Prophezeiungen und starke Führer! Wir erzeugen das totale Chaos. Und wenn alles hoffnungslos aussieht, treten wir als die Retter auf.«
Es herrschte eisiges Schweigen. Nach einer Weile wagte eine Amerikanerin aus Los Angeles die Frage: »Und wann erreichen wir den Höhepunkt, die Klimax?«
»Am zweiten Februar.«
»Die Welt geht bestimmt nicht unter«, wandte der Spanier ein, Chef einer berüchtigten Guerillatruppe. Samsons Augen verzogen sich einen Moment zu gefährlichen Schlitzen. »Doch, am zweiten Februar. An diesem Tag wird unten im Tal die internationale Großkonferenz zu Ende gehen. Die gesamte Weltelite an Wirtschaftsgrößen, Industriekapitänen, Regierungschefs, Ministern und Staatsoberhäuptern wird sich in Parsenn tummeln. Der amerikanische Präsident trifft den britischen Premierminister. Die Katastrophe, die über sie alle hereinbrechen wird, und die Zerstörungswucht der Naturelemente werden gewaltige Panik erzeugen. Wenn am 2. Februar 2000 die Forno-Mauer bricht, zerfällt die Ordnung in Europa, so wahr ich Robusto Samson heiße!«
Er schöpfte Atem und angelte sich ein Glas Wein. Die Besucher redeten wild durcheinander. Das Szenario erregte die Gemüter.
»Was geschieht, wenn die Polizei dahinterkommt«, fragte der Franzose schüchtern.
»Polizei?« lachte einer. »Unsere Gegner sind die Geheimdienste.«

»Einer von uns, in den ich große Erwartungen gesetzt habe, ist leider nicht unter uns«, unterbrach Samson, dem das wirre Gerede nicht entgangen war, die Diskussion.
»Wer ist es?« fragte der Brite.
»Joseph, besser bekannt als Jim Frazer.«
»Der Außenminister?«
Der Hüne Robusto nickte. »Er hat mir abgesagt.«
Die Besucher schauten sich betroffen an. Der hagere Brillenträger aus Rio de Janeiro, Chef des größten Waffenkonglomerats Brasiliens, sagte: »Einst galt eine solche Antwort nach unseren Satzungen als Verrat.«
»Immer noch«, erwiderte Samson mit eisiger Stimme. »Jim ist für unsere Sache leider sehr gefährlich geworden. Sein Ausstieg bedeutet, daß er gegen uns ist. Wir müssen uns mit ihm befassen. Rasch, aber auf eine intelligente Art.« Samson wandte sich an den Brasilianer. »Sie können etwas beitragen zum Gelingen unserer Sache. Ihre *Securix Integraçao Mundial* hat zur Zeit innerhalb der weltweiten *ArkGroup* die besten Standards. Deshalb will ich, daß Sie die Sache übernehmen. Kümmern Sie sich um Jim Frazer.«
Der Spanier riß sich als erster aus der allgemeinen Erstarrung.
»Das können wir uns nicht leisten. Ich meine ... das geht entschieden zu weit. Ihr seid sicher auch meiner Meinung ... Also, ich halte nichts davon, uns zu einer Geheimloge zu machen, der Arche!« Seine Augen hetzten von Gesicht zu Gesicht. Er blickte in starre, stumpfe Mienen. »Wir stimmen doch ab, oder nicht?«
»*Señor*, bitte, ich habe etwas gegen liberale Demokratien. Es steht Ihnen frei, auszusteigen. Den anderen auch. Nur bestimme ich den Weg zum Ausgang ... dort geht es lang!« Samson zeigte mit dem Finger über den Rand der Felsterrasse, während Pajero im Schutz der Hütte zähnefletschend einen Schalldämpfer auf die Pistole schraubte. Der vierschrötige, untersetzte Leibwächter, der sein schwarzes Haar sorgfältig zu einem Pferdeschwänzchen zusammenband und bereit war, sein Leben für den Boß zu opfern, erfaßte blitzschnell jede Gelegenheit zur grausamen Exekution. Pajero hatte fast gar kein Kinn. Sein dunkelhäutiges Gesicht brach einfach ab, wo das Kinn hätte sein sollen. Vielleicht handelte es sich um eine Mißbildung. Aber seine Augen waren prachtvoll in ihrer Verschlagenheit – große, gelbbraune Symbole von Haß und Vernich-

tung. Wer Pajeros Blick erlebt hatte, würde ihn so schnell nicht wieder vergessen. Wie Samson damals in Bogotá, als er ein paar Jungs, die sich für ihn die Finger verbrannt hatten, aus dem Knast herausholte. Freilassung gegen Kaution. Da sah er aus der Gruppe der Verhafteten diese Augen aufblitzen. Es waren Killeraugen, wie die eines Schakals, die es ihm sogleich angetan hatten. Er erkundigte sich, wie der Mann hieß, erfuhr, daß er ein Mädchen vergewaltigt hatte, und bekam ihn gegen Kaution frei. Seither funkelte Pajero, der Filipino, der immer ein Stilett bei sich trug, aus seinen kleinen Knopfaugen gefährlich alle an, die seinem Wohltäter zu nahe kamen. Er lohnte ihm seine Rettung aus der Gosse mit blinder Gefolgschaft und krallte nach jedem, den der Meister auch nur mit einem Nicken bezeichnete.
In diesem Augenblick gab Samson, ohne sich umzudrehen, das vertraute Zeichen nach hinten zur Hütte. Der Schakal nickte mit einem von großen Ohren eingerahmten genüßlichen Grinsen.
»Gehen wir doch in die kuschelige Wärme meiner Berghütte«, rief Samson seinen Gästen zu und wies mit großzügiger Gebärde den Weg zum Blockhaus. Getreulich folgte ihm die Schar und trat unter erregtem Stimmengemurmel über die Schwelle ins Innere der wetterfesten Behausung, während Pajero den Spanier mit bohrendem Blick nach draußen drängte.

»Nun, dann können wir zur Sache kommen.« Samson winkte die entgeisterten Besucher vor den offenen Kamin, in dem das Feuer behaglich knisterte. Vor der Hütte hielt der Filipino den Spanier unauffällig zurück. »Warte!« zischte er und hielt plötzlich die Waffe in der Hand, die jeden Widerspruch im Keim ersticken ließ. »*La salida*, der Ausgang, *amigo*! Los, zurücktreten«, grinste Pajero. Der Spanier hob entrüstet die Hände, wich aber unter dem Druck des Pistolenlaufs auf seinen Rippen zurück: »Ich meinte es doch nicht so ...« Er stand jetzt mit dem Rücken zum tiefen Abgrund. Pajero warf einen raschen Kontrollblick über die Schulter zur Hütte. Sie saßen alle drinnen und hingen an den Lippen des großen Samson. Der Augenblick war günstig.
»Von jedem von Ihnen erwarte ich äußerste Hingabe und Disziplin.« Drohend starrte Samson in die reglose Runde, die sich um den runden Holztisch gesetzt hatte. »Wir errichten die Cyber-Dik-

tatur, meine Damen und Herren. Dieses Bergland wird zum neuen Ort der Herrschaft. Dieser Bunker verfügt über alle Anschlüsse, eine eigene Satellitenverbindung eingeschlossen.«

Die Besucher glotzten auf die glänzende Metalltür, die in das geheimnisvolle Innere des Felsens führte.

»Die Frage nach der Macht hat sich erledigt. Wir sind die größte elektronisch vernetzte Organisation der Welt. Dieser Granitfelsen ist die Kommandobrücke der Arche. Wir werten alle Daten der Subsysteme des Konzerns aus und legen den Kurs fest. Ich bin der Kapitän, ihr seid meine Offiziere.«

Er nahm ein Holzscheit von dem sorgfältig aufgeschichteten Stoß und warf es in die Flammen. »In die staatlichen Sicherheitsdienste der Schlüsselländer haben wir uns eingeloggt«, fuhr er fort, »teils offiziell als Vertragspartner, teils heimlich. Wir wissen in Sekundenschnelle, was an den Brennpunkten des Planeten geschieht oder geschehen soll. Macht ist nicht mehr mit Land verbunden wie im Mittelalter. Macht bedeutet auch nicht mehr Herrschaft über Arbeit und Material, wie im Industriezeitalter. Macht ist die Zugriffsmöglichkeit auf die wichtigen Daten.«

»Was machen wir für die Politiker?« fragte Zachs, der Schweizer, mit kratzender Stimme.

»Einen Sozialplan«, lachte Samson. »Die Schweiz ist das ideale Gastland mit seinen hochentwickelten Strukturen und der modernen Industriekultur. Aber die Regierung brauchen wir nicht.«

Egon Zachs gehörte als Vermittler von hochkarätigen High-Tech-Spielzeugen zu seinen engsten Getreuen, er verschacherte Waffen wie warme Semmeln. Zachs hatte Samson die geheime Metal Storm besorgt, jetzt arbeitete er an der Beschaffung der mysteriösen Baßkanonen.

»Was unmittelbar bevorsteht, fragen Sie sich?« Samson verschränkte die Arme, blickte mit erhobenem Kinn in die Runde und gab gleich die Antwort: »Nun, wir spülen die internationale Wirtschaftskonferenz weg. Mitsamt dem amerikanischen Präsidenten. Die Weltelite ersäuft als Auftakt zum Weltuntergangstag am 2. Februar 2000.«

»Brillant«, hauchte der Brasilianer ehrfürchtig.

Samson breitete die Arme aus und sagte lächelnd: »Wenn an den Schaltstellen von Politik und Wirtschaft die führenden Köpfe mit einem Schlag ausfallen, werden Anarchie und Chaos herrschen. Daran besteht für mich nicht der geringste Zweifel!«

»Was Sie vorhaben, wird sich als Bumerang gegen uns richten, *Mister* Samson«, warnte die Amerikanerin. »Wie wollen Sie denn die Urheberschaft verheimlichen?«

»Für wen halten Sie mich?« erwiderte Samson stirnrunzelnd. »Der Mauerbruch wird als etwas Übernatürliches in die Geschichte eingehen. Ein tragisches Unglück, wie der Bruch des Angostura-Dammes. Die Natur hat sich gerächt und die korrupten Politiker weggespült, werden die Geschichtsbücher für die Nachwelt festhalten.«

»Damit entfällt der Sozialplan«, lachte Zachs.

»Sie sind ein Genie, Robusto«, flüsterte der Brasilianer.

»Nun, ich verlange absolute Loyalität. Apropos, wo bleibt Sanchez?«

In diesem Augenblick trat Pajero keuchend über die Schwelle: »Der Spanier ... er ist über die Klippe in den See gestürzt. Vor meinen Augen.«

Gut gespielt. Nicht einmal gelogen, dachte Samson. Dann öffnete sich die Metalltür, und Samson lud seine Gäste in den Gleitlift, der in den ausgehöhlten Berg hinunterführte. »Stinkwut ... Weißglut ... Chaos ...«, brummelte Robusto.

»Was haben Sie eben gesagt, Boß?« fragte Zachs, der ihm auf den Fersen gefolgt war.

»Ach, mein Butler hat gedichtet.« Samson klaubte ein zerknülltes Blatt Papier aus der Brusttasche und entfaltete es. »Da, hören Sie!« sagte er und las vor:

Einen Mann trieb's zur Weißglut,
Weil er Chaos sah und Blut;
Ihn packte eine Stinkwut.
Samson hieß er und hatte Mut,
Und schon kam herab die Sintflut.«

Parsenn, Ende Januar 2000

Ich hasse die Mauer, ich will weg von hier«, schmollte Viviane und rollte zum Tisch. Ihr Vater schaute verblüfft hoch, schob den Plan des Forno-Stausees von sich und trat hinter den Rollstuhl.
»Im Frühling ziehen wir ins Unterland.« Er legte die Hände auf ihre Schultern.
»Ich will jetzt fort«, erwiderte Viviane trotzig und entzog sich seiner Berührung, indem sie in die Räder griff und herumkurbelte.
»Sei doch vernünftig. Bis zum Frühling bist du ohnehin noch im Internat. In Zürich wird dann alles einfacher. Du studierst und kannst mit der neuen Behandlung beginnen. Alles wird besser werden, ich versprech's dir.«
Viviane schob sich ans Fenster und blickte auf den Fluß. »Ich habe Angst. Vor dem Unfall hat mir Mama gesagt, die Staumauer sei nicht sicher.« Sie warf ihm einen forschenden Blick aus wunderschönen blauen Augen zu.
Ingenieur Wasserfallen schritt unwillig das Zimmer ab, dessen Einrichtung aus einer Polstergruppe aus hellem Stoff, einer Bücherwand und dem Eßtisch bestand.
»Ach, Mama hat übertrieben. Natürlich ist die Mauer sicher. Sie ist so massiv gebaut, daß sie dem doppelten Wasserdruck standhält.«
»Mama hatte immer recht«, beharrte Viviane, und ein Tränenschleier überzog ihre Augen.
»Schön. Ich erklär's dir.« Er rollte seine fünfzehnjährige Tochter zur Sofaecke und setzte sich neben sie auf den quadratischen Hocker.
»In der Nord-Süd-Watt AG bin ich der Beauftragte für die Sicherheit der Talsperren. Die Forno-Staumauer ist mit einem ausgeklügelten Meßsystem ausgerüstet ...«
»Ja, ich weiß, die Erdbebeninstrumentierung. Du hast es mir schon mal erklärt.«
»Also. Ein Netz von Sensoren auf der Krone sowie auf der Luft- und der Wasserseite der Mauer sendet ununterbrochen Signale aus, die auf meinem Monitor in der Zentrale ein exaktes Schwingungsbild aufzeichnen.« Wasserfallen seufzte innerlich und schubste die Katze weg, die sich an sein Hosenbein schmiegte. Es gab keine abso-

lute Sicherheit. Ein Mauerbruch war trotz aller Vorkehrungen nie völlig auszuschließen.
»Kannst du vielleicht so reden, daß ich dich verstehe?! Schwingungsbild, hm!«
»Okay. Die Sensoren erzeugen ein Video. Wenn das Bild bei mir ankommt, sehe ich auf dem Fernsehgerät die Mauer in Form einer technischen Zeichnung.«
»Eine Graphik. Farbig?«
»Richtig. In grüner Farbe die normale Struktur der intakten Mauer. Ein Gitternetz. In roter Farbe erscheinen die Abweichungen. Rüttelt ein Erdbeben an der Mauer, sehen wir sofort, wie stark die roten Linien von den grünen abweichen.«
»Sonnenklar!«
»Siehst du. Je nach der Verformung dieses graphischen Gitternetzes kann ich beurteilen, ob der Mauer Gefahr droht. Zum Beispiel könnte sich ein Riß bilden.«
»Was machst du dann?«
Eine gute Frage, dachte Wasserfallen. »Wir haben unsere Szenarien.«
»Jemand legt eine Bombe an die Mauer oder in einen Verbindungsgang. Was passiert dann?«
»Das macht doch kein Mensch. Niemand gelangt ins Innere einer Talsperre.«
Viviane wirbelte herum: »Doch. Der Wanderweg führt über die Forno-Mauer und überwindet die Piz-Mephisto-Flanke im Zickzack auf Treppen und durch kleine Tunnels. Am Mauerende, vor den ersten in den Fels gehauenen Stufen, kommst du an schweren Eisentüren vorbei, die ins Innere hineinführen. Diese Türen kann doch jeder Depp aufschweißen. Nachts, wenn keine Seele dort oben herumschwirrt.«
Sie hatte recht. Die Zugänge am linksufrigen Felswiderlager waren weder bewacht noch elektronisch gesichert. »Die Sensoren würden natürlich sofort die Bombenexplosion anzeigen, und wir könnten reagieren«, wandte Wasserfallen lau ein.
»Dann ist es zu spät. Die Mauer ist schon kaputt.«
»Für eine Mauer wie die Forno braucht es mehrere Lastwagen voll Sprengstoff, das kannst du mir glauben.«
»Hmm.« Sie griff nach ihrem Buch und vertiefte sich in die Lektüre.

Als leitender Ingenieur der Nord-Süd-Watt kannte Wasserfallen die Budgets und Gewinnzahlen des Unternehmens. Worüber er mit Viviane noch nie gesprochen hatte, war die beklemmende Tatsache, daß die Gesellschaft es während all der profitablen Jahre unterlassen hatte, Rücklagen zu tätigen. Man melkte die Kuh und ließ den Stall verlottern. Der gewaltige Nachholbedarf lastete bleischwer auf dem Betrieb, und der Aufsichtsrat schob Erneuerungsarbeiten so lange auf die lange Bank, bis die Überwälzung der Kosten auf den Strompreis als gesichert feststand.

»Du hast auch gesagt, die alten Kläuse im Aufsichtsrat hätten nur Interesse am jährlichen Geschäftsessen und an Tantiemen«, nahm Viviane den Faden wieder auf.

Wasserfallen winkte unwirsch ab. »Das hat sich geändert. Heute sitzen immerhin zwei meiner Berufskollegen aus der Bauindustrie im Ausschuß. Sie setzen der Geschäftsleitung ganz schön zu, glaub mir.«

Viviane gab sich damit nicht zufrieden. Seit sie nach dem Flugzeugabsturz an den Rollstuhl gefesselt war, hatte sie Zeit zu lesen. Sie verschlang ganze Bände, hauptsächlich Romane, blätterte aber auch durch die Fachzeitschriften, die ins Haus flatterten und herumlagen. Vor einiger Zeit war sie auf eine Artikelserie zum Thema Hochwasserschutz gestoßen. Bis dahin hatte sie angenommen, es drehe sich dabei um die Bändigung der Wildwasser durch geeignete Schutzbauwerke, um die Städte und Dörfer im Flachland vor der Überflutung zu schützen. Zu ihrem Erstaunen fand sie dann heraus, daß Hochwasser, das nach der Schneeschmelze oder heftigen Unwettern plötzlich gegen die Stauwehranlage stößt, eine große Gefahr darstellt. Viele der mächtigen Staumauern, schloß sie, tickten offenbar wie Zeitbomben über einer ahnungslosen Talschaft. Sie hatte ihren Vater schon lange darauf ansprechen wollen.

Wasserfallen blickte auf die Uhr. Viviane spürte seine Unrast.

»Bist du in Eile? Nie hast du Zeit für mich.«

Er legte seine Hand zärtlich auf ihren Arm: »Hab dich jetzt nicht so. Ich bin mit Wyss verabredet, oben am Stausee. Aber er kann warten. Natürlich habe ich Zeit, das weißt du.«

»Steht dieses Haus noch, wenn das Wasser aus dem Stausee herunterschießt?« fragte sie trotzig. Die Frage versetzte Wasserfallen einen Stich ins Herz. Kein gutes Zeichen, sah er ein, daß er sich in

jüngster Zeit über solche Kritik aufregte. Doch der eingeübte Sicherheitsreflex griff sofort, überdeckte jede nachdenkliche Reaktion.
»Komm schon, eine Bogenstaumauer wie die Forno kann nicht brechen, außer wenn ...« Er stockte.
»Ja?«
»Ach, Unsinn. Theoretisch ... Angenommen ... Ach, vergiß es ... Also angenommen, ein Jumbo-Jet stürzt auf die Talsperre, dann ja.«
»Und wenn so ein Jumbo-Jet nicht in die Mauer rast, sondern in den Stausee stürzt? Platsch, platsch?«
»Du stellst ja Fragen! Ich glaube, du liest zu viele Agentengeschichten. Oder hast du etwa mit den Leuten vom Schutzkomitee darüber gesprochen?« Sein Blick verhärtete sich, aber Viviane winkte lachend ab. Sie fühlte sich überlegen, sie hatte einen Punkt verbucht.
»Nein, Dad, ich schmökerte in deinen Heftchen.« Sie zeigte lässig zum Büchergestell. »In der Schrift ›Erdbeben und Talsperren in der Schweiz‹ steht, der Hochwasserschutz müsse verbessert werden. Zum Beispiel für den Fall von Flutwellen, die über die Mauer schwappen.«
»Schwallwellen«, präzisierte Wasserfallen und dachte an sein Rendezvous mit dem Geologen Wyss. »Ich bin unter Druck.« Verlegen netzte er seine trockenen Lippen. Sie mißverstand ihn und schmollte enttäuscht. »Dann geh schon. Der Wyss ist dir wichtiger als ich.«
»Ich bin im Streß«, setzte er wieder an. »Vielleicht sollte ich den Job aufgeben. Deine Mutter ...« Er brach ab. Wasserfallen hätte den Schritt in die Selbständigkeit längst getan, wenn seine Frau, die ihm eine organisatorische und moralische Stütze gewesen war, noch lebte. Vermutlich hätte er inzwischen längst sein eigenes Ingenieurbüro eröffnet. Aber in der schwierigen Zeit nach ihrem Tod war er um das feste Gehalt der Nord-Süd-Watt AG froh gewesen.
»Du weißt es also?« fragte Vivian.
»Was?«
»Daß die Zeitbombe tickt.«
Er starrte sie mit geweiteten Augen an und nickte unmerklich.
»Die Sache ist die ...«

Viviane hob versöhnlich beide Hände. »Schon gut, Dad, du hast einen Termin. Geh jetzt, ich will noch im Roman lesen, wir können ja heute abend weiterreden.«

Bern, Bundeshaus

Wir haben eine Entführungsdrohung«, brach es zornig aus dem Justizminister hervor. »Das hat uns gerade noch gefehlt. Wir müssen umgehend den amerikanischen Botschafter informieren. Haben Sie den Sonderstab Geiselnahme schon einberufen?« Seine hohe Stimme bebte vor Erregung. »Wie viele Polizisten haben wir in Parsenn? Glauben Sie, die IRA steckt dahinter?« Der mit lichtem Silbergrau behaarte Minister wischte sich den Schweiß von der Stirne.

Marcel Dulliker hob beschwichtigend die Hände. Kein Grund zur Panik, Chef, wollte er sagen, regen Sie sich bloß nicht auf, die Welt ist voller Spinner, solange es nur bei Drohungen bleibt ... Laut antwortete er: »Die IRA benützt die Schweiz zwar zur Abwicklung von Waffengeschäften. Ihre Vermittler sitzen hier, auch die Kontakte zur Finanzunterwelt, aber daß sie den Terror in unser Land tragen, das glaube ich nicht. Die brauchen Plätze, wo sie nicht gestört werden.«

»Der englische Premierminister wird in Parsenn mit dem amerikanischen Präsidenten konferieren. Wir organisieren die Nordirland-Gipfelkonferenz, Dulliker, falls Sie es vergessen haben. Welche Sicherheitsvorkehrungen haben Sie getroffen?« Der Minister schob aufgebracht einen Wisch über den Tisch. »Lesen Sie!«

Der getippte Drohbrief enthielt keine wesentliche Aussage. Ein »Komitee Blutiger Sonntag« drohte die Entführung von wichtigen Persönlichkeiten an, sollte die Schweizer Regierung nicht augenblicklich die Konferenz von Parsenn absagen.

»Haben wir irgendwelche Hinweise von befreundeten Nachrichtendiensten?« fragte der Minister mit einer Spur Ungeduld in der Stimme. »Wer soll entführt werden. Etwa Prinz William?«

»Nicht viel Neues«, wich Dulliker aus. »Wir erhalten viel Material über gesuchte Leute.« Seine Gedanken rasten. Der britische Thronfolger verbrachte jedes Jahr die Winterferien im Parsenngebiet. Er wäre das ideale Ziel für die Hardliner auf beiden Seiten. Ein Aufschrei des Entsetzens ginge durch die Welt, wenn der Lieblingsprinz entführt würde, ganz zu schweigen davon, wenn ihm Schlimmeres widerführe. Auch im protestantischen Lager versuchten Hitzköpfe, einen Friedensvertrag zu sabotieren. Und viele Briten wünschten sich sowieso alle Iren dorthin, wo der Pfeffer wächst, wie Clark vom *Secret Service*.

»Alarmieren Sie sofort den Sonderstab Geiselnahme und die Spezialeinheiten der Armee, Dulliker.«

»Über den Einsatz der Armee entscheidet die Gesamtregierung«, hielt der Sicherheitschef dagegen. Der Minister starrte ihn mit gefurchter Stirn an. Sein ganzes Gesicht lag in unzähligen Falten, ein Acker politischer Kümmernis, doch die Augen funkelten schalkhaft wie Signale eines scharfen Intellekts. »Woran denken Sie, Dulliker?«

»Nun, wir werden auf jeden Fall die Sicherheitskräfte verstärken, Personenkontrollen vornehmen und den *Secret Service* informieren. Uns stehen Sondereinheiten der Kantonspolizei zur Verfügung sowie private Sicherheitskräfte. Vorsorglich werde ich mit dem Kommandanten von ›Luchs‹ Verbindung aufnehmen.«

»Halten Sie mich auf dem laufenden.« Der Justitzminister nahm ein Dossier vom großen Aktenberg auf seinem breiten Tisch, schlug es seufzend auf und rückte die Brille zurecht. Er merkte kaum noch, wie der Sicherheitschef aufstand und eiligst das Zimmer verließ. Auf dem Weg durch den langen Flur des Ostflügels des Bundeshauses riß Dulliker das Handy aus der Rocktasche und gab seinem Stellvertreter hektisch Anweisungen durch.

Parsenn

Wyss schritt ungeduldig auf der Staumauer auf und ab und winkte erleichtert, als er Wasserfallen auftauchen sah. Auf der Krone, die die Breite einer Autostraße hatte, stand ein behelfsmäßiger Schuppen. Daran vorbei führte der Bergweg zur Forno-Hütte, dem Ausgangspunkt für die nahen Berge. Fast zu jeder Jahreszeit schritten Bergsteiger mit einer Selbstverständlichkeit über die Mauer, als handle es sich um den Weg zum Bahnhof. Wasserfallen ärgerte sich darüber. Viviane hatte recht. Man müßte den Zugang für Unbefugte verbieten. Er öffnete den Schuppen und warf einen prüfenden Blick auf die Geräte. Es handelte sich um Unwuchterreger, sogenannte *Shaker*, die eine Schwingung erzeugten und auf das Bauwerk übertrugen. Damit ließ sich die Resonanzschwingung der Bogenstaumauer berechnen. »Alles in Ordnung«, bekräftigte Wasserfallen. »Gehen wir.«

Sie stiegen ein paar Stufen zum improvisierten Steg hinunter und warfen ihr Gepäck in das lange, offene Boot. Wyss warf den Außenborder an, der sofort ansprang. Wasserfallen saß am Bug, stülpte den Kragen seiner Daunenjacke hoch und rieb die Handflächen gegeneinander. »Hast du etwas zum Rauchen dabei?«

Wyss wühlte in einer der zahlreichen Taschen seines Bergsteigeranoraks und brachte eine Schachtel hervor. Sie enthielt diese dünnen, langen Zigarren, die sich am gelben Mundstück bequem zwischen die Zähne klemmen ließen, so daß die Männer gleichzeitig rauchen, reden und arbeiten konnten. Virginias hießen die Dinger, und stark waren sie.

Wasserfallen bediente sich, gab Wyss, der auch eine in den Mund steckte, Feuer, dann setzte er seine Zigarre in Brand und blickte forschend zu den Hängen hoch. Der Motor widerhallte von den Felsen, die an dieser Stelle als kahle, senkrechte Wände aus Granit im See versanken. Sie bildeten denn auch kein Problem für Wasserfallen. Der untere Teil des Staubeckens war buchstäblich auf Fels gebaut, ganz im Gegensatz zu den brüchigen Partien hinter der Engstelle.

Wyss befestigte das Ruder des Außenborders mit einem Riemen und klaubte aus dem Rucksack die Kamera hervor. »Du weißt, daß der Chef fuchsteufelswild wird und an die Decke geht, wenn er von diesem Ausflug erfährt?«

Wasserfallen nickte. Seit die Nord-Süd-Watt-AG das Kostenmanagement eingeführt hatte, mußte er buchstäblich um jeden Franken kämpfen, der in die Sicherheit investiert wurde. Die Erdbebeninstrumente brachte er noch einigermaßen durch. Gegen die *Shaker*,

das beste Verfahren, um Schwächen in der Struktur bloßzulegen, gab es Widerstand: »Geldverschwendung! Die Mauer hält noch hundert Jahre. Früher hatte man das auch nicht.«
In offener Ablehnung reagierte der Aufsichtsrat dann aber auf Wasserfallens Vorschlag, einen Abhang von achthundert Metern Länge am Ufer des Stausees zu sichern. Der Ingenieur öffnete jetzt den Reißverschluß seiner Daunenjacke und zog den Feldstecher hervor, während seine Zigarre rauchend im Mundwinkel hing. »Ich werde den Wasserspiegel absenken, das garantier ich dir«, versetzte er trotzig. Wyss hielt in seiner Beschäftigung, das Teleobjektiv anzuschrauben, inne. »Das gibt schwer Ärger«, meinte er und zog an seinem krummen Stengel.
»Meinetwegen. Ich trage die Verantwortung.«
»Sehen wir uns die Stelle zuerst einmal an«, erwiderte Wyss. Er war der Geologe, aber auch ein Pragmatiker, der seine Karriere in der Nord-Süd-Watt seiner Fähigkeit verdankte, bei niemandem anzuecken. Ganz Diplomat, vermied er lächelnd Äußerungen, die anderen in den falschen Hals geraten konnten. Wie eben die Sicherung der Hänge oder das Thema des Wasserablasses mitten in der produktionsintensiven Winterzeit.
Der Motor röhrte im Engpaß, Wyss nahm eine Kursänderung vor, so daß das Boot auf eine Stelle rechts von der Gletscherzunge zuhielt. Wasserfallen drehte sich um, riß das Fernglas hoch und studierte die vergrößerte Ansicht. »Halte mehr nach rechts ... ja, so ist es gut.«
Beide Männer kannten die Ufer des Stausees, eines der größten in der Schweiz, auswendig und bei jedem Wasserstand.
»Kein Flugverkehr heute«, meinte Wyss plötzlich.
»Warum kommst du darauf?«
»Das letzte Mal lärmte dieser Helikopter ständig herum.«
»Wegen der Konferenz sind alle Überflüge gesperrt«, wußte Wasserfallen und zeigte zum Ufer hinüber. »Siehst du dort die schmale Dreck- und Geröllspur? Der Hang bröckelt langsam ab. In diesem abnormalen Winter gefriert und taut es fortlaufend. Der Hang arbeitet, bis er herunterkommt.«
»Kann durchaus harmlos sein«, wandte Wyss ein und schoß ein paar Aufnahmen.
Wasserfallen schüttelte den Kopf. »Du hast meine Analyse gelesen?«

Wyss zog schweigend an der Zigarre.
»Von rechts drückt der Granit des Piz Mephisto, von links das Eis.«
»Antiklinal«, murmelte Wyss und starrte hinauf. Der Motor war abgestellt, das Boot trieb langsam dahin. Der Anblick aus dieser Perspektive wirkte tatsächlich bedrohlich. Die Felsen bildeten hier keine glatte, kompakte Einheit, sondern einen Wirrwarr von Platten, Zacken und Brocken. Dazwischen verliefen schmale Schrunden in die Tiefe.
»Von hier aus könnte man meinen, der Buckel sei überhängend.«
»Ist er auch«, stellte Wasserfallen fest. »Und wenn er runterkommt, sind wir geliefert.«
»Warum sollte er herabstürzen?«
»Der Hang bewegt sich, rutscht unten weg, und der Fels kommt nach. Simpel und einfach. »
Wyss knipste erneut. »Gehen wir näher heran.« Wasserfallen packte die Ruder und brachte das Boot mit ein paar kräftigen Schlägen näher zum Ufer.
Sie machten mehrere Aufnahmen und trugen ihre Beobachtungen in den Plan ein. Die Zeit verstrich. »Packen wir's dann?« meinte Wyss schließlich und deutete auf seine Armbanduhr.
»Dort. Schau hin!« rief Wasserfallen plötzlich.
Als Wyss zur angezeigten Stelle hochblickte, polterten kleinere Felsbrocken von oben herunter und klatschten ein paar Meter von ihnen entfernt ins Wasser.
»Starte den Motor«, befahl Wasserfallen scharf.
Aber Wyss hielt die Kamera hoch und verdrehte seinen Körper. »Ich muß die Stelle genau dokumentieren.«
Wasserfallen kroch an ihm vorbei und riß am Starterseil für den Außenborder. In diesem Augenblick krachte es wie ein Schuß. Das Geräusch glich dem Knall, der die Stille zerreißt, wenn ein große Lawine losbricht.
Wyss sah vermutlich den Klumpen nicht einmal, im eingeschränkten Blickfeld seines Teleobjektivs. Aber der Brocken rumpelte direkt auf sie zu.
Der Motor heulte auf. Wasserfallen warf den Vorwärtsgang ein und riß das Ruder herum. Alles geschah fast gleichzeitig. Das Boot schnellte weg, der Felsbrocken schlug ins Wassser, wo eben noch das Boot getrieben war. Und die mächtige Welle brachte den Kahn

beinahe zum Kentern. Geistesgegenwärtig warf sich Wasserfallen nach Steuerbord, konnte aber nicht verhindern, daß der überrumpelte Wyss über die Bordwand kippte und, mit beiden Armen in der Luft rudernd, ins Wasser klatschte. Die Kamera folgte in hohem Bogen. Wyss verschwand lautlos in der aufgewühlten, braunen Brühe.

Die Rettungsausrüstung des Boots bestand aus einem Haken, einem Rettungsring und zwei Schwimmwesten. Sofort warf Wasserfallen den Ring über Bord und machte die Leine am Ruderpullen fest. Das Problem bestand darin, Wyss, der plötzlich gurgelnd auftauchte und nach allen Seiten wild ausschlug, zunächst über Wasser zu halten. Wasserfallen riß daher die Schwimmwesten auf, knüpfte sie auf einer Seite zusammen und beugte sich hinaus, um sie Wyss um den Oberkörper zu schnüren.

Die ganze Zeit sprach er auf Wyss ein: »Ich zieh dich gleich raus. Komm schon. Halt den Ring fest. Festhalten.«

Das Unterfangen mit den Schwimmwesten erwies sich als schwierig. Wyss hing mit den Armen im Ring, aber sonst tat er nichts. »Kopf hochhalten, reiß dich zusammen, Wyss!« schrie Wasserfallen.

Endlich erwischte er die Bänder und mühte sich ab, sie zusammenzuknüpfen. Dabei lehnte er sich gefährlich weit über die Bootswand, und Wyss tat nichts, um zu helfen. Wasserfallen schätzte die Seetemperatur knapp über dem Gefrierpunkt. Eiskalt. Wyss würde es nicht lange aushalten. Zudem sog sich seine schwere Jacke mit Wasser voll. Er mußte ins Boot und in die Wärme gelangen. Eins nach dem andern, redete sich Wasserfallen zu, der immer noch den erloschenen Stumpen im Mundwinkel hielt.

»Wyss, verdammt, hilf, zieh dich hoch«.

Da rumpelte der Berg erneut. Die Geröllawine war nicht viel größer als die Ladung eines großen Kippers, aber die aufgeworfene Welle schwappte über Wyss und ins Boot. Wasserfallen ließ die Westen fahren und kämpfte ums Gleichgewicht. Als er wieder hinschaute, war Wyss verschwunden. Wasser klatschte im Boot. »Wyyss, Wyyss!« Wasserfallen warf sich von einer Bootsseite auf die andere, den Haken in der Hand. Er sah nichts und riß die Jacke auf, um selbst ins Wasser zu springen, aber die Vernunft – oder war es die blanke Angst? – gebot ihm Einhalt. Der See glotzte als undurch-

dringliche, finstere Brühe zurück. Es machte keinen Sinn. Das Mobiltelefon! Rettungstaucher. Wasserfallen durchwühlte hastig die Taschen, den spähenden Blick auf den See geheftet. Schimmerte dort nicht etwas Dunkles durch? Er jagte das Boot auf die Stelle zu. Nichts. Ein Schatten. Das Handy, vedammt! Da begriff Wasserfallen das Verhängnis. Das Telefon lag unter dem Plan im Rucksack, und den hatte es mit Wyss über Bord gerissen.
Wasserfallen triefte vor Nässe, und zu allem Übel begann der Außenborder zu stottern. »Hilfe, Hiilfe ...« Der Ruf hallte ungehört im Felsen wider. Die Forno-Hütte war um diese Jahreszeit nicht bewirtschaftet, und die Staumauer lag zu weit entfernt, als daß jemand, der sich dort wider Erwarten aufhielt, die Schreie vernommen hätte.
Wasserfallen drehte das Gas auf und kurvte nochmals und dann ein letztes Mal langsam über der Unglücksstelle. Schließlich beschloß er, zurückzukehren und im alten Maschinenhaus Alarm zu schlagen. Der Bug hob sich, und das Boot pflügte durch den eisigen, tödlichen See.
Hinter ihm trieb der rotweiße Rettungsring einsam und verlassen über der Stelle, wo Wyss ertrunken war.

Thomas Jefferson stieg ungefähr zur gleichen Zeit unten im Tal aus dem behaglich warmen Wasser und eilte unter die Dusche. Das Schwimmbecken plätscherte um diese Zeit verlassen vor sich hin. Auf den reservierten Bahnen kraulten nur zwei Schwimmerinnen. Eine davon drehte sich auf den Rücken und ließ sich treiben, während sie wie ein Wal Wasser in die Höhe blies. Dann faßten ihre Arme nach der Kante und stemmten den grazilen Körper geschmeidig über den Rand des Beckens. Gebeugt wie der »Dornauszieher« von Rodin saß sie auf dem hellblau gekachelten Fußboden, ein Bein im Wasser schwenkend, die Sonne, die von den Schneebergen herunterstrahlte, im Rücken. Der Junge hatte die gute Figur längst aus dem Augenwinkel beobachtet, wandte sich aber ab, als sie nebenan unter die Dusche trat. »Ah, das tat gut«, hörte er sie seufzen und musterte die Schönheit, wie sie aufreizend unter dem kräftigen Strahl stand. Thomas tat so, als hätte er sie eben entdeckt, drehte das Wasser aus und griff nach dem Handtuch.

»Sie schwimmen ganz schön schnell«, begann die junge Frau, die klatschnaß auf ihn zukam, lächelnd. Ihr Blick schien zu sagen »Jungs erröten meistens und sind Feuer und Flamme, wenn ich mit ihnen rede«. Der schwarze Schwimmanzug betonte ihre attraktiven Formen wohltuend. Sie rieb sich das Gesicht und schaute ihn erwartungsvoll an. Thomas wollte am Nachmittag an der Seminararbeit schreiben, was ihn nicht gerade in Konversationsstimmung hielt.
»Wissen Sie, ich nehme ab und zu an Wettkämpfen teil«, versuchte es die Frau auf die kumpelhafte Tour. Sie stellte sich vor ihn hin.
»Wenn Sie es nur ab und zu tun, dann sind Sie wohl nicht in meiner Liga.« Er entfernte sich in Richtung der Umkleideräume, als er sie rufen hörte: »Soll das heißen, daß ich deshalb vergeblich auf ein Abendessen in einem schicken Restaurant hoffe, mit Aussichten auf eine Nacht voller Leidenschaft?«
Wie elektrisiert hielt Thomas in seinem zügigen Gang inne und drehte sich um. Das Mädchen sah ja nicht übel aus. Schöne Kurven, dunkelblondes Haar und schwarze Augen wie Oliven. Selbstsicher, lässig und mit einem Anflug von Schlitzohrigkeit lachte sie unbeschwert herüber. Warum eigentlich nicht, dachte er. »So schlimm ist's denn doch nicht«, rief Thomas über die Schulter, »wenn Sie sich mit Schönmachen etwas beeilen, könnten wir vielleicht zusammen ins Café gehen.«
Sie lachte keck und huschte zu den Umkleidekabinen der Frauen.
In der Cafeteria drehte sich das Gespräch aber nicht lange um den Schwimmsport. Melissa Moore hieß die attraktive Draufgängerin, stammte aus England und bedeutete ihrer neuen Bekanntschaft locker, daß sie nur ab und zu schwimmen gehe, und dies auch nur, um sich von ihrem stressigen Job zu erholen. Sie arbeitete als Handelsattaché am britischen Konsulat in München, wo im Zuge von Haushaltskürzungen der Posten des Presseattachés gestrichen worden war. Dem Konsul, der sich mit Personalengpässen herumschlug, war nicht entgangen, daß die ziemlich selbstbewußt auftretende Novizin aus London ein intuitives Gespür für Kommunikation ausstrahlte. Auch übersah er das Redaktionsvolontariat in ihrem Lebenslauf keineswegs. Kurzerhand ernannte er sie zum Presseattaché ad interim und teilte ihr den verwaisten Dienstwagen zu, den die Bürokraten in London in ihrer Sparwut glücklicherweise übersehen hatten.

Melissa erzählte einem überrumpelten Thomas vom Sterling-Motor, einer englischen Erfindung vom Ende des neunzehnten Jahrhunderts, dem plötzlich wieder Bedeutung zukomme. Melissa war offensichtlich im Auftrag einer britischen Industriellengruppe damit beschäftigt, eine optimierte Variante dieses Wunder-Motors den Deutschen anzudrehen. Die Frau hatte was drauf, das mußte er ihr lassen.

»Der Motor eignet sich als Dauerläufer. Er kann mit jeder beliebigen Art von Energie betrieben werden, fossile Brennstoffe, Biomasse, sogar Solarenergie, weil die Verbrennung außerhalb des Zylinders stattfindet, das heißt ...«

»Sie hören sich an wie ein Technikfreak«, staunte Thomas.

»Erblich belastet«, lachte sie, »mein Dad arbeitet als Konstrukteur in den Jaguarwerken. Nun, seine Begeisterung für technische Geräte färbte früh ab. Schon im Kindergarten ...«

»Wie wär's, wenn Sie mich gelegentlich mit Ihrem guten alten, stinkenden Benzinmotor in die Stadt zurückfahren würden?« unterbrach sie Thomas gähnend. »Ich arbeite leider nicht in einer Botschaft und habe noch zu arbeiten.« Er zahlte die Getränke und folgte ihr hinaus zum Parkplatz, auf dem der alte Landrover stand.

»Früher hatten wir in München noch einen Militärattaché«, erklärte Melissa in Anspielung auf den Typ und den Zustand des zerbeulten Fahrzeugs. »Was machen Sie eigentlich. Sie sprechen ja nicht gerade mit schweizerischem Akzent?«

Auf der Fahrt ins Zentrum gab er ihr einen knappen Abriß seiner Tätigkeit. Schließlich hatte sie ja ziemlich viel von sich preisgegeben. Außerdem hatte er das unbestimmte Gefühl, daß dieses Energiebündel sich möglicherweise als nützliche Informationsquelle entpuppen könnte. Thomas hatte es vor einem Jahr im Rahmen eines Austauschprogramms nach Zürich verschlagen. An der Universität belegte er Politologie und neueste Geschichte, nebenbei hörte er in Vorlesungen über Staatsrecht hinein.

»Wie gut ist Ihr Deutsch?« fragte Melissa. »Ich werde diese Halskrankheit von einer Sprache nie sprechen können.«

»Mein zweiter Vater hat's mir beigebracht und dafür gesorgt, daß ich mich immer wieder mit ihm auf Deutsch unterhalte.«

Melissa zog die Augenbrauen zusammen und schüttelte den Kopf. »Zweiter Vater?«

»Ich habe drei Väter«, lachte Thomas.
»Ah, Ihre Mutter hat dreimal geheiratet?«
»Meine Mutter ist tot. Mein Vater vermutlich auch.«
»Oh, das tut mir schrecklich leid, ich hätte nicht fragen sollen.«
»Schon gut. Ich wurde als Baby dem Flammentod entrissen. Mein Retter brachte mich in die Staaten und sorgte für mich. Er war für mich stets der Vater, ich wußte ja als kleiner Junge nichts von meinem frühen Schicksal in Kolumbien.«
»Wow, Bogotá?« Melissa nickte verständnisvoll und bog in eine Seitenstraße ab.
»Nein, Medellín. Später, als mein Dad in Europa zu tun hatte, kam ich dann zu Pflegeeltern. Den Jeffersons. Eine tolle Familie in Dallas.«
»Wollten Sie denn damals nicht mit Ihrem Dad nach Europa?«
Thomas sah stumm vor sich hin und hatte keine Lust, einer völlig Fremden seine ganze Lebensgeschichte aufzutischen.
»Die Schule? Waren Sie in Texas auf dem College?« riet Melissa. Sie interpretierte seine Andeutung eines Nickens als Zustimmung.
»Zudem wollte ich das Schwimmen nicht aufgeben. Ich war in der Nationalmannschaft«, ergänzte er.
Sie pfiff beeindruckt durch die Zähne und schaute ihn bewundernd an.
»Achtung!« schrie er. Melissa trat japsend auf die Bremse und brachte den Landrover mit kreischenden Reifen knapp vor dem Fußgängerüberweg zum Stillstand. Sie drosch auf die Hupe. Der Radfahrer war plötzlich vom Gehsteig auf den Zebrastreifen abgebogen und hatte seelenruhig die Fahrbahn überquert. Auf der andern Straßenseite hielt er an, bohrte den Finger entrüstet in den Schädel und schimpfte: »Blöde Kuh, paß doch auf!«
Als sie an der Bergbahnstation vorbeifuhren, fragte Melissa: »Fahren Sie auch Ski?«
»Liebend gern«, schwärmte Thomas. »Und Sie? Kommen Sie öfter nach Parsenn?«
»Ach nein. Eigentlich nur diesen Winter. Ich bin quasi offiziell hier.« Sie setzte eine wichtige Miene auf, als verriete sie gerade ein Staatsgeheimnis.
»Diplomatin müßte man sein«, staunte Thomas.
Sie hielt an. »Sehen wir uns? Zum Abendessen?« und beugte sich

über den Beifahrersitz, um ihm ins Gesicht zu sehen, da er bereits draußen auf dem Gehsteig stand. Sie vereinbarten die Zeit und tauschten die Telefonnummern aus.
»Dann bis morgen abend. Ich ruf noch an«, rief Thomas zum Abschied und drückte die klapprige Tür des Landrovers zu.
Er stapfte durch spärlichen Schneematsch zum Chalet hinauf. Die Wohnung im oberen Stock gewährte einen schönen Blick auf das Tal, den Fluß und den Pavillon von Botta, des berühmten Architekten, in dem die Gipfelkonferenz stattfinden würde. Ziemlich nah am Wasser, dachte Thomas und streifte mit den Augen über das Tal bis hinauf zum blauen, wuchtigen Kegel des Piz Mephisto, dessen Spitze noch in rotgoldenes Licht getaucht war. Es lag praktisch noch kein Schnee, was zum Thema der Weltwirtschaftskonferenz über den Klimaterror paßte. Warm wehte der Föhn vom Forno-Gletscher herunter. Immerhin sagten die Wetterfrösche im Radio einen Kälteeinbruch voraus.
Er hatte Melissa verschwiegen, daß er in Dallas Sportberichte verfaßt oder bei Schwimmwettkämpfen die Reporter mit Analysen und Kommentaren unterstützt hatte. In Deutschland fand er dank dieser Erfahrung rasch einen Zugang zum Sportchef des ZDF, der ihn der Nachrichtenredaktion empfahl. Sein Studium, die Medienerfahrung und der Umstand, daß er Englisch, Deutsch und Spanisch sprach, machten ihn bald zu einer begehrten Stütze in wichtigen Reportageteams, wie in dem, welches dieser Tage die Konferenz von Parsenn betreute.
Von Westen strichen graue Wolken über den Himmel. Thomas trat ans offene Fenster und atmete die frische Luft ein. Er verspürte den Wunsch zu klettern und herumzuwandern. Der lange Stausee blieb hinter dem Mephisto-Massiv verborgen. Einen Moment erwog Thomas einen Ausflug zur großen Talsperre hinauf. Doch er verwarf den Gedanken wieder, es war ohnehin zu spät, und legte sich mit einem Stoß Arbeitspapiere auf das Sofabett, nur um sich gleich wie ein Idiot vorzukommen, weil er Melissa nicht zu sich heraufgebeten hatte. Das hatte er nun davon. Papier kitzelte seine Brust, ein Buch lag zwischen den Beinen, statt ... nun, das sollte ihm nicht noch einmal passieren. Innerlich faßte er den Entschluß, an Melissa dranzubleiben. Morgen würde er sie ja sehen. Einigermaßen beruhigt, den amourösen Zielpunkt bestimmt zu haben, nahm

er sich seine Entwürfe vor. »Postmoderner Terrorismus« hieß das Thema, das er bis Ende nächster Woche vorlegen sollte. Die Einleitung gefiel ihm ganz gut:
»Als das 19. Jahrhundert zu Ende ging, glaubte sich niemand sicher vor dem Terrorismus: 1894 ermordete ein italienischer Wirrkopf den französischen Präsidenten, Sadi Carnot. 1897 erstachen Anarchisten die österreichische Kaiserin Elisabeth und töteten den spanischen Premierminister Antonio Cánovas. 1900 fiel Umberto I., König von Italien, einem Anschlag zum Opfer. 1901 ermordete ein Chaot den amerikanischen Präsidenten, William McKinley. Der Terrorismus wurde zum Hauptthema für Politiker, Polizeichefs, Journalisten und Schriftsteller von Dostojewski bis zu Henry James. Vor diesem Hintergrund ist das jüngste Anschwellen von terroristischen Aktivitäten nicht besonders bedrohlich. 1998 starben zum Beispiel weniger Leute als Opfer von Terroristen (188) als im Jahr zuvor (314).«
Thomas schwang sich aus der Waagrechten hoch und trat zum Bücherregal, auf dem er ein paar Notizen abgelegt hatte. Nach einer Weile setzte er sich vor den Computer und ließ seine Finger nachdenklich über die Tasten wandern. Plötzlich fand er den Faden wieder und tippte: »Die meisten nationalen und internationalen Terroristenbewegungen sind heute weder rechts noch links, sondern in der Grundhaltung ethnisch-separatistisch ...«
Thomas hielt inne. Er wollte das Ethnische nicht in den Vordergrund rücken, sondern die neue Bedrohung durch fanatische Endzeitsekten, die die Menschheit mit Superterroranschlägen ins Verderben reißen könnten, beleuchten. Apokalypse hieß das Stichwort. Thomas holte Bücher und Zeitschriften herüber und klickte vorsorglich auf den Internet-Link. Die Zeit verflog im Nu ...

Bern

In Bern starrte der Sicherheitschef im ersten Stock des »Lorenzini« auf den Überbringer der schlechten Nachricht, dann fiel sein Blick erneut auf das Blatt Papier in seiner Hand.

Der Kellner brachte die Flasche mit dem französischen Weißen und schenkte umständlich ein. Dulliker wartete, während sein Gast schon das dritte Brotstück in den Mund schob und mit dem Finger auf das Corpus delicti stach: »Der Brief ist im Briefkasten des Nachbarn gelandet.« Er hob das Glas. »Prost, Marcel.«

Dulliker schwenkte sein Glas. Der Kellner hatte sich verzogen.

»Fehlzustellung. Die Post ist eben nicht mehr, was sie früher war.«

Dulliker schaute auf das Blatt, bei dem es sich um einen Kontoauszug handelte.

»Der Nachbar ist seit Jahren mit Tschanutt verkracht.« Er lachte, schob Brot nach und nahm einen Schluck. Genüßlich schnalzend meinte er: »Der hat den Umschlag natürlich rein versehentlich aufgemacht, ist klar.« Er grinste. »Und hat eine Gutschrift über hundertzehntausend Dollar darin gefunden.«

Dulliker sah die Zahl, das Datum, die Adresse. Eine Greybar Management Inc. c/o Tschanutt.

»Der Nachbar Tschanutts hat uns die fehlgeleitete Sendung anonym zugestellt.«

»Wieso wißt ihr das?« fragte Dulliker.

»Kommt ab und zu vor. Meistens denunzieren Nachbarn oder enttäuschte Angestellte ihre Widersacher. Wir haben ein paar Erkundigungen eingeholt, dann haben wir dem besagten Nachbarn nochmals einen Umschlag mit der gleichen Adresse in den Briefkasten geworfen.«

»Was war in dem Umschlag?«

»Eine Kopie der Gutschriftsanzeige über hundertzehntausend.«

»Und der Brief kam wieder zu euch?«

Der andere nickte befriedigt: »Siehst du. Die Steuerfahndung ist nicht auf den Kopf gefallen.«

Dulliker lehnte sich zurück, als der Kellner die Pasta brachte. Dann sagte er: »Du bist nicht wegen des Nachbarn gekommen, oder?«

Der Steuerfahnder streute geriebenen Käse über den Nudelteller

und verneinte kopfschüttelnd. »Im Dossier steht alles drin. Tschanutt, seines Zeichens Vizedirektor im Rüstungsamt, kontrolliert die Greybar Management Inc. Jemand zahlt ihm Geld. Ich dachte, das müßte dich interessieren.«
Verdammte Schweinerei, fluchte Dulliker innerlich. »Wir werden das sofort untersuchen«, versicherte er abwesend und stocherte mit der Gabel in den Cappellini herum.
»Ißt du nichts?«
»Ach, später«, brummelte Dulliker. Doch seine gespielte Ruhe täuschte. Seine Dienststelle würde das Doppelte an Leuten benötigen. Kein Wunder, daß dem organisierten Verbrechen schlecht beizukommen war, solange am falschen Ort gespart wurde und die Polizei sich lieber mit Verkehrskontrollen abgab. Zudem nahm Parsenn momentan alle Aktivitäten des Sicherheitsdienstes in Beschlag, und in einer halben Stunde stand schon das Gespräch mit Spezialagent Ken Custer auf dem Programm. Er zerbrach knirschend mit beiden Händen zwei Päckchen Kümmelstengel, die im Brotkörbchen lagen, und warf die kümmerlichen Trümmer in den Aschenbecher.
»Ärger?« sorgte sich der Steuerfahnder.
»Ach wo«, faßte sich Dulliker, »ich mag es, wenn es knistert.« Er blickte auf die Uhr. »Auf zum nächsten Termin.«
Gehetzt erhob er sich. »Ich muß leider ... Nimm noch einen Grappa und schick mir die Rechnung«, rief er beim Hinauseilen dem verdutzten Steuerfahnder zu. Armer Kerl, dachte dieser. Für ihn war der Tag gelaufen. Begierig angelte er sich die Cappellini des Polizeichefs herüber und goß den Rest des Weins in sein Glas.
Zum Glück wartete Dullikers Dienstwagen direkt vor dem Lokal. Der Sicherheitschef stieg ein und griff sofort zum Telefon. Oben im Restaurant hatte sein Gehirn hektisch gearbeitet, während er dem Geschwafel des Steuerheinis zuhörte.
»Hör gut zu«, sprach er mit sehr bestimmtem Ton in die Leitung. »Der Präsident steigt im Stützpunkt Emmen aus der *Air Force One* in unseren Helikopter um. Seine genaue Ankunftszeit erfahren wir ungefähr zwei Stunden im voraus. Die Maschine fliegt vermutlich aus Frankfurt ein, spielt aber keine Rolle ... okay? Das Flugplatzgebiet Emmen ist Sperrzone. Eine Bataillon Militärpolizei riegelt das Gelände weiträumig ab. Kapiert?« Dulliker fuhr sich durch sein

dunkles, sich lichtendes Haar. »Eine C-5B-Galaxy-Transportmaschine mit den Präsidenten-Fahrzeugen wird etwa einen Tag vor der Ankunft des Präsidenten in Emmen landen. Alles ist vorbereitet. Hallo? Hast du notiert? ... Aha, du nimmst auf Band auf. Okay. Hör gut zu. Chur ist die zweite Sperrzone. Das Kennwort für den Präsidenten ist Protheus, *President of the United States*. Wir fliegen Protheus von Emmen nach Chur, neunundneunzig Kilometer Luftlinie, und setzen ihn dort auf dem abgeschirmten Truppenübungsplatz ab, falls Parsenn zu ist. Wie, was? ... Nun, es kann schneien, Mensch!« Okay? In Chur übernimmt ›Luchs‹ die Sicherung des Geländes ... Ja, bereite den Einsatzbefehl vor. Gut. Dann bis später!«

Der Dienstwagen hielt an, und auf ein diskretes Zeichen des Fahrers stürzte Dulliker hinaus, klopfte zerstreut seine Taschen ab, beugte sich wieder in den Fond und suchte hastig auf der Sitzbank nach dem Handy. »Dort ist es«, half der Fahrer kopfschüttelnd und zeigte auf Dullikers Herzgegend. »Ach, ich habe zu viele Taschen.« Er zog das Gerät aus der Brusttasche seines Hemds und verschwand eiligst unter den Arkaden.

Parsenn

Im »Heidi-Keller« hatte Melissa am Abend den Tisch in der Nische reserviert. Über der kleinen Tanzfläche spielte eine Kapelle Volksmusik, und die Speisekarte offerierte Bratwürste, Rösti, Schweinshaxen, Käsefondue und Meringue, alles Feinschmeckereien, mit denen Thomas nicht viel anzufangen wußte. Er sehnte sich nach einem schönen, saftigen, schwarzverkrusteten Steak von einer Größe, die in Parsenn nur die Teller erreichten. Er bestellte ein großes Bier, was einem halben Liter entsprach, wenigstens hier stimmte die Maßeinheit, und entschied sich für ein Jägerschnitzel mit Spargel. Melissa ging auf Nummer Sicher und orderte einen Gemüseteller. Als die Kellnerin das Bier brachte, fragte Thomas: »Bist du das erste Mal in Parsenn?« Vor dem Betreten des Restaurants hatten sie sich noch rasch für das Du entschieden.

Melissa nickte stumm und stellte das Bierglas ab. Wie war es eigentlich gekommen, daß sie im Team des Premierministers gelandet war? Die Konferenz mit dem amerikanischen Präsidenten machte sie ganz dusselig. Melissas Gedanken schweiften ab in die jüngste Vergangenheit.

»Ich war vor einiger Zeit mit Tony in Paris«, ließ sie fallen.

»Und wer soll dieser Tony sein?«

Sie verzog den Mund zu einem übertriebenen, zähnefletschenden Grinsen: »*Den* mein ich. Den britischen Premier.«

»Tony, der richtige Tony Blair?« staunte Thomas.

Sie nickte bescheiden. »Ich spreche eben gut Französisch.« Aufmerksam beobachtete sie, ob er dieses Talent aus ihrer Mehrfachbegabung auch richtig erfaßt hatte. Die Kellnerin brachte inzwischen den gewünschten Nachschub: zwei goldberänderte Gläser schaumigen Biers.

»Was hat das alles mit Parsenn zu tun?« fragte er.

»Nun, ich bin bei der Gipfelkonferenz dabei. Im Stab der Briten. Stell dir vor, ich gehöre zum historischen Team!«

»Aber nur, wenn der Gipfel zum durchschlagenden Erfolg wird«, gab er zu bedenken. In diesem Moment tischte das Serviermädchen die Speisen auf. Während des Essens sprachen sie vom Skipistenangebot, dem Nachtleben und der Prominenz, in die man überall ständig hineinlief. Melissa wußte den letzten Klatsch von einem Kerl, den die Liebesdame zunächst ausraubte und dann nackt in der Kammer eingesperrt zurückließ. »Wie hat er sich aus der mißlichen Lage befreit?« fragte Thomas mit mildem Interesse.

Sie funkelte lustig mit den Augen: »Also, hör zu, der Österreicher, ein Ministerialassistent, kletterte zum Fenster hinaus auf die Straße und hielt ein Taxi an. Splitternackt. Stell dir vor. Das Taxi nahm ihn mit. Am Steuer saß eine Frau. Als es um das Fahrgeld ging, zeigte der Typ verschämt auf seine Nacktheit und soll gesagt haben ›Ich hab nur das‹. Weißt du, was die Taxichauffeuse gesagt hat? Sie fragte: ›Haben Sie's nicht größer?‹« Sie lachten herzhaft, und die Kapelle setzte zu einem Walzer an.

»Weißt du, Tony ist ein Klassemann. Beschäftigst du dich übrigens auch mit der IRA in deiner Prüfungsarbeit?« fragte Melissa.

Wie zu neuem Leben erwacht, nickte Thomas begeistert. »Ja, mit der IRA, den Kurdischen Extremisten, den Tamil Tigers in Sri Lan-

ka und all den weiten Verzweigungen der Muslim Brotherhood. Alle haben auch einen politischen Flügel.«
»Wer liefert ihnen eigentlich die Waffen? Kofferatombomben zum Beispiel?«
»Die meisten Terroristengruppen verfügen nicht über das Geld und die technischen Ressourcen, um Nuklearwaffen zu beschaffen, aber sie sind durchaus in der Lage, chemische und biologische Kampfstoffe zu besorgen.«
»Die Atombombe des armen Mannes«, fuhr Melissa dazwischen.
»Richtig. Anthrax-Bakterien etwa gehören zu den giftigsten Kampfstoffen. Heimtückisch erweist sich ihre Verbreitung durch Wasser, genügt es doch schon, wenn das Opfer oberflächlich mit dem verpesteten Zeug in Berührung kommt.« Thomas nahm einen Schluck Bier. »Stell dir vor, jemand verseucht ein großes Gewässer.«
»Das ist doch unmöglich. Wer macht schon so etwas Verrücktes?«
»Einverstanden. Es liegt nicht viel Heldentum im Versprühen von Gift. Nur ein eiskalter Terrorist, der sich nicht um Publizität kümmert, kann zur Waffe der Massenvergiftung greifen, wie dieser Spinner eines Sektengurus in Tokyo, der Nervengift in der U-Bahn versprüht hat. Zudem vermeiden Terroristen im allgemeinen den Overkill, solange sie mit ihren traditionellen Waffen, der Maschinenpistole und der konventionellen Bombe, zum Ziel gelangen.«
»Du kennst dich aus«, staunte sie. »Aber wo liegt der Haken?«
»Im Fanatismus, Melissa. Eine neue Gefahr an der Jahrtausendwende stellen die Endzeitsekten dar, vom Zweig Davids in Waco, Texas, über hinduistische Fundamentalisten bis hin zu den demagogischen Samsoniten.«
»Aber irgendeinen Beweggrund müssen die doch haben ...?«
Thomas schüttelte bedächtig den Kopf. »Weißt du, viele Weltuntergangsapostel schwören zwar der Gewalt ab, andere hingegen sind überzeugt, je früher die Herrschaft des Antichrist errichtet wird, desto rascher werde diese korrupte Welt zerstört und einem neuen Himmel und einer neuen Erde Platz machen. Das hat nichts mehr mit Vernunft zu tun.«
»Nostradamus ...«
»Du sagst es. Er prophezeite den ›großen König des Schreckens‹ für das Jahr 2000. Extreme Endzeitapostel möchten der Geschichte etwas nachhelfen und den Untergang mit großem Krieg, Epidemien,

Hungersnot und andern Geißeln einläuten. Israelische Extremisten sind zum Beispiel felsenfest davon überzeugt, die Sprengung des heiligen Tempelbergs in Jerusalem würde den endgültigen Religionskrieg entfesseln und dadurch schließlich Gottes Herrschaft auf Erden errichten.«

»Schrecklich, die spinnen ja«, empörte sich Melissa.

Es gebe sogar extreme Umweltschützer, die hoffen, daß Umweltkatastrophen die menschliche Zivilisation zerstören würden, erzählte Thomas. Für sie weiter kein Verlust; denn Menschen seien entbehrlich. Von solchen fanatischen Überzeugungen bis hin zum Terrorismus mit Massenvernichtungswaffen sei es ein kleiner Schritt. Warum nicht ein Virus in Umlauf setzen, das die Menschen dezimiere? Wer Gewässer mit biologischen Killern verseuche, löse nicht nur eine Epidemie, sondern eine Pandemie aus.

Melissa preßte unweigerlich die Arme an ihren Körper: »Mich fröstelt geradezu, was du für Schreckensszenarien darstellst!«

»Tut mir leid, aber unberechenbare Sekten mit apokalyptischen Visionen stellen nach Ansicht von Anti-Terror-Experten und Polizeichefs die größte Bedrohung dar. Sie können uns aus reiner Verblendung ins Unheil stürzen oder kurz vor dem Scheitern ihrer Ziele zu Massenvergiftungen greifen, um die Apokalypse hereinbrechen zu lassen. Aber reden wir doch von etwas Schönerem.«

Aber sie schwiegen. Thomas drehte das Glas in seinen Händen und schaute zur Kapelle hinüber. Nach einer Weile sagte er: »Komm, tanzen wir, sie spielen einen Blues.« Er zog sie aufmunternd hoch.

»Ich kann nicht tanzen«, gestand Melissa errötend.

»Ach, macht doch nichts. Häng dich einfach an mich. Komm schon.«

Auf dem kleinen Parkett drückte er sie an sich und verspürte ein angenehmes Prickeln, als sein Knie die Innenseite ihrer Schenkel berührte. »Ich kenne die Schritte nicht«, sagte sie.

»Es ist Be-Bop. Schau. Einmal links, einmal rechts, dann einen Doppelschritt!«

Sie trat ihm prompt auf den Fuß und lachte. Er umschlang sie fester und küßte sie sanft auf die Wange. Sie war hinreißend. Ihr witziges, anmutiges Wesen begeisterte ihn, und es durchlief ihn heiß. War es gut, wenn sie es merkte? Oder verriet es ihn? Wie auch immer, er konnte es ohnehin nicht verhindern.

»Hast du eine Freundin?« flüsterte sie ihm ins Ohr.
»Natürlich. In jeder Stadt eine ... Und du?«
»Ich bin seriös. Aber von wegen Terroristen ...«
»Ja?«
»Steht es so schlimm, wie du schreibst?«
»Sehr schlimm. Überall sind Terroristen. Schau dich nur um. Der derbe Typ dort drüben zum Beispiel, mit dem schwarzen, herabhängenden Schnauzbart, oder die als Klarinettistin getarnte Blondine, die dem Mossad-Agenten dort an der Bar demnächst einen Giftpfeil in den verkniffenen Hintern bläst, wow!« Er schnitt eine Grimasse.
Sie kicherte. »Du nimmst mich nicht ernst!«
»Warum auch? Aber ich erkenne einen Terroristen, wenn ich einen sehe, das solltest du mir glauben!«
Sie schüttelte sich vor Lachen und geriet aus dem Takt. »Warum? Schieß los, erzähl!«
»Wenn du meinst!« Er hielt sie eng umschlungen. »Nun, es war in Texas, 1995, in der Nacht, als Sharon ermordet wurde«, begann Thomas und legte seine Wange an ihr Schläfenhaar. »Ich war sechzehn und allein zu Hause. Ein Gewitter zog auf. Ich hatte eben die Videokassette vom Schwimmwettkampf in das Gerät geschoben, als ich das seltsame Geräusch hörte. Ich hielt inne und lauschte.«
Wie um es zu demonstrieren, blieb er mitten auf der Tanzfläche stehen.
»Es hörte sich wie ein Knirschen oder Schleifen an und kam von unten aus dem Kellergeschoß. Ich erhob mich mit einem mulmigen Gefühl und schlich auf Zehenspitzen in den Flur, als mir auch schon Brandgeruch in die Nase stieg. Vorsichtig öffnete ich die Kellertür. Ein dünner Rauchschwaden zog über die Stufen hinauf in den Flur. Ich unterdrückte meine Panik und sprang die Treppe hinunter, um den Hinterausgang zu öffnen, damit der Rauch entweichen konnte. Da sah ich den Kerl am Boden kauern, mit dem Rücken zu mir. Der Typ entfachte doch tatsächlich ein Feuer. Mitten in unserem Keller! Ich traute meinen Augen kaum. ›Rrraus, raus!‹ schrie ich aus Leibeskräften.«
Melissa warf den Kopf zurück. »Was geschah dann?« Sie drehten sich mit ganz kleinen Schrittchen rhythmisch im Kreis.
»Der Kerl schoß hoch wie eine Rakete«, erzählte Thomas weiter,

»und starrte mich entgeistert aus kleinen schwarzen Augenhöhlen an. Ich sehe heute noch seine schmierig dunklen Haare, den starren Blick und das getupfte Tuch, das den Pferdeschwanz zusammenhielt. Mein Geschrei brachte ihn aus der Fassung. Im darauffolgenden Gerangel wollte ich den Dreckskerl an seinem Sweater zu Boden ringen, da fühlte ich einen Stich in der Hand. Die Flammen leckten schon am Benzinbehälter. Er versetzte mir einen brutalen Hieb, riß sich los und rannte ins Freie. Ich rappelte mich hustend hoch. Das Telefon stand oben im Flur. Ich hatte die Tür schon fast erreicht, als der Kerosinbehälter explodierte. Die Druckwelle warf mich buchstäblich in die Küche. Das Feuer verbreitete sich rasend schnell. Wie Zunder brannte das alte Holzhaus. Ich flüchtete die Treppe hoch und stürzte mich im Schlafzimmer aufs Telefon. Doch die Leitung war bereits tot. Was nun?«

Die Musik im »Heidi-Keller« ging zu Polka über. »Komm, setzen wir uns. Danke für das Tänzchen.« Melissa gab ihm einen flüchtigen Kuß auf die Lippen. Während sie an anderen Paaren vorbei zum Tisch drängten, erzählte Thomas weiter, blieb zweimal theatralisch stehen und gestikulierte heftig. Schließlich setzten sie sich.

»... und plötzlich wankte der Fußboden. Eine rote Glutfontäne schoß empor. Der Lampenschirm ging in Flammen auf. Meine Augen tränten so stark, daß ich kaum noch etwas sah. Trotzdem fand ich die Stelle und riß das Fenster auf. Orkanartig tobte ein Funkensturm an mir vorbei und riß mich förmlich ins Freie ...«

Thomas leerte das Bierglas. Melissa hielt sich plötzlich die Hand vor den Mund, und ihre Augen öffneten sich weit. Atemlos fragte sie: »Und dann? Kam endlich die Feuerwehr?«

Thomas schüttelte den Kopf. »Keine Seele war zu sehen. Und hätten Sirenen die Feuerwehr mit der rettenden Leiter angekündigt, ich hätte sie im Getöse nicht gehört. Nun, ich verspürte plötzlich wieder den stechenden Schmerz in meiner Hand. In der geballten Faust steckte ein Abzeichen, eine Stecknadel mit einem kleinen silbernen Schiffchen. Warte, hier.« Thomas holte seinen Geldbeutel hervor, öffnete ihn und legte die Nadel auf den Tisch.

»Das Symbol der Samsoniten«, flüsterte Melissa.

»Ja, die steckten dahinter. Und dann beschloß ich, auf den Baum hinüber zu springen. Unterdessen fiel Regen. Es goß in Strömen.

Drei Pinien schirmten in einer lockeren Gruppe das Haus ab. Mein luftiger Standort befand sich vierzehn Meter über dem Erdboden. Die Entfernung zur Baumkrone betrug gute vier Meter. Hätten wir nur die Äste nicht zurückgeschnitten, dachte ich stumpfsinnigerweise. Einen Sprung konnte ich wagen, da die Baumkrone ungefähr zwei Meter tiefer lag. Als die Ziegel plötzlich unerträglich heiß unter meinem Hintern brannten und das Gebälk knackte, stand ich wankend auf, die Füße in der Dachrinne. Da brach plötzlich das Dach auseinander.«
Melissa schnappte mit einem reizenden Ausdruck nach Luft.
»Die Wucht der Explosion und meine natürlich im richtigen Moment eingesetzte Sprungkraft katapultierten mich in die Nacht hinaus. Das letzte, was ich wahrnahm, war der harzige Duft von Nadeln, ein Kratzen, wie wenn ich in einen Haufen Tannenäste gestürzt wäre, dann ein harter Schlag gegen den Kopf ... So war das damals. Seit jener Nacht erkenne ich ein Ganovengesicht, wenn ich eins sehe.«
Melissa staunte Thomas ehrfürchtig an. »Du ziehst das Feuer an, scheint mir. Schon in Kolumbien«, hauchte sie. Ihr Glas war leer. Die Lippen trocken. »War Sharon übrigens deine Schwester?«
»Nein, natürlich nicht. Sharon war die Tochter meiner Pflegeeltern, die mir ihren Familiennamen liehen. Darum heißen wir gleich.«

Als sie wenig später zum Chalet hinaufspazierten und in den Nachthimmel blinzelten, in dem einzelne Sterne hinter aufziehenden Wolken glitzerten, blieb Melissa plötzlich stehen und sagte leise: »Deine Geschichten haben mir angst gemacht.« Thomas zog sie fester an sich: »Weißt du, heute besteht noch die Chance, daß von hundert Versuchen, einen Superterroranschlag auszuführen, neunundneunzig scheitern. Aber vielleicht hast du recht: der eine, der gelingt, könnte mehr Opfer, höheren Schaden und größere Panik verursachen, als die Welt je gesehen hat.«
»Könnten wir die Unterhaltung nicht mit ein bißchen weniger Kleidern am Leib fortsetzen?« schlug Melissa verschmitzt vor und setzte der Weltuntergangsstimmung ein abruptes Ende. Sie fuhr Thomas durch das blonde, zurückgekämmte Haar und zog ihn an sich. Es war sehr still. Die Stille von Schnee und kalter Nacht. Sie standen reglos eng beieinander mit geschlossenen Augen und atmeten

den Duft ihrer Körper ein. Dann lösten sie sich wie in stillem Einverständnis und nahmen den Rest des Wegs in Angriff.
In der Wohnung angelangt, umschlangen sie sich leidenschaftlich, zerrten wild an ihren Kleidern und sanken auf das breite Sofa hinunter. Mit dem nackten Fuß fegte Melissa ein Skript auf den Teppich: »Postmoderner Terrorismus«, hieß der Titel. Melissa sehnte sich nach Thomas' harten Muskeln. Ihm ging das Herz auf, und alles Blut sackte nach unten, als eine warme, weiche Hand über seinen Bauch wanderte. Wie eine wunderbare Offenbarung schien es ihm, als Melissa flüsterte: »Komm, mach alles mit mir.« Und dann schwemmten rauschende Ozeane der Sinne die Engumschlungenen über wirbelnde Galaxien den Sternen entgegen.

Der Wagen des amerikanischen Präsidenten, umweht von Schweizer- und USA-Fähnchen, rollte am nächsten Tag die Straße hinunter zum Pavillon, in dem die Konferenz stattfinden würde. Ein Wagen voller *Secret-Service*-Agenten fuhr ihm voraus, und zwei Wagen folgten. Im hintersten saß Dulliker und blickte in die bunte Menschenmenge, die sich am Straßenrand zum Spalier versammelt hatte. Die Leute winkten. Protheus war hier. Der Präsident besuchte Parsenn. Er war es wirklich, und er winkte durch das heruntergekurbelte Fenster. Vor dem Pavillon spielte eine Kapelle. Die Bläser stießen Dampfschwaden in die kalte Bergluft. Da hielt der Wagen an, und der Präsident, umringt von *Secret-Service*-Agenten, schritt zu einer kleinen Rednertribüne, als ein kleiner Schnauzer über den Vorplatz wedelte und den Präsidenten am Hosenbein beschnüffelte. Der lachte und meinte, Tiere wüßten einfach, wer ein lieber Kerl sei. Die Leute lachten auch, und aus dem Knäuel von Fotografen und Kameramännern klickten die Verschlüsse unaufhörlich und machten ein Geräusch wie herunterklirrende Eiszapfen. Dulliker überblickte die Lage von einem erhöhten Punkt aus und machte ein paar bekannte Gesichter unter den *Secret-Service*-Agenten ausfindig. Er verstand nicht alles, was der Präsident sagte, weil er mit einem Ohr den Funk abhörte und mit halbem Auge die Fluchtwege kontrollierte. Aber er schnappte ein paar Wortfetzen auf, die besagten, daß der Präsident der Schweizer Regierung für den wunderbaren Konferenzort in dieser prächtigen Landschaft danke und sicher sei, daß er hier auf dem ältesten demokratischen Boden stehe, um einen dauerhaften Frieden frei von Gewalt und Terror zu finden. Wichtig sei, daß die Menschen an sich glaubten und die Freiheit nutzten, um zu neuen Pioniertaten aufzubrechen. Der Präsident nahm den Beifall entgegen, zeigte auf seine Schweizer Uhr, ein Geschenk des Bundesrats ließ er nicht unerwähnt, und meinte, nun müsse er wohl an die Arbeit, während die Zuschauer wohl Ski fahren gingen. Winkend betrat er gut gelaunt den Pavillon, und Dulliker atmete auf. Protheus war in Sicherheit. Einstweilen wenigstens.

In gut zwei Kilometer Entfernung gab es am Waldrand eine Einbuchtung, in der ein Biathlon-Schießplatz eingerichtet worden war. Es gab dort auch ein kleines, niedriges Betriebsgebäude aus Beton. Davor standen zwei Männer in schwarzen Mänteln und blickten auf Parsenn hinüber. Der Chinese schirmte mit der Hand das grelle Licht ab und sagte: »Wenn die Forno-Mauer auseinanderbricht, wird praktisch alles, was du hier siehst, überschwemmt. Der Pavillon dort, vor dem sich die Menschenmenge angesammelt hat, wird unter Wasser stehen. Die Häuser auf dieser Seite fegt es glatt weg.«
»Und das Kongreßzentrum?« fragte Frank Hogan.
»Auch das Kongreßgebäude und das Parkhotel, in dem die Prominenz einquartiert ist«, antwortete Doktor Dix-Sang. »Du mußt dir eine Linie vorstellen, die sich von unserem Standort über das Dach des Kongreßzentrums zum Giebel des Parkhotels und bis knapp unter den Burghügel hinzieht.«
»Furchtbar. Und diese Annahmen stimmen auch?«
»Ja, sofern die Mauer voll aufbricht und das ganze Wasser auf einmal runterschießt.«
»Wie bricht man eine Bogenstaumauer dieser Größe auf«, wollte Hogan wissen.
Der Chinese nahm seine Sonnenbrille ab und drehte sich nach dem Iren um. »Am einfachsten geht es mit einer Atomwaffe. Du schleppst so ein Ding von der Größe eines Reisekoffers an die Mauer heran und schaltest den Zeitzünder ein.«
»Ziemlich brutal«, meinte Hogan und überlegte, wo es in Großbritannien Staumauern gab, die man in die Luft jagen könnte.

»Eine andere Möglichkeit besteht darin, ein paar Scuds von mobilen Startrampen in Bosnien in ein Staubecken zu ballern. Das wäre es dann auch schon«, sinnierte der Chinese und lächelte dem blauen Himmel entgegen.
»Sie haben ja ein paar ganz schöne Szenarien auf Lager«, staunte Hogan.
»Warum nicht? Ich bin Realist«, wehrte sich Dix-Sang. »Aber es gibt natürlich auch subtilere Methoden«, erklärte er geheimnisvoll und beobachtete den Hubschrauber, der vom Flugplatz am andern Flußufer abhob.
»Und die wären?«
»Ich habe ein Verfahren entwickelt, mit dem sich eine große Staumauer aufbrechen läßt, ohne daß Spuren einer Gewaltanwendung feststellbar sind.«
»Und wie wollen Sie das hinkriegen?« Hogan sah im Geist bereits eine englische Stadt in den Wassermassen eines gesprengten Staubeckens versinken.
»Sehen wir zu, daß wir hier verschwinden«, riet der Chinese und zeigte auf den Hubschrauber, der zu einer Kurve in Richtung Biathlon-Schießplatz ansetzte. »Die Burschen werden sonst noch nervös, wenn sie uns hier sehen. Im Pavillon ist nämlich gerade der US-Präsident eingetroffen. Komm, Frank.« Doktor Dix hielt sich an die eiserne Regel, daß jemand in der Organisation nur das erfahren durfte, was er unbedingt wissen mußte. Er hatte deshalb nicht im Sinn, Hogan in die Staumauer-Projekte einzuweihen.
Im Wagen blieb er beim Thema, ohne etwas zu verraten, und meinte: »Die andere große Talsperre befindet sich in der Westschweiz und heißt Grande Dixence. Wenn die auseinanderbricht und das Wasser herunterdonnert, liegt die Stadt Genf am Ende des Genfer Sees ein paar Stunden später metertief unter Wasser. Wir haben die Überflutung am Modell simuliert. Du hättest sehen sollen, wie die riesige Flutwelle über den ganzen See stieß. An den Ufern spritzten die Häuschen nur so weg wie Zündholzschachteln. Dann in Genf, Mensch, drei von fünf Brücken riß es glatt fort.«
»Warum macht ihr diese Spiele?« fragte Hogan, als sie in die Hauptstraße einbogen und auf die hübsche Kleinstadt zuhielten.
»Aus Sicherheitsgründen. Zur Abklärung von Schutzmaßnahmen«, log der Chinese. Ein schwarzer Wagen kam ihnen entgegen, und

Frank Hogan interessierte sich dafür, wo Grande Dixence, die höchste Betonstaumauer der Welt, liege.
»Im Wallis, oberhalb von Sion, nicht weit weg vom Genfer See«, antwortete Doktor Dix-Sang. Die Männer in der entgegenkommenden Limousine hatten eben Parsenn durchquert und waren in die Paßstraße abgebogen. Sie nahmen kaum Notiz vom Wagen mit dem Chinesen am Steuer.

Die Berge drängten zusammen, starrten herab. Der schwarze Mercedes nahm die leichte Steigung des Seitentals. Nach einer kurzen Strecke öffnete sich der Blick auf das Flußbett. Das graue Wasser strömte in der Mitte der Steinwüste, schäumte über Holzreste und Baumstämme und fand auf der Höhe der Eisenbahnbrücke einen ruhigeren Lauf. Als breites, grünliches Band zog es am Flugplatz vorbei und verlor sich in der Ebene mit den modernen Bauten und dem Botta-Pavillon. Darüber stiegen die Häuser von Parsenn terrassenförmig wie Sitzreihen im Theater zum Schutzwald hoch.
»Der Fluß führt wenig Wasser«, bemerkte Custer.
»Mhmm. Das weiße Schiff dort drüben wurde rechtzeitig vor der Konferenz auf den markanten Burghügel gestellt«, informierte Jordi und zeigte nach rechts.
»Sieht aus wie ein Tragflügelboot auf Schwimmern«, meinte Custer.
»Eine Arche. Es soll Kunst sein«, bemerkte Jordi und rümpfte geringschätzig die Nase. Er jagte die schwere Limousine sicher die Paßstraße hinauf, die stellenweise naß, im Grunde aber trocken war. Nach etwa fünf Kilometern schwenkte das Tal im spitzen Winkel nach Westen. Als sie nach mehreren engen Kurven aus dem Wald schossen, türmte sich vor ihnen eine senkrechte Wand auf.
»Wow, das ist ein gewaltiger Riegel«, entfuhr es Custer.
»Die Forno-Staumauer. Über zweihundert Meter hoch«, erklärte Jordi. Custer befahl ihm, in einer Einbuchtung zu parken. Sie stiegen aus und streckten sich nach der langen Fahrt aus dem Unterland. Die Talsperre schwang sich in einem Bogen vom mächtigen Massiv des Piz Mephisto hinüber in ein Gerippe von Platten, Graten und Vorsprüngen, die in Richtung der Paßhöhe flacher wurden. Custer sah nicht die Schönheit der Berglandschaft, nicht die Wol-

ken, die einen Kälteeinbruch erwarten ließen. Er fühlte sich von der Beschränktheit des Raums erdrückt.
»Hinter dem Piz Mephisto liegt der große Forno-Gletscher.« Jordi verrenkte sich den Hals, um zum verschneiten Gipfel hochzublicken.
Am Fuße der Mauer schoß weißes Wasser aus einem Schlitz und verfärbte sich grünlich im felsigen Flußbett. Etwa hundert Meter unter ihrem Standort duckte sich das alte Maschinenhaus unter den Bollwerken von Natur und Technik, Granit und Beton. Eine Straße führte von ihrem Parkplatz abwärts über den Fluß zum Gitterzaun, der die breite Vorfahrt einschloß. Im Haus brannte Licht. Zwei Wagen parkten auf dem Vorplatz.
»Was machen die wohl für Geschäfte in diesem finsteren Loch?« wunderte sich Jordi.
»Samson hat sich hier eingenistet.« Custer beugte sich über den Plan, den er über die Motorhaube gelegt hatte, und studierte den gigantischen, kahlen Granitkoloß, der sich mächtig in den Himmel türmte. Ganz unten, direkt neben dem alten Maschinenhaus, führte die Zufahrt durch eine moderne Pforte ins Innere der Granitfestung. Seitlich zog sich das Gleis einer Standseilbahn über den Felsbauch bis zu einer kleinen Plattform. Ganz oben machte Ken die Umrisse einer schartenartigen Öffnung aus. Er zog unauffällig die digitale Minikamera hervor und schoß ein paar Aufnahmen.
»Wir könnten noch zum Forno-Hospiz hochfahren und einen Blick auf den Stausee werfen«, schlug Jordi vor. Ken schüttelte den Kopf. »Ich habe genug gesehen. Gehen wir zurück.«
Auf der Rückfahrt fragte er: »Wann hast du eigentlich hier oben gearbeitet, Jordi?« Der Chauffeur schnitt die übersichtliche Kurve an, schaltete zurück und bremste, um die nächste Biegung zu kriegen. Offensichtlich mochte er Pässe und schnelle Schlitten.
»Immer im Winter. Ich habe vier Saisons gemacht«, gab der Sohn spanischer Einwanderer, der als Butler und Privatchauffeur in Herrschaftshäusern tätig gewesen war, Bescheid. Wenn das Gespräch auf seine früheren Bosse kam, blieb er wortkarg. Prominente hatten ihm beste Zeugnisse ausgestellt.
Plötzlich rief Custer: »Dort vorn, fahr den Weg hinunter!«
Jordi bremste scharf ab, schaltete zurück und ließ den Wagen zur abgeschiedenen Sandbank im Flußbett hinunterrumpeln. Eine gel-

be Hinweistafel der Kraftwerksgesellschaft warnte vor dem plötzlichen Anschwellen des Wassers. Custer äugte unbehaglich zum hohen Berg hinauf, hinter dem die Silhouette der Staumauer verschwunden war.
»Hast du ein paar leere Dosen dabei?« fragte Custer verschmitzt.
»Immer, *Sir*«, grinste Jordi und stieg aus. Sie stellten die farbigen Büchsen in einer Entfernung von ungefähr dreißig Metern auf einen angeschwemmten Felsbrocken. Jordi manövrierte den Mercedes in die gewünschte Stellung und schaltete die kräftigen Scheinwerfer ein, lud anschließend die Sauer-Neunmillimeter-Combat-Waffe durch und reichte sie Ken.
»Wie stehen wir?« fragte Ken und zielte probeweise gegen die steil aufragende Felswand auf der andern Seite des Flusses.
Jordi konsultierte seine Punktekarte: »Dreißig zu siebenundzwanzig für mich, *Sir.*«
»Das müssen wir ändern«, lachte Custer und ging in die Hocke. Mit beiden Händen hielt er die Pistole hoch und feuerte rasch sechs Schüsse ab.
»Fünf Treffer!« Jordi rannte nach vorn und stellte die Dosen wieder hin. Custer lud nach. Dann kam der Chauffeur an die Reihe.
»Feuer«, schrie Custer und stoppte die Zeit. Jordi traf sechs Dosen und nickte triumphierend.
Für die nächste Runde stellten sie zehn Dosen ins Zwielicht der Flußlandschaft. Es galt, in einer halben Minute fünf Schüsse auf die verschwommenen Ziele abzugeben, nachzuladen und die zweite Serie zu feuern.
»Du beginnst«, entschied Custer. Die Tücke lag nicht nur in der Schnelligkeit, sondern auch noch im trügerischen Spiel von Licht und Schatten.
»Wie im Kampftraining, *no problem*«, gab Jordi sich betont cool.
Die Schüsse hallten in der Felswand wider. Als Custer »Stop« schrie, standen noch vier Ziele. Während Jordi nach vorn rannte, lud Ken Munition nach und klemmte das zweite Magazin in den Gürtel.
»Feuer«, rief Jordi. Custer nahm sich Zeit mit genauem Zielen. Sorgfältig zog er durch, um die Schüsse nicht abzureißen. Tac, tac, tac ... Magazinwechsel, durchatmen, zielen ... Tac , tac, tac.
Dosen wirbelten durch die Luft. Custer stieß die Luft aus, erhob sich, entlud die Waffe und blies lässig in den Lauf. Jeder Schuß war

ein Treffer. »Dreißig zu dreißig steht es jetzt«, grinste er. Jordi ballte die Fäuste. »Der letzte Schuß war knapp«, murrte er und trottete nach vorn.

»Vergiß nicht, die Punkte zu notieren«, rief ihm Custer nach, ging zum Wagen und stellte das Radio an.

Schweizer Volksmusik dröhnte aus den Lautsprechern. Custer drückte auf einen andern Sender:

»... Das schwere Explosionsunglück vom 2. November im Munitionsstollen der Armee am Bristenpaß, bei dem fünfzehn Menschen ums Leben kamen, darunter der Präsident der Sicherheitskommission des Nationalrats, bleibt ohne strafrechtliche Folgen. Die gerichtspolizeiliche Untersuchung hat keine eindeutig klare Ursache ergeben, doch kann Sabotage ausgeschlossen werden. Die Opfer sind unter zweihunderttausend Kubikmeter Geröll- und Gesteinsschutt begraben. Die Aufräumarbeiten sind immer noch im Gang. Eine Bergung der Leichen kommt hingegen nicht in Frage. Die völlig zerstörte Munitionskaverne im Gebirge wird ihre letzte Ruhestätte bleiben. Es handelte sich um eine der schlimmsten Katastrophen dieser Art in der Geschichte der Schweizer Armee ...«

Jordi kam zurück und blieb wie angewurzelt stehen. »Ist etwas passiert?«

Custer hielt den Finger an die Lippen.

»... die Spurensuche ist auf Anordnung der Justizorgane eingestellt worden, da es völlig aussichtslos ist, daß unter den enormen Schuttmassen weitere Anhaltspunkte gefunden werden, welche zu anderen Schlußfolgerungen führen könnten. Die sicherheitshalber eingesetzten Geigerzähler haben keine Radioaktivität festgestellt ...«

»Ich war ein paar Tage nach der Explosion an der Unglücksstelle«, verriet Jordi und fuhr behutsam die Schotterstraße hinauf. »Es sah aus wie nach einem Bergsturz, unglaublich. Die Explosion riß den ganzen Berg weg.«

»Die Unruhen in Nordirland dauern an«, tönte es jetzt aus dem Radio. Knurrend beugte sich Custer nach vorn und drückte eine andere Wähltaste. Auf der neuen Station ging gerade der Wetterbericht zu Ende, dann ertönte jazzige Klaviermusik.

»Endlich Schnee«, meinte Custer und machte es sich im Sitz bequem. »Ich frage mich nur, warum die den Trümmerberg nicht wegräumen, um die Leichen zu bergen. Merkwürdig.« Jordi warf ihm einen überraschten Blick zu, schwieg aber. Sein Job bestand jetzt darin, Ken Custer sicher nach Hause zu chauffieren. Er blickte nochmals scharf in den Rückspiegel: »Bitte angurten, *Sir*«, mahnte er, prüfte den Sitz der eigenen Gurte und tastete nach der Pistole im Seitenfach der Türe. Dann faßte er das Lenkrad mit beiden Händen und schenkte seine ganze Aufmerksamkeit der Straße. Ken versank unter dem tiefen Brummen des Achtzylinders rasch in einen angenehmen Dämmerschlaf. Bevor er ganz einnickte, versuchte er sich vorzustellen, was geschah, wenn fünfhundert Tonnen schwere Munition in einer Bergkaverne explodierten. Weshalb lassen die Behörden die Toten im Berg drinnen verrotten, nagte ein Gedanke in seinem Hinterkopf. Warum kommen Geigerzähler zum Einsatz ...?

Bern

Der Sicherheitschef stellte den dicken Umschlag hochkant auf den Tisch und suchte nach einer Schere, um die Klebebänder aufzureißen.

»Dallas, Staatsanwaltschaft« stand auf dem Absender, und für einen Augenblick hoffte Dulliker, DiBenedetto würde ihm endlich den versprochenen 38er Revolver schicken. Das Gewicht des Pakets hätte dieser Annahme nicht widersprochen. Dulliker bekam endlich den Karton auf und tastete hoffnungsvoll nach einem stählernen Lauf oder einem silbernen Knauf, beides paßte zu DiBenedetto, dem hartnäckigen Fahnder mit mexikanischem Schurrbart, goldenen Armketten und dem mit Edelsteinen gefüllten Medaillon, das über seiner meist schwarzen Krawatte baumelte. Anstelle des texanischen Schießeisens hielt Dulliker eine gebundene Akte in der Hand, und als er sich setzen wollte, um sie aufzuschlagen, summte das Telefon der brandneuen Anlage. Er suchte im Tastenwirrwarr nach dem Lautsprecher, klemmte schließlich nach alter Manier den Hörer zwischen Kopf und Schulter und schrie: »Ja?«

Eine Stimme schleuderte gedehntes Amerikanisch an sein Ohr: »*Hello, Marcel? Hello ...?*«
Das Dossier entglitt Dulliker und zertreute sich über den Tisch.
»*Yes, yes, Dulliker, Swiss Federal Police,* Hallo?« Er sammelte die Blätter ein. Als er das Bild sah, erschrak er.
»*Marcel, what's cooking? Hello,* bist du dran?«
»Bruce? Ja, wie geht's. Eben hab ich deine Post erhalten.«
Dulliker schluckte. Er war an Tatortaufnahmen gewöhnt, aber dieses Gesicht der Toten ergriff ihn auf Anhieb. Es war die Anklage, die aus dem schönen Antlitz schrie.
»Schaust du auf das Foto?« fragte DiBenedetto.
»Wer ist sie?« Dullikers Blick haftete auf dem schwarzen Einschußloch zwischen den Augen.
»Sharon Jefferson.«
Er blätterte abwesend die Akten durch und lauschte den Erklärungen des Kollegen aus Dallas. Mit grimmiger Entschlossenheit setzte DiBenedetto alles daran, um den Mörder in die Todeszelle zu bringen. Keine leere Drohung. Im texanischen Huntsville wurden im vergangenen Jahr hundert Todeskandidaten mit Giftspritzen ins Jenseits befördert. DiBenedetto besaß den legendären Instinkt eines Bluthundes, der ihn immer, wenn auch oft erst nach Jahren, zum Täter führte. Doch der Südländer mit seinen blitzenden schwarzen Augen gab nie auf. Man munkelte, er sehe das Gesicht des Täters aus der Leiche starren.
Daran dachte Dulliker gerade. Spiegelten die Augen der Toten nicht die Mörderfratze?
»Um es kurz zu machen, ich brauche eine Haarprobe«, schloß der Texaner.
»Ich verstehe, du hast ein blondes Haar des Opfers ...«
»Nein, das gefundene Haar gehört nicht der Toten.«
»Aber sie war auch blond ...«
»Ja, hör mal, wir fanden noch ein Haar, das haargenau mit dem auf der Leiche identisch war.«
»Du verwirrst mich. Wo fandest du das Haar?«
»Im Bus«, kam es ernst von DiBenedetto.
»Im Bus?« Alle Amerikaner sind verrückt, dachte Dulliker.
»Wir fanden den Bus, in dem damals Robusto Samson in Dallas während der Sektenveranstaltung gewohnt hatte.«

»Wann habt ihr ihn gefunden?«
»Vor ein paar Wochen. Unten an der Küste. Und dann entdeckten wir das Haar. Einwandfrei identifiziert. Gleiche DNA-Struktur wie das Haarbüschel auf der Leiche.
»Du bist verrückt«, staunte Dulliker.
Der andere schwieg ein paar Sekunden, dann erklang plötzlich seine Stimme, als wäre er im Zimmer nebenan.
»Samson hat die Jefferson ermordet, Marcel. Einfach abgeknallt.«
»Hmm. Was willst du von mir, Bruce?«
»Ein Haar.«
»Ein Haar?«
»Ja, von Samson. Es muß unzweifelhaft von ihm stammen. Und wenn es übereinstimmt, dann heißt es Huntsville für Samson, begreifst du?«
Dulliker schüttelte den Kopf und starrte zum wiederholten Mal auf die Tote. Das Gesicht flehte um Hilfe.
»Okay, nehmen wir an, Samson ist in der Schweiz ...«
»Er ist dort, Marcel. Alle sind dort.«
»Wie meinst du, alle?«
»Es gibt andere, die hinter ihm her sind. Und die sind alle dort. Frag deine Computer!«
Dulliker fluchte innerlich. Warum wußte DiBenedetto besser Bescheid als er? »Ich werde mich informieren.«
Sie besprachen das Vorgehen. Ein Rechtshilfegesuch auf dem offiziellen Weg würde viel zu lange dauern. Bis die Juristen in der Abteilung internationale Rechtshilfe mit leicht indignierter Miene nur schon den Brief aus Amerika richtig lasen, konnten Tage vergehen. Wenn sie dann endlich, leicht angewidert, ihr Designerjackett auszogen, um den Entscheid in den Laptop zu tippen und, im besten Fall, einen Untersuchungsrichter einschalteten, wäre der Schnee bereits wieder in der Frühlingssonne geschmolzen und Samson vermutlich über alle Berge. Es mußte einen inoffiziellen Weg geben, und der Sicherheitschef signalisierte seinem Kollegen in Texas die Idee eines Planes ...
»Gut, aber mach vorwärts. Ich habe den Gauner seit Jahren im Visier. Jetzt bin ich nahe dran«, beteuerte DiBenedetto mit rauher Stimme, als hätte er eben einen Tequila hinuntergeschüttet.
Als Dulliker auflegte, das anklagende Totengesicht zur Seite schob

und seinen Terminkalender konsultierte, wußte er nicht, daß DiBenedetto tatsächlich seinen Tequila abstellte, die dunkelhäutige Friseuse um die Taille faßte und auf seine Knie zog. Er küßte sie auf die kirschroten und zuckersüßen Lippen. Sie entwand sich ihm. »Nicht hier, Bruce! Jeden Moment kann jemand hereinplatzen.« DiBenedetto stöhnte unwillig, ließ sie aufstehen und beugte sich über die verhaßte Fratze von Robusto Samson, die ihm von der Tischplatte entgegenglotzte.

Die Friseuse hielt ihm den Spiegel hin, dann packte sie Schere und Kamm ein, knüllte den Frisierumhang mit den Haarbüscheln zusammen und warf ihn in den Abfallkübel.

»Fünfzig Dollar, Bruce.« Er drückte ihr die Scheine kichernd in den Ausschnitt und verabschiedete sie mit einem Klaps auf den prächtigen Hintern. Sie blickte frech auf seine Wölbung unter dem Hosengürtel und sagte: »Vielleicht um sechs? Zum Aperitif?« Er nickte schmunzelnd und winkte ihr zu. Dann faßte er nach dem Stilett, mit dem er Briefe zu öffnen pflegte, heftete das Foto von Samson mit Klebeband an den Gewehrkasten, trat zurück, zielte und warf. Die Klinge wirbelte durch die Luft und knallte genau zwischen die dunklen Augen von Robusto Samson. Der Aufschlag verursachte einen derart lauten Knall, daß aus dem Nebenzimmer ein Detektiv mit gezogenem Revolver hereinstürzte: »Was zum Teufel ...!«

»Nur eine Hinrichtung«, erklärte DiBenedetto grinsend und strich sich über die neue Frisur.

Parsenn

Der Mercedes fuhr knirschend auf die kiesige Auffahrt und hielt vor der Tür des stattlichen Herrschaftshauses am See. »Danke, das war ein gute Fahrt, Jordi«, lobte Ken. Wenig später lag er nackt auf dem breiten, blendend weiß überzogenen Bett. Yuthi kniete daneben und strich ihm über den Rücken. Die junge Kambodschanerin massierte prickelnd angenehm, nicht zu stark, nicht zu zärtlich, gerade auf den Punkt zu, an dem er sich mehr vorstellen konnte ... Doch seine Gedanken schweiften ab.

»Jordi!« brüllte er plötzlich, so daß Yuthi vor Schreck zurückwich.
Die Unrast hatte ihn gepackt. Alles kam auf einmal, und Ordnung war nötig. Jordi klopfte an, und Custer bat ihn herein. »Wie Epikur schon sagte: ›Die Lust ist Ursprung und Ziel des glücklichen Lebens‹, Jordi.«
»Jawohl«, nickte der Chauffeur, Butler und Leibwächter mit kritischem Blick auf Yuthi, die mit ihren Finger über die Muskeln der Oberschenkel strich. »Sie sind dazu gerade in der richtigen Position, *Sir*!«
Custer grinste, die Stirn auf das Frotteetuch gepreßt, und hob den Arm.
»Hast du alle Vorbereitungen getroffen, Jordi?«
»Das Fahrzeug, die Funkgeräte, alles bereit. An die Pläne sollte ich noch herankommen. Ich kenne da jemanden bei Balzer & Hagmann, Ingenieurbüro«, erklärte Jordi.
»Vergiß nicht, morgen fahren wir zum Treffen mit dem Sicherheitschef der Schweiz, Herrn Dulliker.«
»Nach Bern?« erkundigte sich Jordi, während Yuthi das andere Bein oberhalb des Knies mit beiden Händen umfaßte.
»Nein. Auf den Stützpunkt einer Spezialtruppe. Wir besprechen die Einzelheiten noch. Halte dich in Lauerstellung bereit!«
»*Yessir!*« Jordi wollte sich diskret zurückziehen, aber Custer hob fuchtelnd den Arm und nuschelte ins weiße Frotteetuch:
»Übrigens, mach mir die SIG-Sauer-Combat bereit. Und die übliche Ausrüstung. Du weißt schon.« Er winkte den besten aller Butler liebenswürdig hinaus. »Wird gemacht, *Sir*«, schwor dieser beim Verlassen des Zimmers.
Yuthi massierte jetzt die Beine mit langen, kräftigen Zügen, während die sanfte Musik verklang und ein Nachrichtensprecher die Harmonie von Raum und Zeit durchbrach. Custer spreizte leicht die Beine, aber Yuthi hielt mit den Händen messerscharf vor der gewünschten Stelle an und fuhr wieder abwärts.
Der im Radio sagte:
»... In Nordirland sind die Sicherheitskräfte verstärkt worden, nachdem am Samstag ein neuer Vergeltungsschlag sechs katholische Todesopfer gefordert hatte. Es wird immer unsicherer, ob die Gewalttätigkeit auf terroristische Splittergruppen beschränkt bleibt

und die Friedensgespräche in Parsenn erfolgreich weitergeführt werden können. Und nun ...«
Custer angelte sich die Fernbedienung vom Tischchen und drückte ein paarmal darauf herum:
»... Der amerikanische Präsident ist auf dem Fliegerstützpunkt Emmen eingetroffen. Nach einem kurzen Gespräch mit dem Bundespräsidenten reiste er sogleich nach Parsenn weiter, wo heute die Nordirland-Konferenz eröffnet wurde. Da gleichzeitig der Weltwirtschaftsgipfel mit viel Prominenz zum dreißigsten Mal in Parsenn stattfindet, erwarten Beobachter eine rege diplomatische Aktivität am Rande der Konferenz ...«
Da piepste nebenan das Satelliten-Telefon. Und Jordi war auch schon mit dem Gerät zur Stelle. Ken erkannte die Nummer auf dem Display und blickte entsprechend finster drein. »Möchtest du dich umdrehen«, flüsterte ihm Yuthi sanft ins Ohr. Er legte sich auf den Rücken, legte den Kopf auf den linken Arm und nahm das Gespräch an. Jemand meldete sich und verband weiter, während Yuthi duftendes Öl auf Oberschenkeln und Bauch verstrich, wobei sie sein gutes Stück, um es nicht aufzuwecken, vorsichtig umkreiste. Als sie angenehm zu massieren anfing, identifizierte sich der Anrufer. Ken bestätigte und hörte zu. Seine Haltung versteifte sich. Er stieß Yuthi weg, griff nach dem Handtuch und setzte sich auf. Ein paarmal sprach er ein knappes »Ja«, sonst nichts. Schließlich klappte er das Gerät zu und blickte sich grimmig nach Jordi um: »Jim Frazer ist tot. Ermordet«, sagte er in einer Tonlage, als stünde er auf dem Heck der sinkenden Titanic.
»Was!? Der Außenminister?« fragte Jordi ungläubig.
»Er wollte in diesen Minuten im ›Sheraton‹ in Washington eine Rede halten. Eine Kellnerin brachte ihm eine Flasche Wasser. Mit einem Glas. Er nahm vor dem Referat einen Schluck. Wie immer. Einfach Wasser. Wenig später brach er zusammen. Er war sofort tot. Wahnsinn. Gift war im Wasser. Es lähmte sofort die Atmung. Herzstillstand. Es ist furchtbar.«
»Die Täter? Die Kellnerin?«
»Von der Bildfläche verschwunden. Das Hotelmanagement ist tief bestürzt. Die Polizei steht vor einem Rätsel, wie sich die Täter unter das Personal mischen konnten.« Ken rieb sich nachdenklich das Kinn. »Furchtbar. Ich will seine Frau anrufen.«

»Wer, glauben Sie, steckt hinter dem Anschlag?«
»Wir werden es herausfinden. Das bin ich Jim schuldig.«
»Jim Frazer ... der war gut«, nickte Jordi.
»Erst vor kurzem stand er noch kerngesund neben mir an Deck des Flugzeugträgers. Unglaublich.« Custer stieg in seine Boxershorts und fuhr zähneknirschend fort: »Morgen trifft Casey deswegen in Zürich ein. Dringende Lagebesprechung. Seine Flugdaten sind auf dem Display des ST. Nimm alles auf, Jordi.«
»*Yessir!*« Der Butler machte sich an die Arbeit.
»Halt, Jordi, noch etwas«, rief Ken. Der Butler erstarrte mitten im Schritt und drehte sich mit wachem Blick um. »Beschaff mir die üblichen Informationen über Egon Zachs.«
»Egon Zachs, den Waffenschieber?« erinnerte sich Jordi.
»Genau der. Wir statten ihm morgen in Zürich einen kleinen Besuch ab. Casey und ich.« Das alte Jagdfieber regte sich.

Es schneite sacht und anhaltend in Parsenn. Das sehnlich erwartete Weiß dämpfte das Knirschen der Schneepflüge und dumpfe Rasseln der Schneeketten an den Wagen, die sich langsam durch die Hauptstraße schoben. Vor den Geschäften schaufelten Angestellte in dicken Jacken den Gehsteig frei. Unentwegte stapften mit Ski auf den Schultern lautlos zur Station der Bergbahn. Melissa genoß den Spaziergang durch die frisch verschneite Stadt zum Kongreßzentrum. Sie hatte sich in ihre gelbe Skijacke eingehüllt, die Kapuze hochgezogen und fühlte sich behaglich in ihren mit Schafwolle gefütterten Stiefeln. Übermütig stapfte sie über Schneehaufen und bückte sich, um einen Schneeball zu formen. Ein Arbeiter im rot leuchtenden Straßenarbeiter-Overall schob eine kleine Schneefräse über den Parkplatz und richtete den Strahl der Schneefontäne auf die Ladebrücke des bereitgestellten Lastwagens. Er erwiderte ihr Winken mit einem freundlichen Kopfnicken.
Sie war nicht die einzige, die an diesem Vormittag Freude am Schneetreiben empfand. Vor dem ausladenden Halbrund, das den Eingang zum Konferenzgebäude abschirmte, bewarfen sich Japaner oder Koreaner mit Schneebällen. Melissa bekam auch eine Ladung ab, als sie an der vergnügten Gruppe vorbei auf den Eingang

zuhielt. Sie schüttelte den Schnee in der Empfangshalle lachend ab, schritt zu den Aufzügen und ließ sich ins Pressezentrum im Dachgeschoß fahren.
Sie hätte sich dort nicht lange aufgehalten, wäre nicht ein älterer Mann mit einem riesigen Wollschal um den Hals auf sie zugekommen. Er stellte sich als Redakteur der Lokalzeitung vor. Als er bemerkte, daß Melissa Englisch sprach, begann er sogleich begeistert, ihr die Vorzüge von Parsenn in den schönsten Farben zu schildern. »Haben Sie das Kirchner-Museum schon besucht? Und den Zauberberg?« Beide Namen sagten Melissa rein gar nichts. Sie erklärte, sie sei gerade erst angekommen.
Die Samsoniten hätten das Sanatorium am Ausgang der Schlucht erstanden, erfuhr Melissa im Gespräch mit dem liebenswürdigen Herrn, der sich nicht abschütteln ließ. Sie hörte nur mit halbem Ohr hin und spähte in der Menge nach Gesichtern. »Der Samson ließ dann eine Arche aufstellen, ein richtiges Schiff, aber völlig auf dem Trockenen, verrückt, haben Sie es schon angeschaut? Parsenn ist halt offen für Neues ...« Da entdeckte Melissa das hübsche Gesicht, das wie eine Erlösung in der Tür auftauchte.
»... Die Samsoniten sind hier bekannter als der Club Med«, quasselte der Journalist weiter, als sich Melissa losriß: »Thomas, Thomas, hey, hier bin ich!«
Sie setzten sich vor einen der zahllosen flachen Großbildschirme, die mit bunten Graphiken, Bildseiten und Klickfeldern Anwender lockten.
»Der kauzige Typ dort, von irgend so einem Lokalblatt, hat mir die Ohren vollgeschwatzt. Du bist gerade rechtzeitig aufgekreuzt. Nun, was hast du vor?« Sie stach ihm mit dem Finger neckisch in die Brust.
Doch Thomas starrte einfach durch sie hindurch.
»Gehen wir Ski laufen? Am Nachmittag soll es aufklaren«, bemühte sie sich, seine Aufmerksamkeit wiederzuerlangen.
»Ach, ja. Warum auch nicht. Eigentlich wollte ich noch ein paar Sachen erledigen.« Er wirkte abwesend.
»Ah, schon verabredet, wie?«
Er schüttelte den Kopf und schaute sie lange an. »Etwas irritiert mich.«
»Ich etwa, warum?«

Er wand sich und strich verlegen über die Tastatur des Terminals.
»Seh ich schlecht aus?« fragte sie aufgeschreckt.
»O nein, nein. Es ist mein Dad. Er hat angerufen. Er muß einen schwierigen Auftrag erledigen.«
Sie tippte zerstreut auf der Tastatur herum. Auf dem Bildschirm erschien die farbige Website der Samsoniten.
»Geheim?« fragte Melissa.
»Was sagst du?«
»Die Mission deines Vaters.«
Thomas zuckte die Achseln. »Der Mord an Frazer macht ihm zu schaffen. Sie waren gute Feunde.«
Melissa drehte nachdenklich die Maus im Kreis. »Kommt dein Vater nach Parsenn? Das wäre schön.«
Thomas stand auf, als eine schnittige, weiße Motoryacht am Bildschirm Gestalt annahm. »Davon hat mir der Journalist von vorhin erzählt, schau!«
»Werden Sie Mitglied der Samsoniten! Wählen Sie den bevorzugten Ort, an dem Sie sich in die *Arche* einschiffen möchten. Klicken Sie die verschiedenen *Arche-Typen* an. Mit Ihrer Mitgliedschaft erwerben Sie einen *Paß* zum Überleben der Endzeitkatastrophe am 2. Februar 2000.«
»Thomas, der zweite Februar ist ja morgen!« Melissa schauderte unwillkürlich. Er lachte, legte den Arm um ihre Schultern und sagte: »Mit mir wirst du die Apokalypse sicher überleben. Samson ist übrigens ein gerissener Gauner, Melissa. Je größer das Durcheinander, desto besser lebt er in seinem global vernetzten Mega-Rüstungsimperium. Komm, gehen wir.«
Als sie draußen in das grelle Licht blinzelten, fragte Thomas: »Was hältst du von einem Essen heute abend?«
Sie strahlte wie die Sonne, die eben durch die Wolken brach. »Liebend gern. Es war so schön gestern abend, Thomas.«
»Nun, da ist noch etwas: Wir werden nicht allein sein. *Mister* Swidle hat mich eingeladen. Ein guter Bekannter aus Texas. Seine Söhne kommen auch mit. Um halb acht im ›Rosanti‹? Nicht in der Disco. Oben, im ›Grillroom‹.«

Als Melissa ins Parkhotel zurückkam, fand sie zu ihrer maßlosen Überraschung ihre Zimmertür unverschlossen vor. Sie hatte wohl vergessen abzuschließen, dachte sie, oder das Zimmermädchen wienerte womöglich immer noch darin herum und strich die Laken glatt. Sie öffnete behutsam die Tür und stand im engen Vorraum, in dem sich die schmale Garderobe befand. Die Geräusche, die sie hörte, kamen ihr unheimlich vertraut vor. Das gibt es doch nicht. Mitten am hellichten Tag. Hatte sie sich etwa in der Zimmernummer geirrt? Ausgeschlossen, denn vor ihr lag ja ihr Koffer in der Nische. Sie schlich auf Zehenspitzen nach vorn, spähte vorsichtig um die Ecke – und erstarrte. Ein pudelnackter, kupferbrauner Hintern mit kleinen drallen Backen streckte sich ihr steil aufragend entgegen. Es verschlug ihr den Atem. Und außer Po gab es nichts. Oder fast nichts. Es war die Höhe. Melissa schaute völlig gebannt hin. Durch die Gesäßspalte zog sich ein feuerroter, mit Rüschen umsäumter Slip. Die Schenkel hielt die Weibsperson weit auseinandergespreizt, weil sie lüstern über dem Kerl kniete, der noch die Schuhe anhatte. Hellbraune Schnürschuhe mit dicken, hellen Specksohlen, wie sie höchstens noch Journalisten trugen. Aber das war ja noch lange nicht alles. Aus einem Wust von schwarzer Hose, Laken und dunkelgrauen Hemdfetzen strebte ein heller, gewaltiger Schwanz forsch am roten Spitzenstring vorbei in die Frau hinein. Der Rest des strammen Geräts steckte noch in den Hosen. Melissa hatte so etwas noch nie erlebt. Sie sah kein Gesicht, nur diesen Ausschnitt. Was sollte sie tun? Sie hatte nicht den Mut, einfach hineinzutrampeln, sich auf die Bettkante zu setzen und zu rufen: »Hallo, Leute«. Das Ganze wirkte ja überhaupt nicht abstoßend, auch nicht anatomisch nüchtern. Es wirkte, ja, es wirkte abstrakt. Leg einen Rahmen drum, und du schaust auf ein Stück erotische Kunst. Ein bißchen Zuschauen war doch ganz schön. Es kribbelte in ihrem Körper, als durchflute sie ein Strom. Zwischen den Beinen machte sich eine wonnige, animalische Wärme bemerkbar. Sie verspürte das Zusammenziehen der Muskeln und den prickelnden Andrang des Bluts. Die Wucht von einem Hintern vor ihren Augen bewegte sich nicht wild auf und ab, sondern ganz langsam, in kleinen Bewegungen, als sträube er sich vor dem Aufgespießtwerden. Der Kerl steckte seinen Schwanz wie eine Lanze unten hinein, unbeugsam, und das Mädchen turnte sanft darauf

herum. Das rote, schmale Höschen kam Melissa wie die Schlaufe einer Geschenkpackung vor, die sich nicht aufreißen ließ.
Jetzt glitt sein Ding heraus, verfing sich in den roten Spitzen, suchte und fand aber den weichen Eingang gleich wieder. Der Typ machte es nicht leidenschaftlich wild wie ein Rammler, sondern vorsichtig, als wollte er die Kontrolle über sein Gut nicht preisgeben. Sie bewegte sich beherrscht, obschon ihr Hintern vor Lust zu bersten schien. Sie taten, als müßten sie es still und heimlich treiben. Melissa konnte sich nicht von diesem unerwarteten, aufwühlenden Schauspiel trennen. Erst als die Hände des Kerls die Hinterbacken der Frau heftig packten und sich langsam mit ihnen drehte, um das uralte Spiel mit vertauschten Rollen fortzusetzen, Haarschöpfe auftauchten und die Laken raschelten, zog sich Melissa zurück. Bevor sie die Tür schloß, erhaschte sie einen flüchtigen Blick auf die Frau: es war das marokkanische Zimmermädchen. Sie hörte ein leises Schaudern, ein unterdrücktes Seufzen, kein lautes Gestöhne. Melissa fand es schön. Zum Heulen schön. Sie war allein. Wie beneidete sie doch diese beiden!
In einer widerlich-süßen Nachglut wankte sie benommen den Flur nach vorn und setzte sich vor den Aufzügen in einen der Korbsessel mit den pastellroten Kissen. Zum ersten Mal fand sie solche Stühle vor Aufzügen nützlich. Sie überlegte. Sollte sie die Wächter rufen? Sich beschweren? Jemand bumst in meinem Zimmer, Herr Direktor. Ach wo, sie würde sich doch nur lächerlich machen. Wer würde die Geschichte schon ernst nehmen? Und überhaupt, wo hatte sie Beweise? Am besten ging sie zurück, platzte ins Zimmer hinein und rief: »Zeit zum Aufstehen. Fertig mit Bumsen, Leute. Schon gar nicht auf meinem Nachthemd, das nämlich gerade unter deinem verdammten haarigen Hintern liegt, Sportsfreund!«
Sie wägte die Möglichkeiten ab, die ihr offenstanden, als ihr das Klacken einer zufallenden Tür die Entscheidung abnahm. Jemand näherte sich. Sie stand auf und trat vor den Lift, als sei sie eben hinzugekommen. Es war tatsächlich der Kerl aus ihrem Zimmer. Natürlich hatte sie nur einen Körperteil von ihm gesehen, an dem sie sich im Augenblick schwer orientieren konnte. Aber er sah aus, wie einer, der es gerade getrieben hatte. Zudem trug er diese blödsinnigen Specksohlenschuhe, schwarze Hosen, und auch die Hemdfarbe stimmte.

Sie stiegen gemeinsam in den Lift und fuhren abwärts.
Melissa konnte es sich nicht verkneifen: »Hat's Spaß gemacht?« fragte sie.
»Was? Wie meinen Sie?« Der Kerl wand sich unbehaglich.
»Die Turnübungen«, erklärte Melissa, als der Lift abbremste.
Er schüttelte den Kopf, aber bedachte sie mit einem gefährlich berechnenden Blick, wie eine Bulldoge, die von einer bedrängten Katze demnächst angesprungen wird.
»Ach, ich dachte, ich hätte Sie im Gymnastikraum gesehen. Aber die Gesichter sieht man ja nicht immer deutlich«, sagte sie wegwerfend und ging in die Halle hinaus. »... Er hat nun mal / 'nen Hang zum Küchenpersonal«, kam ihr Wilhelm Busch in den Sinn.
»Personalschänder«, murmelte sie durch die zusammengebissenen Zähne, als der Kerl in einer herben Duftwolke an ihr vorbeieilte.
»*Mister* Harrison«, rief der Concierge und hielt fuchtelnd einen Umschlag in die Höhe. » Ein Fax für Sie!«
»Danke.« Harrison kramte in der Tasche, legte einen Geldschein auf den Tresen und verließ das Hotel, den Blick auf den Wisch Papier geheftet.
»Taxi, *Mister* Harrison?« bot sich der Portier an und hielt bereits die hohle Hand diskret im Schatten seines stattlichen Bauchs. Der *Mister* drückte etwas hinein, entschied sich aber für einen Spaziergang zu Fuß. Kein Wunder, daß alle den Namen kannten, wenn Harrison die Spendierhosen anhatte. Er schritt quer durch die geparkten Wagen, blieb neben einem dunkelblauen, schweren Jaguar stehen und fummelte mit den Schlüsseln. Melissa setzte ihre Sonnenbrille auf und schlenderte langsam zur Straße. Der Typ war großgewachsen; er schlüpfte in eine Jacke, die er aus dem Wagen geholt hatte, drückte die Tür der noblen Karrosse zu und zog sich eine Pelzmütze über, die ungefähr so gut zu ihm paßte wie die läppischen Speckschwartenschuhe.
Harrison lief scheinbar planlos durch die Straßen Parsenns, wechselte ein paarmal den Bürgersteig, schaute in die Schaufenster, zündete sich eine Zigarette an, ließ den Rauch über sein Gesicht kringeln und schien kein bestimmtes Ziel anzustreben. Auf einmal sah sie ihn nicht mehr. Ärgerlich steckte sie die Hände tief in die Taschen und stapfte weiter. Die Richtung stimmte. Ihr Ziel war der Pavillon in der Ebene, in dem die Gipfelkonferenz stattfand.

Melissa stand mit den Absperrposten auf gutem Fuß. Die Polizeigrenadiere der Kantonspolizei grinsten ihr von weitem zu. Jeder wußte, daß sie zu Tony Blairs Stab gehörte. Sie schleusten sie freundlich durch die Kontrollen. Da sah sie ihn wieder. Der Kerl stand doch tatsächlich in der abgesperrten Zone herum und kehrte ihr den Rücken zu. Melissa hatte noch eine halbe Stunde zur Verfügung und näherte sich den zwei Polizisten, mit denen sie am besten auskam. Uli hieß der Größere der beiden. Er sprach gut Englisch und war normalerweise der Einheit zugeteilt, die den britischen Thronfolger bewachte, wenn er mit seinen Söhnen im Parsenngebiet den Winterurlaub verbrachte. Eine schwere Limousine wurde von Sperre zu Sperre durchgewunken und hielt am anderen Ende der Sicherheitszone auf einem Parkfeld an. Die beiden Polizisten grüßten Melissa mit einem charmanten Lächeln, das in keinem Dienstbuch stand, und verwickelten sie in einen Schwatz, ohne die Umgebung aus den Augen zu verlieren.
Harrison, der immer noch zu den Bergen hinaufschaute, ging plötzlich energischen Schrittes auf die Limousine zu. Aus dem Hintersitz schälte sich eine breite Gestalt in einer dicken schwarzen Lammfelljacke heraus, mit Sonnenbrille und einer über die Ohren gezogenen Chinchillamütze. Das Gesicht des Mannes war nicht auszumachen. »Wer ist dieser Kerl mit der Kappe?« fragte Melissa.
»Der? Das ist der Samson«, grinste Uli. »Der mit der gottverdammten Arche oben auf dem Hügel.«
»Ach so. Und den laßt ihr einfach so hereinspazieren?« wunderte sich Melissa.
»Steht auf der Liste der VIPs. Samson gehört zu den Security-Leuten«, erklärte Uli und zog ein winziges grünes Gerät aus der Tasche. »Wollen Sie etwa wissen, worüber die beiden tratschen?« überraschte er sie augenzwinkernd mit dem eher ungewöhnlichen Ansinnen. »Das hier ist das allerneueste Hochleistungsmikrophon. Warten Sie. Ich zeig's Ihnen.« Er grinste verschwörerisch und drückte auf einen unsichtbaren Knopf.
»... es ist eindeutig. Die Sendung mit dem Film stammte von der Frau«, sagte die Stimme, die zu Harrison gehörte.
»Und der Mann wußte nichts davon?« knurrte der andere zwei Oktaven tiefer.
»Casey?« fragte Harrison, lachte und sagte: »Casey ist doch völlig

ahnungslos. Seit ich auf der Farm arbeite, kann ich jede Postsendung eruieren. Das war vorher anders.«
»Also hat Casey die Sendung gar nie erhalten?«
»Nein«, antwortete Harrison. »Ich habe sie abgefangen. Damit haben wir den Beweis, daß Delia eindeutig mit ihm liiert ist.«
»Frauengeschichten«, sagte Uli etwas unsicher und grinste Melissa vielsagend an.
»Die Schlampe weiß, daß wir es wissen?« fragte Samson. Es war irgendwie komisch, in der Ferne eine Atemwolke zu sehen und seine Stimme so nahe zu hören.
»Nein, sie hat keine Ahnung, solange die beiden nicht zusammenkommen. Ein Treffen muß verhindert werden. Ich vermute, Casey kommt nach Zürich, wir werden etwas unternehmen müssen.«
Uli, der Polizeigrenadier, schaute skeptisch auf das Gerät, als wäre er unschlüssig, ob sie weiterlauschen sollten. »Immer geht es um Weiber«, meinte er.
»Was wollen Sie tun, Harrison?« fragte Samson.
»Was tun? Nun, das liegt wohl auf der Hand. Haben Sie die Überweisung übrigens veranlaßt?« Harrison schaute plötzlich überrascht zur Gruppe mit Melissa hinüber, wandte sich rasch ab, zog etwas aus der Tasche, das wie ein Feuerzeug aussah, ließ es aufschnappen und hielt es vor sein Gesicht. Das Gerät in Ulis Hand blinkte, die Geräusche verstummten.
»Er hat es gemerkt«, sagte der Kantonspolizist. »Der Lange hat einen Abhördetektor. Jetzt sind wir abgekoppelt, schade, wo es gerade interessant geworden wäre!«
Die beiden Männer schritten von der Limousine weg.
»Super, dieses Gerät«, sagte Melissa beeindruckt.
»Nun, es ging ja bloß um Weibergeschichten. Nichts Geheimes«, lachte Uli und verstaute das Wunderding wieder in der Brusttasche.
»Diesen Gag muß ich mir auch beschaffen. Nun, ich geh dann rein. Sonst frieren mir noch die Füße an. Danke für die Demo, Uli, das war wirklich stark. Wenn du Zeit hast, trinken wir später drinnen einen Kaffee.«
»Gerne.« Die Polizisten wünschten ihr frohes Schaffen. »Mir ist eher ums Schlafen«, knurrte sie halblaut zurück und rannte zum Pavillon hinüber, vor dem eben der britische Premiermininster in

seinem dunkelroten Rolls Royce vorgefahren war. An das Gespräch Harrisons mit dem berühmten Samson verschwendete sie schon keinen Gedanken mehr.

Bern

In Bern fiel seit dem Morgen Regen. »Du wirst dich wohl noch an DiBenedetto erinnern?« Dulliker saß am runden Tisch im »Federali«, einem stadtbekannten Speiselokal, in dem mit Vorliebe Abgeordnete mit hübschen Begleiterinnen hinter großen Speisekarten tuschelten. Custer bedachte ihn mit einem erstaunten Blick, und Dulliker fuhr fort: »Ich meine, die ganze Sache liegt lange zurück und tut weh. Doch Bruce DiBenedetto verfolgt eine heiße Spur.«

Custer hielt im Kauen inne: »Was geht das mich jetzt noch an?«

Dulliker erzählte ihm von dem Gespräch mit dem Texaner, dabei sprach er langsam und führte nach jedem Satz ein Stück Kalbfleisch in den Mund, kaute und würgte es hinunter.

»DiBenedetto will Samson des Mordes an der Jefferson überführen. Mit einem Haar.«

»Um ein Haar?«

»Nein, mittels eines Haares. Das Haar ist das Beweisstück. DiBenedetto sagt, wenn Samsons Haar mit dem auf dem Opfer gefundenen Haar übereinstimmt, heißt es Todsstrafe für Robusto Samson.« Zur Bekräftigung strich Dulliker das Speisemesser über seine Kehle und schnitt eine Grimasse. »Sie kommen doch an Samson ran, Ken?«

»Haarsträubend!« Custer warf erbost die Serviette neben den Teller. Der Appetit war ihm vergangen. »Ich denk nicht dran. Ein Haar, so ein Quatsch!« Verstimmt stand er auf.

»Nun, ein Haar scheint mir als Beweismittel einfacher sicherzustellen als Sperma«, hielt Dulliker trocken dagegen und legte das Bild der Toten auf die Serviette. »DiBenedetto ist ein zäher Bursche.«

Custer starrte auf die Leiche hinunter und setzte sich wieder. »Sie

wird es Ihnen lohnen«, lockte Dulliker und verdrehte wie ein Bischof die Augen zum Himmel.
»Die Zeiten der alten Tricks sind für mich vorbei, Marcel.« Custer schielte mehrmals auf das Gesicht von Sharon Jefferson. »Wie wär's mit einem Gegengeschäft?« Seine Augen funkelten berechnend.
Der Sicherheitschef hob erwartungsvoll die Brauen.
»Meine Frage: Warum werden die Toten am Bristenpaß nicht geborgen?«
Dulliker ließ sich die Überraschung nicht anmerken. »Technisch unmöglich ...«, wand er sich.
»Kommen Sie, ich hab schon bessere Ausreden gehört. Ihr Schweizer seid ja die Meister im Tunnelbau. Ihr bohrt doch jede Menge Löcher durch die Alpen und wollt nicht in der Lage sein, ein paar hundert Tonnen Gestein abzutragen? Wo liegt der Hund begraben?«
»Helfen Sie mir mit Samson?« wollte sich Dulliker vergewissern.
Custer nickte langsam. Sie schwiegen. Eine Regenböe klatschte ans Fenster. Der Sicherheitschef schaute sich unauffällig um. Ihr Tisch stand etwas abseits. Zwei Tische weiter lehnte sich ein grauer Herr an eine üppige Schwarzhaarige, die permanent ihre Frisur zurechtzupfte, und hatte seine Sinne offensichtlich anderweitig geschärft. Trotzdem beugte sich Dulliker vor und flüsterte hinter vorgehaltener Hand: »Hören Sie gut zu. Es gab in der Bristenkaverne eine hochgesicherte Zelle.«
»Uran?« Custer dachte sofort an die Meldung über die Geigerzähler.
»So ist es.«
Custer furchte die Stirn und wartete ab.
»In den sechziger Jahren trieb die Armee ein geheimes Projekt zur Herstellung von eigenen Atomwaffen voran. Dann, als die Schweiz den Atomwaffensperrvertrag unterschrieb, wurde das Vorhaben beerdigt.«
»Aber das Uran lag noch herum«, erriet Custer.
»Richtig. Dreihundert Kilo waffenfähiges Material. Es wurde im Bristenpaß-Stollen eingelagert. Vor gut dreißig Jahren.«
Custer begriff die Monstrosität der vertraulichen Information augenblicklich.
»Strahlung?« fragte er.

Dulliker schüttelte den Kopf. »Bis jetzt keine Spuren. Wir nehmen laufend Messungen vor. Wenn wir hingegen mit Abräumen und Herumstochern beginnen, um die Toten zu finden ...« , er brach ab und hob die Arme zu einer hilflosen Gebärde.
»Könnten noch andere heikle Stoffe im geheimen gelagert worden sein?«
»Wir wissen es beim besten Willen nicht.«
Ken ließ die Hände in den Schoß fallen und starrte Dulliker entgeistert an. »Ihr seid verrückt ...«
Bevor sie aufbrachen, erkundigte sich Custer nach einem Experten für Talsperren.
»Zwicky«, antwortete Dulliker, ohne lange zu überlegen. »Ingenieur Zwicky ist die beste Adresse für Staumauern.«

Über dem Stausee

Der Helikopter mit den Erkennungszeichen HB-ARK schwebte wie ein bösartiges Insekt unschlüssig über dem blauen Eisgrat. Doch nach einer Weile senkte sich die weiße Nase. Als wäre sie von einem Windstoß weggeblasen worden, fiel die Maschine geräuschlos und leicht wie ein Fetzen Stoff über den gewölbten Eisbauch des Gletschers zum Stausee ab. Das Wasser bildete einen graugrünen Schild, der sich zwischen die hohen, steil aufragenden Felsen spannte. Wie eine zornige Hornisse schoß der Hubschrauber aus dem gleißend weißen Schneefeld heraus und brauste tief über das eisige Wasser.
Der See verlief vom Gletscherabbruch zuerst in östlicher Richtung und knickte ungefähr in der Mitte nach Nordosten ab. Der Pilot näherte sich unaufhaltsam dem Drehpunkt, bedacht, den Hubschrauber auf einer bestimmten Höhe über Wasser zu halten. Er flog die Strecke mindestens zum zwölften Mal und konnte diesmal Kurs und Höhe mit schlafwandlerischer Sicherheit einhalten. »Kein Radarecho, *Sir*. Wir fliegen inkognito.«
Robusto Samson grinste zufrieden. Eng drängten sich die Felsen vor seinen Augen zusammen. Gefährliche Vorsprünge lauerten wie

Fußangeln. Der Pilot legte die Maschine vorsichtig in die Kurve, hielt die Höhe und warf einen geübten Blick auf die Felszacken, die wie gierige Zähne aus einem klaffenden Maul nach dem Insekt schnappten. Das silberne Arche-Symbol blitzte am Rumpf auf, als die Maschine genau an der Engstelle schwebend in der Luft verharrte.

»Jetzt«, brüllte Samson und drückte auf die Stoppuhr. Der Pilot gab Schub, der Helikopter kippte nach vorn und brauste geradewegs auf die Krone der etwa zweitausend Meter entfernten Staumauer zu.

Die SuperCobra gehörte zur neuesten Generation der Mehrzweckhubschrauber, die mit ein paar Handgriffen vom harmlosen Transporter in eine tödliche Schießplattform oder Abschußbasis verwandelt werden konnten.

Zomba, der den präzisen Einflug der HB-ARK beobachtet hatte, hatte Augen, die an Kälte und Farbe dem Gletscherwasser in nichts nachstanden. Sein Zielradar hatte das Flugzeug lange vor dem Überqueren der Eiskuppe identifiziert und die entsprechende Nachricht elektronisch auf den Bildschirm im Opertionszentrum gezaubert. Das Dutzend Männer und Frauen, das dort in einem hellen Raum tief im Berg über den Geräten schwitzte, fuhr plötzlich auf und schwirrte hektisch durcheinander. Die bevorstehende Ankunft des Meisters versetzte sie in nicht gelinden Aufruhr.

Zürich

Eine Bogenstaumauer wie die Forno bricht nicht«, versicherte Ingenieur Zwicky mit Bestimmheit in seinem hellen Atelier am Zürichberg und streute ein hellbraunes Pulver aus einer silbernen Dose auf seinen Handrücken.

»Warum sind Sie so sicher?« fragte Ken Custer.

»Alle Störfälle, die in den letzten Jahrzehnten auf Erdbeben zurückgingen, sind weltweit untersucht worden. Moment.« Durch stoßweises, kräftiges Einatmen zog Zwicky den Tabak in die Nasenlöcher. »Ah, das befreit die Atemwege wie durch Zauberhand.«

Custer verbarg seine Ungeduld schlecht. Mehrmals blickte er auf die Uhr. »Ich habe das Rauchen aufgegeben, jetzt schnupfe ich nur noch«, erklärte Zwicky seelenruhig und griff hinter sich nach einem gebundenen Bericht.

»In dieser Abhandlung sind alle Bogen- und Gewichtsstaumauern aufgeführt, die unter Erdbebeneinwirkung standen. Von China über Algerien bis Kalifornien. Es gab Risse, Fugen sprangen auf, Blöcke verschoben sich, sonst entstanden aber keine schwerwiegenden Schäden.«

»Wie stark waren die Erdbeben?«

»Bis Stärke acht, oder, nach Intensität gemessen, bis Stufe schwere Schäden.«

»In Italien und Frankreich ereigneten sich aber Staumauerkatastrophen mit zahlreichen Toten«, wandte Custer ein.

»Richtig. Vajont und Fréjus. Aber selbst da kam es nicht zum Bruch der Talsperre. In Vajont schwappte eine hundert Meter hohe Flutwelle über die Mauerkrone.«

»Erdrutsch?«

»Richtig. Meines Erachtens sind Terrainverschiebungen die größte Gefahr für Talsperren. Wenn ganze Hänge ins Staubecken hinunterrutschen, bildet sich eine Schwallwelle, die natürlich mit enormer Wucht über die Sperre schwappt und sie beschädigen kann.«

»Oder sie aufzubrechen vermag?«

»Schon möglich. Wie gesagt, diese Gefahr fürchten wir am meisten.«

Zwicky war im Begriff, eine frische Portion Schnupftabak vorzubereiten. Custer hielt ihm zur Abwehr des zeitraubenden Rituals den Bericht unter die Nase.

»Wie würden Sie eine Bogenstaumauer zerstören?« stieß er vor.

Zwicky starrte verständnislos herüber.

»Ja, zum Beispiel im Kriegsfall?«

»Na hören Sie, wir bauen Talsperren, die halten bis ans Ende der Ewigkeit. Ihre Frage ist absurd!«

»Okay, wo befindet sich die Schwachstelle einer Bogenstaumauer?«

Zwicky merkte die Absicht und schob die Silberdose verstimmt von sich.

»Marcel Dulliker hat Sie mir als seriös empfohlen. Ich weiß nicht, was Sie vorhaben«, wich er aus.
Die Zeit lief ab. In einer Viertelstunde fand das Treffen mit Casey auf dem Fraumünsterplatz statt. Custer saß wie auf Kohlen, zwang sich aber zu ruhigem Vorgehen. Er lehnte sich zurück und fragte: »Nun, nehmen Sie an, eine Kraftwerkgesellschaft will die Sicherheit der Stauanlagen verbessern. An welcher Stelle sollte sie Ihrer Meinung nach die Schutzmaßnahmen verstärken?«
Zwicky entspannte sich. »Das ist ein anderer Fall.« Seine Hand glitt zur Silberdose.
»Am Scheitelpunkt?« beeilte sich Custer.
»Nein, die Schwachstellen sind die Felswiderlager.« Die Dose blieb unangetastet. »Die Bogenmauer überträgt den ganzen Wasserdruck in die Bergflanken und in den Boden. Aber die Widerlager sind entscheidend. Deshalb haben wir immer besondere ...«
»Vielen Dank, Herr Zwicky.« Custer erhob sich abrupt. Unter der Tür drehte er sich nochmals um und fragte: »Ist es möglich, die Schwingung eines Erdbebens künstlich zu erzeugen?«
»Natürlich. Es gibt die servohydraulischen Vibrationsgeneratoren, sogenannte *Shaker*. Man setzt einige davon auf eine Staumauer und läßt sie in verschiedenen Frequenzen laufen. Damit können wir die Resonanzfrequenz der Staumauer ermitteln.«
»Sie meinen damit die Eigenschwingung?«
»Ja, genau. Diese beträgt je nach Wasserstand und Stauanlage eins Komma acht bis zwei Komma acht Hertz. Damit können wir das Verhalten der Talsperre bei Erdbeben, die in den gleichen niedrigen Frequenzen schwingen, vorausberechnen. Ich zeige Ihnen die Tabellen.«
Zwicky wandte sich ab und eilte zum Bücherregal. Als er sich mit der Broschüre in der Hand umdrehte, war der Besucher verschwunden. Ken stieg unten auf der Straße in das wartende Taxi und raste zum Treffpunkt. Ingenieur Zwicky griff kopfschüttelnd zur Silberdose auf dem Zeichentisch, legte sich gemächlich eine neue Prise Schnupftabak zurecht und blickte durchs Fenster über den weiten See zu den glitzernden Schneebergen. Dann zog er ein: ein Genuß, der alle bösen Gedanken im Nu verscheuchte.

Der Waffenhändler hatte sich im schönsten Viertel der Zürcher Altstadt etabliert. Die ockergelbe Fassade des stilgetreu renovierten Hauses schaute über den Platz zu den mächtigen Doppeltürmen des Großmünsters auf der anderen Seite der Limmat hinüber. Wenn Egon Zachs in seinem Arbeitszimmer im fünften Stock ans Fenster trat, fiel sein Blick auf den grünen Fluß, der am Rathaus vorbeizog und unter der breiten Brücke verschwand. Die Dachgiebel verdeckten zwar den Ausblick auf den See, dafür glänzte in der Ferne eine schneebedeckte Gipfelkappe durch die Schneise eines Gäßchens.
Ken Custer und Delia Cooper eilten über die Pflasterung des verwinkelten Platzes auf den Hauseingang zu, ohne vom kleinen Ziehbrunnen neben dem »Storchen« Notiz zu nehmen. Ken setzte eine grimmige Miene auf. »Das hast du großartig eingefädelt«, knirschte er.
Sie schüttelte den Kopf und zischte. »Ich habe gar nichts gedreht, mein Lieber. Es war ganz allein Caseys Plan. Ich muß mich nachher dringend mit ihm unterhalten. Paß auf, da vorn geht es hinein.«
Sie hatte recht. Casey, der alte Fuchs, hatte zum bewährten Mittel der Überraschung gegriffen und ihn nicht früher als vor einer halben Stunde mit Delia konfrontiert. Es war bei Gott kein einfacher Moment nach all den Jahren. Und wie die Frau aussah. Umwerfend. Und dabei wirkte sie, als könnte sie kein Wässerchen trüben! Delia hatte Casey offensichtlich Informationen über Samson zugespielt. Was der ihm in weniger als fünf Minuten mitgeteilt hatte, klang zu abenteuerlich, um wahr zu sein. Ken unterdrückte die aufkeimende Wut. Caseys Worte hallten nach: Samson hatte bei der Angostura-Talsperre die Hand im Spiel gehabt ... Delia hat mir Beweise versprochen ... Ken, jetzt plant er den nächsten Coup ... Keine Ahnung was, doch ich vermute, er hat es auf Staudämme abgesehen. Er will sintflutartige Katastrophen erzeugen, wie in Chiapas ... Zachs ist der Vermittler ... Um Staumauern aufzuschlitzen, braucht es Spezialwaffen ... Zachs führt die Listen ... Delia kennt die Computer ... Ihr seid vorangemeldet, hier sind die Decknamen ... Custer schüttelte den Kopf. Wenn die »Firma« Sabotage als Ursache der Angostura-Katastrophe annahm, warum zum Teufel hatten sie ihn nicht vorgewarnt? Er wußte nicht, ob er Casey bewundern

sollte, diesen Coup zu wagen, oder ob er die ganze Sache als überstürzte Aktion abtun sollte. Nun, wer handelt, hat den Sieg bereits in der Tasche, tröstete er sich im stillen. Da gab ihm Delia einen Schubs. »Hier sind wir.«
Die Tür stand offen. Sie gingen eine breite Marmortreppe hinauf und gelangten zum Empfang, der aus einem kleinen Tisch bestand, hinter dem eine junge Frau mit übergeschlagenen Beinen in einem Drehstuhl saß.
»Sutter und *Miss* Danone«, meldete sich Custer an. Die Frau konsultierte gelangweilt eine Liste und zeigte lächelnd die nächste Treppe hoch. »Fünfter Stock. Sie werden schon sehen, es gibt nur eine Tür!« Ken bedankte sich und schaute prüfend zur Decke, wo in der Ecke die Überwachungskamera surrte.
Dem Mann am Kontrollmonitor im vierten Stock genügte der kurze Blick des Besuchers. Er hielt das wache Gesicht mit den hochgezogenen Brauen und stechenden Augen im Standbild fest und übertrug es auf das Identifikationsprogramm des Computers.
Egon Zachs führte seine Besucher lächelnd durch einen geräumigen Flur, dessen Wände mit dunklen Gemälden behangen waren. Es handelte sich hauptsächlich um italienische und niederländische Meister. In der Ecke stand eine Porzellanvase. Ken blieb interessiert vor einer Tavernenszene stehen. Das Gemälde zeigte eine braungewandete Frau, wie sie einem Edelmann mit Hut lächelnd aus der Hand las. »Ein legale Fälschung, trotzdem köstlich«, bemerkte er.
»Verstehen Sie etwas davon?« fragte Zachs mit spöttischem Unterton. »Ist ja doch nicht gewohntes Terrain für einen Waffendealer.«
»Nein, nicht viel, außer daß die ›Wahrsagerin‹ von Caravaggio im Louvre in Paris hängt«, konterte Custer. »Aber hier haben Sie ein ganz hübsches Stück.« Er deutete mit dem Kinn auf ein leuchtendes Frauengesicht. »Ich sammle nämlich Lorenzo Lotto. Frühes sechzehntes Jahrhundert. Stand im Schatten von Tizian. Sicher ist Ihnen die psychologisch komplexe Künstlerpersönlichkeit bekannt? Oder sein geheimnisvoll poetisches Werk mit den lebhaften Farben, den lustigen, linkischen Figuren. Etwa die ›Verkündigung‹, nicht zu reden vom Meisterwerk der ›Lamentazione‹?«
Zachs ließ vor Verblüffung die Kinnlade fallen. Kopfschüttelnd führte er die Besucher schließlich in sein großes, in die Dachschrä-

ge eingelassenes Arbeitszimmer, in dem sie sich an den runden Glastisch setzten. Die Sonne blendete durch ein Fenster, und Custer kam rasch zur Sache.
»Wenn ich wissen möchte, wer in letzter Zeit Slicer-Raketen gekauft hat, wären Sie der richtige Ansprechpartner, Herr Zachs?« fragte er, zog einen Umschlag voller Dollarscheine aus der Tasche und legte ihn auf die Glasplatte. Zachs nahm ihn, schielte hinein und schob ihn in seine Tasche. Dann lächelte er spröde und sagte so leise, daß es Delia nicht hören konnte: »Rutschen Sie mir doch den Buckel runter!«
Der Mann im vierten Stock arbeitete fieberhaft am Vergleich der Bilder, die der Computer in rascher Reihenfolge auf den Bildschirm warf. Immer wieder betätigte er die Stop-Taste, wenn er glaubte, eine Ähnlichkeit mit dem Konterfei des Besuchers festgestellt zu haben.
Custer stand auf, als wäre damit der Besuch erledigt. Doch als sich Zachs ebenfalls erhob und um den Tisch herumkam, drückte ihm Ken die Pistole in die Magengrube. Das Opfer quiekte wie ein Schwein vor Schmerz. Dann schlug Ken ihm kräftig die Handkante über den Mund, so daß ihm das Blut am Kinn hinunterlief. Delia war erschrocken aufgesprungen.
»Geh an den Computer, rasch«, befahl Ken. Gleichzeitig zog er eine Rolle Isolierband aus der Tasche und löste ein umgeschlagenes Ende mit der freien Hand und den Zähnen.
»Das Paßwort«, rief Delia.
Zachs schüttelte den Kopf. Custer preßte den Lauf der Pistole auf Zachs' Kniescheibe und sagte: »Wieviel liegt dir am Gehen, Schleimgesicht?«
»Wassermann«, stieß Zachs hervor. Delia tippte das Wort ein und nickte bestätigend herüber. Custer klebte das Isolierband über Zachs' Mund und wickelte den Streifen dreimal um seinen Kopf.
Im vierten Stock liefen die Bilder weiter ab. Der Mann hielt die Bildfolge an. »Das ist er«, murmelte er. Aber er täuschte sich. Die nächsten Fotos zeigten Männer in Uniformen. Sorgfältig verglich der Mann das Standbild des Besuchers mit den neuen Köpfen.
»Ich hab's«, rief Delia. »Ich drucke aus.« Custer hielt den sich windenden Zachs in Schach.
»Mach schnell«, mahnte er, während der Drucker mit kratzendem

Geräusch Blatt um Blatt bedruckte, als könnte Delia den Druckablauf beschleunigen.
»O lâlà, sieh mal!« Delia starrte auf den Monitor.
»Komm, wir gehen«, drängte Custer. Unten im vierten Stock klickte der Mann am Computer hastig die letzte Bildserie an, ließ die Köpfe nacheinander erscheinen, ordnete sie auf dem Bildschirm nebeneinander und drückte plötzlich auf Stop. Wie elektrisiert blickte er auf das Foto. Die Gesichtszüge des Kerls mit der Fliegerjacke stimmten haargenau mit denen des Besuchers überein, der sich als Sutter angemeldet hatte. Unter dem Bild stand die Legende: »Kenneth W. Custer, Spezial Agent.« Der Mann griff zum roten Telefon und drückte hastig auf die Tasten.
Delia riß das letzte Blatt aus dem Drucker und klickte Zachs' E-mail-Programm an. Als die Menüseite erschien, tippte sie rasch ihre eigene E-mail Adresse ein und hängte die Liste mit den Waffendaten daran. Dann drückte sie auf *File Transfer* und Senden. Die Stimme aus dem Computer bestätigte ihr nüchtern, daß die Sendung mitsamt dem angehängten Dokument abgegangen war.
»Los, beeil dich.« Ken stand schon ungeduldig an der Tür, während Delia hastig die Blätter einsammelte und sie im Gehen in das Attaché-Köfferchen stopfte. Sie rannten an den alten Meistern vorbei ins Treppenhaus hinaus und hinunter.
Caseys Wagen stand mit laufendem Motor vor dem Ziehbrunnen.
»Wir haben das Material«, keuchte Delia, »nichts wie weg hier.«
Der Lincoln Town Car schnellte vorwärts. Empörte Fußgänger sprangen zur Seite und streckten dem Fahrer die Faust nach.
»Botschaftswagen«, schmunzelte Casey. »Gepanzert, schußsichere Fenster ...« Er bog in die enge Gasse ein, um den großen Platz zu erreichen.
»Was sind ›LFWs‹, Casey?« fragte Delia. »Auf Zachs' Liste standen zwölf ›LFWs‹.«
Casey warf ihr einen überraschten Blick zu. »*Low Frequency Whistles* ... Niederfrequenz-Pfeifen ... Trompeten von Jericho ... Verflucht!« Er starrte nach vorn. Ein schwarzer Mercedes füllte die ganze Breite der engen Gasse aus. Casey trat heftig auf die Bremse. In diesem Augenblick fuhr von hinten ein zweiter schwarzer Wagen dichtauf. Custer drehte sich mit zusammengekniffenen Augen um. »Verdammt. Wir sind blockiert.«

»Moment, ich regle das schon. Sieht nach unseren Leuten aus.« In aller Seelenruhe öffnete Casey die Tür und stieg aus.
»Casey, paß auf«, warnte Custer. Doch der Spionagechef ging lässigen Ganges auf den Mercedes zu. Aus dem Beifahrersitz löste sich eine stämmige Figur und lief Casey entgegen. Die Männer wechselten ein paar Worte. Casey zuckte die Schultern und kam langsam zurück. Er zeichnete mit dem Finger ein Viereck in die Luft.
»Die wollen Dokumente«, meinte Delia und griff nach ihrer Tasche. »Oder Moneten ...«
In diesem Moment zog der Stämmige eine Pistole und schoß Casey aus nächster Nähe in den Hinterkopf. Der große Mann blieb reglos stehen, um dann langsam in den Knien einzusinken und auf das Pflaster zu schlagen.
»Runter«, schrie Custer und warf sich auf den Fahrersitz hinüber. Die Schüsse des Stämmigen prallten am Panzerglas der Windschutzscheibe ab. Ken legte den Rückwärtsgang ein und gab Gas. Mit enormer Wucht rammte er den hinteren Wagen. Dann schaltete er und beschleunigte nach vorn. Der Killer sprang zur Seite, kurz bevor der schwere Lincoln Town Car in den Mercedes prallte. Die Wucht des Zusammenstoßes schob den Wagen rückwärts gegen ein Schaufenster. Wieder schlugen Kugeln in die Frontscheibe, die sich wie Spinnweben veräderte. Custer raste rückwärts. Metall kreischte, als der hintere Wagen wuchtig an die Mauer gequetscht wurde. »Die Scheibe, Ken. Paß auf«, schrie Delia, als der Wagen nach vorn raste. Custer bohrte den Lauf seiner Pistole in das sich abzeichnende Loch im mißhandelten, trüben Glas und feuerte auf den Schützen, als dieser eine Maschinenpistole auf ihn richtete. Der Schuß traf. Der Mann taumelte zurück und fiel aufs Pflaster. Der Lincoln raste holpernd über ihn hinweg und krachte erneut in den vorderen Wagen. Diesmal erfüllte das Manöver seinen Zweck. Das Heck des Mercedes durchbrach splitternd das Schaufenster und wurde ins Innere des Gebäudes geschoben. Dadurch öffnete sich eine Gasse. Custer drückte auf das Gas und schoß durch die Lücke auf den großen Platz hinaus. Hinter ihm wendeten die demolierten Fahrzeuge, Reifen quietschten, der stämmige Killer bellte Befehle, Räder drehten rauchend durch. Die Verfolgung nahm ihren Fortgang.
»Wo sind wir?« Custer suchte keuchend ein Verkehrsschild.

»In der Fußgängerzone. Dort steht Bahnhof. O Mist, zu spät.« Custer hatte die Abzweigung verpaßt. Plötzlich standen sie in einer Sackgasse. Hinter ihnen bogen die schwarzen Wagen schleudernd um die Ecke. Der vordere nahm Anlauf und raste schnurgerade auf sie zu. Custer ließ sich Zeit. Seine Schneidezähne verbissen sich in der Unterlippe. Delia knabberte nervös an ihrem Daumennagel, aber sie spürte es kaum vor Anspannung. Plötzlich gab Ken Vollgas. Die Reifen pfiffen, der Lincoln ruckte und schoß vorwärts. Keine Sekunde zu früh. Der starke Motor riß sie zur Seite in eine Einfahrt, Sekundenbruchteile bevor der anstürmende Rammbock am wegschnellenden Heck des Lincoln vorbei ins Leere raste, krachend die Schranke durchschlug und in den schwarzen Kanal stürzte. Ausfließender Treibstoff zog sich wie die Spur einer scheußlichen Schnecke hinter ihm her über die Straße. Delia hielt die Nase in den Wind und schrie: »Benzin, raus, bevor es knallt!«
Sie stürzten sich aus dem Lincoln, als der zweite Wagen mit kreischenden Reifen und aufheulendem Motor auf sie zuraste. Mit knapper Not fand Custer Zuflucht in einem Hauseingang und riß Delia in Sicherheit, als der schwere Mercedes auch schon in den Lincoln krachte. Ken zog die Pistole und zielte sorgfältig auf die Straßenmitte. Zwei Schüsse krachten. Die Kugeln erzeugten auf dem harten Asphalt einen Funkenregen. Das ausgeflossene Benzin entzündete sich, und das Feuer lief wie eine Zündschnur über die Straße zu den ineinandergeschachtelten Wagen. »Renn!« Er packte Delia an der Hand und rannte los. Weiter vorn, wo der erste Wagen das Geländer zerschmettert hatte, führte eine Treppe zum Bootssteg hinunter. Custer hechtete vor und rollte sich über die Stufen hinunter ab, als die Explosion die Luft erschütterte und eine Hitzewelle über ihn hinwegfegte.
Delia lag neben ihm am Kai. Keuchend rappelten sie sich hoch. Custer rieb sich das Handgelenk und klopfte seine Taschen ab. Delia kroch zur obersten Stufe hoch und blickte auf die brennenden Wracks.
»Das Köfferchen«, keuchte Delia. »Es liegt noch im Wagen.« Entgeistert schauten beide zum lodernden Feuer hinüber. »Die Daten von Egon Zachs ...«
»Zu spät.« Custer riß Delia herunter, als eine Nachexplosion erdröhnte, und die restlichen Fensterscheiben entlang der Straße in

die Brüche gingen. Der Lincoln brannte lichterloh. »Was meinte Casey mit den ›Trompeten von Jericho‹, Ken?« Sirenen heulten aus der Ferne heran.
»Keinen blassen Dunst. Warte hier. Ich bin gleich zurück«, stieß Ken hervor. Er sprang nach vorn zum zertrümmerten Mercedes. Mit schmerzverzerrter Fratze versuchte der Killer, die verklemmte Tür von innen aufzuwuchten. Custer trat heran, als sie sich einen Spalt auftat. Im engen Blickfeld glänzte der Lauf einer Uzi-Maschinenpistole. Mit infernalischem Grinsen brachte der Killer die Waffe in Anschlag. Ken gab ihm keine zweite Chance. Er hatte die Neunmillimeter schon in der Hand, feuerte. Die Kugel schlug mitten ins Mördergesicht. Der Blutschwall vermischte sich mit auflodernden Flammen. »Das tat ich für dich, Casey, altes Haus«, knirschte Custer grimmig und lief eilig zum Kai zurück. Die Straßen waren menschenleer. Der Kampf, die Explosionen, das Feuer hatten die Passanten wie Staub im Sturmwind weggefegt. Custer hielt nach Delia Ausschau. Aber sie war spurlos verschwunden. Polizisten in Kampfmontur rannten die Straße herunter. Ken lief, so schnell er konnte. Das Hotel am See, in dem Jordi wartete, sollte er in fünf Minuten erreichen.

Im Safehouse

Stinger-Spezialist Zomba verließ seinen Platz am dicken Panzerglasfenster und schritt zum Satellitenempfänger, um den Eingang von Signalen zu kontrollieren. Der Raum lag nur wenige Meter unter dem Piz Mephisto im Bergesinnern, und der Ausblick vom einzigen Fenster, das wie eine Schießscharte in den Felsen gehauen war, entschädigte den Beobachter für seine monotone Arbeit. Er übersah den großen Gletscher, das hintere Tal und den Stausee in seiner ganzen Länge. Der Standort ermöglichte ihm eine gute Kontrolle über die Talsperre, den See und einen Teil der Zufahrt.
Neben dem Beobachtungsfenster stand in einer anderen Ausbuchtung eine moderne Anlage. Hätte man Zomba, den Deutschen finnischer Abstammung, danach gefragt, wären seine Gletscheraugen

vor Begeisterung geschmolzen. Nur ein einziges Wort hätte er ehrfurchtgebietend gehaucht: »Stinger 2000«. Die gefürchteten Fliegerabwehrraketen, die ein einzelner Schütze bedienen konnte, lagerten stapelweise im Ausguck, zuoberst im Berg, neben dem im Fels versenkten Hangar für das Kufenflugzeug, das auf Schnee und auf dem Gletscher landen konnte, und dem Hubschrauber.

Es hatte Kritik gehagelt, daß einem ausländischen Großmogul vom Kaliber Samsons mitten im Herzen der Schweiz eine Alpenfestung überlassen wurde. Aber die ewigen Kritteler kannten die Vorgeschichte nicht. Samsons Großvater hatte das Land mitsamt dem Felsen nämlich schon jahrelang in Besitz gehabt, als im Zweiten Weltkrieg die Armee mit dem Bau von Festungsanlagen begann. Der Berg gehörte zum Massiv, das die strategischen Verkehrsachsen über die Alpen beherrschte. Der monumental in den Himmel ragende Granitklotz bildete außerdem schon damals den unverrückbaren Ankerpunkt einer Talsperre. Aber Samsons Großvater ließ mit sich reden. Er verpachtete das Land der Armee für fünfzig Jahre und gestattete ihr, die seinerzeit noch kleinen unterirdischen Anlagen auszubauen.
Die Schweiz ist gespickt mit Festungswerken, Flugzeugkavernen, Treibstofflagern, Spitälern und Kommandozentralen, die alle tief im Fels liegen, sicher vor atomaren Schlägen, Biowaffen und Laserbomben. Doch nach dem Zerfall der Sowjetunion verloren viele der martialischen Verteidigungsanlagen ihren Stellenwert. Wie die Flugzeugträgerflotte der US-Navy zu einem obsoleten Überbleibsel gigantischer Machtenfaltung verkam, blickte das unterirdische Festungsnetz der Schweiz unvermittelt auf ein vereintes Europa hinunter, in dem weit und breit kein Feind mehr die Souveränität des Kleinstaates bedrohte. Die Armeeführung, unter massiven Spardruck geraten, beugte sich nolens volens den Zeichen der Zeit und begann, einzelne der nutzlos gewordenen Werke zu privatisieren. Samson konnte einen Pachtvertrag vorweisen, der auslief. Zudem eilte der *Executive Solutions* der Ruf einer Firma voraus, die sich professionell mit Sicherheit befaßte, was sich ebenso nahtlos in den historischen Rahmen fügte wie die Idee, unter atomsicherem Granit ein Lagerhaus zu betreiben. Die Tradition der Wehrhaftigkeit blieb gewahrt. Schon wenige Tage nach der Eröffnung

des *Safehouse* fuhren Transporte aus ganz Europa in das enge Tal oberhalb Parsenn, um für Versicherungsgesellschaften, Banken, Kunsthändler und Privatpersonen Wertsachen und elektronische Datenträger einzulagern und sie vor Sabotage, Krieg und elektromagnetischem Puls zu schützen. Das Geschäft boomte, und die Umwandlung der Mephisto-Festung zum Lagerhaus wurde als Beispiel innovativer Wertschöpfung gepriesen.
Robusto, der das Verteidigungssystem der Schweiz studiert hatte, hatte noch andere Beweggründe. Die militärische Stärke der Schweiz lag in ihrem Gelände. Flüsse, Gräben, Berge, Täler und dichte Besiedlung verurteilten einen Angriff auf die Schweiz noch vor dem ersten Schuß zum Alptraum. Und an den Engpässen, auf den Höhen, an Brücken und Tunnels standen Truppen, die jeden Winkel des zerklüfteten Landes auswendig kannten. Hitlers Generäle wußten darüber Bescheid. Klar, die Schweiz war den Nazis als Insel der freien Presse und Zufluchtsort der Verfolgten aus dem unterjochten Europa stets ein Dorn im Auge. Als sie einen Feldzug noch hätten wagen können, wollten sie nicht. Sie spotteten: »Die Schweiz, das Stachelschwein, nehmen wir im Rückzug ein.« Aber aus dem Einsacken des Kleinstaats zur Siegesfeier wurde nichts. Die Schweiz ließ sich nicht überrennen wie Holland, Belgien und Frankreich. Und als gegen Kriegsende die Schweiz als Zentrum der alliierten Spionage, als einziges Sprachrohr einer freien Meinung den Nazis immer lästiger wurde, hatten die deutschen Generäle alle Hände voll zu tun, die Fronten in Ost und West zu halten. Sie wollten sich den Luxus eines kostspieligen Feldzugs gegen das lästige Stachelschwein nicht mehr leisten. Gewagte These, hatte ein deutscher Sicherheitsboß Samson entgegengehalten: Die Deutschen brauchten doch einen intakten Finanzort und hatten deshalb gar kein Interesse, die Schweiz zu erobern. Unsinn, hatte ihm Samson widersprochen, mit der Besetzung der Alpenrepublik hätten die Nazis alles Geld und Gold dieser Welt plündern könnnen! Wie auch immer. Samson glaubte selbst nicht so recht daran, aber es klang gut und provozierte. Die Vergangenheit ließ ihn ohnehin kalt. Das Hier und Jetzt zählte, und wer dabeisein wollte, brauchte kein Schweizer Bankkonto, das sowieso immer gläserner wurde, sondern den raschen Zugriff auf Informationen. Gold war Geschichte geworden, die Zukunft lag in der globalen elektronischen

Vernetzung. Und Samsons Alpenfestung lag zu diesem Zweck genau so goldrichtig, wie damals die Banktresore für die Deutschen gelegen hatten. So glaubte der unangefochtene Welt-*Security*-Boß und Anführer der Samsoniten weiterhin, daß die Schweiz eine sichere Insel blieb. Zwar nicht zum Parken von Geld – diesen Vorteil hatte das Land verspielt –, aber als heimliche Weltzentrale seines Imperiums.

Samson rieb sich zufrieden die Hände, als er aus dem Lift stieg und in den hohen, fensterlosen Kuppelraum aus Granit zwanzig Meter unter dem Gipfel des Piz Mephisto trat. Frank Hogan hatte ihm die wichtigsten Informationen auf einem Blatt Papier zusammengefaßt. Jetzt reichte Hogan dem Boß die Bilder, die ein Kurier von Egon Zachs aus Zürich vor einer Stunde abgeliefert hatte. »Ist ja höchst interessant«, murmelte Samson und wandte seine Aufmerksamkeit den Bildschirmen zu. »Wie laufen die Vorbereitungen, Doktor Dix?« Mit einer unwirschen Handbewegung schickte er den Iren weg. Hogan verzog sich erleichtert ins Untergeschoß, während der Chinese beflissen heraneilte und die Gitternetzstruktur der Bogenstaumauer auf den Großbildschirm projizierte. »Die Baßkanonen laufen programmgemäß seit heute früh. In ungefähr zwölf Stunden wird die Mauer nach meinen Berechnungen kritisch werden, das heißt, ihre Eigenschwingung wird die selbstzerstörerische Frequenz und Amplitude erreichen.«
»Zwölf Stunden, das ist morgen mittag«, knurrte Samson.
»Richtig.«
Samson zog den Chinesen am Arm heran und raunte ihm zu: »Wenn es nicht klappt, Dix, kriege ich Sie dran. Ihre Eier, Dix, werfe ich meiner Löwin zum Frühstück vor.« Er stand auf und ging hinter die Säule, wo das Löwenjunge ausgestreckt auf einem roten Kissen schlief. Er nahm es in seine Arme, hielt ihm spielerisch den Finger zwischen die scharfen Zähne und starrte zur Wand, an der Delias Bogen neben dem Köcher hing. Delia machte ihm zunehmend Sorgen. Er vermutete, daß sie falschspielte. Eine radikale Lösung des Problems drängte sich auf. Er ließ das Tier los, es glitt von seinen Armen auf den Fußboden und trottete davon, während er den Bogen vom Haken riß, einen Pfeil aus dem Köcher zog und an die Sehne legte. Mit Abtrünnigen kannte Samson keine Gnade. Er

nahm die runde Zielscheibe am anderen Ende des Raumes ins Visier. Aber was ihn zur Weißglut trieb, war der bloße Gedanke, daß ein anderer diese Frau benützte, verehrte, begehrte. Besitz teilen? Niemals! Der Pfeil zischte weg und traf knapp den Rand der Scheibe. Ärgerlich hängte Samson die Bogenwaffe an die Wand, trottete hinüber zur Zielscheibe, zog den Pfeil heraus, strich mit dem Daumen über die harte Spitze aus Titanium und kehrte knurrend zurück. Die junge Löwin, der Länge nach wohlig ausgestreckt, blinzelte ihm entgegen, als er den Pfeil wieder in den Köcher steckte.

In der Nähe von Parsenn

Fahr genau nach Vorschrift«, mahnte Custer, als Jordi über die Autobahn den Bergen entgegenjagte. Er beugte sich im schwachen Licht der Rücksitzbeleuchtung über Delias Powerbook, steckte das Verbindungskabel ins Mobiltelefon und klickte America Online an, um Delias E-mail zu lesen. Gleichzeitig fischte er einen Wattebausch aus dem Verbandskasten und tupfte sich die Schürfwunde an der Schläfe ab. Jordi blickte in den Rückspiegel: »Sie müssen nächstes Mal weicher abrollen, *Sir*, wenn –«

»Versuch, *Miss* Cooper anzurufen«, schnitt ihm Ken das Wort ab.

»Ich habe die Daten von Zachs an meine E-mail Adresse gesandt, mein Paßwort ist Monticello«, hörte er sie sagen. Ken tippte das Wort ein, gelangte an die E-mail und öffnete das mit »Z« betitelte Dokument. Eine Liste erschien auf dem Bildschirm. Custer krempelte den Hemdsärmel hoch und klebte ein Pflaster auf den Ellbogen. Achtzig Slicer-Raketen an *Executive Solutions*. Lieferung vor zwei Monaten. *Safehouse*, Parsenn. Ken schaute nachdenklich auf und fragte: »Jordi, das *Safehouse* ist doch die Felskaverne, direkt an der Staumauer.« Der Fahrer bestätigte mit Kopfnicken, und Ken vertiefte sich wieder in den Bildschirm. »Bei *Miss* Cooper ertönt das Besetztzeichen«, sagte Jordi.

»Mhm. Versuch's weiter ... Was haben wir da? Zachs hat auch zwei Metal Storm geliefert, das sind doch diese höllischen Schießma-

schinen ... Und hier: Zwölf B-Kanonen, geliefert an Weihnachten. Jordi, sagen dir B-Kanonen etwas?«
»Wie bitte, Schneekanonen?«
Custer lachte kurz heraus: »Das sind vermutlich die einzigen Waffen, mit denen sich Samson noch nicht beschäftigt hat.«
Custer sah im Geist Delia, wie sie auf Casey einredete: »Samson experimentiert mit Staumauern. Er analysiert die Mauerstrukturen und ihre Resistenz gegen Erdbeben und Wasserdruck. Er tut dies angeblich, um die Sicherheit der Bauwerke optimieren zu können. Wenn du mich fragst, kann er mit seinen Experimenten auch die Schwachstellen einer Staumauer bestimmen und daraus ableiten, wie sie am wirksamsten zerstört werden kann.«
»Angenommen, Jordi, Samson macht seit einiger Zeit an der Forno-Mauer herum ...«
»Durchaus möglich. Er sitzt ja dort oben. Das *Safehouse* dient ihm als perfekte Tarnung.«
»Richtig, nicht nur als Umschlagpatz für Waffen, sondern auch als Felslabor, das ihm Daten liefert, wie die Forno-Mauer zu brechen ist. Aber wie? Mit Raketen? Und warum?«
»Ich weiß es nicht ...«
»Ich muß so rasch wie möglich in diese verdammte Festung hineinkommen.«
»Wir sind auf dem besten Weg dazu«, meinte Jordi trocken.

Delia sprach gehetzt in ihr Handy: »Höre gut zu, Robusto. Zachs hat dich beschissen.« Sie lief an der Hausmauer entlang und näherte sich der Ecke. »Er hat zweihundert Slicer gekauft, uns aber nur achtzig geliefert. Die restlichen hat er ganz bestimmt mit Profit weiterverschachert. Ich kam dahinter. Da hetzte er seine Bluthunde ...« Sie lief den Polizisten direkt in die Arme. Geistesgegenwärtig schleuderte sie das Handy weit von sich in den Kanal. Es kam zu einem kurzen Handgemenge. Zwei Polizisten krümmten sich stöhnend unter ihren Kung-Fu-Schlägen. Die anderen zwei wichen verdutzt zurück. Delia war im Begriff, sich davonzumachen, da traf sie die Tränengaswolke mitten ins Gesicht. Eine halbe Stunde später saß sie, an den Händen gefesselt, im Dienstwagen von Bundespolizeichef Marcel Dulliker. Der Porsche raste durch die Vorstadt

auf die Autobahn, bog in eine Überlandstraße, dann in einen Schotterweg ein. Delia studierte aus dem Augenwinkel das Kartendisplay des Bordnavigationscomputers und merkte sich die südöstliche Richtung.
»Sie bleiben einstweilen an einem sicheren Ort«, informierte Dulliker sie, als der Porsche über eine Brücke schoß, bremste und nach rechts über eine Schotterstraße in den Wald schlitterte. Sie schwieg, und Dulliker sagte kein Wort mehr.

Jordi fuhr vorsichtig auf der schmalen Straße durch den dichten Tannenwald. Plötzlich flammten helle Scheinwerfer auf. Die Umrisse einer Schranke und eines Wachhauses hoben sich ab.
»Wir sind da.« Custer blickte von der Karte auf und kurbelte das Fenster herunter. Zwei Wächter in Kampfuniformen traten heran, die Maschinenpistolen schußbereit im Anschlag. Eine dritte Gestalt in Zivilkleidung schob sich zwischen den Männern durch. »Es ist alles in Ordnung«, bestätigte Dulliker. »Folgen Sie meinem Wagen.«
Die Schranke hob sich. Sie fuhren hinter Dullikers Porsche her durch ein stockfinsteres Waldstück. »Wenn wir ausgestiegen sind, fährst du sofort wie besprochen zum Treffpunkt«, raunte Custer Jordi zu, der nickte und den Wagen in die Lichtung ausrollen ließ. Auf einem schwach erleuchteten Vorplatz des niedrigen Gebäudes stand ein großer Helikopter mit laufendem Rotor. Dulliker parkte daneben und stieg hastig aus.
»Zum Grundsätzlichen«, fing er seine Erklärungen an, während zwei Piloten mit Fliegerhelmen am Arm an ihm vorbei zur Maschine liefen. »Wir sind auf einem Stützpunkt von ›Luchs‹. Die Operation ist geheim.Wenn Sie hier wegfahren, haben Sie vergessen, daß diese Anlage existiert.«
Custer blickte fragend auf Delia.
»Sie bleibt in meinem Gewahrsam. Hoffentlich fallen ihr ein paar gute Antworten auf meine Fragen ein«, sagte Dulliker in drohendem Tonfall.
Er nahm Ken ein paar Schritte zur Seite. »Leutnant Krall wird Sie während des Flugs über alle Einzelheiten instruieren.« Dulliker drückte auf ein Fernbedienungsgerät. Im Asphalt eingelassene,

orangefarbene Warnleuchten blinkten. Der Boden, auf dem sie standen, senkte sich plötzlich ab, und Delia ging reflexartig in die Knie. Die Plattform hielt nach ungefähr zehn Metern in einer großen rechteckigen Kaverne an, in der drei andere Kampfhelikopter standen. Ein paar Männer in Arbeitskleidern arbeiteten daran. Dulliker eilte voraus zu einer Wand, die sich geräuschlos zur Seite schob.

»Miss Cooper, Sie bleiben draußen.« Dulliker nickte den beiden Soldaten zu, die mit unbewegter Miene neben der Frau Aufstellung nahmen.

Leutnant Krall salutierte, als Ken mit dem Sicherheitschef den Kommandoraum betrat und die Wand in ihrem Rücken zuglitt.

Ohne Umschweife begann der Offizier mit dem grünen Béret der Spezialeinheit »Luchs« seine Einsatzbesprechung, während auf der Großleinwand ein gebirgiges Gelände aufflammte.

»Wir setzen Sie auf Punkt A, fünfhundert Meter vom Stolleneingang entfernt, ab. Sie stoßen genau westlich vom Punkt den Abhang hinunter. Es hat gut einen Meter Neuschnee. Der Weg wird beschwerlich sein. Am Punkt B liegt der Eingang zum Stollen. Mehr können wir für Sie nicht tun.«

Der Leutnant salutierte erneut. »Wenn ich die Skizze richtig interpretiere, dringe ich durch einen Wasserzuleitungskanal zum Forno-Staudamm vor?«

Der Leutnant und Dulliker nickten gleichzeitig. »Zum System der Forno-Talsperre gehören rund hundert Kilometer Tunnels, die das Wasser aus abgelegenen Hochtälern und Schrunden am Fuß der Viertausender zum Forno-Staubecken leiten. Die Tunnels sind auch für militärische Zwecke ausgebaut worden, folglich breit genug, um mit einem Kleinlaster durchzufahren. Die Wasserstollen sind deshalb ideale Verbindungsgänge von Tal zu Tal.«

»Sollten wir da nicht besser ein Boot dabeihaben?« bemerkte Custer mit sarkastischem Unterton.

»Keineswegs. Unser Stollen führt um diese Jahreszeit kein Wasser. Schauen Sie. Das Seebecken, das den Kanal speist, ist im Winter fast leer.« Er tupfte mit dem Stab einen Punkt auf der Leinwand an.

»Wie lange dauert der Vorstoß durch den Tunnel?« fragte Ken.

»Sie sind fünfzehn Kilometer unterwegs ... das macht eine halbe Stunde bis zum Punkt C.«

Der Leutnant hustete und sagte: »Von Punkt C fehlen uns leider genaue Pläne. Wir vermuten dort eine Felskammer, wo zwei andere, wasserführende Stollen einmünden. Von der Felskammer C sollte ein Durchgang direkt in die private Bunkeranlage führen.«
»Ist er offen?« fragte Ken.
»Sie müßte es wissen«, meinte Dulliker mit einem Nicken in Richtung Vorhalle, in der Delia wartete.
»Gibt es einen vertikalen Schnitt?«
»Nein, leider nicht. Die genauen Pläne sollten in einer Stunde eintreffen«, berichtete der Leutnant. Custer schaute auf die Uhr. »Wir können unmöglich so lange warten. Aber ich glaube, *Miss* Cooper sollte mich begleiten. Sie kennt die Örtlichkeiten. Ich bürge dafür, daß sie zurückkommt.«
Dulliker schüttelte energisch den Kopf. Als sie mit der Plattform an die Erdoberfläche zurückkehrten, flüsterte er: »Ich habe den Bogen schon überspannt, Ken. ›Luchs‹ ist auf meine eigene Verantwortung involviert. Ich kann eine Wildfremde, die noch dazu in Verdacht steht, die Komplizin von Samson zu sein, doch nicht ins Team aufnehmen.«
Dagegen war nicht viel einzuwenden. Custer eilte wortlos zum Helikopter, Leutnant Krall dicht auf den Fersen. Die Rotoren begannen sich schneller zu drehen. »Vergessen Sie nicht, Samson ein paar Haare auszureißen«, rief ihm Dulliker nach. Als die Maschine in den Nachthimmel abhob, drehte er sich zu Delia um: »Miss Cooper, Sie müssen leider hierbleiben. Ich nehme Sie in Sicherheitshaft.«
Hinter ihm tauchten zwei bedrohliche Schatten auf. Delia trat einen Schritt zurück. Wieder einmal läßt er mich im Stich, dachte sie und erspähte für eine Sekunde das blasse Gesicht von Ken Custer hinter der Scheibe der Pilotenkanzel.
Die beiden Soldaten standen mit harten Gesichtern neben dem Sicherheitschef. »Ich halte Sie zu Ihrem Schutz fest. Ihr Boß wird Sie töten. Er glaubt, Sie arbeiten für die CIA.« Samson hat zwei Piloten umgebracht und Sharon Jefferson ermordet. DiBenedettos Worte klangen nach, während die Soldaten nähertraten. Eine unbewaffnete Frau festnehmen und abführen zu müssen, stellte für die trainierten Nahkämpfer beinahe eine Beleidigung dar. Delia senkte das Haupt, als hätte sie sich mit dem Verdikt abgefunden, und er-

faßte aus den Augenwinkeln die Umgebung, die sie sich gut einprägte.
Plötzlich wurde sie wütend. »Idiotischer Witz«, sagte sie durch die Zähne. »Ich stehe nicht auf Ihrer Seite.« Zur maßlosen Überraschung des Sicherheitschefs sprang sie wie von der Tarantel gebissen hoch und schrie: »Ich gehöre zum großen Samson, jaa!« Der Fuß des gestreckten rechten Beins traf den Wächter neben Dulliker am Hals. Der Mann ging mit einem gurgelnden Stöhnen zu Boden. Bevor der andere die Waffe in Anschlag bringen konnte, knallte ihr linker Fuß an sein Knie. Der Soldat duckte sich wankend ab, aber sie stürzte sich sogleich auf ihn, wirbelte seinen Körper mit einem harten Griff herum und schmetterte ihn gegen den harten Betonplatz. Dann entwand sie dem Überrumpelten blitzschnell die Waffe und rannte keuchend zum Porsche. »Halt, oder ich schieße!« rief Dulliker, der immer noch damit beschäftigt war, seine Dienstwaffe aus dem Schulterholster zu klauben. Delia drehte sich um, hob den Lauf der MP und spritzte eine kurze Garbe in die Luft über seinem Kopf. Der Sicherheitschef hechtete erschrocken zur Seite. Delia lachte, warf die Waffe auf den Beifahrersitz und schmiegte sich wie eine Tigerkatze hinter das Steuer des Porsche. Der Motor heulte auf, der Wagen drehte und schoß nach vorn, dann raste er mit kreischenden Reifen über den Platz in den Wald. An der Schranke flammten Scheinwerfer auf. Die alarmierten Wachen stürzten orientierungslos heraus, als der schwarze Sportflitzer auch schon krachend die Barriere am Sperrposten durchschlug. Fassungslos gafften sie den roten Hecklichtern nach. »War das Dulliker?« fragte einer am Sperrposten konsterniert. »Ich glaube, Dulliker kommt erst angehechelt, Mensch«, kicherte ein anderer und deutete mit dem Daumen in die Finsternis des Waldes, aus dem Keuchen und Fluchen drang. Plötzlich tauchte der Sicherheitschef schweißgebadet im Scheinwerferlicht auf und hastete ins Wachhaus zum Telefon.

Parsenn

Der Mord an Außenminister Jim Frazer hält Washington in Atem. Das FBI verfolgt jeden Hinweis. Bis zur Stunde tappen die Ermittler noch im dunkeln«, informierte die Sprecherin aus dem Fernseher in der Ecke. Thomas und Melissa saßen im Dachgeschoß des Gebäudes an der Theke der Rosanti-Bar, die in kirschrotes Licht gehüllt war, und nippten am Champagnerkelch. »Was machen die Swidles in Parsenn?« bemühte sich Melissa um Konversation.
Thomas' ernste Miene hellte sich kurz auf: »Oh, Swidle nimmt am Weltwirtschaftsforum teil, denke ich. Ein guter Typ. Hat vor vierzig Jahren sein Zuhause in Irland praktisch mittellos verlassen. Heute gehört er zum ständig wachsenden Netzwerk erfolgreicher Unternehmer, die die irische Regierung in Wirtschaftsfragen beraten und selbst im Land investieren.«
»Es gehört in Amerika zum guten Ton, Ire zu sein, habe ich gelesen«, meinte Melissa.
»Nun, wie Swidle sind ein Drittel der Direktoren in amerikanischen Firmen irischer Abstammung. Derzeit erleben wir eine Art irischer Renaissance. Paßt doch gut zum Nordirland-Gipfel.«
»Hmm. Tja, sie werden's nie ganz nach oben schaffen«, meinte Melissa geringschätzig.
»Und warum nicht?«
»Ihr Vereinigungslokal bleibt die Bar, auch in Amerika, nicht das Sitzungszimmer«, gab Melissa die Pointe zum besten. »*Bar-room* statt *Boardroom*. Was machen Swidles Söhne übrigens in Parsenn?«
»Ach, die vergnügen sich wohl im Pulverschnee.« Thomas blickte griesgrämig drein.
»Scheint dir nicht gerade eitel Freude zu bereiten. Du bist heute überhaupt so mundfaul.«
»Ich sorge mich um Dad, weil er vermutlich gerade in etwas hineingezogen wird.« Thomas stierte ins Glas.
»Glaubst du an Zufälle?« wechselte Melissa geschickt das Thema.
»Es kommt drauf an. Warum?«
»Ich dachte nur so. Im Pressezentrum hattest du mir heute vormittag von Samson erzählt, weißt du noch?« Als er nickte, fuhr sie fort: »Und wen, glaubst du, habe ich am Nachmittag gesehen?«

»Samson?«
»Haargenau. Und alles fing in meinem Zimmer an. Wenn die nicht gebumst hätten, wäre ich nie dahinter gekommen und ...«
»Was?« Thomas schüttelte ungläubig den Kopf, woraufhin sie ihm in groben Zügen ihr aufregendes Erlebnis schilderte.
»Wie hat es auf dich gewirkt, ganz ehrlich?« unterbrach er sie vergnügt.
»Psst.« Sie drückte ihm den Zeigfinger sanft auf den Mund. »Darüber reden wir ein andermal. Ich wollte nur sagen, dieser Harrison besprach sich mit Samson draußen vor dem Pavillon, in dem wir die Konferenz abhalten.« Sie erzählte, was sie von dem Gespräch mitgehört hatte. Thomas lauschte mit zunehmendem Interesse. Plötzlich schreckte er auf: »Die Farm? Haben sie von der Farm gesprochen? Die Farm ist nämlich das Trainingslager der CIA für neu angeworbene Agenten, Melissa. Was hast du sonst noch gehört?«
»Weibergeschichten. Sie tratschten über eine Frau.«
»Versuche, dich genau zu erinnern, bitte. Solche Leute tratschen nicht!«
»Ich weiß nichts Genaues. Ich hab das Ganze überhaupt nicht ernst genommen. Auch Uli, der Polizist, meinte, es ginge nur um Frauen.«
»Wenn Harrison von der Farm ist, bezweifle ich, daß er mit Samson nur über Weiber gequatscht hat«, gab Thomas zu bedenken.
»Was glaubst du denn, was dahintersteckt?«
Thomas hob den Blick und schaute gedankenverloren zum Eingang. »Hoffentlich kommen die Swidles bald. Komm, wir trinken noch einen. Prost!« Er hob den Kelch und erstarrte mitten in der Bewegung.
»Was hast du?« fragte Melissa erschrocken.
»Dort. Der Kerl! Diese Augen!« Es war nur ein Flüstern. Thomas beugte sich nach vorn. Der Schwarze mit dem straff nach hinten zu einem Pferdeschwanz gebundenen Haar zog sich an der Garderobe die Jacke über.
»Das ist er«, sagte Thomas durch die Zähne.
»Wer?«
»Der unser Haus in Brand gesteckt hat. Der Kerl im Keller, von dem ich dir erzählt habe.« Melissa hatte die Geschichte noch lebhaft vor Augen. Doch da rief jemand den Schwarzen mit den kleinen, run-

den Augen wie Einschußlöcher zurück: »Pajero, Pajero, warte!« Der Pferdeschwanz schwang herum. Ein hagerer Kellner eilte heran: »Du hast dein Sechserpack Bier vergessen, Pajero. Da, fang!« Der Angerufene hob die Hände, wie um einen Ball zu fassen, fing den Pakken geschickt auf, dankte mit einem Kopfnicken und ging hinaus.
»Schnell. Komm«, drängte Thomas zum Aufbruch.
Sie blieb sitzen. »Wir können die Swidles doch nicht einfach versetzen. Erklär mir bitte, was du vorhast.«
Er packte sie wortlos am Arm, riß ihren Parka vom Haken und zerrte sie zum Ausgang. »Wo steht dein Wagen?« fragte er mit einer Stimme so scharf wie splitterndes Glas. Sie folgte ihm protestierend zu den Aufzügen, wo er bereits ungeduldig auf die Bedienungstaste drosch.
»Komm, wir rennen die Treppen runter«, schrie Thomas. Sie blieb aber stehen und starrte auf das messingene Schild zwischen den beiden Lifttüren. »Was ist, komm endlich!« Thomas winkte energisch.
»Da«, sie zeigte auf das Schild: *In case of fire do not use the stairs,* im Brandfall nicht die Treppe benutzen.
»Was soll der Quatsch, es brennt ja nicht«, rief Thomas ärgerlich.
»*In case of* ... so hieß er. Casey. Jetzt ist mir der Name gerade eingefallen. Von einem Casey sprach Harrison mit Samson«, sagte Melissa mit blitzenden Augen und rannte zur Treppe. Verdutzt hetzte Thomas hinter ihr die Stufen hinunter und ins Freie.
Pajero stapfte am anderen Ende über den Parkplatz zu einem roten Allradkombi. Melissa hatte ihren Landrover näher an der Straße geparkt. Allmählich begriff sie den Ernst der Lage, rannte voraus und öffnete die Tür, als Pajero auch schon an ihnen vorbeirollte und sich hinter dem Lenkrad eine Zigarette anzündete. Die Flamme erhellte seine kinnlose Fratze für ein paar Sekunden.
»Er ist es. Der Brandstifter. Kein Zweifel. Folge ihm. Halte genügend Abstand. Wenn er verlangsamt oder anhält, überhol ihn, als wäre er einer dieser Langweiler.«
»Hat dich das dein Dad gelehrt?«
Thomas schwieg. Er klaubte aus der Rocktasche sein ST-Handy hervor und tippte ein paar Zahlen ein. Auf dem Display leuchtete ein Kartenausschnitt auf. Darunter flimmerten die Koordinaten. Thomas drückte die Verbindungstaste.

»Der fährt die Straße zur Staumauer hoch.«
»Verlier ihn nicht.« Thomas starrte ungeduldig auf das Leuchtfeld. Der Verbindungsaufbau dauerte ewig.
»Die Straße hört weiter oben auf, Thomas. Der Paß ist geschlossen. Sieh doch, das Straßenschild!«
»Fahr weiter. Bist du ganz sicher, daß sie von Casey gesprochen haben?«
Melissa blickte überrascht herüber. »Ja, warum? Kennst du ihn etwa?«
»Nein. Aber mein Dad kennt einen Casey und hält große Stücke auf ihn. Casey ist die graue Eminenz in der Klapsmühle, die sich CIA nennt. Wenn Casey oder diese Frau in Gefahr sind, muß ich Dad warnen. Er weiß dann schon, was zu tun ist.« Thomas drückte das Gerät ans Ohr und sprach plötzlich leise und präzis in das Mikrophon.
»Ich weiß nicht, ob es klug ist, dem Kerl zu folgen. Die Gegend ist ziemlich einsam.« Melissa schaute fragend zu Thomas.
»Hast du eine Straßenkarte dabei?« Thomas steckte das Telefon mit dem eingebauten Positionsgerät ein.
»Ich kenne die Straße doch.« Sie reichte ihm trotzdem eine Übersichtskarte der Schweiz. Thomas richtete den Lichtstrahl der kleinen Bogenlampe am Armaturenbrett auf seine Knie und schlug die Karte auf.
»Was suchst du?«
»Koordinaten ... sechshundertfünfzig ...fünfhundert ... Hier müßte es sein.«
Als Pajero die letzte Häusergruppe vor der Steigung hinter sich gelassen hatte, fielen ihm die Scheinwerfer im Rückspiegel auf. Der Wagen schlich beharrlich hinterher und schwenkte nicht wie erwartet zum Gehöft ab, sondern hängte sich an seine Schlußlichter. Seltsam.
Thomas fand endlich die Stelle auf der Karte: »Gasterensee, das ist auf der anderen Seite dieses Gebirges ... da kommt man überhaupt nicht hin.«
»Ich hab ihn verloren«, sagte Melissa und schaltete zurück, »eben war er doch noch vor mir. Hast du eine Meldung hinterlassen?«
Er nickte: »Ich versuch's später noch mal. Ich muß mit Dad reden. Unbedingt.«

Die Straße zog sich in ein paar Kurven durch ein Waldstück hoch. Außer ihren Scheinwerfern war kein Licht eines anderen Fahrzeugs zu sehen. Thomas überlegte, ob sie umkehren sollten, als sich der Wald lichtete. Das Straßenstück wurde flacher und gab den Blick auf den Talboden unterhalb der Staumauer frei. Der blasse Mond erhellte den Schnee gerade genug, daß die Umrisse des Gebäudes am Fuße des Felsens sichtbar wurden. Und dort leuchteten rote Hecklichter auf.

»Stop. Mach die Scheinwerfer aus«, flüsterte Thomas.

Langsam fuhr Melissa weiter. »Ich glaube nicht an Zufälle«, flüsterte Thomas. »Alles hängt irgendwie zusammen: Dein schräger Vogel Harrison, dieser Pajero, Casey ...«

Als eine Seitenstraße nach unten zum Fluß abzweigte, schlug Melissa das Lenkrad ein und schaltete den Motor ab. Geräuschlos rollten sie zur Brücke hinunter. Vor ihnen türmte sich der schwarze Felsen in seiner ganzen Unheimlichkeit auf, einzig durchbrochen auf der rechten Seite von einer weißen steilen Schneise.

»Halte dort, wo die Schlucht herunterkommt«, entschied Thomas und zeigte auf den weißen Trichter. Sie stiegen aus und gingen zu Fuß an der Felswand entlang auf das eingezäunte Gebäude zu. Pajero sah die beiden auf dem Überwachungsmonitor heranschleichen und grinste hämisch.

In der Nähe von Parsenn

Delia Cooper raste in die Nacht hinaus ohne den Schimmer einer Ahnung, wo sie sich befand. Sie hatte rasch erfaßt, daß der Porsche des obersten Polizeichefs mit modernstem Gerät vollgestopft war. Sie drückte die Taste unter dem kleinen Bildschirm des Navigationscomputers. Mit halbem Auge schielte sie nach unten, als ein Wegweiser aus dem Dunkeln auftauchte. Sie verglich den Namen mit der Anzeige auf dem Monitor. Nächste Kreuzung rechts.

Als die Straße flacher wurde, summte das Telefon. Delia drückte die Freisprechtaste. »Ja?«

»Geben Sie auf, *Miss* Cooper. Wir haben überall Straßensperren.« Dullikers Stimme klang besorgt.
Sie schob das Gerät achtlos zur Seite und bog schleudernd in die Hauptstraße ein. Dann gab sie Vollgas und preschte davon. Die von gespenstischen Bäumen gesäumte Straße wurde von den Vorderrädern verschlungen. Der rot blinkende Punkt, der die Position ihres Fahrzeugs angab, irritierte sie. Der Versuch, das System abzuschalten, scheiterte, als ihr Häuser entgegenfielen. Delia schaltete zurück und nahm die Kurve durch die abendlich ruhige Ortschaft. Als sie aus ihr herausschoß, erfüllte ein Blaulichtgewitter die Nacht. Mindestens sechs Polizeiwagen heulten ihr entgegen. »Falsche Richtung«, spottete Delia und sah im Rückspiegel, wie Wagen wendeten und die Verfolgung aufnahmen. Es wurde ungemütlich. Delia schielte im Fahren auf den Kartenausschnitt und versuchte, sich zu orientieren. Ein Kurvensignal flammte im Scheinwerferlicht auf. Sie bremste vor dem Engpaß scharf ab und lenkte den Porsche nach der Kurve in eine Nebenstraße, stoppte und schaltete das Licht aus. Die Polizeiautos rasten vorbei. Sie zählte: eins, zwei, drei ... dann fuhr sie los. Nach der Computerinformation sollte die Schotterstraße zu einer Brücke am Fluß führen.
»Wir wissen, wo Sie sind, *Miss* Cooper«, ertönte es aus dem Lautsprecher. »Sie fahren in eine Sackgasse. Halten Sie an, bitte.«
Ein Trick, hoffte Delia, als sich die Straße plötzlich absenkte und die Brücke im Scheinwerferlicht auftauchte. Oder was von ihr übriggeblieben war. Delia bremste und schlitterte, kam aber rechtzeitig zum Stehen. Der steigende Fluß hatte die Hälfte der Brücke vom gegenüberliegenden Ufer weggerissen. Delia schaltete verbissen in den Rückwärtsgang und manövrierte die Straße hoch, nach einem Wendeplatz Ausschau haltend. Da bemerkte sie das Leuchten von Scheinwerfern in den Tannenwipfeln. Und hörte Sirenen. Als die Polizeiwagen hinter ihr auftauchten, warf sie den Gang ein. Die Abrißstelle befand sich genau auf dem Scheitelpunkt des Brückenbogens. Delia nahm alles in Sekundenbruchteilen wahr und drückte das Gaspedal durch. Der Porsche durchbrach die Holzschranke. Bretter wirbelten durch die Luft, ein Gegenstand traf die Windschutzscheibe und verwandelte ihr Blickfeld in eine trübes Spinnengewebe. Dann schnellte der Wagen auch schon über die gewölbte Brücke und hob wie von einer Sprungschanze ab. De-

lia umklammerte das Steuerrad, daß ihre Knöchel weiß glühten. Ihr schien, als flöge sie eine Ewigkeit durch die Luft.
Die Verfolger kamen knapp vor der weggerissenen Brücke zum Stehen. Polizisten stürzten heraus und schauten fassungslos zu, wie der schwarze Sportwagen durch die Luft segelte und sich jeden Augenblick in die Uferböschung bohren würde. Doch die Perspektive der Polizei täuschte. Der Wagen krachte mit den Vorderrädern knapp auf die abgebrochene Fahrbahn. Das Chassis schlug hart auf, Funken sprühten, und der Wagen schwänzelte wild hin und her. Delia stemmte sich gegen das Lenkrad, wurde durchgeschüttelt, aber sie hatte es geschafft. »Wow, hurra!« stieß sie schreiend die Luft aus und senkte die Scheibe der Fahrertür. Die frische Luft kühlte ihr heißes Gesicht. Dann beschleunigte sie. Sie raste wie im Rausch dahin, mit Hochgefühl. Dem Navigationsdisplay nach müßte bald ein Gruppe Häuser in Sicht kommen.

Zentrale der Nord-Süd-Watt AG

Der diensthabende Ingenieur in der Zentrale der Nord-Süd-Watt AG starrte brütend auf den dunkelgrünen Schriftzug »Forno West«, führte die Kaffeetasse zum Mund und kritzelte das gesuchte Wort ins Kreuzworträtsel. Der hohe, fensterlose Raum verriet seinen früheren Verwendungszweck als Maschinensaal. Rohre zogen sich über die Decke, und runde Platten aus Gußeisen deckten auf einer Linie den Betonboden ab, auf dem vermutlich Generatoren gebrummt hatten. Jetzt flimmerten dort Bildschirme auf langen Tischen im Rücken des Ingenieurs, der sehnlichst auf seine Ablösung um Mitternacht wartete. Der zweite Mann in der Zentrale in dieser Nacht, ein junger Techniker, wirbelte auf dem Drehstuhl herum:
»Es gibt Probleme mit einer Vertikalfuge am linksufrigen Felslager!«
»Inwiefern?« fragte der Ingenieur.
»Wasser sickert durch.«
»Wieviel?« Widerwillig löste er sich von seinem Rätsel.
»Moment. Ich schätze hundert Liter pro Minute.«

»Ist im Winter normal. Kein Grund zur Beunruhigung.«
»Ich schreib die Beobachtung trotzdem ins Rapportbuch.«
»Ja, mach das ... Nebenfluß des Po ...?« stöhnte der Ingenieur.

In der Nähe von Parsenn

Der Komplex hinter der Biegung stellte sich als eine alte Mühle heraus, die zu einem Vergnügungsbetrieb umgebaut worden war. Davor erstreckte sich ein großer Platz bis ans Flußufer, mit zahlreichen Wagen vollgeparkt. »Bar«, »Disco«, »Nightshow« blitzten Neonleuchten auf, als Delia in den Parkplatz einbog und langsam an noblen Karossen und schnittigen Flitzern vorbeirollte.
»Wir haben sie«, verkündete Dulliker im Polizeifunk. »Alte Mühle, ein Kilometer südlich Punkt fünfhundertvierundvierzig.«
»Capito, wir können dort in zehn Minuten landen«, kam die Antwort vom Hubschrauber.
Der Fahrer, der Delia entgegenkam, suchte offensichtlich eine Parklücke. Sie lehnte sich hilfesuchend aus dem Fenster und gab ihm ein verzweifeltes Handzeichen. »Ich hatte Pech mit meiner Frontscheibe. Gibt es hier eine Werkstatt?« flötete sie. Der junge Mann mit rundlichem rosa Gesicht und kleinen Äuglein war aus der Stadt herausgefahren, um in diesem einschlägigen Lokal eine flotte Nummer zu schieben. Er sah sie aus gierigen Augen an. So ein Klasseweib kam ihm gerade recht. Bedächtig stieg er aus und besah sich den Schaden. »Hmm. Tja, Frauen am Steuer. Hoffnungslos. Sie müssen die Karre wohl hier stehenlassen. Wäre sonst kein übler Schlitten.« Er trat kennerhaft gegen den vorderen Reifen. »Sieht böse aus.« Delia stieg aus, die Haare wogten wild über ihre Schultern. Sie entsprach seinem kühnsten Phantasiebild. »Wissen Sie, ich habe einen Langholztransporter gestreift«, gab sie kühl an.
»Es hat zum Glück Zimmer hier. Mit Sauna«, grunzte er anzüglich. Delia fuhr sich durch die schwarzen langen Haare und blickte zu den rot ausgeleuchteten Fenstern hinüber: »Warum eigentlich nicht? Würden Sie mir den Wagen parken?«
»Natürlich. Zuerst die Arbeit, dann das Vergnügen.« Er kicherte und

stemmte sich an das Heck des Porsche, als müßte er ihn schieben. Delia nahm Dullikers Handschellen aus dem Seitenfach, schwenkte sie vor ihrem Gesicht und ging auf den Kerl zu. »Ich mag es am liebsten gefesselt«, verriet sie mit rauchiger Stimme. Der andere zog großspurig eine Braue hoch und gaffte sie mit offenem Mund an.
»Ich hab eine bessere Idee«, kam es gedehnt von Delia. »Wir fahren gescheiter zu mir nach Hause. Fahren Sie nicht gerne mal einen Porsche? Ich nehm dann Ihren tollen Turbo-Golf, okay?«

»Der gesuchte Porsche verschiebt sich talauswärts Richtung Autobahn«, kam Dullikers Stimme Minuten später über Polizeifunk. »Okay, wir haben das Signal. Er entwischt uns nicht«, dröhnte der Beobachter aus dem Hubschrauber.
Als der Heli wenig später mit tosendem Lärm auf der Straße niederging und Polizisten mit Kugelwesten und gezückten Waffen den blockierten Porsche umstellten, blickte ihnen ein völlig verängstigter Mann mit Schweißperlen auf rosarotem Gesicht entgegen. Delia jagte derweil den schwarzen Golf, von denen in dieser Nacht Hunderte unterwegs waren, mit vollen Touren über die Autobahn den Bergen entgegen.

Vor dem Safehouse

Was machen wir jetzt?« flüsterte Melissa. »Gehen wir näher ran«, raunte Thomas. Langsam bewegten sie sich auf den Gitterzaun zu. Das Tor stand offen. Der rote Allradkombi parkte neben der Haustür. Der Fluß rauschte kräftig, obwohl nur wenig Restwasser vom Staubecken am Haus vorbei in die Tiefe strömte. Unheimlich türmte sich die schwarze Felsmasse des Piz Mephisto über ihnen auf. Melissa zupfte Thomas am Ärmel. »Gehen wir lieber zurück.«
Er schüttelte den Kopf und zog sie in den Schatten der Hauswand, wo er sein Mobiltelefon aus der Jackentasche zerrte. »Ich glaube, jetzt habe ich Verbindung.« Ein Geräusch ließ ihn verstummen.

Licht ging an und erleuchtete matt die dem Felsen zugekehrte Hausseite. Dort stand eine Tür halb offen. Thomas deutete darauf und hielt den Finger vor die Lippen.

Im Stollen

Ein Anruf vom Polizeichef, *Sir.*« Leutnant Krall stellte das Gespräch auf Kens Kopfhörer, während sich der Hubschrauber im weißen Niemandsland absenkte. Am Boden gab jemand Blinkzeichen.

Custer hörte angestrengt zu. Schneeflocken wirbelten gegen die Scheibe. Mit einem Ruck setzte der Heli auf. Die Seitentür riß auf. Eisige Luft schlug ihm ins Gesicht. Custer sprach etwas, was im Lärm unterging, und warf Helm und Kopfhörer auf den Sitz.

»Los«, schrie Krall. Custer sprang hinaus und versank im Schnee, als der Heli bereits wieder abhob.

Ein dunkle Gestalt stapfte heran. In der Hand schimmerte eine schwere Waffe. »Hallo, *Sir*. Weich gelandet. Folgen Sie mir!« rief Jordi in die eisige Kälte.

Wenn sie es nach Parsenn schafft, ist unsere Operation verraten. Dullikers Worte. Ken Custer wischte sich Schnee aus dem Kragen und folgte dem Lichtschein zum breiten schwarzen Militärjeep.

Was meinte Casey mit den Trompeten von Jericho? Was bezweckt Samson mit Slicer-Raketen, Metal-Storm-Schießmaschinen ...

Jordi öffnete die Tür des Hummer-Geländewagens. Rasch kletterten sie in den geschützten Innenraum. Der Chauffeur pochte auf das Satellitentelefon, dessen Antenne aus seiner Brusttasche ragte. »Eine Nachricht von Thomas, *Sir.*«

»Und das sagst du mir erst jetzt«, fuhr Ken alarmiert herum. »Gib her!«

Jordi drückte zwei Tasten und reichte das kleine Telefon herüber. Angespannt hörte Ken die kurze Mitteilung ab und rieb sich gedankenvoll das Kinn. Jordi entfaltete derweil einen Plan und erklärte, kaum hatte Custer das Telefon wieder zurückgegeben: »Bis

zur Wasserkammer verläuft der Tunnel gerade. Von dort führen Treppen im Zickzack durch den Fels zum Ausgangspunkt.«
»Wo hast du den her?«
»Gehört der Nord-Süd-Watt.«
Custer folgte mit dem Finger den Treppen. »Diese Tür müßte in die Anlage hineinführen.«
»Tut sie auch, sagt mein Gewährsmann. Nur dürfte sie verschlossen sein.«
»Die Ausrüstung?«
»Alles hinten im Laderaum. Fahren wir?«
Custer bejahte, und Jordi startete den Motor. Spielend durchpflügte der Hummer die Schneeverwehungen. »Schlechte Nachrichten?« fragte Jordi besorgt. Die Räder griffen unter dem Neuschnee ins hart gefrorene Geröll.
»Ja. Delia ist der Polente entwischt und rast vermutlich nach Parsenn hinauf. Schnurstracks in Samsons Arme. Laut Tommys Nachricht weiß Samson Bescheid, daß *Miss* Cooper für Casey arbeitet. Wie er das bloß rausgekriegt hat? Wir müssen sie warnen. Los, Beeilung.«
Das Gelände senkte sich leicht ab, als Jordi den Suchscheinwerfer einschaltete. »Dort vorn liegt der Eingang.« Sie erreichten holpernd und brummend einen dunklen Fleck an ebener Stelle. Der Chauffeur hielt an, stieg aus und räumte einen Bretterverschlag unter einem Felsüberhang weg. Vergeblich rüttelte er am Absperrgitter.
»Drahtgeflecht, aber abgeschlossen«, meldete er, als er sich wieder hinter das Steuer klemmte. »Wir rammen. Festhalten.« Der Hummer fauchte und heulte auf, das Gitter riß krachend, und sie befanden sich in einem trockenen, langen Tunnel. »Von jetzt an ist es ein Kinderspiel.« Jordi beschleunigte. Gespenstisch flitzte die Felswand vorüber. »Der Geldgürtel liegt übrigens auch bei den Sachen«, schmunzelte Jordi, aber Custer blieb schweigsam.
Der Tunnel erwies sich als finstere, in den rohen Fels gehauene Röhre, mit Zementboden, senkrechten Wänden und stellenweise einem Gewölbe aus Beton. Im Scheinwerferlicht wischte schwarzer und grauer Fels vorbei. Die Fahrt führte in einer geraden Linie tief unter dem Berg hindurch »Ich muß Samson zuvorkommen und Delia warnen. Geht es nicht schneller?« drängte Custer. »Das ist ja die reinste Autobahn.«

Jordi bemühte sich, eine stete Geschwindigkeit von ungefähr dreißig Stundenkilometern zu halten. Custer griff ungeduldig nach dem Positionsgerät und zögerte.
»Es funktioniert. Im Stollen sind Antennen eingezogen, so daß Unterhalts- oder Reparaturtrupps jederzeit mit der Außenwelt Verbindung aufnehmen können«, bemerkte Jordi. Ab und zu rumpelte der Hummer über Geschiebe, sonst verlief die Fahrt eintönig.
»Kontrolliere genau die gefahrene Strecke, Jordi. Gibt's Wende- oder Ausweichstellen?«
Der Chauffeur verneinte: »Das Wasser muß im Sommer möglichst widerstandslos fließen, um Erosionsschäden zu verhindern. Vorn an der Wasserkammer teilt sich der Stollen. Dort kann ich wenden.«
Ken knurrte Zustimmung und studierte das Display des Positionsgeräts: »Wir sind genau unter dem Schwarzhorn.« In diesem Augenblick zeigte das Blinkzeichen ein wartendes Gespräch an. Überrascht drückte Ken die Taste.
»Dad? Hier Tommy, verstehst du mich?« ertönte die vertraute Stimme unter zweitausend Meter Granit aus dem Lautsprecher.
»Ich höre dich laut und deutlich. Wo bist du, Junge. Wie ist die Lage?« Ken wollte das Gespräch auf ein Minimum reduzieren.
»Wir sind unterhalb der Forno-Mauer. Verdächtiges Subjekt. Schwanzlutscher. Ich vermute ...«
Unterdrückte Laute drangen durch, dann herrschte Stille.
»Hallo?! Tommy. Kommen!« Die Verbindung war tot.

Vor dem Safehouse

Thomas schlich an der Mauer des alten Maschinenhauses entlang und spähte zur Tür hinein. Eine Treppe führte hinauf. Er winkte Melissa. »Willst du nicht anrufen?« flüsterte sie, als sie vor Kälte schlotternd aufschloß. Er nickte und tippte die Zahlen ein. »Es klappt. Dad ist ganz in der Nähe.« Er zeigte mit dem Daumen vage über den Berg. Plötzlich schirmte er den Mund mit der Hand ab und beugte sich zur Wand.

»Dad? Hier Tommy, verstehst du mich?«
Er lauschte und nickte Melissa aufmunternd zu.
»Wir sind unterhalb der Forno-Mauer. Verdächtiges Subjekt. Schwanzlutscher. Ich vermute ...«
Da flammten fluchtlichthelle Scheinwerfer auf. Melissa schrie. Eine Stimme dröhnte. »Hände hoch, umdrehen.«
Pajeros kleine Augen blitzten gefährlich. Er richtetet den kurzen Lauf des Sturmgewehrs auf sie und trat mit einem höhnischen Grinsen näher. Mit einem gut plazierten Fußtritt schlug er Thomas das Gerät aus der Hand, das über den steinigen Boden schlitterte. Dabei löste sich die Batterie, und die Teile verloren sich in der Dunkelheit. »So, und jetzt ins Haus, vorwärts«. Mit dem Lauf stieß er Thomas hart in den Rücken. Melissa kam einem derben Griff zuvor, indem sie behende über die Schwelle sprang. »Na, ihr seid ja ganz Schlaue, habt wohl gemeint, könntet mal die Bullen spielen? Schnüffler, heh? Oder kamt ihr etwa zum Bumsen? Mit piekfeinem Pack, wie ihr es seid, machen wir kurzen Prozeß. Vorwärts!«

Im Stollen

Ken blickte konsterniert auf das Gerät und drückte die *Reply*-Taste: »Tommy, antworte!« Nichts.
»Was meint er mit dem Schwanz –?«
»Ach, *Pajero* ist in Südamerika ein übles Schimpfwort, bedeutet Schwanzlutscher. Wir haben da so eine kleine Geheimsprache. Der Junge sagt mir verschlüsselt, daß er hinter einem her ist, der Pajero heißt. Gefällt mir ganz und gar nicht. Pajero ist einer von Samsons Leuten, die fürs Grobe zuständig sind.«
Jordi verlangsamte, als sich der Stollen absenkte.
Custer drückte am Gerät herum. »Komisch. Das Netz ist intakt. Position okay. Forno-Gletscher passiert. Distanz?«
»Fast am Ziel. Noch zirka fünf Minuten«, informierte ihn Jordi.
Sie schielten beide auf das Positionsgerät. »Halt, da war eine Verzweigung!« rief Ken. Plötzlich drang ein dumpfes Donnern ins Fahrerhaus.

Jordi bremste scharf. In diesem Augenblick kippte die Nase des Fahrzeugs nach vorn. Custer schleuderte es gegen die Windschutzscheibe. Die Piste fiel steil in ein finsteres Loch ab. »Das Speicherbassin! Wir stürzen ab«, schrie er ins Getöse.
Jordi trat voll auf die Bremse. Doch die Räder schlitterten auf dem übersprühten Beton unaufhaltsam in die Tiefe, der Kante entgegen.
»Mach etwas, Jordi!«
»*Yessir!*« Er wuchtete das schwere Fahrzeug mit einer scharfen Linksdrehung in die Felswand. Das Vorderrad rammte den Fels, das Heck scherte aus und krachte hinten in die Wand. Der schwere Hummer verklemmte sich im Stollen und ruckte nur noch langsam auf die Kante zu. Jordi warf den Rückwärtsgang ein und gab Vollgas. Der Wagen erzitterte und kam zum Stehen.
»Wie konnte das passieren, verdammt«, zischte Custer.
»Die Distanzangabe war vermutlich falsch.« Sie wagten sich kaum zu bewegen. »Wir stecken fest«, knirschte Custer.
Jordi kletterte als erster hinten über den Laderaum hinaus. Der Wagen rutschte erneut. Fels bröckelte ab. Custer griff nach seinem Gepäck und schwang sich über die Ladebrücke in Sicherheit. Er warf Jordi ein Seil zu, der es in seinen Gürtel einklinkte.
»Die Winde, Jordi! Beeil dich.« Am Seil gesichert schob sich Jordi unter die Vorderachse und löste das Drahtseil von der Rolle vorn auf der Stoßstange. Wieder knirschte Eisen auf Fels. Jordi fühlte ein seltsames Sinken in der Magengrube, als er sah, wie sich das verklemmte Vorderrad langsam, aber sicher über den Granitbrocken schob, an dem der schwere Wagen als letzter Verankerung hing.
Hastig befestigte er das Stahlseil an seinem Gürtel, gab Ken ein Zeichen und kroch blitzschnell aufwärts. »Gut. Wohin mit dem Seil?« keuchte er, als er am Heck zum Vorschein kam. »Wir verankern es oben an der Verzweigung, los.« Sie arbeiteten sich entlang der Wand die steile Rampe empor. Der kegelförmige Strahl von Custers Handlampe fiel auf den breiten Naturpfeiler aus hellem Granit, an dem sich die Tunnels verzweigten. Eine kleine begehbare Plattform führte rundherum. Eine Art Kontrollposten. Zugluft wehte ihnen in die nassen Gesichter, und feine Gischt des weiter unten einströmenden Wassers aus anderen Stollen sprühte herauf. Jordi rannte mit dem Stahlseil um den Granitpfeiler und hastete, halb schlitternd, halb sich am Seil hangelnd, zum Hummer zurück. Der Ha-

ken klickte ein. Ein lautes Knirschen ertönte. Das schwere Fahrzeug drückte unerbittlich abwärts. Jordi sprang auf die Ladebrücke, kroch hinter das Lenkrad, schaltete die Winde ein und gab Gas. Da sackte der schwere Hummer mit dem Vorderrad an der Kante ab. Zum Glück griff in diesem Moment die Winde ein. Das Seil spannte sich zum Zerreißen, das Fahrgestell zitterte, und langsam, unendlich langsam zog sich der Hummer aus eigener Kraft hoch. Der Motor brummte gequält, Schleifgeräusche übertönten das Donnern des Wassers im Schlund des Bassins. Dann stand das Fahrzeug oben auf dem flachen Stück.

»Das war verdammt knapp«, brachte Jordi mit einem Seufzer der Erleichterung hervor.

»Schlechter Anfang.« Custer tippte Zahlen ins Funkpositionsgerät. Aber die Verbindung blieb tot. »Gib mir den Plan und das Gepäck.« Im Lichtschein der Halogenlampe studierte Ken den Grundriß. »Hier führt der Sammelstollen in den Stausee ... da, über den Steg, gelangen wir von der Plattform zur Treppe. Komm. Nimm die Sprengboxen.«

Ken prüfte sorgfältig die Ausrüstung und legte zuletzt den Geldgürtel um und zog den Sweater darüber. »Bereit?«

»Bereit!«

Custer beugte sich über den Beifahrersitz, raschelte mit Papier und schrieb darauf mit Höchstgeschwindigkeit in einer wilden Handschrift. Als er wieder zum Vorschein kam, hielt er Jordi den Zettel hin. »Das ist die Adresse und die Nummer von Dulliker. Fahre wie vorgesehen nach Parsenn. Treib Thomas auf. Wenn du ihn nicht findest bis morgen früh, alarmiere Dulliker über diese Nummer. Gib ihm den letzten Standort von Thomas an. Unterhalb der Staumauer!«

Sie erreichten die schwere Eisentür. In wenigen Sekunden plazierten sie die schwarzen Sprengboxen auf den Scharnieren der Türangeln, zündeten und rannten in Deckung. Das Getöse des Wassers dämpfte den Explosionslärm. Das Eisentor wankte und krachte zu Boden. Vorsichtig stiegen sie ein paar Stufen die glitschige Treppe hinauf und lauschten. Dann kletterten sie höher und gelangten in einen langen, dunklen und tropfenden Korridor. Custer stolperte und fiel beinahe hin. Im Schein der Lampe untersuchte er den felsigen Boden. »Wir sind seit langem die ersten, die hier durchgehen«, flüsterte er. »Schau, hier diese Ablagerungen.« Er stieß mit dem Stiefel gegen kleine, fingerlange Türmchen. »Stalagmiten.« Er schaute auf die Uhr und stellte fest: »Wir haben Zeit verloren. Es ist vier Uhr. Ich gehe jetzt. Du wartest noch dreißig Minuten beim Fahrzeug. Wenn du nichts mehr von mir hörst, fährst du zurück und gehst nach Plan vor.«

»Alles klar«, sagte Jordi. »Viel Glück, *Sir*. Und denken Sie daran. Der Zeitzünder ist auf fünfzehn Sekunden eingestellt.«

»Danke, Jordi. Es wird schon schiefgehen.« Custer salutierte grinsend und verschwand in der Finsternis. Er brauchte fast eine Stunde, bis er schließlich die Tür fand, die ihm den Zugang zu der matt beleuchteten, mit Spannteppichen ausgelegten Etage verschaffte, auf der nach seiner Schätzung die Schlafräume der Angestellten untergebracht waren.

Im Safehouse

Delia ließ ihr Fluchtauto zur Brücke hinunterrollen und bemerkte den alten Landrover am Fuß der langen weißschimmernden Schneise. Ein kräftiger Scheinwerfer beleuchtete den Vorplatz vor dem Maschinenhaus, auf dem ein zweiter Wagen stand. Mit ausgeschalteten Lichtern rollte Delia geräuschlos über die Brücke und kam hinter dem zerbeulten Landrover mit deutschem Kennzeichen zum Stillstand. Als sie ausstieg und die Pistole in die Windjacke steckte, die ihr düpierter Liebhaber von der alten Mühle auf dem Rücksitz liegengelassen hatte, erkannte sie, daß der alte rote Allrad-Japaner vor dem Gebäude Pajero gehörte. Sie blieb unschlüssig stehen, während die unsichtbare Außenkamera über dem Eingangsportal des *Safehouse* ihr helles Gesicht heranholte und es dem Identifikationscomputer überspielte. Delia versuchte, die Situation zu begreifen. Es war Viertel nach fünf. Noch herrschte finstere Nacht. Im alten Gebäude brannte Licht. Pajero hatte offenbar Besuch. Wer waren die Leute, fragte sie sich und probierte den Türgriff der alten Karre. Der Griff gab nach. Die Tür war nicht verschlossen. Sie öffnete sie behutsam und schaute ins Innere. Sie entdeckte die weiße

Handtasche am Boden neben dem Schalthebel für den Geländegang, ergriff sie und drückte den Verschluß auf, als ein zweiter Scheinwerfer aufflammte und sie in Flutlicht badete. Erschrocken duckte sie sich, stopfte den Fund unter die Jacke und bewegte sich kauernd um den Landrover herum auf die andere Seite. Delia hatte das Überwachungssystem, das ihr Samson erklärt hatte, noch vage in Erinnerung. Es dürfte nicht lange dauern, und der Algerier Tarek oder sonst ein Rambo würde mit zwei Bewaffneten unter dem Eingangsportal auftauchen und sich mit Triumphgeheul auf sie stürzen. Sollte sie ins Maschinenhaus hinübersetzen, Pajero den Hals umdrehen und den andern Typen einen heißen Empfang bereiten? Der Gedanke reizte sie. Mit etwas Glück könnte sie diesen elenden Machos die Hosen ausziehen und ihre schlappen Schwänze den Fischen im Fluß zum Fraß vorwerfen. Aber wer waren die Leute vom Landrover? Verstärkung?
Langsam schlich sie die Felswand entlang und überlegte, als unter dem Vordach ein oranges Licht zu blinken anfing. Ein untrügliches Summen, gefolgt vom schleifenden Geräusch des sich öffnenden Portals, drang an ihr Ohr. Die Brüder kamen. Rasch sprang sie zum abgeschrägten Blechdach, das auf halbem Weg zwischen dem Landrover und dem blinkenden Portal mit den Konturen der Felswand verschmolz. Darunter verbarg sich die Talstation der kleinen Seilbahn, die Ken Custer vor ein paar Tagen ausgemacht hatte, als er mit Jordi von der Paßstraße auf das Maschinenhaus hinunterblickte. Behende entriegelte Delia die Tür und steckte ihre Plastikkarte mit dem Zugangscode in den Schlitz der Bedienungsanlage. Eine Lampe am Drehkreuz leuchtete beruhigend grün auf, und Delia zwängte sich durch die Schleuse. Schritte trampelten heran. Unterdrückte Stimmen hallten im Felsen wider. Delia betrat den offenen Wagen, ein Gefährt mit vier Rädern und zwei Sitzbänken, und suchte nach dem Starterknopf. Krampfhaft kramte sie aus ihrer Erinnerung die Handgriffe hervor, die Samson gemacht hatte, als er ihr vor ungefähr einer Woche mit dem Stolz des Besitzers die Anlage vorgeführt hatte. Sie tastete wild nach dem kleinen Kasten neben der unteren Sitzbank, fühlte das Gehäuse endlich, riß den Deckel auf und fand die Knöpfe. Sie drückte auf den grünen, und mit einem Ruck fuhr der Wagen knirschend aus der Station heraus. Das Seil zog ihn mit erstaun-

licher Geschwindigkeit über holprige Schienen den Felsbauch hinauf.
Delia duckte sich und spähte über den metallenen Rand. Drei Gestalten sprangen über den Vorplatz. Eine davon warf einen Lichtkegel hinter den Landrover, dann zur Station und an dem Gleis entlang in die Höhe. Der Kerl mit der Lampe fluchte laut. Ein anderer hob die Waffe. Delia sah die Mündungsblitze. Die Kugeln hagelten in den Felsen und prallten sirrend vom Eisen ab. Der Anführer rief die andern beiden zu sich. Sie steckten die Köpfe zusammen, gestikulierten und hetzten zum Portal zurück, während Delia auf die Bergstation zuholperte.
Im Maschinenhaus regte sich nichts. Delia atmete auf. Für den Bruchteil einer Sekunde wiegte sie sich sogar in Sicherheit. Aber sie gab sich keiner Illusion hin. Die Kerle dort unten hatten Blut gewittert. Sie würden ihr nachsetzen und das Wild zur Strecke bringen. Alles, was sie brauchte, war ein klein bißchen Vorsprung. Sie besaß eine winzige Chance, im Labyrinth der Festung zu entkommen und unbemerkt in Samsons Gemächer zu gelangen. Dort könnte sie sich erst einmal verschanzen. Eine unheimliche Ruhe bemächtigte sich ihrer.
Sie kannte dieses eiskalte Gefühl von ihren Einsätzen nachts im stockfinsteren Dschungel. Sollten sie nur kommen, wenn sie unbedingt ausgerissene Eier haben wollten! Delia hatte ihre Entscheidung getroffen. Sie war an dem Punkt angelangt, an dem es keine Rückkehr mehr gab. Bis jetzt hatte sie sich immer die Wahl offengehalten. Aber das Sowohl-als-Auch gehörte der Vergangenheit an. Endgültig.
Als sie sich damals in Fort Campbell für den verlockenden Job bei Robusto Samson entschieden hatte, blieb ihr stets eine Rückzugsmöglichkeit offen. Casey mitsamt seiner mächtigen CIA stand mit offenen Armen im Hintergrund, bereit sie aufzunehmen und gegen alles Übel abzuschirmen. Andererseits lockte Samson mit einer mächtigen Organisation und einem Leben in Luxus und Sorglosigkeit. Warum für eine Regierung kämpfen, die dich am Ende doch fallenläßt, hatte sie sich immer wieder gefragt. Loyalität wurde zu einer Frage des Komforts. Was kostete es schon, Casey im Stich zu lassen?
Doch in ihrem Innersten nagte stets irgendwo etwas, das sie die

ganze Zeit beharrlich verdrängte. Gehirnströme erhitzten sich zu einer inneren Glut und benachrichtigten ihren Verstand, so daß sich in ihr ein höheres Bewußtsein regte. Es gab sie noch, die moralische Warte, fühlte Delia, und die Verantwortung, das Gute nicht einfach dem Komfort zu opfern. Caseys Tod machte die Katastrophe perfekt, aber Delia weigerte sich, Samson als Sieger zu feiern. Auch wenn es leichter gewesen wäre. Und in dieser kalten Nacht vor dem prophezeiten Weltuntergangstag des zweiten Februar über der bauchigen Felswand des Piz Mephisto wußte Delia plötzlich mit eiskalter Gewißheit, als schnitte ein Skalpell durch ihre Ganglien, wo sie hingehörte. Sie fühlte, daß sie keine zweite Chance erhielt, eine falsche Entscheidung zu treffen.

Als sie damals in Panama beschlossen hatte, das Kind unter ihrem Herzen aufzugeben, begann eine Zeit des inneren Zerreißens, dem sie durch Geschäftigkeit, Kampfdrill und Unrast auswich und sich dabei einredete, daß sie niemand zwingen könne, Partei zu ergreifen. Aber heute nacht stand sie am Scheideweg. Wenn sie in die Festung eindrang, wußte sie, auf welcher Seite sie stand. Zweifelsfrei. Und sollte sie jemals lebend herauskommen, ja, dann hätte ihr Dasein wieder Sinn bekommen.

»Zum Teufel mit Samson«, rief sie über das stille Tal, als der Wagen mit einem Ruck zum Stillstand kam. Sie stieg aus und öffnete mit ihrem Paß die Verriegelung der Tür, die den Zugang ins Innere der Bergstation freigab. Das Monstrum von einem Betonklotz ließ sich nicht bewegen. Sie stemmte sich mit den Beinen gegen den Türrahmen und riß mit aller Kraft an den Eisengriffen. Vergeblich. Delia setzte erneut an und ließ nicht locker. Knirschend gab die Tür nach, nur um sich nach wenigen Zentimetern in einem Eisknollen zu verklemmen.

Die Bergstation bestand aus einer kaum noch benutzten meteorologischen Beobachtungskanzel, die vom übrigen Festungswerk abgeriegelt wurde und nur mit dem Super-Code zugänglich war. Delia besaß diesen Spezialcode auf ihrer Karte und hoffte, daß ihre Verfolger einige Zeit brauchten, um sich den Paß zu besorgen. Verzweifelt suchte sie nach einem Gegenstand, um dem Eis zu Leibe zu rücken. Da fiel ihr Blick auf die Sitzbank des Wagens.

Frank Hogan fluchte, was das Zeug hergab, während er einen alten Plan entrollte und auf dem Boden ausbreitete. Drei Zugänge führten in die Beobachtungskanzel: einer über die hohe Galerie oberhalb der großen Halle, zwei andere auf verschlungenen Wegen vom Kuppelraum hinunter. Hogan tippte auf den Kuppelraum und schrie Befehle. Seine Leute hetzten davon.

Zentrale der Nord-Süd-Watt AG

In der Zentrale standen die roten Zeiger der alten Wanduhr auf halb sechs. Der Ingenieur faltete seine Zeitung zusammen und kratzte sich am Hinterkopf. »Synonym für Inselgruppe, acht Buchstaben ... Hast du eine Ahnung?« Gähnend stand er auf: »Nun, ich mache, daß ich heimkomme. Für mich ist Feierabend.« Der Techniker drehte sich mit verstörtem Blick um und sagte: »Nach meiner Meinung öffnet sich die Fuge weiter.«

»Welche Fuge?«

»Am linken Felswiderlager.«

»Das täuscht. Wieviel Sickerwasser hast du denn?«

»Moment. Ich schätze fünfhundert Liter pro Minute.«

»Bist du auch ganz sicher?«

»Nein, eine zuverlässige Messung fehlt. Aber die Intensität des Signals hat zugenommen.«

»Siehst du. Das kann verschiedene Ursachen haben. Da passiert noch gar nichts. In zwei Stunden tritt der Betriebsleiter den Dienst an. Besprich's mit ihm. Der Ochsner wird wissen, was zu tun ist. Reg dich nicht auf. Vielleicht wird er über seinen Schatten springen und etwas Wasser abstauen. Sollte ein Witz sein.« Der Ingenier kicherte und winkte auf Wiedersehen.

»Es gibt noch etwas«, beharrte der Techniker. »Ein Rapport von Ingenieur Wasserfallen. Die Schleuse des Bodenablasses hatte geklemmt. Er brachte sie nicht ganz auf. Die Stelle, wo die Fassung liegt, ist teilweise verlandet. Schmiernippel sind auch defekt. Wasserfallen hat den Sachverhalt dem Aufsichtsrat gemeldet, kurz vor dem Unfall im Staubecken ...«

»Verdammter Mist«, fluchte der Ingenieur. »Besprich's auch mit dem Ochsner. Der kommt meistens gegen acht. Heute nacht konnten wir ja sowieso nichts unternehmen. Mach dir mal keine Gedanken.« Er nickte energisch und schritt zum Ausgang. Auf halbem Weg drehte er sich um und hob strahlend den Zeigfinger: »Ich hab's!«
»Was?«
»Archipel. Das andere Wort für Inselgruppe.«

Im Safehouse

Das sind Generatoren, schätze ich«, sagte Thomas in die Stille.
»Nein. Du meinst wohl Turbinen. Es sind aber auch keine Turbinen.«
»Wir sind hier im alten Maschinenhaus. Also haben diese Maschinen etwas mit der Stauwehranlage zu tun«, beharrte Thomas.
»Turbinen würden rauschen und brummen. Sieh dich doch um. Es gibt keine Stromleitungen, Transformatoren; und schau die Geräte genau an. Alle zehn verfügen über ein Rohr wie eine Kanone.«
»Aber die Maschinen summen doch leise, hörst du es nicht?«
»Ja, sonderbar, wie Ventilatoren!«
»Die belüften wohl die Staumauer.«
»Deinen Galgenhumor möchte ich haben. Mir scheint, wir stecken zu tief im Schlamassel für dumme Witze. Wenn sie uns freilassen, haben wir ein Verfahren wegen Einbruch am Hals!«
»Tut mir leid. Ich hätte dich niemals da hineinziehen dürfen.« Thomas rutschte näher zum »Generator« Nummer sechs heran. »Man wird nach uns suchen. Lange kann es ja nicht dauern.«
»Wer sucht uns denn schon? Überleg doch. Wir gelten ja nicht einmal als vermißt.« Melissa drehte sich wieder in die Embryonalstellung. »Ich weiß nicht. Etwas läuft falsch. Denk an die Ballerei von heute nacht«, sagte Thomas und drückte sein Kinn auf die Brust. Unablässig drehte und wand er seine gefesselten Handgelenke.
»Du verstehst etwas von Motoren, Melissa. Streng dich an. Weißt du, dein Sterling-Motor. Wenn ich daran denke. Er ist doch eine alte Erfindung, die neu entdeckt wurde.«

»Ja, gewiß. Aber was meinst du damit?«
»Ich weiß nicht. Diese komischen Geräte in diesem Schuppen bringen mich auf deinen Sterling-Motor. Sie sehen aus wie alte Generatoren, sind es aber nicht, sondern haben irgendeine neue Funktion ...« Er schüttelte resigniert den Kopf.
»Sehr hilfreich! Wir sollten lieber versuchen, ans Gestell ranzukommen.« Es stand zwischen dem fünften und sechsten »Generator« an der Wand. Auf dem obersten Regal ragte in Augenhöhe ein roter Handgriff über die Kante. Bestimmt ein Schneidewerkzeug, vermutete Thomas. Mit der Unterstützung von Melissa wollte er sich am Gestell aufrichten, mit dem Mund das Werkzeug herunterholen und die Stricke ihrer Fesselung aufschneiden.
Ächzend rutschten sie über den harten Betonboden. »Siehst du. Die Rohre dieser Maschinen gehen durch eine Maueröffnung ins Freie. Darum ist es hier drinnen so verdammt kalt.« Trotzdem schwitzten sie, als sie das verlassene Holzgestell erreichten, in dem mit Ausnahme einer Büchse Motorenöl nur Staub lagerte.
»Was hast du eben gesagt, ›belüften die Staumauer‹?« fragte Melissa plötzlich und hielt inne.
»Komm, lehn dich gegen mich. Ich probier es.« Er stemmte sich mit dem Rücken gegen die Seitenwand des Regals.
»Versuch, es umzukippen.«
»Geht nicht. Es ist an die Wand geschraubt.«
»Hörst du dieses tiefe Wummern auch?«
Er schüttelte den Kopf und wand sich mit mühseligen Körperverdrehungen langsam höher. Melissa stemmte sich gegen seine Beinen, so gut es ging.
»Paß auf. Jetzt bin ich gleich dran.« Er hüpfte mit den gefesselten Füßen geschickt zur Vorderseite, öffnete den Mund und erwischte den Griff mit den Zähnen, bevor er das Gleichgewicht verlor und über Melissa torkelnd zu Boden fiel.
Sie turnten sich in die Kniestellung und blickten fassungslos auf die Beute. Der rote Griff gehörte zu einem alten Ölsieb. »Mist. Völlig nutzlos.« Thomas biß sich auf die Unterlippe. »Jetzt ist alles aus. Verdammt!«
»Hör zu, ich hab einen Plan! Vielleicht klappt es.« Melissa rückte näher und flüsterte ihm ihre Idee ins Ohr. Er schien wenig begeistert und zuckte die Schultern: »Wann kommt er das nächste Mal?«

»Jetzt bald, nach sechs Uhr hat er gesagt. Mit mehr Decken und dem Frühstück. Wenn er uns nicht angelogen hat. Dann nach dem Essen, du weißt, vielleicht ...«
»Still!« Draußen fuhr ein Fahrzeug heran. Eine Tür knallte. Sie verharrten regungslos.
»Jetzt hör ich das Wummern auch«, flüsterte Thomas. Sie schoben sich in die Nische mit den Matten zurück. Melissa zerrte die Decke über ihre Beine.
»Du hast doch gesagt, sie belüften die Mauern!« Melissa blickte ihn todernst aus großen Augen an.
»Ach, bitte, das war ein dummer Scherz.«
»Nein, ich glaube, die Maschinen erzeugen Schall. Sie beschallen die Staumauer. So etwas Ähnliches habe ich bei meiner Arbeit schon einmal gehört. Das ist es!«
Thomas legte sich erschöpft auf die Matte: »Das macht keinen Sinn. Zudem hört man nichts.«
»Doch, das schwache Wummern. Wumm, Wumm, Wumm ... zu blöd. Es gibt natürlich Frequenzen, die hört das menschliche Ohr gar nicht. Zum Beispiel die Pfeife für Lawinenhunde. Nur das Tier nimmt das Signal wahr. Der Hundeführer selbst hört keinen Ton.«
»Warum sollte jemand die Mauer beschallen?«
»Ich weiß nicht.« Melissa verrenkte den Hals zur Decke und schloß die Augen: »Wumm, Wumm. Wie der Baß in der Disco, der die Fensterscheiben zum Erzittern bringt ... Schau, die Rohrmündungen dieser Apparate haben eine Form wie Posaunen.«
»Jemand posaunt gegen die Staumauer. Die Grünen vielleicht. Mit Pauken und Trompeten. Entschuldige, das war blöd.« Thomas blickte verlegen weg.
»Thomas! Hast du Trompeten gesagt? Trompeten! Die Trompeten von Jericho. Ich hab's. Du bist ein Genie. Ein altes Verfahren neu angewendet!«
»Ich versteh kein Wort.« Für ihre Begeisterung hatte er nur ein Stirnrunzeln übrig.
»In Jericho haben Trompetenstöße die Stadtmauern zum Einsturz gebracht. Erinnerst du dich an die Bibelgeschichte? Der Schall! Diese Schallerzeuger hier im alten, harmlosen Maschinenhaus stoßen Töne niedriger Frequenz aus, die das Ohr kaum wahrnimmt ... Wahnsinn!«

Die Erkenntnis bemächtigte sich ihrer langsam in voller Tragweite. Entgeistert starrten sie zu den zehn Öffnungen, aus denen die Rohre der Generatoren wie Kanonenläufe auf die Staumauer zielten.
»Jemand bombardiert die Talsperre mit Schall, um sie zu beschädigen«, sprach Melissa das Furchtbare aus.
»Um sie zu brechen«, kam es tonlos über Thomas' Lippen.
Da ging die Tür auf, und der Wachmann mit dem länglichen, abgeschrägten Schädel trat herein und richtete anzügliche Blicke auf die junge Frau. Melissa lächelte das Ziegengesicht ermunternd an und spielte mit ihrer Zunge verführerisch zwischen den Lippen. Doch der Kerl war nicht allein. Hinter ihm traten zwei andere Typen durch die Tür. »Mein Plan ist futsch«, flüsterte Melissa entmutigt. Einer trug einen Behälter, und der Anführer richtete mit grimmiger Miene seine Maschinenpistole auf Thomas. Das Ziegengesicht umschlang plötzlich Melissa von hinten, rieb sich an ihrem Hintern und begann sie zu drücken und zu befummeln. »Hör mit dem Quatsch auf«, herrschte ihn der Anführer an, als er sie vorn betatschte. »Macht schon.« Sie eilten durch die offene Doppeltür und stiegen die Eisentreppe in die tiefer gelegene Halle hinab, stellten das Behältnis wahllos im leeren Raum ab und kehrten polternd über die Metallstufen zurück. Als sie durch den Ausgang ins Freie traten, drangen die verklingenden Stimmen noch zu den beiden Gefangenen herüber. »Du hast doch gesagt, wir würden uns die Kleine vorknöpfen ... Doch nicht jetzt, Mensch ... Wenn du daran denkst, daß in den Flaschen hochgiftiges Zeugs steckt, hast du sowieso nur halb einen stehen. Du kriegst ihn gar nicht hoch.« Eine rauhe Lachsalve folgte, dann knallte die Tür zu, der Schlüssel drehte sich zweimal knirschend im Schloß, und eine unheimliche Stille kehrte ein.
»Hast du das gehört, Thomas? Giftiges Zeug«, flüsterte Melissa nach einer Weile und blickte entsetzt ins Halbdunkel, wo die Behälter standen.
»Schauen wir lieber nach«, schlug Thomas vor. Als draußen der Lärm des wegfahrenden Autos verhallt war, wagten sie sich vor. Sie rutschten durch die Tür und schoben sich die Treppe hinunter zum Behältnis. Der Deckel stand offen. »Komisch, wie wenn das Zeug zum Verkauf feil wäre«, entfuhr es Thomas. Der Behälter hatte scharfe Kanten. »Vielleicht können wir die Stricke unserer Fesseln

irgendwo abscheuern, bis sie reißen«, meinte Melissa. Sie rutschten näher und begutachteten den Container aufmerksam.
»Die haben uns kaum beachtet, Thomas. Keine Decken gebracht, kein Essen hingestellt. Für die sind wir vollständig abgeschrieben.«
Thomas drehte sich um, brachte seine Hände zur Kante hoch und tröstete: »Kopf hoch, Melissa, wir schaffen es. Und wenn wir hier herauskommen, mach ich alles wieder gut. Wir fahren nach Venedig, Melissa. Das schwör ich dir. Du bist eine wunderbare Frau.« Er beugte sich zu ihr und küßte sie flüchtig auf den Mund. In die Kälte des kahlen Raumes drangen das Grummeln und Schäumen des Flusses.

Delia klappte die Sitzbank auf und fand den großen Schraubenschlüssel neben einer Petroleumlampe. Erleichtert packte sie das schwere Werkzeug und kniete sich auf dem vereisten Boden nieder. Wütend, als müßte sie alles Unheil dieser Welt zertrümmern, schlug sie auf die Eisblase ein. Splitter spritzten ihr ins Gesicht. Sie würde es schaffen, schwor sie sich, noch war es nicht zu spät, das Versäumte wieder gutzumachen.
Die Tür gab plötzlich nach, aber zu wenig, und Delia wählte eine neue Taktik, indem sie den schweren Betonflügel zustieß, um ihn gleich wieder kräftig gegen das Eis aufzuwuchten. Durch das unaufhörliche Hin und Her zerknirschte die gefrorene Masse, und endlich öffnete sich ein Spalt, der breit genug war, daß Delia hindurchschlüpfen konnte. Sie stand keuchend in der Kanzel, fand den Lichtschalter, schaute sich um und horchte. Ihr Herz schlug wild. Aus einem Impuls heraus zog sie die weiße Handtasche aus dem Landrover hervor und drückte sie auf. Lippenstift, Spiegel, ein Kondom, da, ein Notizbuch! Melissa Moore hieß die Besitzerin.
Lärm drang in den kahlen, verlassenen Raum. Rufe und Türenknallen ertönten. Delia rannte zum Ausgang in der Mitte der Kanzel und lauschte. Nicht gut, entschied sie und sprang zur Tür ganz links, steckte den Paß in den Schlitz der Entriegelung und wartete atemlos. Nichts geschah.
Sie wiederholte die Bewegung. Diesmal ertönte das befreiende Klicken. Delia stieß die Tür auf und trat auf einen metallenen Steg hinaus, der sich an dem Felsen entlang zog. Weit unten schimmer-

te mattes Licht herauf. Sie beugte sich über das Geländer und erkannte die Eingangshalle. Hinter ihr rüttelte eine Tür. Delia rannte über den Steg auf die andere Seite und blieb still stehen. An der Wand hing eine Schlauchrolle mit einem Rohr. Rasch entschlossen rollte sie den weißen Leinenschlauch ab und warf das Ende mit der langen Düse über die Brüstung in die Tiefe. Dann kletterte sie über das Geländer, faßte den dicken Schlauch und glitt an ihm behende wie ein Schimpanse hinunter.

Die Halle war leer. In der Ecke parkte ein Kastenwagen mit der Aufschrift eines Antiquitätenhändlers. Als sie von oben Schreie hörte, rannte sie zum kleinen Laster, öffnete die Hecktür, schlüpfte hinein, zog die Tür zu und atmete durch.

Als sie sich an die Dunkelheit gewöhnt hatte, fand sie den Schalter und knipste das Licht an. Sie saß zwischen lauter alten Möbeln. Damit sie nicht entdeckt wurde, kroch sie unter einen antiken Tisch mit schweren gedrechselten Beinen, zog eine Decke heran und lehnte sich zurück. Da spürte sie kaltes, spitzes Metall in ihrem Rücken. Entsetzt schreckte sie auf und begann, den Gegenstand, der sich in ihren Rücken gebohrt hatte, näher zu untersuchen. Es vergingen keine dreißig Sekunden, und Delia wußte, was sie entdeckt hatte: eine metallene Kiste mit sechsunddreißig Läufen.

Eine Metal Storm, die gefürchtete Schießkiste, lag im Möbelwagen zum Abtransport bereit. Wohin zum Teufel? So ein Gerät stand doch auf Egon Zachs' Listen. Delia löschte die Lampe, öffnete die Tür vorsichtig, spähte hinaus und befand sich Sekunden später neben dem Kastenwagen und studierte die aufgemalte Aufschrift: »Barnakel Aniquitäten«. Sie lief um das Fahrzeug herum und merkte sich die Zahlen auf dem Nummernschild: 7 J 14 NL. »Sieben Jot vierzehn, Holland«, murmelte sie, als die Männer von drei Seiten in die Halle sprangen und ihre schwarzen Maschinenpistolen auf sie richteten, mit grimmigen Blicken, die jeden Widerstand zur Aussichtlosigkeit verdammten.

Tief im Berg, auf der Etage der Angestelltenzimmer, blieb Custer wie angewurzelt stehen. Ein schmaler Lichtschein fiel auf den Betonfußboden des Korridors. Die Tür zu einem der Räume war nur angelehnt. Sie öffnete sich zum Flur hin. Gedämpfte Stimmen

drangen durch die Spalte. Ken schob sich näher heran. Er war gezwungen, sie zu überspringen, um von der andern Seite Einblick ins Zimmer zu gewinnen.
»Die Sache muß vorbereitet sein. Auch für die Zeit nach dem Coup. Er darf nie erfahren, daß du ihn beschissen hast,« mahnte die erste Stimme.
»Du hast Angst vor Robusto?« fragte der Zweite.
»Bis runter in meine Socken, Bruder.«
»Geben wir es ihm«, drängte der andere. Es war die Stimme von Frank Hogan.
»Er ist ein Mann, der einen kleinen Gauner kaltmachen läßt für einen Betrag, von dem er selbst nicht einmal zwei Tage leben könnte.«
Custer sprang an der Tür vorbei, landete auf den Zehenspitzen, preßte sich mit dem Rücken gegen die Wand und versuchte, einen Blick in das Zimmer zu erhaschen.
»Ich will keinen Hitzkopf an meiner Seite haben, dem auf halber Strecke die Sicherungen durchbrennen; dafür ist es zu riskant«, warnte die erste Stimme.
»Sprichst du von Tschanutt? Ich kann mit dem Kerl nichts anfangen«, sagte Hogan.
»Paß nur auf, dieser Wanst tötet schon, wenn sein Stolz verletzt ist. Er rächt sich mit Blut.«
Geräusche von rückenden Stühlen. Custer schob den Kopf näher zur Spalte und sah den schmalen Rücken vor einem Überwachungsmonitor. Auf dem Tisch stand eine halb leergegessene Obstschale. Hogan drückte Erdnüsse auf, schob sie in den Mund und meinte kauend:
»Der Plan ist teuflisch gut. Die Iraker zahlen uns das Pfandgeld aus, sobald sie das Gift zurückerhalten. Meine Freunde bekommen endlich die Superwaffe, diese Metal Storm, ich sage dir ...«
»Ja, schon gut«, winkte der andere ab.
Doch Hogan ließ nicht locker: »Wir zwei müssen nur die Drähte ziehen. Einwände gegen Tschanutt?« Er schob Nüsse nach.
»Nein, Frank. Einstweilen nicht. Wenn alles vorüber ist, blase ich ihm eine ins Ohr«, verkündete der mit dem schmalen Rücken. »Da kommt er!« Über den Monitor zog ein Schatten. Custer schaute alarmiert den Korridor hinunter.

»Du bist die Schwachstelle im Plan, Frank. Du siehst alles politisch. Bist ein dickköpfiger Ire, der nicht raucht und trinkt. Dein Haß auf die Briten macht dich gefährlich. Wenn das Gift abgeliefert ist, nehme ich die Moneten und verschwinde. Den Rest kannst du alleine besorgen.«
»Dein Pech, Kleiner. Mit der Schießmaschine und dem andern Zeugs werde ich dort oben sagen, wo es langgeht. Die Briten werden vor mir auf den Knien winseln. Es ist doch eine maßgeschneiderte Sache mit einem todsicheren Knaller. Die Ware geht übrigens in diesen Minuten raus. Nichts kann uns mehr aufhalten.«
»Wo bleibt Tarek?« fragte der Erste. »Ich seh mal nach.«
»Nein, bleib. Er bewacht die Cooper im Knastzimmer und holt sich dabei vermutlich gerade einen runter«, spottete Hogan.
»Nein, ich seh den Trottel eben heranschlurfen, schau«, widersprach der Erste.
Custer wich zurück. Zu spät. Er spürte den harten Gegenstand im Rücken.
»Was machen Sie denn da«, höhnte eine schleimige Stimme. Bevor Ken an Gegenwehr denken konnte, beförderte ihn der Angreifer wuchtig in den Raum hinein. Es war der Algerier Tarek. Die andern zwei sprangen erschrocken von ihren Sesseln hoch und stierten fassungslos auf Custer, als käme er vom Mars. »Was sehen meine ungläubigen Augen«, trompetete Hogan. »Hat man Töne«, staunte der andere, eher ein drahtiger, dürrer Kerl, der plötzlich eine Waffe in der Hand hielt.
»Ich mach hier Urlaub und suche ein paar alte Freunde. Hallo Frank«, brachte Ken lahm hervor.
»Wichser. Wo kommst du denn her?« Hogan starrte ihn fassungslos, aber mit unverhohlenem Respekt an.
»Lauschte draußen an der Tür wie ein kleiner Junge«, berichtete Tarek, dessen Körper als völlig konturlose Masse den Türrahmen füllte.
Der Drahtige hielt Custer eine Automatik vors Gesicht. »Schön still sein, Freundchen, sonst drückt Zomba ab. Wäre mir ein wahres Vergnügen. Durchsucht ihn.«
Sie nahmen ihm die Waffe ab. »Na, dann setz du mal deinen Leichnam in Bewegung«, spottete Hogan. »*Mister* Samson dürfte wahres Vergnügen am unverhofften Wiedersehen haben.« Er stieß Ken die

Faust brutal in die Magengrube. »Vorwärts, Custer, das Spiel ist aus! Fürchte, du hast dir eine Menge Ärger eingehandelt.«
Zur gleichen Zeit verließ der kleine Lastwagen mit der Aufschrift Barnakel Antiquitäten und dem Kennzeichen 7 J 14 NL das Portal des *Safehouse*, überquerte die Brücke, nahm brummend die Steigung und schwenkte oben auf die Paßstraße ein. Der Fahrer war ausgeschlafen, hatte gut gefrühstückt und nahm die lange Reise über Basel nach Norddeutschland und an die Ostsee guten Mutes in Angriff.

Im Kuppelraum des Piz Mephisto lag Robusto Samson ausgestreckt auf dem schwarzen Ledersofa, streichelte der jungen Löwin, die sich auf seine Brust gelegt hatte, den Pelz und kraulte sie hinter den Ohren. »Liebes Tier, ja.« Es war ein Geschenk des Präsidenten von Zambia, dem *Executive Solutions* die schon nach kurzer Zeit gefürchtete Geheimpolizei aufgebaut und mit den modernsten Waffen ausgerüstet hatte. Seine helle Freude hatte der Staatschef, selbst ein waffennärrischer Schütze, an den Schießständen mit der elektronischen Trefferanzeige. Am Eröffnungstag hatte sich Robusto Samson mit dem Herrscher im Dreihundert-Meter-Schnellfeuer gemessen und verloren. »Warum hast du so miserabel getroffen?« hatte ihn Delia danach kopfschüttelnd gefragt und postwendend den weisen Spruch vernommen: »Laß deinen Gastgeber nie ein Spiel verlieren.«
Hogan platzte herein. »Wir haben ihn, Boß!« rief er.
Samson lächelte milde und sagte: »Ich weiß. Die Aktion Brazzaville läuft in diesem Moment ab, Frank.« Robusto steckte der Löwin den gekrümmten Mittelfinger zwischen die Zähne: »Na, dann erwachen Sie mal aus der Erstarrung, Frank, und schalten Sie die Kiste ein. Mit Ken Custer hat es Zeit. Der arrogante Bastard hat mich lange genug warten lassen.«
Als sich Hogan umdrehte, um die gewünschte Einstellung vorzunehmen, fragte Samson mit schneidender Stimme: »Warum hat es heute nacht diesen Lärm gegeben? Welche Idioten haben rumgeballert? Sie halten mich nicht voll auf dem laufenden, Frank. Was verbergen Sie vor mir?« Samsons Augen verengten sich zu gefährlichen Schlitzen.

Hogan wandte sich um, rieb sich mit dem Daumen die Handfläche, machte Pausbacken und sagte gedehnt: »Ach, eh, Delia ist wie erwartet zurückgekommen. Es hat ein bißchen Aufregung um die Wildkatze gegeben. Ich wollte es Ihnen gleich sagen, aber ...«
Als Samson nur die Brauen hochzog und nach der dampfenden Kaffeetasse griff, bemerkte Hogan rasch: »Brazzaville liegt nur noch eine halbe Stunde im Kamerabereich. Wir sollten auf Sendung gehen, Boß.« Er klickte den Satelliten an. Auf der Großleinwand erschien Afrika, die Kongomündung mit den großen, dunstigen Städten Brazzaville und Kinshasa.
»Gehen Sie ran, Hogan.« Robusto richtete sich auf und legte die Katze der Länge nach auf seine Oberschenkel. »Wo ist Delia jetzt?« fragte er plötzlich.
»Unten. Tarek hat sie eingebuchtet und läßt sie keine Sekunde aus den Augen. Sollen wir sie raufbringen?«
»Später«, knurrte Samson kopfschüttelnd und schlürfte Kaffee.
Der Satellit holte die Kolonne von Lastern und Raupenfahrzeugen heran. »Verdammt gutes Bild«, murmelte Samson. Mühsam wälzten sich die Fahrzeuge über die Dreckpiste zum Fluß. Staubfahnen wirbelten in angstverzerrte Gesichter der jungen Soldaten. Eine Herde aufgeschreckter schwarzer Wasserbüffel trottete verärgert stromabwärts, wo Flußpferde gleichsam wie flache Schieferplatten reglos im seichten Wasser lagen. Ein alter Kaffernbulle suhlte sich daneben allein in der braunen Brühe, und die Herde nahm Kurs auf den Einzelgänger, als der vorderste Mannschaftstransporter mit hochaufgerichtetem Maschinengewehr zum flachen Ufer hinunterrollte.
»Lausige Formation«, meckerte Samson.
Das Expeditionskorps hatte in der Nacht Kinshasa verlassen, um den bedrängten Regierungstruppen in der benachbarten Republik Kongo zu Hilfe zu eilen. Die Rebellen, die den Gürtel um die Hauptstadt stündlich enger zogen, hatten auf ihrem Marsch auf Brazzaville eine fürchterliche Blutspur hinterlassen. Die wildesten Gerüchte hatten in den Truppenunterkünften zirkuliert. Von Söldnern aus Übersee mit Superwaffen, die Menschen in Sekundenschnelle zu Brei zermalmten, war die Rede.
Ängstlich blickte Hauptmann Lumumba über den breiten Grenzstrom auf die flimmernde Savanne, die sich in Wellen und Senken

in einer bläulich schimmernden Weite verlor. Er hob das Fernglas hoch und suchte die erste Kuppe ab, über die er den Vorstoß zu führen gedachte.
Alles sah gleich öde aus; sein Hemd klebte klatschnaß auf der Haut unter der Kampfjacke, die Wasserflasche baumelte leer am Haltegriff des schweren Maschinengewehrs, und die drückende Hitze verwandelte den schwarzgefärbten Stahl des russischen BRT-Schützenpanzers in eine Kochplatte. Er verfügte nicht über die geringsten nachrichtendienstlichen Informationen über die Rebellentätigkeit in seinem Vormarschstreifen. Er beschloß deshalb, eine Aufklärungspatrouille voraus auf die Anhöhen zu schicken. Sehnsüchtig blickte Lumumba stromabwärts und beneidete den Bullen, der sich im Wasser wälzte.
»Wo sind unsere Truppen?« fragte Robusto im Kuppelraum des Piz Mephisto. Der vergrößerte Ausschnitt, den Hogan wählte, brachte keine Anhaltspunkte für einen Aufmarsch.
Als die schweren Motoren aufheulten und die Fahrzeuge kriechend über die Brücke schoben, johlten die Soldaten wie Schulkinder, während die braunen Fluten träge gegen die schweren Pontons schlugen. Nach dem Plan der Generäle in Kinshasa sollte Lumumba in einer Flankenbewegung von Südwesten auf Brazzaville vorstoßen und sich nach der Überquerung des Kongo mit regierungstreuen Truppen vereinigen.

Auf dem kleineren Bildschirm neben der Satellitenübertragung sprach der schweizerische Bundespräsident Dogi vor den Teilnehmern des *Global Economy Forum*. Auf der Suche nach den Prioritäten für das 21. Jahrhundert äußerte er den Wunsch, die Menschenrechte an vorderste Stelle zu setzen. Immer wieder bestätige sich auf traurige Weise, daß Unmenschlichkeit zur menschlichen Natur gehöre. Die Unternehmensführer sollten sich in der Verfolgung ihrer Ziele auch an den Sportlern orientieren, führte er aus. Die Fairneß müsse im geschäftlichen Handeln so selbstverständlich werden wie im sportlichen Wettbewerb. Beschwörend breitete er die Arme über die dreitausend Teilnehmer und rief: »Mit Blick auf die jüngsten Katastrophen ist es vordringlichste Aufgabe der Industrienationen, die Geißel von Krieg und Unmenschlichkeit aus den schwachen und armen Regionen fernzuhalten ...«

»Blabla«, spottete Samson. Auf dem CNN-Monitor lief eine Reportage mit abgedrehtem Ton: im Bild war der Botta-Pavillon in Parsenn, in dem hinter verschlossenen Türen die Nordirland-Konferenz tagte. Draußen in der Kälte sprach eine frierende Reporterin wie ein Wasserfall in ein rundes, rotes Mikrophon, und nach ihren Gebärden zu schließen, war damit zu rechnen, daß sich die Türen jeden Augenblick öffneten.

Als der Verband von fünfzehn Lastern, acht leichten Panzern und zweihundertzehn jungen Burschen mit Kalaschnikows die Kuppe erreichte, ließ der Kommandant erleichtert anhalten. Vor ihm erstreckte sich ein langes, übersichtliches Tal bis hin zur schmutzigen Dunstglocke der Stadt.
Die Soldaten sprangen von den Fahrzeugen, streckten sich und standen in Gruppen herum, während der Anführer im spärlichen Schatten seines Vehikels eine Karte ausbreitete. Wie immer schwoll das Stimmengewirr an, einige aßen etwas, andere legten sich auf den Boden, Waffen und Ausrüstungen lagen wirr ducheinander auf den Fahrzeugen.
Im Kuppelraum zeigte Samson derweil hohnlächelnd auf das verschwommene Geflimmer einer Rundschau-Sendung, die direkt aus dem Wirtschaftsforum ausgestrahlt wurde, und fragte: »Haben wir Kanal eins gestört?«
Hogan schaute grinsend auf und anwortete: »Nein, diesmal nicht, Boß. Die senden immer so blödsinnig verzerrt.«
Lumumba griff unruhig zum Feldstecher und suchte nach Anzeichen der befreundeten Truppen. Aufgeregtes Krächzen und Kreischen ließ ihn das Fernglas zum dichten Baumwerk am Fluß schwenken. Ganze Affenschwärme lärmten und turnten durcheinander. Es waren die als Frechlinge bekannten grünen Meerkatzen mit den typischen blauen Testikeln, die wie Schlußleuchten zwischen den Hinterbeinen strahlten. Lumumba beobachtete interessiert das aufgeregte Schauspiel, die Farbtupfer, die frechen Schnauzen, als das Hämmern von Hubschrauberrotoren den Affenklamauk übertönte.

»Da kommen die Cobras«, rief Hogan. Samson rollte den jungen Löwen von seinen Beinen und blickte begierig zur Leinwand.

Lumumba suchte stirnrunzelnd die Baumlinie ab. Er wußte beim besten Willen nicht, was er in diesem verfluchten Bürgerkrieg der Kongolesen eigentlich verloren hatte. Auch vom Bataillon Regierungstruppen, das seine Truppe aufnehmen sollte, fehlte am Treffpunkt weit und breit jede Spur.

Da schoben sich die drei Hubschrauber als bedrohliche schwarze Umrisse über die Baumkronen. Sie glänzten matt, ihre Leiber lauerten furchterregend, und spitzes, kantiges Gerät hing am Rumpf. Für einen trügerischen Augenblick freute sich Lumumba über die Begrüßung durch die Verbündeten. Dann stieß er einen Warnschrei aus, stürzte sich in die schützende Panzerluke und riß das schwere Maschinengewehr herum. Das letzte, was Lumumba in seinem Leben sah, waren blaue Affenhodensäcke, dann Mündungsblitze aus den Hakennasen der Helikopter.

Auch seine Männer hatten die Ungetüme gesichtet, die mit hoher Geschwindigkeit heranschwirrten, sich plötzlich wie scharf gezügelte Pferde aufbäumten und in geringer Höhe über dem Boden schwebten, als hätten sie Lumumbas Truppe eben erst gesichtet. Die Angreifer, die den Vorteil der Überraschung ausnutzten, hatten leichtes Spiel. Die meisten aus Lumumbas Reihen verharrten einfach starr vor Schreck, und als der schrille Knall der ersten drei Salven verhallt war, blieb von ihnen schon nichts mehr übrig. Alle zweihundertzehn Soldaten waren auf der Stelle tot. Aber die Metal Storm feuerte nochmals.

Parsenn

In Parsenn traten Präsident Clinton und Premierminister Blair, beide in dicke Mäntel gehüllt, aus der Tür des Pavillons und schritten winkend zu den wartenden Limousinen. Die Reporterin mit dem roten Mikrophon rief ihnen ihre vorbereitete Frage zu: »Kam es zu einer Einigung über die Frage der Entwaffnung?« Die Staatsmänner lächelten unverbindlich und sanken hinter den geschwärzten Scheiben ihrer Staatskarossen in das weiche Polster. Vergeblich hetzten ihnen andere Reporter mit Kameras nach.

Im Safehouse

Erst viel später würden Experten feststellen, daß die Geschosse aus den neuen Schnellfeuerautomaten stammten, die unter dem Begriff Metal Storm berüchtigt geworden waren. Sie hatten die Form eines Kastens mit sechsundreißig Läufen, aus denen pro Minute bis zu einer Million Kugeln abgefeuert wurden. Ein einziger Feuerstoß dauerte eine Zehntelssekunde, und die Projektile zischten in geringstem Abstand voneinander aus der Waffe. Auf Lumumbas Leute fiel innerhalb von Sekunden eine dichte Wand aus Hunderttausenden von Hochrasanz-Projektilen, die sie in Stücke rissen, zerhackten, die Fahrzeuge gnadenlos zerschredderten, die Panzerplatten wie Blech zertrümmerten. Nichts, gar nichts bot Schutz. Nicht einmal der Erdwall und der lange Felsbrocken, hinter den sich ein paar Soldaten geistesgegenwärtig geworfen hatten. Die Erde zerstob, der Fels zerbarst, wurde pulverisiert, vermischte sich mit den Fleischmassen zu grausigem Brei.

»Schalten Sie diesen Clown weg«, rief Samson aufgebracht und zeigte auf den andern Bildschirm, auf dem der bärtige Iraner im langen Gewand zur Rednertribüne schritt. Im Saal applaudierten einige Konferenzteilnehmer dem iranischen Präsidenten, einem der vielen Staatschefs am Weltwirtschaftsforum, andere stürmten unter Protestgebärden hinaus.

In Afrika kurvten die Hubschrauber im Tiefflug über der schrecklichen Szene von zerfetzten Wracks. Die Hochleistungskamera am mittleren Hubschrauber surrte zuverlässig und hielt das von grauenvollen menschlichen Breimassen übersäte Schlachtfeld sorgfältig auf Mikrofilm fest.
»Cobra, Cobra, zurück zur Startbase«, befahl der Staffelführer in der mittleren Maschine, hob die Feldflasche an die Lippen, warf den Kopf zurück und goß den Rest in ein paar Schlucken hinunter. »So eine gottverdammte Schweinerei«, keuchte der abgebrühte Söldner, dem die Abschlachtung zusetzte. Selbst der Schwarm Aasgeier mit ihren Hakenschnäbeln kreiste abwartend über dem Blutbad, als trauten die Vögel ihren eigenen Augen nicht. Erst als der

Motorenlärm verhallt war, fielen die Schmutzkappengeier mit dumpfem Gackern und Fauchen über die blutigen Reste her, und noch lange Zeit war über dem *killing field* das eigenartige, schaurige Keckern der großen Vögel zu hören.

»Der Lauf ist eigentlich das Ingeniöse an der Metal Storm«, schwärmte Frank Hogan aus dem Hintergrund, als das Bild aus dem Bereich der Satellitenkamera wegflimmerte. Längst hatte er sich in den Kopf gesetzt, so ein Teufelsding nach Nordirland zu schmuggeln. »Die hülsenlosen Geschosse liegen dicht hintereinander im Lauf, wobei jede Patrone einen elektronischen Kontaktpunkt an der Innenseite des Schießrohrs berührt.«
»Wer hat ›Cobra‹ kommandiert?« fuhr Samson dazwischen.
»Geisling in Abidjan.«
»Gut, ich ruf ihn an«, brummte Samson. »Schon eine irre Sache, so ein Schießautomat mit sechundreißig Läufen.«
Genau, was wir in Belfast oben brauchen, sagte Hogan zu sich selbst, Metal Storm. Laut meinte er: »Herkömmliche MGs feuern mit einem Geschoßabstand von dreißig Metern. Dieser Automat hagelt in Abständen von dreißig Zentimetern.«
»Zehn Zentimetern«, korrigierte ihn Samson und studierte das Display seines Telescreens. Auf den Monitoren liefen die Reportagen und Berichte weiter.

Das dominierende Thema des Weltwirtschaftsgipfels sei zweifellos die gewaltige Katastrophe in Chiapas, erläuterte eine Sprecherin. Die Organisatoren hätten ihr Programm denn auch kurzfristig auf die jüngsten Ereignisse ausgerichtet. In speziellen Referaten solle die Reaktionsfähigkeit der Finanzmärkte auf große Naturkatastrophen untersucht werden. In diesem Zusammenhang würde auch das Thema der Privatisierung der Sicherheitsaufgaben und des Rettungswesens ins Rampenlicht gerückt, wußte die Sprecherin.

»Geisling? Geisling, hören Sie«, schrie Samson freudig nach Abidjan. »Gut gemacht, ein Bonus ist Ihnen sicher. Wo sind Sie? Was!« Samson deckte das Mikrophon ab und grinste Hogan zu: »Er ist am Vögeln ... Wie? Ich will eine saubere Einsatzbesprechung, Geisling. Morgen null sechs null null, Arkzeit! Wo sind die Jungs jetzt? Aha,

gut.« Mit einem Klicken war er weg. Samson nickte zufrieden und ließ das auf Video gebannte Massaker zurückspulen. »Diese enorme Feuerkraft eröffnet neue Dimensionen, Hogan.«
»Militärisch, Boß?«
»Nein, geschäftlich ... Sieh mal, wie der Kerl auf dem Panzer zerfällt wie ... wie ein brauner Zuckerstock, und schau auf diesen Panzer ... weg ist er, zerbrochen, ich glaub es nicht!«
»In einer Hundertstelsekunde blasen fast fünf Pfund Metall aus den Rohren von Metal Storm, Boß.«
»Holen Sie Custer«, befahl Robusto Samson. »Es ist Zeit für eine Hinrichtung.«

Zentrale der Nord-Süd-Watt AG

Das Strukturbild der Mauer ist eingefroren. Irgend etwas ist faul«, rief der Zweite Ingenieur in der Forno-Zentrale, einem Backsteingebäude, das weit unten im Tal, zwanzig Kilometer von der Talsperre entfernt, in eine Flußschleife eingebettet war. »Ich versuche, über die Station Oberaar ein Bild einzufangen.«
»Oberaar ist um diese Jahreszeit geschlossen. Keine Seele sitzt dort oben.«
»Ich weiß. Aber Wasserfallen hat nachträglich eine Funkstrahlverbindung installiert, die von unserer Leitung unabhängig ist. Wir müssen alles versuchen«, beharrte der Zweite Ingenieur.
»Ach, Sie verschwenden doch nur Ihre Zeit. Diese Spielereien von Wasserfallen ...« Der Betriebsleiter winkte griesgrämig ab.
»Die *Shaker* auf der Mauerkrone senden auch kein Bild. Unsere Leitung ist sicher beschädigt. Wir müssen alarmieren!«
»Kommt nicht in Frage!« Betriebsleiter Ochsner verschränkte trotzig die Arme. »Die Mauer hält. Bis heute ist kein Fall bekannt, bei dem eine Bogenstaumauer Probleme machte. Die Forno hält. Sie ist ringsherum im Granit verankert. Wir stauen vielleicht langsam ab, aber nur gerade soviel, daß der Fluß in Parsenn nicht über die Ufer geht.«
»Die Nationale Alarmzentrale?«

»Vergiß es. Die NAZ kommt erst ins Spiel, wenn das Hochwasser die Fernzone erreicht.«
Der Zweite Ingenieur überlegte, wo die Überflutungswelle nach zwei Stunden hinkam. Dort begann nämlich die Fernzone. Tief unten im Flachland, begriff er, als ihn die Signale erneut beunruhigten.
»Die Durchsickerung am linken Felswiderlager nimmt weiter zu!« stellte er mit Nachdruck fest. Ochsner fuhr mit großen Augen auf und tobte: »Informiert mich, Hergottdonner, endlich einmal über die Schwingungslage. Wozu haben wir denn das viele Geld ausgegeben? Wie schwingt die verdammte Mauer?«
»Ich krieg einfach kein Bild hin«, hielt der Zweite Ingenieur ruhig dagegen und schüttelte verständnislos den Kopf.

Im Safehouse

Hah, ein spätes Wiedersehen, Ken! Wie doch der Zufall so schön spielt.« Samson schüttelte sein Haupt, daß die Strähnen flogen, schob die junge Löwin zärtlich zur Seite und stand auf. Er war ein Schrank von einem Menschen. Vor ihm schien alles zu verblassen. Sogar die starken Halogenlampen verfinsterte er. Pajero und Tarek hatten Custer in die Mitte des weiträumigen, kahlen und hohen Kuppelraumes gezerrt. Die Wände bestanden größtenteils aus rohem, lindgrün überspritztem Fels. Ken ließ die Schultern sinken und versuchte, sie zu lockern, während er in Samsons Gesicht nach Absichten forschte: Ein kaum merkliches Mienenspiel, eine leicht erhobene Hand, ein halbes Abwenden, die überlegene Ausstrahlung des Siegers.
»Entfernt die Fesseln. Und nehmt ihm den Gürtel ab«, befahl Samson und wandte sich ganz ab, als hätte er das Interesse am Gefangenen bereits verloren. Er kehrte der Anordnung von großen und kleinen Bildschirmen, Projektionsflächen und Tastaturen den Rücken. Auf der andern Seite stand ein riesiger, rechteckiger Glasbehälter mit abgerundeten Kanten. Das klare Glas gab den Blick auf die spärliche Inneneinrichtung frei. Ein kleiner Boden machte

das Gefäß, das wie ein riesiges Aquarium wirkte, begehbar. Ken dachte an eine Druckkabine für Piloten, als ihm Tarek wie erwartet endlich am Gurtverschluß herumfummelte. Er stieß ihm wütend den Ellbogen ins Gesicht. Aber der andere war darauf gefaßt. Pajero riß Ken brutal am Haarschopf zurück und setzte ihm die Klinge des Stiletts an die Kehle, während der Algerier mit blitzenden Augen den Gürtel entfernte und ihn mit spöttischem Grinsen inspizierte. Samson folgte Custers ungläubigem Blick zum gläsernen Behälter von der Größe einer der riesigen Seilbahnkabinen, die sich von Parsenn aus über ein paar Masten kühn ins Gebirge hinaufschwingen.

»Das Aquarium. Unser kleines Huntsville«, spottete Samson. »Nur vollziehen wir die Hinrichtungen effizienter. Sehen Sie die Düsen am Gestänge? Es handelt sich um den Wassereinlaß. Frisches, sauberstes Bergwasser, direkt aus dem Stausee, auf dreißig Grad erwärmt, damit die Verurteilten nicht im Eiswasser erfrieren. Es dauert natürlich eine Weile, bis die Todeszelle voll ist. Ursprünglich konstruierten wir das Gefäß, um die Wirkung von Wasser zu erproben, das mit Botulin und Anthrax vermischt ist. Stellen Sie sich vor, die Staumauer da draußen birst, und das Wasser ist mit biologischen Keimen verseucht. Sintflut kombiniert mit Pest. Phantastisches Chaos-Szenario, finden Sie nicht auch, Ken?«

Tarek hielt Samson den Gürtel hin. Aus dem geöffneten Reißverschluß quollen Geldscheine. »Schmeiß das Zeugs weg, oder verteil das Geld«, meinte er nur verächtlich.

»Sie werden es nie schaffen, Robusto«, keuchte Custer, als sich Tarek grinsend den Geldgürtel umschnallte. Gut so, Scheißkerl.

»Sie bluffen doch nur«, stieß er heraus. »Wo haben Sie denn das Gift? Wie wollen Sie eine Bogenstaumauer dieser Größe zerstören?« Pajero drückte das Stilett fester an seine Kehle.

»Sie unterschätzen Samson, den Sintfluter, Ken. Lerne deine Feinde kennen, sollten Sie doch gelernt haben, nicht?« Er setzte sich lächelnd. »Pajero!« Der Schwarze ließ Ken fahren und eilte zum Meister, beugte sich vor, nickte grinsend und eilte davon. In der Zwischenzeit hielt Tarek den Gefangenen mit einer Uzi-Maschinenpistole in Schach.

»Gleich folgt eine kleine Demonstration, Ken.« Samson drehte sich und tippte ein paar Zahlen in die Tastatur ein. Auf der großen Projektionsfläche flammte eine orangefarbene Gitterstruktur auf. Ken erkannte darin sofort die Umrisse der Staumauer, als der Chinese herantänzelte. »Doktor Dix-Sang, unser Talsperrenexperte«, begrüßte ihn Samson mit der Gebärde eines Showmasters. Der Doktor sah beängstigend professoral aus. Seine Lesebrille hatte er auf das Haar geschoben, er trug gerade eine normale Brille. Unter dem braunen Jackett mit Fischgrätmuster trug er ein weißes Hemd und eine grün und gelb gemusterte Krawatte. Er paßte in seiner Aufmachung eher in den Golfclub, als in die kühle, technische Nüchternheit des Kuppelraumes mit all den raffinierten, flimmernden und summenden High-Tech-Geräten.

»Die Verformung der Staumauer hat eine irreversible Phase erreicht. Bald erreichen wir den kritischen Punkt«, erklärte Doktor Dix nach einer leichten Verbeugung mit leuchtenden Augen.

»Unten im alten Maschinenhaus bombardieren zehn Unwuchterzeuger seit Stunden die Mauer«, warf Samson begeistert ein. »Sehen Sie selbst, Ken.« Er drückte eine Taste, worauf eine öde, im Halbdunkel verstaubende Maschinenhalle über die Projektionswand flimmerte. »Die Geräte stoßen Schallwellen aus, die im Frequenzbereich der Erdbebenstöße liegen. Sehr langsame Schwingungen, nicht wahr, Doktor Dix?«

»Sehr richtig, *Mister* Samson. Drei bis sieben Schwingungen pro Minute. Man kann sie am besten mit dem tiefen Wummern einer Baßgeige vergleichen. Deshalb heißen die Geräte Baßkanonen.« Er kicherte, und Custer hätte ihm sein schmeichlerisches Lächeln in den Schädel schlagen können. Er dachte angestrengt an die Erklärungen von Zwicky und sagte: »Sie bluffen. Die Energie verpufft doch. Zudem würden solche Schallerzeuger gewaltig lärmen.«

Der Chinese schüttelte seinen mit wirren Haarbüscheln bedeckten Kopf und sagte in nachsichtigem Ton: »Nein. Das Beschallen der Mauer ist so intensiv, daß die Frequenzen sich nicht mehr genügend abdämpfen können. Sie werden von der Mauer absorbiert. Dadurch schwingt die Struktur immer stärker, weil die Resonanzschwingung gewaltige Energien freisetzt. Der Beton fällt buchstäblich vom Eisen und gerät aus den Fugen. Es ist ein komplexes mathematisches Modell, das ich Ihnen gerne auf diesem Monitor erläutere ...«

»Um Gottes willen, nein!« protestierte Samson. »Es funktioniert auch so. Schauen Sie bloß, wie sich die Mauerstruktur verbiegt. Man hört sie doch schon ächzen.« Sein ganzer aufgestauter Ingrimm löste sich in ein sarkastisches Grinsen auf. »Man wird mich noch kennenlernen.«

»Es ist wie die Wirkung von Ultraschall beim Zahnarzt«, platzte Doktor Dix heraus, und als niemand eine Miene verzog, fuhr er mit erhobenem Mahnfinger fort: »Doch, mit Hilfe von Ultraschall entfernt der Zahnarzt Zahnstein, also, der Zahnbelag löst sich dann vom Zahn, genau wie der Beton vom Eisen, gewissermaßen ...«

Ein mißtrauisches Stirnrunzeln, das Samsons Gesicht verfinsterte, brachte den Chinesen zum Schweigen. Da sah Custer auf dem Bildschirm, wie sich im alten Maschinenhaus etwas bewegte. »Wenn das stimmt, können Sie mir ja ruhig die Baßkanonen näher ins Bild bringen«, wandte er geistesgegenwärtig ein. Samson zuckte die Schultern und gab ein Zeichen. Die Kamera holte eine der Maschinen näher heran, und der Singsang von Doktor Dix-Sang setzte wieder ein: »Zusätzlich zu den zehn Baßkanonen haben wir die stationären *Shaker* auf der Mauerkrone heimlich in Betrieb gesetzt. Übrigens, der geringfügige Lärm der Baßkanonen geht im Rauschen des Wassers völlig unter.«

Custer konzentrierte sich auf die zwei Personen, die unscharf am Bildrand reglos auf dem Fußboden lagen. »Wer sind diese Leute dort neben den Maschinen?« fragte er.

»Ach, Pajero hat sie eingesperrt«, erwiderte Samson wegwerfend. »Schnüffler, die unsere Anlagen ausspionieren wollten. Sie sitzen in der vordersten Reihe, wenn das Mauerbruch-Drama beginnt. Logenplatz, haha!«

Custer wollte Zeit gewinnen, indem er das Gespräch in Gang hielt. »Sie haben keine Chance, Samson. Die Leute vom Kraftwerk haben die abnormalen Schwingungen längst bemerkt. Die Talsperre ist mit einem System von Sensoren geschützt. Bald können Sie auf dem Monitor zuschauen, wie das Maschinenhaus von der Polizei gestürmt und Ihre verdammten Baßkanonen zu Schrott verwandelt werden.«

Als Samson sprach, war sein Ton herablassend: »Ha, Sie sind ein Witzbold. Doktor Dix, zeigen Sie ihm den Trick. Er benimmt sich, als wäre er schwer von Begriff.« Aus der Tiefe des Flurs drangen aufgebrachte Stimmen.

Doktor Dix räusperte sich: »Wir haben uns auf die Leitung, über die alle Daten der Sensoren zur Zentrale der Nord-Süd-Watt laufen, geschaltet und ein präpariertes Video mit dem Normalbild der Mauer eingespielt. Unten im Tal sehen die Überwachungsleute in der Zentrale die perfekte Struktur einer tadellosen Mauer. Alles in bester Ordnung. Schön grün.« Dix zeigte mit seinem professoralen Gehabe auf die grüne Graphik, welche die Talsperre im Normalzustand darstellte.
Custer starrte fassungslos auf den Monitor des Maschinenhauses. Die am Boden zusammengekrümmten Gestalten bewegten sich nicht. Kein Gesicht war auszumachen. Waren sie schon tot? Wir sind unterhalb der Forno-Mauer. Verdächtiges Subjekt. Schwanzlutscher ... hörte Ken im Geist Thomas' Stimme, aber er verwarf den schrecklichen Gedanken, als Pajero die schwarzhaarige Frau grob in den Kuppelraum schubste. Da stand sie, Delia, eine wilde Latina, zornig, spuckte ihm ins Gesicht: »Schwanzlutscher!« Doch Pajero schubste die an den Händen Gefesselte gleichmütig vor sich her. In diesem Augenblick kam es Ken vor, als würde die Luft um ihn herum weicher. Delia strahlte etwas Unheimliches und zugleich Betörendes aus. Ihre Blicke trafen sich flüchtig. Sie spielte, begriff Custer. »Das ist das mieseste, beschissenste Loch«, schimpfte sie weiter, wehrte sich und schlug mit den Füßen aus. Widerstand war zwecklos. Zomba packte sie hart am Arm, nur um zu erleben, wie sie ihm Gift und Galle ins Gesicht spuckte. Da schleuderte er sie wütend zu Boden. Custer setzte zum Sprung an, um sich auf den Deutschen zu stürzen, aber Tarek griff sofort ein. Mit hartem Griff hielt er Ken zurück.
»Seien wir doch zivilisiert. Nur Barbaren gehen mit Fäusten aufeinander los«, spottete Samson, als Tarek die Kampfhähne auseinanderriß und Custer einen brutalen Schlag in den Rücken versetzte. Pajero schleppte Delia zum Aquarium, öffnete die Tür, zerschnitt die Fesselung und stieß die Frau hinein.
Custer machte zwei Schritte, aber Tarek hielt ihn in Schach. »Hättest du in New York doch nur auf mich gehört, Ken!« rief Hogan aus dem Hintergrund und verzog die Mundwinkel zu einem höhnischen Grinsen. »Vorwärts, ins Glashaus, Custer!«
»Ich töte die Menschen, die ich umbringe, gar nicht«, beschwichtigte Samson. »Was geschieht, ist eine Verschiebung in die höhere

Schwingungsebene. Dadurch rette ich euch vor den Schrecknissen des Chaos. Meine Opfer sind privilegiert. Sharon Jefferson, Jim Frazer, Delia, Ken ...«

»Wenn Sie an den nahen Weltuntergang glauben, wieso halten Sie denn an all dem teuren Fummel fest? Wieso knallen Sie sich nicht selbst ab und schweben in die nächste Schwingungssphäre ein?« Custer hatte der Mut der Verzweiflung gepackt.

Samson lachte heraus. »Nicht schlecht, Ken. Aber ich mache weiter, weil mir mein Job gefällt. Wenn der Kosmos ruft, bin ich bereit.«

Custer wehrte sich vergeblich. Zomba und der Schwarze mit dem Pferdeschwanz warfen ihn buchstäblich in das Glasverlies und schlossen sofort die Tür.

»Die Unterhaltungsindustrie wird übrigens mit der Rüstungsindustrie völlig verschmelzen, Custer.« Samson geriet ins Philosophieren: Schade, daß Custer ihm nicht glauben wollte. Sie hätten zusammen ein vorzügliches Team gebildet. Waffen und Spiele würden sich heute überschneiden. Ein Kind ballere mit dem modernsten Kampfpanzer auf dem Bildschirm herum, und der Panzersoldat übe auf dem gleichen Spiel seine Einsätze. Was Hollywood an Spezialeffekten via Computerdesign fertigbringe, würden seine Rüstungsfirmen übernehmen und daraus die neuen Waffen machen. Ein Beispiel sei gerade die sagenhafte Baßkanone, mit der er künftig weltweit Staumauern zum Einsturz bringen könne, als habe Gott selbst die Hand im Spiel. »Schauen Sie doch, wie sich die Mauerstruktur bereits zum Zerreißen dehnt!« schloß er.

Ken setzte sich neben Delia, als auch schon Wasser aus den Düsen in das Aquarium strömte. »Was machen wir jetzt, Ken?«

»Das Gerücht hält sich, du seist seine Mätresse. Warum läßt er dich fallen?« stellte er die Gegenfrage.

»Mätresse? Er kann nicht, falls dich das beruhigt.« Sie hielt einen gekrümmten Finger zwischen ihre gespreizten Beine, was so ulkig aussah, daß Ken beinahe in schallendes Gelächter ausgebrochen wäre.

»Die Quelle seiner Kraft kommt nicht aus den Lenden, Ken.« Sie schaute mit zusammengekniffenen Lidern in seine großen blauen Augen. »Du hast mehr Sex in deiner Unterlippe als Samson im ganzen Unterleib.«

»Das nützt uns jetzt auch nicht mehr viel.« Ken zog die Füße weg, als Wasser über den Boden strömte. »Hat es mit Egon Zachs zu tun?«
Sie schüttelte den Kopf und flüsterte: »Ich habe das Video kopiert und an Casey geschickt. Das war *mein* Verhängnis. Robusto kam dahinter. Nicht der Besuch bei Zachs hat mich verraten. Samson hat einen Maulwurf in Langley. Ganz oben. Seit Jahren läßt er Samson Informationen über die Operationen der CIA zukommen und sendet ihm die Listen der neu rekrutierten Agenten. Harrison heißt der Verräter. Stellvertreter in der Abteilung Anti-Terror. Harrison hatte Samson über das Casey zugespielte Video informiert. Das war das Ende.«
»Von welchem Video sprichst du denn? Was hast du Casey zugespielt?« flüsterte Ken erregt.
»Viel Vergnügen«, hörten sie Samson über den Lautsprecher lachen, als das Wasser ihre Knie umspülte. Er griff nach der schwarzen Gebirgsjacke. Tarek lehnte sich auf der anderen Seite lässig gegen die Konsole mit den Bildschirmen. Zu weit weg, dachte Ken. Komm näher mit dem Gürtel, Tarek, los, du Arschgesicht, beweg dich!
»Schauen Sie, Ken«, wiederholte Samson. »Im Scheitelpunkt der Mauer ist bereits ein Riß auszumachen.« Er holte die Stelle mit dem Zoom heran. Die Gitterlinien zeigten furchterregende Verbiegungen.
»Wie ist der Plan, Ken? Der Plan! Träumst du?« Sie klatschte mit den Händen ins Wasser.
Ken hielt den Finger an die Lippen. Tarek verharrte an der gleichen Stelle. Jetzt fummelte er am Gürtel. Custer ließ ihn keine Sekunde aus den Augen. Leg den Gürtel nicht ab, Tarek. Er bombardierte ihn mit Gedanken.
»Die Mauer muß die Schwingungen der Baßkanonen absorbieren«, dozierte Doktor Dix und schwenkte seine Drahtbrille. »Bei diesem Vorgang entstehen gewaltige Kräfte, die sich in Zerstörungsenergie umsetzen und die Mauer zum Bersten bringen.«
»Mein Gott! Die Trompeten von Jericho. Das waren doch Caseys letzte Worte«, hauchte Delia fassungslos. Mit den Armen ruderte sie im Wasser.
»Ich überlasse Sie jetzt Ihrem Schicksal, Ken.« Samson zog die Ge-

birgsjacke über und winkte jemanden heran. Custer gefror das Blut in den Adern. Doch das Zeichen galt Zomba. Tarek schlurfte näher heran.
»Ich schaue mir das Spektakel der Naturkatastrophe nämlich aus der Luft an, haha!« rief Samson im Weggehen. Tarek folgte dem Boß ein paar Schritte und setzte sich auf eine Stufe. Komm näher, du Idiot, flehte Custer.
»Übrigens, Ken.« Samson drehte sich nochmals um. »Unten im alten Maschinenhaus liegen ein paar Flaschen Anthrax oder Botulin, egal. Wenn die Fluten herniederstürzen, zerspringen die Glasbehälter, und die Keime werden freigesetzt.«
»Wo haben Sie die Keime her?« schrie Ken und begann zu schwimmen, als ihm das Wasser an den Hals reichte.
»Aus dem Armeebunker, der in die Luft geflogen ist. Erinnern Sie sich?«
»Munitionskaverne Bristen«, präzisierte Hogan, der in der gleichen Haltung neben der Konsole stehenblieb und mit einem Skistock auf dem Boden stocherte. »Tschanutt hat die Behälter aus einem geheimen Lagerraum herausgeholt, dann die Armee-Kaverne in die Luft gejagt. Das war sein Gesellenstück für *Mister* Samson!« Er grinste hämisch und setzte sich auf die Tischkante.
»Zieh dich sofort aus«, flüsterte Ken Delia ins Ohr.

Zentrale der Nord-Süd-Watt AG

Um Gottes willen ... Die Mauer!« Einen Augenblick herrschte Totenstille in der Forno-Zentrale. Die Männer beugten sich über den Bildschirm.
»Das gibt es doch gar nicht!« keuchte der Zweite Ingenieur. Er zeigte fassungslos auf die Graphik der Mauerstruktur. Über die grünen Linien, die den Normalzustand der Talsperre aufzeichneten, legte sich eine massiv verformte rote Struktur. Betriebsleiter Ochsner schob den Techniker ruppig zur Seite und beugte sich mit gerötetem Gesicht vor.
»Wir haben Schwingungen von neun Hertz. Starke Risse in der Kro-

ne. Längsrisse, die zum linken Felslager verlaufen«, stellte der Zweite Ingenieur mit zitternder Stimme fest. »Ich glaube, wir sollten Wasserfallen rufen.«
»Machen wir nicht. Sie haben ihn entlassen, basta«, schnaubte Ochsner. »Wo kommen denn diese verdammten Schwingungen her?«
»Die Mauer schwingt nicht als einheitliches System. Das ist verrückt. Total atypisch. Passen Sie auf, über dem Wasserspiegel schwingen die Blöcke völlig eigenständig. Hier, schauen Sie!« Er drückte den Finger auf die Stelle neben dem in das Bauwerk integrierten Hochwasserüberlauf.
»Wasserfallens *Shaker* sind schuld. Da haben wir es. Wir hätten die nie aufsetzen dürfen!«
Der Zweite Ingenieur glaubte nicht recht zu hören. Die Unwuchterreger für die dynamische Analyse einer Talsperre gehörten zum letzten Stand der Baukunst. »Unmöglich«, protestierte er. »Die *Shaker* scheinen zu laufen, und ich frage mich, wer zum Teufel diese verdammten *Shaker* in Betrieb gesetzt hat!«
»Das meine ich ja. Die *Shaker* erzeugen diese verfluchten Schwingungen«, beharrte Ochsner.
»Die Verformung stammt unmöglich von den *Shakern*«, widersprach der Zweite Ingenieur. »Die Schwingungen dieser Unwuchterreger allein sind zu schwach. Ihre Frequenzen werden vom Bauwerk und dem Felsen abgedämpft, und die Energie verpufft in die Fundamente.«
»Haben wir ein Erdbeben irgendwo? Ruft die Zentrale an!« befahl der Betriebsleiter.
»Die Öffnung der Vertikalfuge am Widerlager nimmt zu. O du meine Güte, das sieht schlimm aus!« rief der Techniker.
»Ich werde verrückt. Wir haben eine Beschleunigung unter der Sperre, an der Krone und seitlich im Felsen. Links an der Piz-Mephisto-Flanke«, berichtete der Zweite Ingenieur atemlos.
»Wie viele g?« fragte Ochsner.
»Null Komma neunundneunzig g. Mensch, die Topographie schaukelt sich auf. Ich werde verrückt. Wir müssen alarmieren!« Der Zweite Ingenieur wischte sich Schweißtropfen aus dem Gesicht.
Ochsner hob beide Hände wie ein Priester zum Segnen: »Leute, beruhigt euch. Paßt auf. Nur keine Panik. Schaut doch auf das Fern-

sehbild der Außenkamera. Die Mauer steht wie ein monolithischer Block da. Wuchtig und unerschütterlich. Sieht jemand einen Riß? Eine Verformung? Ich mein's ernst. Bitte, seht ihr etwas? ... Na also! Und der Hauptmonitor hier zeigt keine Verformungen. Alles ist grün!«
»Aber über die Station Oberaar laufen die roten Bilder. Und ich lege die Hand dafür ins Feuer, daß dies die echten sind!« wandte der Zweite Ingenieur ein.
»Bevor wir Panik in die Bevölkerung streuen, inspizieren wir die Mauer. Wer hat die Schlüssel zum Inspektionsschacht? In einer Stunde ist die Equipe vor Ort und kann die Instrumente in den Pendelschächten ablesen. Dann wissen wir es genau. Ich hasse Spekulationen. Dieses dynamische Analysen-Programm von Wasserfallen ist mir nicht verläßlich genug, um die Gipfelkonferenz in Parsenn zu evakuieren. Verstanden?«
Die Männer schwiegen. Die Luft war zum Greifen dick.
»Ja, überlegt doch mal mit kühlem Kopf. Wir haben kein Erdbeben. Der Wasserspiegel ist absolut flach, still. Kein Wellengang. Nichts. Soll mir einer erklären, wo diese verdammten Schwingungen herkommen sollen.«
»Ein Fax vom Erdbebendienst!« rief jemand.
»Geben Sie her.« Ochsner überflog die kurze Mitteilung und blickte triumphierend auf: »Da haben wir es: ›Keine besonderen Vorkommnisse‹. Kein seismischer Ausschlag im ganzen Alpenraum in den letzten vierundzwanzig Stunden. Was hab ich gesagt?«
»Ich weiß nicht. Wir haben eindeutig eine sehr starke Durchsickerung am linksufrigen Felswiderlager. Wir müssen alarmieren.« Der Zweite Ingenieur war leichenblaß.
»Sickerwasser hatten wir schon immer. Eine undichte Fuge bringt die Mauer noch nicht zum Einsturz«, sagte Ochsner in tadelndem Ton. »Nicht die Forno-Mauer, Himmelkreuzdonnerwetter! Los, stellt endlich die Mannschaft auf die Beine. Bewegung. In einer Stunde will ich einen verdammt genauen Bericht auf meinem Tisch sehen.«
Als die Männer ihn stumm anstarrten, fügte er hinzu. »Stellt euch die Blamage vor, wenn Parsenn evakuiert werden muß, nur weil wir die Nerven verlieren.«
Dabei blieb es.

Im Safehouse

Los, reiß um Gottes willen die Fetzen vom Leib. Ich will, daß du nackt in diesem Teich herumschwimmst«, zischte Custer.
»Bist du wahnsinnig?«
»Jetzt gleich, bitte. Mach schon.«
Sie zögerte. »Warum hast du mich im Irak im Stich gelassen?«
O nein. Diese Weiber. Custer warf ihr einen verzweifelten Blick zu. »Noch zwei Minuten, und wir sind unter Wasser, Herrgottnocheinmal.«
Tarek gähnte und fischte eine Zigarette aus der Brusttasche. Hogan starrte stumpf auf die gläserne Todeszelle und rief plötzlich mit schriller Stimme: »Schau mal hin, wie Goldfische im Glas!« Er hieb mit dem Stock auf den Boden, und der Schwarze neben ihm krümmte sich ebenfalls vor Lachen. Ken riß das Hemd über den Kopf und schickte sich an, die Düsen zu verstopfen. Es war ein hoffnungloses Unterfangen. Das Wasser sickerte durch die Stoffetzen, und plötzlich schossen kräftige Strahlen aus drei anderen Düsen.
»Warum, Ken? Warum hast du mich damals nicht gerettet?« hakte Delia nach.
»Um Gottes willen. Harrison stand hinter mir in der offenen Luke des Hubschraubers. Als wir über dem Ziehbrunnen niedergingen und ich dir die Hand hinstreckte, um dich an Bord zu hieven, riß er mich zurück, und gleichzeitig bekam ich einen Schlag mit dem Gewehrkolben, daß ich k.o. ging. Begreifst du? Sie wollten doch, daß du dem Feind in die Hände fällst. Die wollten keine Zeugen. Harrison hieß der Schurke. Schon damals. Verstehst du? Und jetzt zieh dich verdammt noch mal aus. Ganz nackt. Bitte. Sonst ersaufen wir.«
Delia begriff nicht. Aber etwas in der Stimme Kens ließ sie mechanisch machen, was sie für ungeheuerlich hielt. Sie tauchte ab und riß sich alle Kleider bis auf den schmalen Slip vom Leib. Ihr schlanker, kupferbrauner Körper, die langen strähnigen Haare und Brüste, wie Äpfel im Paradies, wirkten auf die Männer elektrisierend. Tarek fuhr hoch, eilte zum Aquarium und preßte Kopf und Körper ans Glas. »Sieh dir diese Schenkel an«, stöhnte er, während seine Hand nach unten griff, wo ihn der Hosenbund drückte. Auch Pajero war näher herangekommen. »Hey, bist du scharf auf ihre

Möse?« spottete er, während Tarek durch den Hosenstoff hindurch seinen Ständer massierte.
Jetzt oder nie, dachte Ken. »Paß auf, Delia«, flüsterte er.
Pajero stand jetzt auf gleicher Höhe neben Tarek, der Delias aufreizenden Bewegungen mit lüsternem Blick folgte. Custer drückte auf den Knopf seiner präparierten Stoppuhr und löste den Countdown des im Gürtel eingebauten Zünders aus. Fünfzehn Sekunden. Das Wasser füllte den letzten Luftraum des Wasserkastens, während die Sprengladung tickte. »Ich hole den Fotoapparat«, platzte Tarek heraus und drehte sich um. Zehn Sekunden, geh nicht weg, Trottel. Eine heftige Gebärde Hogans ließ den Algerier achselzuckend umkehren.
Er gaffte wieder gierig auf den nackten Körper mit den gespreizten Beinen, als der kompakte Spezialsprengstoff hinter den Geldscheinen im Gürtel explodierte. Die Wucht der Explosion hatte verschiedene Wirkungen. Zunächst barst das Aquarium. Das Wasser schwemmte Custer und Delia gegen die Steuerungskonsole im Kuppelraum. Tarek hatte es entzweigerissen. Pajero lag auf dem Rücken und tastete schreiend nach der riesigen Glasscherbe, die in seinem Bauch steckte. Weiter drüben rappelte sich Hogan benommen hoch, schleuderte den Skistock, dessen Spitze sich in seinen Arm gebohrt hatte, weit von sich und umklammerte zitternd die Wunde, seine Augen vor Schrecken weit aufgerissen.
Ken hatte sich die Lage aller Gegenstände sorgfältig eingeprägt. Rasch stand er an der Stufe, auf der Tarek die Uzi liegengelassen hatte. Er packte sie und richtete den Lauf auf Hogan, der im Begriff war, fluchtartig die Tür zu erreichen.
»Stehenbleiben!«
Die Männer starrten sich an. Genau wie damals in New York auf der Fähre. Delia war nicht zu sehen, und Custer hatte die Wahl, wie in jeder operativen Situation.
»Wo ist das Gift, Frank? Pack aus! Wo habt ihr das Botulin versteckt? Sonst knallt's.« Er ohrfeigte ihn und senkte den Lauf der Pistole direkt auf seinen Schritt. Hogan schüttelte trotzig den Kopf. Ein leises Stöhnen entrang sich ihm »Ken, du wirst langsam alt. Stell dir vor, was sich mit Biowaffen und der neuen Schießmaschine, dieser megapotenten Metal Storm in Belfast oben alles machen läßt. Endlich kann ich die alten Rechnungen begleichen.«

»Los, Frank, führ mich zum Lager, sonst schieß ich dir die Eier weg«, drängte Ken und schob die Waffe bedrohlich nach vorne.
Hogan wich einen Schritt zurück, irrte mit den Augen umher, aber plötzlich schlich sich Schadenfreude in sein Gesicht. Bevor Custer sich des veränderten Ausdrucks bewußt wurde, hörte er eine spöttische, schrille Stimme in seinem Rücken: »Deine Eier liegen genau auf meiner Ziellinie, Amerikaner.« Langsam drehte Custer den Kopf, die Lippen zusammengepreßt. Der dickliche Typ mit den wirren Locken im höhnisch verzerrten Gesicht hielt eine Pump Action in der Hand. Custer ließ widerstrebend die Arme sinken und schmiß die Uzi schließlich weg. Er hatte keine andere Wahl. »Dort an die Wand«, bellte Tschanutt scharf. Hogan hob unterdessen behende die Uzi auf, dabei bemerkte Ken, wie sein Arm blutete.
Die Gitterstruktur auf der Projektionsfläche sah ziemlich mitgenommen aus. Eine eingeblendete Uhr gab die Restzeit bis zum Ende mit hundertachtzig Minuten an. »Mach ihn fertig«, befahl Frank Hogan. »Los, erschieß den Opa, wo er hinkommt, macht er Ärger!«
Tschanutt hob mit einem sadistischen Grinsen den Lauf, sein Zeigefinger faßte nach dem Abzug. Da zischte es. Der scharfe Pfeil traf Tschanutt haargenau in den Hals. Offensichtlich war eine Schlagader getroffen. Tschanutt wirbelte blutspritzend um die eigene Achse und klatschte auf den Steinboden. Ken faßte sich als erster. Er nutzte die Überraschung und schlug Hogan mit einem harten Fußtritt die Uzi aus der Hand. Fast im selben Moment verpaßte er ihm einen linken Haken in den Bauchansatz. Hogan schnappte nach Luft und sank in die Knie. Ken setzte blitzschnell nach und knallte ihm die gestreckte Rechte vors Kinn. Der Schlag beförderte Hogan rüber an die Wand, wo er in einen Scherbenhaufen krachte und stöhnend liegenblieb.
»Mir nach, Ken!« schrie eine nackte Delia mit dem Bogen in der Hand und rannte die Stufen hinauf. Es sah verrückt aus. Custer lief ihr nach, da sah er seine Pistole auf der Konsole, sprang hinüber und griff nach ihr. In diesem Augenblick bemerkte er mit halbem Auge eine Bewegung. Pajero richtete sich mühsam auf und hielt eine Uzi in beiden Händen über seinem blutverschmierten Bauch. Er schwenkte den Lauf mit einem blöden Grinsen zu Ken hinüber. Wo zum Teufel hatte er die Waffe her? Ken duckte sich, als die Gar-

be an ihm vorbeispritzte. Dann gab er drei gezielte Schüsse ab. Es war wie beim Dosenschießen im Flußbett. Die Kugeln trafen haargenau. Mitten ins Gesicht. Was von Pajeros Kopf übrigblieb, klebte als rotbraune Kleckse hinten an der grünlichen Felswand.
Delia stürzte durch verschiedene Gemächer, Ken hetzte atemlos hinterher. Im Schlafzimmer von Samson riß sie Kleider und Gepäckstücke aus den Schränken und warf sie aufs breite Bett. Hastig zogen sie an, was sich anbot.
»Das ist seine Trophäensammlung.« Sie stand im Schlafzimmer und hielt ihm atemlos die Zigarrenschachtel aus Zedernholz entgegen. Er klappte neugierig den Deckel auf. »Was!« entfuhr es ihm. »Das Collier von Sharon ...« Atemlos starrte er auf das vertraute Schmuckstück mit den drei kleinen goldgefaßten Rubinen. Seine Oberlippe zitterte, und er verspürte einen gespenstischen Stoß, der ihn wie ein heißer Strahl durchlief. »Sharon ...«
»Siehst du. Schlimm. Hier eine exotische Vogelfeder. Gehört einem Quetzal. Vom Aussterben bedroht. Kommt im Urwald von Chiapas vor ...«
Custer streifte einen warmen grünen Sweater über und griff nach einem Paar Schneestiefel. »Dieser kleine winzige Papierstreifen überführt ihn.« Delia sprach fast flüsternd, quetschte sich in einen schwarzen Skianzug und stopfte das karierte Holzfällerhemd hinein. Custer zog eine Augenbraue hoch und knöpfte die Hose zu, dann stemmte er sich in die Stiefel. In der Entfernung ertönten Schreie. Er drängte Delia zur Tür, aber sie hielt ihm den Papierstreifen vors Gesicht: »Der Strichcode auf diesem Schnipsel hing an der Elektronik, die die Simulation der Angostura-Staumauer im Labor in New York steuerte. Die Elektronikfirma hat das Gerät sechs Monate vor der Katastrophe eingebaut. Samson hat den Mauerbruch in seinem Labor folglich bis in alle Einzelheiten geplant.« Sie holte Atem.
Custers Geduldsfaden riß. »Wenn dein Plädoyer noch lange dauert, schnappen sie uns ein zweites Mal. Ich zieh Leine.« Er trat unter die Tür und lauschte angestrengt in den Flur hinaus. »Du hast nur Verdachtsmomente, keine Beweise.«
Sie hielt ihm unbeirrt ein Stück Rinde entgegen. »Und was sagst du dazu?«
Er schaute sie an, als hätte sie völlig den Verstand verloren.

»Zum Teufel, Delia, wirklich, wir können doch nicht ewig hier herumtrödeln. Machen wir endlich, daß wir wegkommen.«
Der Lärm kam näher. Ein Sirenenton heulte im Untergeschoß, aber Delia rasselte unbeeindruckt ihren zoologischen Vortrag herunter: »Das Loch in der Rinde klopft der Specht. Dann legt er faulende Eicheln hinein und wartet auf die Insekten. Typisch im Chiapas-Urwald. Im Loch der Rinde lassen sich nicht nur Eicheln verstecken, Ken. Es dauerte lange, bis ich dahinter kam.«
Endlich klappte sie den Deckel zu, stopfte die Schachtel in den kleinen Rucksack, hängte ihn um und rannte an ihm vorbei. Falsche Richtung, wollte Ken protestieren. Getrampel näherte sich. Doch Delia öffnete eine Wandtür und winkte ihn hinein. Kaum war die Tür zugefallen, polterten schwere Stiefel vorbei. Jemand bellte Befehle.
Delia kletterte behende eine Wendeltreppe hoch. »In dem Loch der Rinde, Ken, fand ich die Micro-Kassette. Verstehst du jetzt? Samsons Supertrophäe. Ein Video vom Angriff auf die Angostura-Staumauer. Von der Hubschrauberkamera aufgenommen. Kannst du dir so etwas Verrücktes vorstellen? Das Trophäensammeln wurde Robusto zum Verhängnis.«
Sie erreichten die oberste Ebene. Delia bedeutete ihm mit einem Zeichen Stillschweigen. »Wir sind zuoberst auf dem Piz Mephisto. Hinter dieser Tür liegt der Hangar. Auf der anderen Seite treibt sich Zomba in der Beobachtungskanzel herum. Paß bloß auf.«
Sie erreichten die Tür problemlos. Als sie in den Raum schlüpften und die Tür ins Schloß fiel, standen sie keuchend vor der rotweißen Cessna mit den Schneekufen. Ken nickte mehrmals, und als er Luft geholt hatte, sagte er: »Eine Turbo Twin-Charged, Spezialanfertigung. Die gleiche Kiste hab ich in Alaska geflogen.«

An der Staumauer

Der Überprüfungstrupp aus der Forno-Zentrale erreichte die Mauerkrone beim ersten Tageslicht. Mit der Lampe in der Hand schritt der Älteste der drei voran und klaubte die Schlüssel aus der Tasche.

Sie schritten am Schuppen vorbei und blieben stehen. »Komisch, daß die *Shaker* laufen«, bemerkte einer. »Gehen wir zuerst in die Schächte«, riet der Älteste. Sie gingen weiter und näherten sich dem linken Felswiderlager. »Der Fugenriß muß auf Höhe hundertzehn liegen«, meinte der Leiter der Gruppe wenig später und beugte sich nochmals über das Geländer.
»Mir kommt es vor, als würde die Mauer zittern«, rief der am Schluß der Kolonne. Sie schwenkten um die Ecke in den finsteren Durchgang, in dem eine massive Eisentür den Zugang zu den Schächten versperrte. Zwei Männer in schweren Jacken mit hochgeschlagenem Kragen und knappen Strickkäppchen traten ihnen entgegen und eröffneten das Feuer aus schallgedämpften Pistolen, ohne jede Vorwarnung. Die Männer der Forno-Equipe sanken lautlos zu Boden.

Parsenn

Der gläserne Botta-Pavillon, in dem die Nordirland-Gipfelkonferenz stattfand, lag abseits vom Rummel der Stadt in der vom Fluß durchschnittenen Ebene. Schon von weitem stach der kühn geschwungene Bau, der zwischen Burghügel und Flußlauf glitzerte, ins Auge. Unter dem großen polygonen Glasdach lag das achteckige Panoramazimmer, und dort stand auch der Verhandlungstisch, der wie der Pavillon im Vorfeld des historischen Gipfels seit einer Woche ununterbrochen über die Fernsehschirme flimmerte. Für die Dauer der Konferenz hatten Pioniere der Armee eine feste Brücke über den Fluß zum Flugplatz geschlagen, wo sich die Leute vom *Secret Service* eingenistet hatten.
Das eigentliche Wahrzeichen der Talschaft bildete aber der Burghügel. Allerdings nicht der zerfallenen Ruine wegen, auf die kein müder Blick mehr fiel, sondern weil die weiße Arche, ein schnittiges, seetüchtiges Boot, darauf thronte. Im Winter lag der Pavillon schon früh im Schatten des vor Urzeiten vom Gletscher liegengelassenen Hügels, eines Urgesteinbrockens von immensem Ausmaß, was den Architekten bewogen hatte, das Dach nur gerade so

weit zu öffnen, daß dem amerikanischen Präsidenten an diesem Tag die Sicht auf die erhabene Bergwelt eröffnet wurde, ihm der Blick auf den Burgfelsen mit seiner nautischen Zierde aber erspart blieb. Der mächtigste Mann der Welt saß unter dem schwarzgetönten Glas des Zentralraums am Tisch aus massiver Eiche. Für einen Augenblick warf er einen sehnsüchtigen Blick auf die Skipisten hoch über Parsenn und wünschte, er könnte den feinen Pulverschnee durchstieben, statt Weltgeschichte zu schreiben. In seinem Rücken empfand er das angenehme Gefühl der Sicherheit: Flugplatz und Burghügel blieben für die Öffentlichkeit unzugänglich, sein Hubschrauber und ein Spezialkontingent grimmiger Scharfschützen standen auf der andern Seite des Stegs bereit, um ihn auf ein Fingerschnippen hin aus jeder Gefahr herauszuboxen. An der Holzwand aus bizarr gemaserter Zirbelkiefer hing eine Winterszene von Kirchner, dem großen Künstler dieser wunderbaren Talschaft. Der Präsident betrachtete den rötlichen und malvenfarbenen Wald, überragt von zwei weißen Gipfeln. Der eine hieß Piz Mephisto, hatte man ihm gleich nach der Ankunft erklärt.

Über dem Stausee

Mach das Tor schon auf«, drängte Delia und schaute sich um. Der Elektromotor winselte, knirschend löste sich das breite Kipptor aus der Verankerung. Eisbrocken klirrten. Langam hob sich unter dem Pfeifen der Böen die Leichtmetallwand. Schnee wehte herein, und ein eisiger Wind blies ihnen durch die Kleider bis auf die Knochen, aber mit jedem Zentimeter, den das Tor sich hob, eröffnete sich ein grandioserer Blick auf die Weite des Gletschers. Die Rampe führte steil in ein gleißendes Meer hinunter. Das grelle Sonnenlicht schmerzte wie Nadelstiche, und es dauerte eine Weile, bis Ken überhaupt irgendwelche Konturen ausmachen konnte. Da sah er am Fuß der Rampe die meterhohen Schneeverwehungen und befürchtete, daß die Maschine schon nach zwanzig Metern auf die Nase kippen würde.

Die einmotorige Cessna sprang sofort an. Ken steigerte die Drehzahl, der Motor röhrte, als wollte er den Rumpf abreißen. Die Haltetaue spannten sich. Wo steckte Delia? Ken wandte den Kopf und schrie ihren Namen. Da kam sie angerannt, warf einen Sack und ein Rohr in die Kabine und kletterte nach. Er kappte mit dem vorgesehenen Mechanismus die Seile. Mit einem gewaltigen Ruck schoß die Cessna hinaus, die Rampe hinunter, eine Schneelawine klatschte gegen das Fenster, die Maschine bebte und schüttelte sich, aber sie kam vorwärts. Und plötzlich senkte sich das Schneefeld ab. Delia unterdrückte einen Schrei, als die Nase absackte, aber Custer gab weiter Vollgas. Nach bangen Sekunden hob sich die Maschine und brummte über den Fornogletscher zum See.

»Wo ist Samson?« fragte Custer laut. Delia beugte sich über das GSP-Gerät, das den Senderimpuls der HB-ARK einfing und die genaue Position auf der elektronischen Karte des Bildschirms anzeigte.

»Position stabil. Sieht nach Warteraum aus.« Sie blickte auf ihre Uhr, während Custer über dem Eisgrat abdrehte und über die südlichen Felszacken hochzog.

Als er in den Horizontalflug überging, schaltete er auf Autopilot.

»Komm, übernimm!« rief er und zwängte sich mühsam aus dem Cockpit. Delia hatte bereits den Fallschirm angeschnallt und hob bestätigend den Daumen. Sie stülpten die Kopfhörer über und richteten sich ein.

»Was machen wir jetzt?« kam die Stimme von Delia über Bordfunk.

»Wenn deine Beobachtungen stimmen, ist die HB-ARK für das Abfeuern von Raketen ausgerüstet. In weniger als einer Stunde ist zwölf Uhr. Samsons Weltuntergangstermin.« Auch Ken trug jetzt einen Fallschirm.

»Du meinst, er greift die Talsperre an, wie in Angostura?« fragte sie. Sie brachte die Cessna in die Kurve. Die Kufen blitzten auf, und Zomba, der deutsche Raketenspezialist, folgte dem auffälligen Ziel genüßlich mit dem Infrarotsucher seiner Stinger.

»Flieg über die Mauer«, rief Custer. Sie zog behutsam am Knüppel und hielt einen geraden Kurs über dem grünen See.

»Warum bist du eigentlich in die Höhle des Löwen zurückgekehrt?« brüllte Custer. Sie warf ihm einen wilden Blick aus blitzenden Augen zu: »Ich konnte dich doch nicht allein den Raubtieren überlassen. Außerdem wollte ich die Trophäen sicherstellen. Samsons legendäre Zigarrenschachtel.« Sie pochte auf den winzig kleinen Rucksack, den sie vor die Brust geschnallt hatte. »Beweismaterial!« Sie blickte nach links in die Tiefe und lachte: »Wenn wir abstürzen, erfrieren wir in dieser Eisbrühe.« Da sah sie mit halbem Auge den Feuerschein aufblitzen. »Eine Stinger. Großer Gott«, schrie sie und riß den Knüppel nach hinten. Die Maschine zitterte unter der Mißhandlung, aber sie gehorchte dem Steuer. Custers laute Proteste gingen im Dröhnen des Motors unter. Das Rohr, das Delia an Bord geschleppt hatte, schlug hart an seinen Schädel. Daß sie den Abschuß der Rakete aus der Schießscharte überhaupt bemerkt hatte, hing damit zusammen, daß sie immer wieder zum Gipfel hinübergeschaut hatte, um sich an dem markanten Geländepunkt zu orientieren. Die einzige Chance, dem Geschoß zu entkommen, boten die südlichen Felsschrunden. Eine Stinger-Rakete folgt der Hitze des Triebwerkstrahls, und für einen kurzen Moment hoffte Delia, die Wärmequelle der Cessna sei zu schwach. Doch sie täuschte sich. Die auf Hochtouren gepeitschte Maschine wirkte auf die Stinger-Sensoren; denn plötzlich schwenkte die Rakete herum und jagte mit tödlicher Präzision hinter der roten Cessna her.

Parsenn

Die Luftverkehrskontrolle vom Parsenner Flughafen hatte die Manöver der roten Maschine längst mit steigendem Mißfallen verfolgt. Der verantwortliche Flugverkehrsleiter telefonierte gerade mit dem Fliegerstützpunkt Emmen, als der Sicherheitschef den Kontrollraum betrat. Dabei blickte Marcel Dulliker immer noch auf den Zettel in seiner Hand und überlegte, was die Mitteilung von Ken Custer bedeuten mochte. Schließlich hob er den Blick und fragte: »Nun, wie sieht die Lage aus?«

Es gebe unerwünschten Flugverkehr über dem Staubecken, wie wenn ein verrückter Pilot Akrobatikformationen üben würde, berichtete der Flugverkehrsleiter. Das Luftwaffenkommando habe versprochen, eine Doppelpatrouille Kampfjets über den Fornogletscher zu schicken, um nach dem rechten zu sehen, allerdings sei damit nicht vor einer Stunde zu rechnen. Ob er sonst noch besondere Vorkommnisse festgestellt habe, etwa im Bereich der Staumauer, wollte der Sicherheitschef wissen, doch der Fluglotse verneinte. Daraufhin rief Dulliker seine Hubschrauberbesatzung auf: »Hört mir gut zu. Oben an der Talsperre liegt das alte Maschinenhaus. Schaut euch die Sache einmal an. Fliegt hoch, werft einen Blick auf die Staumauer, dann setzt neben dem Schuppen ab und kontrolliert die Umgebung. Aber aufgepaßt. Bewaffneter Widerstand möglich. Eventuell Geiselnehmer.« Er steckte die Notiz, die ihm Jordi vor einer Stunde überbracht hatte, geistesabwesend in die Rocktasche.

Über dem Stausee

In der Cessna wühlte Custer verzweifelt im Gerätekasten und klaubte die Signalpistole heraus, während Delia versuchte, sich nach rechts über den Grat zu retten. Stolz und steil strebten die schwarzen Felszacken in den tiefblauen Himmel. Custer gelang es, die rauchende Signalrakete abzufeuern, als Delia die Maschine in einem waghalsigen Manöver wenige Meter über den gierig nach der Beute schnappenden Felszähnen um die eigene Achse rollte. »Die Schneekufen bremsen die Kiste bis zu zehn Stundenkilometer ab«, schrie Delia. Sie hielt den Gashebel mit eisernem Griff am Anschlag. Die Stinger kam vom Kurs ab, um dem Feuerschein des Signals zu folgen, aber nur unmerklich. Ihr Gehirn zögerte, bemerkte die Täuschung und fand auf die alte Fährte zurück. Höchstens eine Sekunde war gewonnen. Am Fuß der steilen Flanke erstreckte sich ein schmales Seitental, das nirgendwo hinzuführen schien. Delia fing die Maschine auf und brauste haarscharf über den engen Talboden. Ihre Chance zu entkommen, lag einzig in listenreichen, abrupten Manövern. Ken beobachtete, wie die Rakete mit zeitlicher Verzögerung eine rauchende Schleife zog, das Ziel wieder fand und schnurgerade auf die Beute loszischte. Er dachte ans Abspringen, als Delia zum Looping ansetzte. Der superstarke, doppelt geladene Turbo-Motor riß die Cessna wie einen Spielball

senkrecht in die Höhe. Wo hatte sie das gelernt, staunte Ken, bevor ihm das verflixte, röhrenförmige Ding ein zweites Mal entgegenflog und heftig ans Schienbein knallte. Jetzt erst bemerkte er die rostbraune Aufschrift auf dem Aluminiumgehäuse.
»Zum See«, gelang ihm, ins Mikrophon zu schreien, während er gleichzeitig die Verschalung öffnete und die etwa einsfünfzig lange Stinger-Rakete herauszerrte. Delia donnerte so knapp über den Grat, daß eine Schneewächte abbrach, aber die waghalsigen Manöver zahlten sich aus. Die Stinger hatte nach dem Looping der Cessna hilflos im Himmel herumgezickzackt und war zurückgefallen. Als sie schließlich pfeilgerade über den Grat schoß und wieder Fährte witterte, war Custer bereit.
»Halt schön still«, schrie er und zielte sorgfältig auf die ungefähr einen halben Kilometer entfernte Schießscharte, die jetzt neben dem gähnend offenen Tor des Felshangars wieder zu sehen war. Als sich der rote Ring im Zielgerät haargenau auf dem schwarzen Viereck des Bunkerfenster hielt, drückte er ab. Die Rakete zischte heulend ab, die Maschine schüttelte sich, aber Delia brauchte keine Anweisung, was zu tun war. Sie riß die Cessna abrupt hoch und stieg in das strahlende Blau eines unschuldigen Himmels, bis die Maschine nicht mehr zog.
Die verfolgende Stinger war der List erlegen. Die Hitzeausstrahlung des Schwestergeschosses hatte ihre Sensoren geblendet. Sie wendete und raste dem neuen Ziel nach. Vielleicht fünf Sekunden verstrichen. Dann folgten kurz nacheinander zwei Explosionen, die in der Weite des Gebirges verhallten. Delia fing die abtrudelnde Maschine auf und näherte sich vorsichtig dem Gipfel. Ein Loch klaffte, wo vorher Panzerglas die Gletscherlandschaft gespiegelt hatte. Grauweißlicher Rauch stieg auf und verstrich zu einem Wolkenfetzen.
»Ein guter Schuß«, lobte Delia mit einem Seufzer der Erleichterung. Custer, der auf dem GPS-Gerät die Position der HB-ARK verfolgte, meinte: »Samson wartet ab. Ich bin sicher, er wird genau um zwölf zuschlagen.«
»Wir müssen etwas unternehmen, Ken«. Delia drehte jetzt eine lange Warteschlaufe hoch über dem Gipfel. »Wir müssen Parsenn warnen.«
Ken ließ sich Zeit mit der Antwort. Die Cessna brummte gleich-

mäßig. Unter ihnen glitzerten die Dächer der mondänen Kongreßstadt. »Wir fliegen zur Talsperre«, schlug er vor. Am Rand der Ebene glänzte der Glaspavillon, in dem der amerikanische Präsident und der britische Premierminister mit den Iren am runden Tisch um ein Abkommen rangen. Delia kurvte über der Bogenstaumauer, so daß ein guter Blick in die Tiefe möglich war. »Schau, diese Wasserfontänen dort am Felsen. Ist das normal?« fragte sie.
Custer schüttelte den Kopf. »Die Mauer hat ein Leck«, kam es leise.

Im Safehouse

Frank Hogan hatte sich vom Schock seines Sturzes auf die Glasscherben erholt. Sein Nacken blutete und der Rücken schmerzte. Er hastete nach unten in seinen Schlafraum, stillte die Wunden und stieg in einen warmen Skianzug. Er stopfte die Waffe und das Funkgerät in die breiten Taschen des Einteilers, streifte die Wollmütze über und gab über das Telefon Anweisungen. Als er im Lift stand und an das Chaos im Kuppelraum dachte, stiegen die Bilder wieder hoch. Es tat weh. Seine Miene wurde hart ... die Briten waren an allem schuld. Die Briten mußten büßen ...

Nordirland, 1989

Der weiße Ford näherte sich auf trockener Asphaltstraße dem Dorf. Frank Hogan sah den Kirchturm von weitem und legte seiner Frau sanft die Hand auf das Knie.
»Das Dorf heißt Lauglan. Hast du Lust auf einen Kaffee?«
Sie war im siebten Monat schwanger und sah prächtig aus. Die Haut auf ihrem schmalen Gesicht straffte sich makellos über den feinen Wangenknochen, ihre Brüste fanden kaum Platz in der eng gewordenen, dunkelblauen Bluse. Frank warf ihr einen bewun-

dernden Blick zu, ihre haselnußbraunen Augen strahlten geheimnisvoll, er wuschelte durch ihren kurzen blonden Haarschopf und strich dann zärtlich über den großen, spitzen Bauch. »Sicher ein Junge.«

»Schau auf die Straße, sonst landen wir im Straßengraben«, lachte Sandy.

Der Beobachtungsposten der britischen Spezialeinheit SAS sah im Feldstecher den weißen Wagen mit schmutziger Frontscheibe herankommen. Daraufhin galt die Aufmerksamkeit des Spähers wieder dem blauen Kastenwagen, der jetzt zum zweiten Mal langsam durchs Dorf rollte. »Die schauen, ob die Luft rein ist«, murmelte er.

Auf dem Feldweg gegenüber rumpelte eine gelbe Planierraupe am Fußballfeld vorbei und näherte sich dem Polizeiposten, der mit einem massiven Gitterzaun geschützt war. Die scharfen Zähne der angehobenen Ladeschaufel der Raupe blitzten an diesem schönen Frühlingstag harmlos im hellen Sonnenlicht.

»Weißer Personenwagen ...«, ertönte es über Funk des Kommandanten, der mit seinen Männern bereits seit fünf Stunden im Hinterhalt auf der Lauer lag.

»Verstanden, vermutlich Verstärkung. Seid auf der Hut dort drüben.«

Die Raupe ratterte heran, wendete scharf, gab rauchend Gas und rasselte auf den Polizeiposten los. Drei vermummte Terroristen sprangen gleichzeitig aus dem Kastenwagen und feuerten stehend aus ihren automatischen G-3-Gewehren. Die Planierraupe zerfetzte den Eisenzaun. Die Fenster im Polizeihaus zerbarsten im Kugelhagel. Der Raupenfahrer sprang von seinem Sitz, bückte sich über die Ladeschaufel und zog an der Schnur des Reißzünders.

In diesem Augenblick brach die Hölle los. Zuerst ging die Ladung der Terroristen hoch. Ein gewaltiger Feuerball blitzte auf, eine ohrenbetäubende Detonation erschütterte die Erde. Die Mauern des Polizeipostens fielen in sich zusammen, das Dach krachte herunter, beißender Rauch und Staub erfüllte die Luft. Daraufhin eröffneten die Briten aus gut hundert Gewehrläufen den Feuerüberfall. Die Waffen bellten erbarmungslos. Garbe um Garbe strich über den Platz und mähte alles nieder. Die SAS-Trupps zogen den Ring enger, unerbittlich feuernd. Die Terroristen wurden auf der Stelle getroffen, zerfetzt. Aus dem Kastenwagen versuchten sie noch zurückzuschießen, doch die Kugeln der britischen Scharfschützen hagelten von allen Seiten auf das Fahrzeug.

Frank Hogan trat mit aller Kraft auf die Bremse, als ihn der Knall wie ein Donnerschlag traf. Der Wagen rutschte in die Straßenmitte. Staub wirbelte auf. Hogan schaute sich fassungslos um. Da sah er die schwarzen Gestalten mit ihren schwarzen Schutzmasken und den kurzen Waffen. Sandy schrie hysterisch und schlug wild gegen die Wagentüre. Panik ergriff Frank. Er würgte den Rückwärtsgang ein und setzte mit Vollgas zurück. Da feuerte das SAS-Kommando. Glas zersplitterte. Neben ihm stieß Sandy einen leisen, schluchzenden Laut aus. Ihre Augen flehten, ein letzter, unendlich müder Blick traf ihn, dann bohrte sich ein heißer Schmerz in seinen Rücken. Frank Hogan verlor die Besinnung.

Die Leute vom SAS erklärten später, sie hätten den weißen Ford für ein IRA-Fahrzeug gehalten. Nach ihren geheimen Informationen sei eine Nachhut erwartet worden. Die Bewegungen der Insassen hätten so ausgesehen, als wollten sie nach Waffen greifen.

Sandy starb auf der Stelle. Frank Hogan überlebte, obwohl ihn zwei Projektile in den Rücken und eins am Kopf getroffen hatten. Die britische Regierung bedauerte. Viel später würde sie Frank Hogan eine Entschädigung zahlen, aber ausdrücklich ohne Anerkennung einer Schuld. Noch später erfuhr die Öffentlichkeit vom sorgfältig geplanten Hinterhalt von Lauglan. Der Plan der Terroristen, das Polizeihaus in die Luft zu sprengen, war verraten worden. Über hundert Männer vom *Special Air Service* versteckten sich unbemerkt in den Gebäuden rund um den Posten und warteten auf die Gelegenheit zur Abrechnung.

Für Frank Hogan nahm das Leben an diesem Tag eine dramatische Wende. Die britischen Kugeln von Lauglan, die Sandy und ihr ungeborenes Kind töteten, schlugen Wunden, die nie verheilen sollten. Frank schwor blutige Rache und nahm noch im gleichen Jahr Verbindung mit dem Armeerat der Irischen-Republikanischen Armee auf.

In der Autogarage der Mephisto-Festung rannte Hogan zum roten Ferrari, als Warnlampen aufblinkten und eine Ansage über Lautsprecher kam. Hogan hörte nicht hin, quetschte sich hinter das Lenkrad und raste den Tunnel hinunter zum Ausgang. »Wir

schließen hermetisch ab. Wenn Sie draußen sind, bleibt Ihnen der Rückweg veschlossen«, warnte der Posten. Hogan nickte ungeduldig: Ich wäre ja blöd, wenn ich zurückkäme.
»Die Situation ist bekannt«, schrie er zurück und startete, daß die Räder rauchend durchdrehten.

Über dem Stausee

Es war die Besatzung des Polizeihelikopters, die über Funk Alarm schlug, als sie im Anflug die gewaltige Wasserfontäne aus dem seitlichen Riß entdeckte. »Es sieht schlimm aus. Wir sind keine Ingenieure. Aber ich würde sagen, die Mauer hat schwer etwas abbekommen. Wir fliegen eine Runde über die Krone, dann melden wir uns wieder.«
Als Betriebsleiter Ochsner zehn Minuten später auf der gleichen Frequenz zurückfragte, war die Verbindung tot. Der Polizeihubschrauber hatte sich auf der Luftseite der Mauer über die Krone geschoben und den Schuppen überflogen, um einen Eindruck aus nächster Nähe zu gewinnen. »Wir landen unten beim Maschinenhaus«, befahl der Kommandant. Der Pilot nickte und war im Begriff, das Staubecken in einer Schlaufe zu verlassen, als ein gelbschwarzer Helikopter knapp über dem Wasser heranschoß. »Achtung!« schrie der Pilot.
Die Metal Storm am Bug der HB-ARK feuerte nur eine kurze Garbe. Sie zerfetzte und zerschredderte den Polizeihelikopter innerhalb von Sekunden zu einer Trümmerwolke aus Metall und zermalmten Körperteilen.

»Hast du es auch gehört?« fragte Melissa im Innern des Maschinenhauses.
»Was?«
»Das Flugzeug. Schüsse wie Peitschenhiebe! Ich habe Angst. Schau zur Mauer hoch. Da strömt doch Wasser heraus.« Thomas scheuerte verbissen das Nylonseil seiner Handfesselung am spitzen Nocken der Schließvorrichtung des Behälters. »Halt die Kiste schön

still«, warnte er. »Der Stoff in diesen Flaschen ist hochgiftig. Ein Tropfen genügt wahrscheinlich, um ein paar Tausend Menschen zu vergiften. Nicht auszudenken, was passiert, wenn das Zeug ins Wasser gerät und ins Tal hinunterfließt.« Ermattet ließ er sich zurücksinken. »Hilf mir, klemm dich fester auf die Kiste.« Melissa stützte seine Arme, während sie ihr ganzes Gewicht auf den Behälter legte. Thomas sägte weiter. »Der Strick fasert nur ganz langsam aus«, stellte Melissa ernüchtert fest. »Kannst du nicht ein bißchen schneller und mehr Druck geben?«
Thomas lachte kurz auf und meinte: »Das hat auch schon mal jemand zu mir gesagt.« Dann plagte er sich weiter mit dem Strick ab.

Zentrale der Nord-Süd-Watt AG

»Wie rasch können wir abstauen?« fragte der Betriebsleiter in der Forno-Zentrale.
»Die Leerung über den Bodenablaß erfolgt mit fünfundfünfzig Kubikmetern pro Sekunde.«
»Das sind, laß mich rechnen, dreitausenddreihundert Kubikmeter in der Minute ... oder ... über drei Millionen Liter pro Minute. Also gut, meinetwegen, fangt schon an.«
»Das bedeutet aber, daß wir alarmieren müssen, Chef. Hochwasseralarm!«
Der Betriebsleiter schritt erregt den Platz vor den Monitoren ab. »Nach unserem Überflutungsplan gibt es Alarmstufe eins im Fall von raschem Abstau. Jemand soll mir einmal den Überflutungsplan erläutern.«
»Stufe eins genügt nicht«, warnte der Zweite Ingenieur. Der ganze Flugplatz und der Botta-Pavillon könnten überschwemmt werden.«
»Wo bleibt der verdammte Überflutungsplan«, schrie Ochsner völlig aufgebracht.
»Er ist nicht auf dem System greifbar. Wir holen ihn unten im Archiv.«
»Ruft Wasserfallen, verdammt noch mal. Der kennt den Plan auswendig.«

»Geht nicht. Der ist gefeuert. Hat Hausverbot. Zudem ist er abgereist. Sein Haus steht seit gestern leer.«
»Wasserfallen hatte recht. Man hätte längst abstauen sollen!« meinte einer.
»Der Wasserabstau ist mit der Kapazität von sechzig Prozent im Betrieb«, meldete der Ingenieur.
»Sollte ausreichen«, beruhigte sich Ochsner. Aber er täuschte sich.

Parsenn

Im Botta-Pavillon legte der Präsident die neue Version des Abkommens auf den Tisch und blickte in die Runde. »Die Briten, Tony, sind weniger bekannt für ihre gute Küche, als für ihren Sinn für Fairneß. Also, ich glaube, wir könnten hier weiterkommen, wenn beide Seiten nochmals eine Konzession machen.« Zwei der Gipfelteilnehmer neigten gedankenvoll ihre Häupter. Draußen im Vorraum standen die Gehilfen mit Kaffeebechern in der Hand herum und vermieden es, sich anzusehen. Die Zeit lief, und der oft beschworene Geist von Parsenn wollte einfach nicht hereinwehen.
Mandela hatte in Parsenn die Hand zur Versöhnung ausgestreckt und das Ende der Apartheid besiegelt. Türken und Griechen einigten sich im Schnee, Großfusionen nahmen im mondänen Bergkurort ihren Anfang im lockeren Gespräch zwischen Aufsichtsratsvorsitzenden. Am Weltwirtschaftsforum vor zwei Jahren hatten auch die angeschlagenen asiatischen Tiger wieder Kapital und Vertrauen gefunden. An die dreitausend Unternehmensführer, Staatspräsidenten, Regierungsvertreter und Wissenschaftler, Freund und Feind, versammelten sich jeden Winter in der hübschen Kleinstadt. Im Schoße dieser hochkarätigen Tagung mit unzähligen informellen Treffen zwischen Entscheidungsträgern aus der ganzen Welt konnte die geschickt in den Ablauf eingebettete Nordirland-Gipfelkonferenz nicht anders als erfolgreich verlaufen. Unzählige irische Geschäftsführer amerikanischer Großunternehmen zogen am Rand der Konferenz ihre Fäden, um sich ihren Anteil am Nordir-

land-Poker in Form von saftigen Geschäftsabschlüssen zu sichern. Die Gipfelkonferenz durfte schon aus diesem Grund nicht ohne ein Ergebnis zu Ende gehen. Unter diesem Erfolgsdruck standen auch die unzähligen Gehilfen und Berater, deren einziger Feind die unerbittlich ablaufende Uhr war. Keiner verschwendete auch nur den Hauch eines Gedankens an die Möglichkeit anderer Bedrohungen. Die Landschaft über der Ebene von Parsenn glitzerte viel zu friedlich im Neuschnee, als daß düstere Gedanken aufgekommen wären.

»Kommen wir mit unserem Papier durch?« flüsterte Nancy dem Unterstaatssekretär zu, der kauend in die Zeitung stierte.

»Hmm? Ach so!« Er neigte stirnrunzelnd den langen Kopf.

»Ich hoffe, sie verstehen diese Sprache hier«, schmunzelte er und rieb Daumen und Zeigefinger unter ihrer Nase. »Mach den Frieden zum Kommerz, wie das Weihnachtsgeschäft, und alle singen in trauter Vereinigung schön brav die Strophen!«

Nancy war als stellvertretende Sicherheitsberaterin nicht unschuldig daran, daß alle am gleichen Tisch saßen: Die Briten, die Irische Republik und Sinn Fein. Nancy Walsh, selbst irischer Abstammung, hatte sich zum Ärger der Briten und Unionisten gegen die Entwaffnung der IRA gestellt. Im Gegenzug votierte sie für massive Dollarhilfe, und der Präsident übernahm diese Verhandlungstaktik. Heute, am 2. Februar 2000, kurz vor zwölf Uhr, lag ein Abkommensentwurf auf dem Tisch, der erstmals in der langen irischen Leidensgeschichte Aussichten auf Erfolg hatte. Das Kernstück bestand in der gewaltigen Wirtschaftshilfe der USA an die neue »Irische Inselföderation« mit fünfzig Millionen Menschen. Ein beachtlicher Teil der Finanzspritze stammte aus amerikanischen Firmen, in denen irische Geschäftsführer das Sagen hatten. Im Zuge dieser Förderungsmaßnahmen verpflichteten sich Großbritannien und Irland, die Umsiedlung der nordirischen Katholiken in den Süden zu erleichtern. Der neue Staat sollte aus den souveränen Regionen Irland, Nordirland und Schottland bestehen. Einzig die Waffenfrage drohte den Aufbruch in eine Ära von Frieden und Prosperität zu sabotieren.

Garry, der Unterstaatssekretär, schnitt eine Grimasse und stöhnte: »Wir haben nur noch ganz klitzekleine Differenzen. Nicht? Die Bri-

ten beharren auf der Entwaffnung, die Nordiren auf ihren Waffenlagern. Alles verdammte Dickschädel.«
Sie starrten zum Flugplatz hinüber. »Weißt du, Garry, was man ihnen unter die Nase reiben sollte?«
»Senfgas?«
»Ach, du Schwerenöter. Nein: Die Iren strömen zur Messe und gehen zur Predigt, aber das Gotteswort zum Frieden und zur Nächstenliebe kann ihnen gestohlen bleiben.«
Er schaute verblüfft herüber. »Du solltest dich für die Katholiken in die Bresche werfen.«
Nancy unterstützte im Herzen ihre Landsleute. Sie wurden seit jeher ausgebeutet und unterdrückt. Noch heute gab es keinen einzigen katholischen Buschauffeur in Nordirland. Laut meinte sie: »Nimm die Schweizer zum Vorbild. Dieses Land strotzt doch von Waffen. Jeder Soldat darf seine automatische Knarre nach Hause nehmen. Dort drüben, siehst du?«
Garry schirmte mit der Hand die Augen ab, und Michael aus Dublin trat zu ihnen. »Ich sehe nichts«, brummelte der junge Politiker.
»Oben am Waldrand. Der Schießplatz dort, den meine ich. Jede Ortschaft in der Schweiz hat eine Schießanlage. Nicht fürs Tontaubenschießen, sondern zum Üben mit Kriegswaffen. Die Schweizer Wehrdienstpflichtigen legen sich jährlich einmal in den Dreck und feuern Salven nach hinten. Training. Das sollte mal einer den Iren beibringen!« Sie redeten gebärdenreich weiter.
»Die Katholiken wurden entrechtet. Bis zum heutigen Tag«, behauptete Nancy trotzig.
»Wen kümmert's«, schoß Garry zurück, »außer die paar Katholiken im Norden, die es zu nichts gebracht haben, weil sie faul und unzuverlässig waren, in den Pubs herumlungerten und in der Armee nichts taugten.«
Bevor Nancy bissig etwas erwidern konnte, brach er mit dem Notizblock unter dem Arm auf und stürmte durch die Tür des Konferenzsaals.

Im Safehouse

Hör mal«, fing Thomas an, »in der Schweiz, in der seit Jahrzehnten Hunderte von Staumauern ohne Zwischenfall betrieben werden, will kein Mensch an Sabotage denken. Dadurch käme nämlich nur ein weiterer Mythos ins Wanken, der ähnlich wie der Gotthardmythos vernünftiges Denken paralysiert. Es gibt Leute, die möchten am liebsten die Gotthardfestung bis zur Landesgrenze ausdehnen, um alles Unsichere fernzuhalten. Absichern, Versichern, Rückversichern, lautet der Erste Artikel ihrer Verfassung. Zu diesem Sicherheitswahn steht der alpine Talsperrenmythos doch in krassem Widerspruch. Verstehst du?«

Thomas hielt mit seinem Sägen inne und rieb sich das Kinn auf der Brust. Keuchend fuhr er fort: »Wirklich, die mächtigen Staumauern unter den Firnen der Viertausender sind ein Teil des Nationalbewußtseins. Die Fiktion der absoluten Sicherheit der Talsperren ist eine der letzten heiligen Kühe. Die Leute sind felsenfest davon überzeugt, daß ihre Staumauern, unter denen sie leben, schlafen, lieben und sich abrackern, Tag und Nacht sicher sind. Es ist lächerlich. Nimm zum Vergleich ein Atomkraftwerk, bei dem das pure Gegenteil gilt: Hier ist es ein Verbrechen, schon nur die Behauptung zu wagen, ein AKW sei sicher.« Er hielt schnaufend inne.

»Stimmt, du hast recht, mach weiter«, ermutigte ihn Melissa und meinte das Abwetzen des Stricks. Sie ließ ihre geröteten Augen durch den Raum schweifen. Die Halle lag in einem düsteren Halbdunkel. Die wenigen Fenster wirkten gespenstisch blau, und die einzige Lampe an der Decke verbreitete den gelben Schimmer einer Todeszelle. Melissa war hundemüde. Seit ihrer Festnahme war eine lange Zeit verstrichen. Die ganze Nacht hatten sie immer wieder stumpfsinnig an den zähen Nylonstricken ihrer Fesseln gerieben, und es schien ihr, als hätte sie keine Minute geschlafen. Sie ertappte sich bei dem Gedanken: Seltsam, da sitzen wir in der Patsche, und Thomas hält mir diesen Vortrag. Beginnt er am Ende durchzudrehen? Oder will er mich einfach nur auf andere Gedanken bringen? Sie suchte seinen Blick, aber Thomas preßte das Kinn stur auf die Brust, die Lider gesenkt, und während er an der Fesselung weiterscheuerte, fuhr er fort:

»Du weißt, Atomkraftwerke werden beschützt, gesichert, die Zugänge scharf kontrolliert, das Gelände wird abgeriegelt und überwacht. Aber bei den Talsperren herrscht doch eine unglaubliche Leichtgläubigkeit. Da fehlt der Schutz völlig. Es ist ein absoluter Irrsinn, eine Riesenstaumauer wie Grande Dixence nicht konsequent wie eine militärische Anlage vor Sabotage zu schützen. Nicht erst wenn unten im Tal Olympische Winterspiele stattfinden sollen, sondern jetzt und heute, ständig und mit professionellen Methoden.«

»Stop. Die Kiste rutscht weg.« Melissa stellte die scharfe Kante wieder unter die Fesseln um Thomas' Hände und achtete darauf, daß sie nicht abglitten. »Aber, wer ist denn schon so verrückt und geht hinter eine Staumauer?« fragte sie.

»Paß auf, das ist die dümmste aller Fragen«, eröffnete er ihr. »Es geht nicht um einen möglichen Feind, sondern um einen möglichen Terroranschlag. Wir brauchen nicht zuerst ein Feindbild, um einen Sicherungsauftrag zu erfüllen. Es genügt, wenn die Möglichkeit besteht, daß Sabotage stattfinden kann. Im Westen trauern wir immer noch dem Kalten Krieg nach, in dem genau feststand, wo der Gegner saß, wie stark er war und welche Pläne er ausheckte.«

Melissa lauschte unbeeindruckt, während sie den Behälter stabilisierte. Die Kante schien ihr viel zu wenig scharf, um dem Strick auch nur weh zu tun. Sie ließ Thomas gewähren, hielt aber gleichzeitig Umschau nach nützlicheren Gegenständen. Sie entdeckte keine. »Im Zeitalter der Superterroranschläge braucht es uns nicht zu interessieren, wer uns so etwas antun könnte, sondern wir müssen in der Lage sein, den Anschlag zu verhindern. Schau, die Soldaten in einem Panzer müssen ein Ziel einfach im ersten Schuß treffen können, unabhängig davon, ob es momentan überhaupt einen Gegner gibt. Für ein professionelles Training braucht es kein Feindbild. Auf die Talsperren als strategische Anlagen umgemünzt, bedeutet dies, daß wir nicht warten dürfen, bis sich eine Gefahr manifestiert. Die Verantwortlichen müssen gewährleisten, daß sie die Gefahr jederzeit wirksam abwehren können. – Wie sieht das Seil aus? Bin ich endlich durch?« Melissa sah nach, schüttelte den Kopf und sagte: »Ein paar Zehntelmillimeter sind abgewetzt, mehr nicht. So wie ich das sehe, kommen wir damit nie und nimmer zum Ende.«

Thomas legte sich wieder ins Zeug. »Nur nicht aufgeben«, sagte er ingrimmig.

»Es kann doch nicht sein, daß jemand diese Staumauer zum Einsturz bringen wird«, kam es tonlos von Melissa.

»Verdränge um Himmels willen die Gefahr nicht. Verlaß dich auf deine Wahrnehmung. Siehst du die Risse dort?« Thomas drehte den Kopf zu den schartenartigen Öffnungen. »Findest du es normal, daß ganze Wasserfälle aus Ritzen und Spalten einer Staumauer spritzen?«

»Aber die Leute von der Kraftwerkgesellschaft sind ja nicht blind. Die müßten doch längst reagieren, oder etwa nicht?«

»Hmm, tun sie vermutlich auch. Hörst du, wieviel Wasser hinunterdonnert? Ich bin sicher, die stauen ab. Sie lassen das Becken durch den Bodenablaß auslaufen.«

»Siehst du.« Sie schwiegen eine Weile, dann schluchzte Melissa auf. »Wieso ist das alles überhaupt möglich? Warum können diese Scheißkerle einfach so ungehindert an die Mauer heran und diese Schallkanonen laufen lassen, he?«

»Eben, das mein ich ja die ganze Zeit. Aber wir werden hier rauskommen. Dann schlagen wir unten im Tal Alarm. Wenn's sein muß, dring ich bis zum amerikanischen Präsidenten vor«, versprach Thomas und wetzte verbissen weiter. Melissa schien, als würde draußen das Getöse ständig zunehmen.

»In der Schweiz haben die Talsperren einen viel größeren Schutzbedarf als etwa Atomkraftwerke«, nahm Thomas den Faden wieder auf. Das Reden gab ihm Auftrieb. »Schon allein das Schadenspotential eines Mauerbruchs ist so apokalyptisch gewaltig, daß keine Schutzmaßnahmen zu teuer oder zu aufwendig sein können. Wenn diese Mauer hier bricht, wird die ganze Talschaft von Parsenn in eine einzige, grausige Schlammspur verwandelt. Alles ist weg. Hundert Kilometer weit. Und all die Staatschefs, Politiker, Unternehmensführer und Wichtigtuer an diesem Scheißforum oder deine Leute vom Nordirland-Friedensgipfel ... alle werden weggespült wie ... ja, wie von Bord der ›Titanic‹ ... wie Staubkörner nach einem Gewitter ... Puh, diese verfluchte Plackerei! Wie sieht der verdammte Strick aus?« Er legte eine Pause ein, rückte näher zur Kiste, scheuerte grimmig weiter und stieß hervor: »Fast so schlimm sind Erpressungsversuche. Eine Terrorbande kann die Sprengung

einer Riesenstaumauer mit einer Mini-Atombombe androhen und Wahnsinnsforderungen stellen, vor allem wenn unten im Tal zufällig noch die Olympischen Winterspiele stattfinden sollten.«
»Aber du nimmst doch nicht an, daß die Verantwortlichen nichts dagegen unternehmen?« wandte Melissa ein.
»Sie unternehmen gar nichts.«
»Das kann doch nicht dein Ernst sein?«
»Doch. Es ist mir ernst. Einige Kraftwerkbetreiber tun sehr viel für die technische Sicherheit, das heißt gegen Erdbeben, Hochwasser oder Erdrutsche. Doch der Schutz wird vernachlässigt. Das ist die bittere Wahrheit. Keine einzige dieser großen Talsperren ist wirklich bewacht. Du kannst Tag und Nacht darauf herumklettern, darüberlaufen, mit dem Gummiseil hinunterspringen oder einen Lastwagen voll Dynamit auf der Mauerkrone parken. Du mußt höchstens ein paar Schranken beiseite schieben, sonst nichts!«
»Die gehen eben nur von wahrscheinlichen Szenarien aus: Ein Terroranschlag ist doch ...« Sie stutzte.
»Siehst du? Wenn unsere Annahmen stimmen, versucht genau in diesen Stunden jemand, diese Mauer hier zu beschädigen, um Chaos zu erzeugen oder Forderungen zu stellen, wer weiß ...« Es entstand ein kurzes Schweigen. Ungedämpft hallte das Gepolter und Rauschen des Wassers an den kahlen Backsteinmauern wider.
»Chaos?« fragte Melissa. »Meinst du, Samson hat die Hand im Spiel?«
Thomas nickte. »Langsam bin ich fest davon überzeugt.«
In diesem Augenblick knallte es, und Sekunden später klatschte ein gewaltiger Wasserschwall auf das Haus hinunter. Ein ohrenbetäubendes Rauschen und Brausen erfüllte den Maschinenraum. Melissas lautes Schreien ging im Getöse völlig unter. Das Gebälk knackte, die Mauern bebten. »Halt dich fest. Wir werden weggeschwemmt«, brüllte Thomas. Melissa rührte sich nicht vom Fleck.
»Melissa, wir müssen über die Eisentreppe in den oberen Raum zurück. Reiß dich zusammen.« Zeitlupenartig kroch Melissa auf Knien und Ellbogen vorwärts. »Ist die Mauer gebrochen?« keuchte sie.
Thomas schubste sie mit seinem Körper vorwärts, umfaßte gleichzeitig mit den gefesselten Armen den gefährlichen Behälter und schrie: »Nein, sonst wären wir längst mausetot. Muß sich um einen Riß handeln.« Rutschend und mit aller Kraft robbend gelangten sie

zur Treppe. »Gut ein Dutzend Stufen, das schaffen wir«, keuchte Thomas.
Im gleichen Augenblick barst die Decke. Ziegelsteine und Mörtel, vermischt mit Wasser und Holztrümmern, prasselten herunter. Wo sie eben noch gekauert hatten, türmte sich ein Schutthaufen auf.
»Schnell, wir müssen hochkriechen. Versuch es so, schau her.« Thomas setzte sich auf die unterste Metallstufe, stützte sich mit den Ellbogen ab und wuchtete seinen Hintern auf die nächste Stufe. »Mach es nach, los.« Sie rutschten, turnten und kämpften sich auf diese Weise nach oben, immer darauf bedacht, die tödlichen Kanister im Behälter schön in der Mitte zu balancieren. Endlich erreichten sie die Tür, als Fensterscheiben klirrten, ganze Fensterrahmen in den Raum knallten, gefolgt von einem gewaltigen Schwall weißen Wassers, das zur Treppe hochschoß und mit Getöse den Raum überflutete.
»Rasch die Tür zu«, schrie Melissa. Verzweifelt wuchteten sie mit Armen und Beinen die massive Doppeltür zu, klinkten am einen Flügel den Riegel ein und schmetterten den andern ins Schloß. Keuchend blieben sie liegen. Melissa versuchte zu sprechen, aber aufs neue füllte mächtiges Getöse das Gebäude.
»Die Sintflut, das ist Samsons Sintflut, wir ertrinken«, kreischte Melissa plötzlich. Thomas machte sich bereits wieder verbissen an der scharfen Behälterkante zu schaffen. »Wir dürfen nicht aufgeben. Bald sind die Fesseln durchgescheuert. Komm, hilf mir«, versuchte er, sie zu beruhigen.
»Wir müssen etwas tun, ich will nicht sterben ...«, schluchzte Melissa auf. Dann blieb ihr wirrer Blick an einem Gegenstand an der Wand hängen. Mit zitterndem Kopf deutete sie hinauf und stammelte: »Dort, die Axt, die Feueraxt!«
Das schwere Werkzeug hatte die ganze Zeit am Haken an der Wand gehangen, war aber vom geöffneten Türflügel verdeckt worden und daher gänzlich unsichtbar gewesen. Thomas war bereits zur Stelle, als Melissa ihre Fassung wiederfand: »Hilf mir, Tommy. Komm. Stütz mich ab ... komm näher. Ich schaffe es nicht so ...«
Vor dem alten Maschinenhaus brachte Frank Hogan den Ferrari kreischend zum Stehen, stieg aus und rannte zum Gebäude, als ein dichter Wasserschauer heranwehte und gegen die Fassade klatschte. Hogan blickte besorgt zur Staumauer hoch, die schwärzlich aus

Wolken von Gischt und Dampf herunterstarrte. Auf ihrer Linken, wo sie in den Fels hineinlief, fiel ein dicker Strahl grünliches Wasser in die Tiefe, streifte den Felsbauch aus hellem Granit und toste in den schäumenden Fluß hinunter. Ein neuer Wasserschwaden wehte herüber. Hogan stemmte sich schutzsuchend gegen die Tür und rüttelte daran. Der Fluß rauschte und toste mit einer Wucht, wie er sie noch nie erlebt hatte. Die Tür war verschlossen. Verdammt, die Schlüssel! Hogan rannte zum Wagen zurück, öffnete die Fahrertür und tastete nach dem Schlüsselbund. Es goß in Strömen.

Das Wasser stieg im unteren Maschinenraum unheimlich rasch an und drückte gegen die Doppeltür. Die starke Wandung wölbte sich, Spritzer schossen heraus, und von der Schwelle her rann eine Lache leise über den Klinkerboden. Melissa stand jetzt, von Thomas gestützt, unter der Axt und nesselte an der Schnalle herum, die das Werkzeug in der Halterung festhielt. »Er klemmt, verdammt ... wie soll ich es schaffen? Da, ich hab sie.« Melissa umfaßte den langen Stiel der schweren Axt und kippte nach hinten. Thomas fing sie auf, und zusammen rollten sie rückwärts. Melissa klemmte das Eisen der Axt behende zwischen ihre Knie, und Thomas begann sofort, das Seil auf der scharfen Klinge hin und her zu reiben. Rasch ging es jetzt vorwärts. Die Fasern des harten Nylonstricks lösten sich, und plötzlich sprang das Seil auf. Thomas zerriß energisch die letzten Stränge. Mit den freien Händen löste er Melissas Fesseln, dann kappten sie mit dem Beil die Fesselung an den Füßen. »Puh, höchste Zeit«, stieß Melissa erleichtert aus und schmiegte sich an Thomas. »Was machen wir jetzt? Vielleicht finden wir draußen dein Telefon?« Wasser umspülte sie, und Thomas zog sie hoch. Sie streckten und reckten sich, rieben sich die Gelenke und fühlten langsam neue Lebensgeister in sie strömen. Das Wasser drückte immer bedrohlicher gegen die Türflügel, die sich jetzt wie Bäuche wölbten. Die Wasserlache überschwemmte bereits den ganzen Raum knöcheltief, und die zehn Maschinen wummerten leise weiter. Sie standen auf meterhohen Sockeln, daneben brannten die grünen Lampen ununterbrochen. Es würde lange dauern, bis das Wasser über die Sockel zu den Motoren gelangte. Da hörten die Eingeschlossenen das Geräusch und rührten sich nicht vom Fleck.

Über dem Stausee

Siehst du den Landrover?« fragte Delia, als sie ein zweites Mal über die Forno-Mauer kurvte. Als Custer hinunterspähte und nickte, sagte sie: »Ich habe dort drinnen das Adreßbuch einer Melissa Moore gefunden. Sie scheint bei einem Jefferson in Parsenn zu wohnen. Der Name stand dick unterstrichen auf der ersten Seite.«

»Bist du sicher? Jefferson?« brüllte Custer, fuhr herum und versuchte, einen Blick auf das Maschinenhaus zu werfen. »Wir müssen landen«, schrie er plötzlich.

»Zu spät, Ken«, rief Delia und starrte entgeistert auf den Kartenausschnitt auf dem Display. Ein blinkender roter Punkt bewegte sich den Gletscher hinunter, Zahlen leuchteten auf: Höhe über Meer, Geschwindigkeit. Ihre Gedanken rasten.

Der schwarzgelbe Hubschrauber HB-ARK brummte wie eine Hornisse über den Eisbauch zum spiegelglatten Stauseewasser hinunter und setzte den Kurs in gerader Richtung fort.

Abrupt riß Delia die Cessna herum und senkte die Nase, gab Vollgas und raste wie eine Kamikaze-Fliegerin auf die Staumauer zu.

»Wir rammen das Schwein«, schrie sie und zog hoch. Das rote Gletscherflugzeug donnerte über die Mauerkrone.

»Waffen scharf«, meldete der Pilot der HB-ARK, als er über die stahlblauen Eiskolosse, die der Gletscher in den See geworfen hatte, brauste.

»Wir kreisen über der Mauer, von wo aus wir den besten Überblick haben. Sie eröffnen das Feuer automatisch auf jedes Fluggerät!« befahl Samson.

»Alles klar«, schrie der Pilot.

»Wenn Sie nicht treffen, erwürge ich Sie mit bloßen Händen.«

Nervös prüfte der Pilot die Daten auf dem Zielgerät und die Geschwindigkeit und kippte den Sicherungshebel auf »Feuerbereit«. Vorsorglich hielt er den Daumen auf den Auslöseknopf. Dabei übersah er das schwache Blinkzeichen auf dem Display im Navigationsfenster.

»Ich muß die Höhe halten«, schrie Delia. Custer preßte die Stirn an die Scheibe und beobachtete die Schneekufen: »Paß auf, du berührst das Wasser, höher ... gut ... gut ... tiefer ... gut.« Zwischendurch schielte er auf das Kartendisplay. Der gegnerische Hubschrauber kam unaufhaltsam näher. Einem Beobachter, der in der Lage gewesen wäre, den Stausee aus der Perspektive eines Steinadlers zu überblicken, hätte vor Bangen der Atem gestockt. Von der Talsperre her raste der rote Fleck des Flugzeugs über das grüne Wasser auf den Felsenengpaß zu, und vom weißen Gletscher schob sich der gelbschwarze Helikopter knapp über dem Wasser zum Engpaß. Die Kollision in wenigen Sekunden war unvermeidlich.

»Ein bißchen tiefer noch«, rief Custer, »gut ... gut.« Die Geschwindigkeit stimmte, das Rendezvous würde genau fünfzig Meter hinter der Schlucht stattfinden. Delia kurvte entschlossen ein. Schwarze Haarsträhnen hingen ihr in die Stirn, die Augen funkelten wild. »Tiefer ... höher ... gut ...« Custer wartete auf den Crash. Der Helikopterpilot verlangsamte vor dem Engpaß auf der konstanten Höhe von fünf Metern über Wasser. Die sechs Slicer-Raketen hatte Samson nach Konsultation mit seinen Spezialisten so programmiert, daß auf einen einzigen Knopfdruck zuerst ein stahlhartes Pfeilgeschoß aufs Ziel flog, dann eine HESH-Slicer folgte. Die Wirkung lag auf der Hand: Die pfeilartigen, gehärteten Projektile bohrten das Loch, die HESHs pflasterten den Sprengstoff wie einen Fladen hinein und rissen es auf. Genial. Nach Samsons Berechnung existierte keine Staumauer auf der Welt, die dieser Mißhandlung standhielte. Weder Grande Dixence noch der Assuan-Damm. Er brauchte keinen Marschflugkörper. Die handlichen, eleganten Slicer, die sich an jeden Hubschrauber montieren ließen, erledigten den Job kostengünstiger und ebenso wirksam. Doch heute würden die Slicer nur zum Einsatz kommen, wenn die Baßkanonen versagten. Über Parsenn sollte eine friedliche, natürliche Staumauerkatastrophe hereinbrechen.

Parsenn

Die Vereinigten Staaten machen den Verhandlungspartnern einen Kompromißvorschlag, der nach Ansicht meiner Regierung den Durchbruch bringen könnte«, erklärte der amerikanische Präsi-

dent, und Garry verteilte mit feierlicher Miene das Dokument 23/B.
Die antike goldene Standuhr von einer Genfer Uhrmacherfamilie tickte auf der Tischmitte unerbittlich der nächsten Stunde entgegen: zwölf Uhr. Eine Gehilfin brachte dem Sinn-Fein-Vertreter einen Zettel. Der Bärtige stützte sein Kinn gedankenvoll in die rechte Hand, dann nickte er mehrmals.
Der britische Premierminister hüstelte, preßte die Lippen fest zusammen und fragte: »Das schweizerische Prinzip? Statt Entwaffnung der IRA Aufbau einer gesamtirischen Miliztruppe? Wohl mit dem schweizerischen Militärmesser ausgerüstet ... Nun, was meint mein irischer Kollege?«
»Die Idee stammt von meinem Minister«, gestand der Ire entwaffnend und lehnte seinen breiten Schädel zurück.
»Die Sinn Fein hat nichts dagegen. Verlangt aber, daß alle Gruppen gleich behandelt werden«, gab der Bärtige zu Protokoll.
»Dann können wir ja das Schlußdokument aufsetzen?« rief der amerikanische Präsident fröhlich in die Runde und winkte die Minister heran.
Als die Mittagsnachrichten anliefen, standen die Reporter draußen auf dem verschneiten Vorplatz, richteten ihre Frisuren, konsultierten die Notizen und murmelten übungshalber Sätze. Die Pressekonferenz war auf zwölf Uhr angesetzt, und alle Augen blickten schon gespannt zur großen Flügeltür, wo der Präsident der Vereinigten Staaten jeden Augenblick heraustreten sollte, um zur Presse zu sprechen. Die Luft knisterte vor Spannung, und der Schnee knirschte unter den Stiefeln der ausgewählten Medienleute. Einige hatten nur dünne Ledersohlen an ihren Schuhen und traten schlotternd von einem Fuß auf den andern. »Sie, meine Damen und Herren«, hatte er ihnen gestern zugerufen, »haben durch die Art und Weise, wie Sie berichten, einen echten Einfluß auf den Friedensprozeß.«

Über dem Stausee

Delia war im Gegensatz zum Hubschrauberpiloten gefaßt. Der immense Vorteil der Überraschung war auf ihrer Seite. Es gibt kaum etwas, wovor sich ein Pilot mehr fürchtet, als vor einem Zusammenstoß in der Luft.

Als der Pilot der HB-ARK auf die engste Stelle zukurvte, spielte er mit dem Daumen aus lauter Gewohnheit mit dem Abschußknopf und suchte den Druckpunkt, um auf jeden Fall schußbereit zu sein. Doch es kam anders. Als die rote Maschine plötzlich aus dem Nichts direkt auf ihn zuraste, riß er den Knüppel mit einem Aufschrei des Entsetzens hoch und trat auf die Pedale.

Das rote Flugzeuge donnerte unter ihnen durch. Delia schrie, Wasser spritzte hoch, als die Schneekufen die glatte Seeoberfläche streiften. Delia korrigierte verbissen und manövrierte die Tragfläche um Haaresbreite an einem Felsvorsprung vorbei. Ken schaute entgeistert zurück.

In der HB-ARK hatte der Pilot beim scharfen Ausweichmanöver ungewollt den Abschußknopf durchgedrückt. Vom Luftdruck hochgeworfen, hatte der Pilot alle Hände voll zu tun, die Maschine zu kontrollieren. Als er abrupt vor dem steilen Abhang über dem See abdrehte, zischten die Raketen in kurzen Abständen los. Samson hatte es aus dem Sitz geworfen, sein teures Positionsgerät zerschmetterte auf dem Kabinenboden. Der Pilot reagierte zwar meisterhaft, aber die Raketen waren nicht mehr zu lenken. Sie bohrten sich eine nach der anderen in den Felshang, der dreihundert Meter über dem Wasserspiegel hing. Dann folgten die Explosionen.

»Zurück, zurück, zum Nachladen«, schrie Samson wütend. »Los, fliegen Sie schon, Sie Idiot, Sie jämmerlicher Versager ...«

Delia brauste über den Felsgrat, als der Hang auf der Gegenseite zu bersten schien. Die weiße Schneefläche rutschte einfach ab, hinterließ ein klaffendes, schmutziges Loch aus Geröll und Gesteinsfetzen, und plötzlich setzten sich riesige Felsbrocken über der Geröllhalde zeitlupenartig in Bewegung.

»Um Gottes willen«, schrie sie. Die mächtigen Felsen wankten. »Ken, wo bist du? Schau!«

»Geh näher ran. Siehst du dort das Schneefeld über den Einschußlöchern?« Delia bestätigte mit einem Handzeichen. »Du kannst dort landen, dann schau ich mir den Schaden aus der Nähe an!«

»Leichter gesagt als getan. Ich versuch es!« Sie senkte die Nase der Cessna ab und begann den Anflug. »Wir müssen Alarm schlagen, Ken. Es ist höchste Zeit.«

Als sie wieder zum Trümmerfeld schaute, hatte sich der Hang stabilisiert. Rauch stieg auf, etwas Geröll und Geschiebe kollerten in die Tiefe.

»O mein Gott, wenn der Hang nur nicht runterkommt!« stöhnte Delia.

»Die HB-ARK hat sich hinter den Gletscher zurückgezogen«, informierte Custer und riß die Tür auf. Die Cessna kam tief herein, zog hoch und setzte auf. Die breiten Ski am Fahrgestell glitten sanft über den kompakten Schnee. Custer ließ sich fallen und purzelte ins stiebende Weiß. Der Motor heulte auf, riß die Maschine zur Anhöhe hoch, auf der Delia Gas zurücknahm, mit dem restlichen Schwung wendete, das Gas drosselte und quer zur Abflugrichtung anhielt.

»Gut gemacht«, schrie Ken ihr zu, stapfte zum Rand des Schneefelds und blickte in die steile Geröllhalde hinunter. Seine schlimmsten Befürchtungen wurden übertroffen. Die gewaltigen Felsbrokken rutschten langsam, aber unaufhaltsam auf die Kante zu, von der aus das Gelände ein paar hundert Meter in den See abfiel.

Custer keuchte aufwärts zur Maschine, während er über Funk mühsam eine Verbindung suchte. Endlich, als er den Anstieg halbwegs hinter sich hatte, hörte er die vertraute Stimme: »Marcel, eine Riesenkatastrophe bahnt sich an. Hör gut zu.« Er gab ihm einen genauen Lagebericht durch und hörte den Sicherheitschef sagen: »Ich werde die Evakuierung von Parsenn und der ganzen Talschaft bis ins Tiefland veranlassen. Aber es kann eine Weile dauern, Ken. Ich muß alle Instanzen durchlaufen«, gab er zu bedenken.

»Wie sieht es am alten Maschinenhaus unter der Mauer aus?« Kens Stimme bebte.

»Als mir Ihr Chauffeur die Nachricht brachte, habe ich einen Hubschrauber losgeschickt. Der Bericht der Besatzung sollte eigentlich längst eingetroffen sein. Ich geb Ihnen Bescheid, wenn sich etwas Ungewöhnliches tut.«

Ken kletterte schweißgebadet in die Cessna. Delia drehte auf, und als die Nase der Maschine talabwärts schaute, gab sie vollen Schub. Die Cessna sauste den flachen Schneehang hinunter und hob knapp über dem Abgrund elegant ab.
»Was tun wir jetzt? Hast du einen Plan?« fragte sie und blickte zu ihm hinüber.
»Wieso soll ich immer die Entscheidungen treffen. Wo bleibt denn deine geniale Intuition?« Da entglitt ihm das Funkgerät und krachte auf den Kabinenboden.
»Um Gottes willen, Ken. Wenn diese Brocken runterdonnern ... Die Flutwelle wird die Mauer zerstören.«
Ken Custer prüfte die Uhrzeit. Dreiviertel zwölf. Delia warf ihm einen fragenden Blick zu: »Nun, was meint das Genie?«
»Wir landen in Parsenn!«
»Bist du wahnsinnig?« erschrak Delia. »Die schießen uns ab.«
»Notfall.« Er griff nach dem Funktelefon und tippte Zahlen ein.
»Wen rufst du an?«
»Den Präsidenten. Nimm Kurs auf Parsenn-Airport.«
»Den amerikanischen Präsidenten?« Sie nahm kopfschüttelnd die Anflugkarte zur Hand und schwenkte über der Staumauer ins Tal, das wie eine Rutschbahn auf Parsenn zuglitt.

Im Safehouse

Hogan rüttelte ein zweites Mal energisch an der verschlossenen Tür, überlegte und zog schließlich die Beretta.
»Hast du gehört?« Thomas packte aufgeschreckt die Axt, sprang hoch und nahm neben der Tür abwartend Aufstellung.
Hogan zielte, zertrümmerte mit drei Schüssen das Schloß und wuchtete die Tür mit einem Fußtritt auf. »Wo sind die Kanister?« rief er Melissa zu und sprang in den Raum hinein, die Pistole in der Hand.
»Keine Bewegung, sonst knallt's«, schrie Thomas und preßte Hogan den Stiel der Axt hart in den Rücken. »Schmeiß die Waffe auf den Boden, Freundchen.« Der Mann gehorchte, drehte sich behut-

sam um, hob beschwichtigend beide Hände und sagte ruhig: »Ich bin Frank Hogan vom *Secret Service*, wir müssen so rasch wie möglich raus. Ich bin gekommen, um euch zu befreien.« Aus großen Augen starrte er auf die rote Axt, die Thomas jetzt mit beiden Händen am Stiel umklammerte und bedrohlich vor Hogans Gesicht schwenkte.

»Wo kommen Sie her, Hogan?«

»Von draußen, Mensch. Los, faßt an. In den Flaschen ist Botulin. Ein bakterieller Kampfstoff. Erzeugt die Zellenpest. Eine tödliche Epidemie kann ausbrechen, wenn wir das Zeug nicht schleunigst in Sicherheit bringen.«

»Sie kamen gerade zur rechten Zeit«, keuchte Melissa. »Wo sind die Geiselnehmer?«

»Erschossen. Ich erklär Ihnen alles später. Wir erhielten Hinweise. Nun, wie geht es?«

»Glänzend, wie Sie sehen.« Thomas ließ die Axt erleichtert sinken. »Okay, dann wollen wir mal.«

Sie wateten zum Behälter und hoben ihn sorgfältig an. »Wie viele seid ihr denn? Wo sind die andern?« bohrte Thomas, doch Hogan machte nur eine unverständliche, ärgerliche Gebärde und drängte: »Wir haben nicht mehr viel Zeit.« Sie hasteten hinaus. »Quetscht euch in den Ferrari. Dann nichts wie weg von hier.«

Thomas zeigte zum Fluß hinüber. »Zu spät, befürchte ich. Wir brauchen einen Heli.«

Das Wasser schäumte tosend über die Brücke, die als einziger Fluchtweg offenstand. »Wir versuchen es trotzdem. Kommt.« Hogan rannte um den Wagen herum zur Fahrertür. In diesem Moment schreckte sie ein dumpfes Poltern auf. Als sie entsetzt zur Brücke schauten, rissen die Fluten den Brückenbogen krachend vom rechten Widerlager. Langsam bäumte sich die Betonfahrbahn auf, als wäre sie aus Pappe, barst plötzlich und verschwand im reißenden Wasser.

Aus den Ritzen in der Staumauer spritzten immer größere Wassermengen heraus. Am Fuß der Talsperre, wo der Bodenablaß ins Flußbett mündete, schoß eine riesige Fontäne hoch, die das alte Maschinenhaus jetzt völlig mit Gischt übersprühte. Von hoch oben fiel der gewaltige Wasserfall mit unveränderter Heftigkeit auf den Felsbauch oberhalb des Kaverneneingangs. Das Wasser spritzte

seitlich weg und überschwemmte den Platz hinter dem Haus. Der Wasserpegel stieg unaufhaltsam gegen die Öffnungen, hinter denen die Baßkanonen wummerten.
»Rufen Sie einen Heli heran. Auf was warten Sie noch«, rief Thomas.
»Geht nicht. Wir nehmen das Boot. Los, kommt mit mir. Helft mir!« Hogan rannte zum Haus zurück und kippte das Garagentor links vom Eingang hoch. Im Innern türmte sich etwa ein halbes Dutzend schwere Gummiboote. Hogan streckte sich und zerrte an einem seitlichen Halteseil herum. »Dort drüben liegen die Paddel und Schwimmwesten«, schrie er.
Gemeinsam rissen sie das Boot vom Stapel herunter. »Macht euch bereit. Ich hole den Behälter.« Hogan raste davon. Thomas prüfte den Luftdruck, den allgemeinen Zustand und den richtigen Halt der Seile, während Melissa die Schwimmwesten heranschleppte. Als sie zum zweiten Mal nach hinten rannte, um die Ruder zu holen, blieb sie jäh stehen: »Thomas, schau, Munitionskisten!« rief sie. »Was steht drauf?« fragte er und zerrte an den Riemen. »Handgranaten fünfundachtzig«, rief Melissa zurück.
»Schwimmwesten sind nützlicher. Bring noch eine herüber«, schrie er. Sie zerrten das Boot durch die Wasserlachen und aufsprühende Schauer zu einer noch nicht überschwemmten Stelle, die sich etwas unterhalb der zerstörten Brücke befand. Als Hogan völlig durchnäßt zurückkam, hatten sich Thomas und Melissa die Schwimmwesten übergeworfen und schnürten die Bänder zu. »Im Sommer machen sie hier manchmal *River Rafting*. Der Fluß ist okay«, erklärte Hogan und stieß das Boot näher ans reißende Wasser.
»Stopp«, ließ ihn Thomas innehalten. »Bevor wir einsteigen ... verstehen Sie etwas vom Wildwasserfahren?«
»Ist kein Problem ...«
»Für mich schon. Ich kenne mich nämlich aus. Habe eine Saison als Rudermann auf dem Zambesi gearbeitet. Unterhalb der Viktoriafälle. Stromschnellen bis Stärke sechs. Wir müssen zunächst die Rollen einüben. Ich sitze auf der Ruderbank, ihr zwei geht vorne in den Bug ...«
Ein klopfendes Helikoptergeräusch drang durch das Tosen der Wasser. Thomas horchte verwirrt auf. »Keiner von uns«, beschwichtigte Hogan sogleich.

»Gut ... den Behälter machen wir unter der Ruderbank fest.«
Thomas beharrte auf einer Trockenübung. Hogan und Melissa mußten sich in die gewünschte Position am Bug legen, woraufhin Thomas ihnen die Befehle, die während der Fahrt genau zu befolgen waren, eintrichterte. Als sich Hogan zum dritten Mal übungshalber nach vorn über den Bug warf, rutschte ihm der Halsanhänger aus dem Hemdkragen. Melissa sah etwas Silbernes aufblitzen, schenkte ihm aber keine weitere Beachtung.
»Haben Sie ein Telefon dabei?« fragte sie schneidend scharf. »Jemand will die Mauer zerstören. Im Maschinenhaus haben wir besondere Mauervernichtungsgeräte entdeckt. Sie sollten Ihre Leute benachrichtigen. Es eilt«, drängte sie mit großem Nachdruck in der Stimme.
»In meinem Handy ist dummerweise die Batterie leer«, wich Hogan aus. »Am besten fahren wir so rasch wie möglich los. Unten im Tal alarmieren wir die Sicherheitskräfte.« Er nickte mehrmals bekräftigend und tastete nach seiner Beretta.
»Moment, bin gleich zurück«, rief Thomas und rannte davon. Hogan überschaute die Lage stirnrunzelnd und dachte angestrengt nach. Mit Melissa würde er es kaum allein schaffen. Die Fluten stießen mit beängstigender Wucht gegen die Felsen. Ohne einen erfahrenen Ruderer würde das Boot einfach in den nächsten Strudel gerissen und umgeworfen. »Was zum Teufel macht er jetzt noch«, fluchte Hogan und blickte zornig zum Maschinenhaus hinüber, dessen halbes Dach fehlte.
»Ich weiß nicht.« Melissa umklammerte das Ruder fester und musterte Hogan mißtrauisch von der Seite. Sie wollte etwas fragen, als Thomas mit einer Kiste auf den Armen aus der Bootsremise stolperte und auf den Eingang zum Maschinensaal zuhielt. »Die Handgranaten«, hauchte Melissa.
Thomas wankte watend durch den Saal auf Generator Fünf zu, der ungefähr in der Mitte der Reihe stand. Er stellte die Kiste hart ab, riß den Deckel auf, nahm eine Granate heraus und rückte die Kiste an das trompetenförmige Rohr. Dann sprang er zurück, ergriff die Axt und hieb mit einem wuchtigen Schlag auf das erste Rohr ein. Es brach ab. Thomas wiederholte die Prozedur mit den übrigen Kanonen. Als er schweißtriefend die letzte mit einem gezielten Hieb zertrümmerte, sah er den elektrischen Verteilkasten, blieb stehen,

zielte und zerschlug das Gehäuse mit einem Gewalthieb. Funken stoben. Thomas hackte noch zweimal in das Gewirr von Kabeln. Eine Flamme züngelte hoch, die grünen Kontrollampen erloschen. Thomas rannte zum Generator Fünf zurück, zog die Handgranate ab und warf sie in die Kiste. Dann sprang er auf und lief mit gewaltigen Sätzen zur Tür und hinaus ins Freie.
Als er zum Boot gelangte, detonierte die Kiste mit den vierundzwanzig Handgranaten. Das Dach flog in die Höhe und spie wie ein Vulkan bizarre Trümmer gegen die dräuende Staumauer. Fasziniert starrten alle drei hinüber. Da fiel die Mauer ein, die zum Fluß schaute. Eine weitere Explosion folgte, und plötzlich schoß ein gewaltiger oranger Feuerball in den vom Sprühregen verdüsterten Himmel. Der rote Ferrari hob wie von Geisterhand berührt ab und knallte gegen die schwarze Felswand. Eine ohrenbetäubende Detonation widerhallte im Talkessel. »Das Dieselöllager«, sagte Hogan.
»Machen wir, daß wir wegkommen«, brüllte Thomas in das Getöse. Sie zerrten das Boot an das unheimlich schnell fließende Wasser und sprangen hinein. Thomas stieß ab. Der reißende Strom packte das Boot sofort und schleuderte es wie eine Nußschale abwärts.
»Festhalten!« schrie Thomas, korrigierte mit dem Ruder und lenkte das Gummiboot direkt auf die gewaltige Stromschnelle zu. Ein flüchtiger Blick über die Schulter ließ ihn erschaudern. Der Qualm der Explosion hatte sich seitwärts verzogen. Wo das alte Maschinenhaus gestanden hatte, klaffte eine gähnende Leere. Das Gebäude war wie vom Erdboden verschwunden. Und in diesem Augenblick sah Thomas den großen, verkohlten Balken über die Wellenkämme reiten und direkt auf sie zuschießen. Vorn stach ein ekelhaft gekrümmter, dicker Nagel heraus, wie ein Spieß, der sie glatt durchbohren würde.

Über dem Stausee

Die zwei Türme der 30-Millimeter-Flak schwenkten zu den Bergkuppen hoch und nahmen das Flugzeug ins Visier.
»Und? Was meint der Präsident?« fragte Delia.

»Ach. Ich war der fünfundreißigste Anrufer, der vor der Endzeitkatastrophe warnte«, grollte Custer. »Weißt du, wie die Vermittlung mir kam? ›Ach, ja, bestimmt, wir werden sicher die Konferenz abbrechen, denn die Welt geht ja gleich unter‹. So ein Mist.«
»Ken«, schrie Delia. »Suchtest du nicht nach einer Metal Storm? Ich hab heute früh eine entdeckt.« Custer schnallte den Gurt zu und schaute alarmiert herüber. »Wo?«
»Ziel erfaßt«, meldete der Geschützchef.
»Drei Warnsalven, Feuer!« befahl der Offizier im Stahlhelm.
Die Rohre stießen kurze Garben aus, die im Tal widerhallten. Im Panoramazimmer des Pavillons drehte sich der britische Premierminister erschrocken nach dem Lärm um. Der Präsident lehnte sich grinsend zurück und sagte: »Kein Grund zur Beunruhigung, Tony. Die Schweiz ist ein Volk von Schützen. Da wird ständig irgendwo geballert.« Gut gelaunt legte er die definitive Ausfertigung des Abkommens auf die makellose Eichentischplatte und spornte seine Gesprächspartner mit einer schwungvollen Gebärde an: »Nur noch signieren, meine Herren, und wir haben unser Gehalt verdient.«

Zentrale der Nord-Süd-Watt AG

Betriebsleiter Ochsner schob den vor Schreck gelähmten Ingenieur ruppig zur Seite, hieb auf ein paar Tasten und schaute sich die Bescherung in der Nahaufnahme an.
»O mein Gott! ... das sieht böse aus, oh, das ist Wahnsinn, Wahnsinn!« Dann setzte er sich und bellte seine Anordnungen heraus: »Wasseralarm, Katastrophenkorps, Zivilschutzchef von Parsenn, Rettungstruppen, den Polizeichef, wie-heißt-er-noch, ... Dulliker, ja!« Ermattet legte er die Hände in den Schoß. Der in beruhigendem Lindgrün gehaltene Raum mit funktionalen Möbeln und kostspieligem Gerät wimmelte plötzlich von Männern, und als eine Frau hereinplatzte, starrte Ochsner sie an, als käme sie von einem anderen Planeten. Ein Kameramann folgte im Schlepptau. Das fehlte gerade noch.

»Leute, Ruhe! Holt zum Teufel die Sprecherin. Sie soll sich mit der Presse herumschlagen.« Er wandte sich um und bohrte seinen Blick mit verbissener Miene in den Riß, aus dem eine ungeheure Fontäne schoß. »Wie evakuiert man zehntausend Menschen?« brummelte er zu sich selbst. »Man schickt sie auf die Anhöhen«, warf einer neben ihm ein. Verdutzt blickte Ochsner auf den Zweiten Ingenieur, der erklärte: »Wir geben den Alarm über unsere eigenen Sirenen durch. In einer halben Stunde können die meisten Menschen außerhalb der Gefahrenzone sein. Den Rest besorgen Polizei und Rettungstruppen.« Ohne eine Antwort abzuwarten, rannte der Ingenieur zu einem orangefarbenen Kasten, riß die Plombierung weg und kippte alle elf Schalter auf Großalarm.
»Wo treibt sich bloß der Kontrolltrupp herum? Weiß jemand Bescheid, wo die Männer seit heute morgen stecken?« Aber diesmal ging keiner darauf ein.

Auf dem Fluß

Melissa und Hogan umklammerten im Bug die Halteseile und starrten entsetzt in die sich auftürmenden Wassermassen. Mit Todesverachtung wuchteten sie ihre Körper nach vorn und tauchten ein. Sie schafften die hohe Welle, aber kaum konnten sie die Augen wieder aufschlagen und durchatmen, schrie Thomas erneut: »Jetzt!« Es war eine doppelte Welle. Die zweite war weniger hoch, sie drangen durch, gerieten aber quer zum Strom und trieben auf den Felsen zu. »Tun Sie was, Mensch«, schrie Hogan. Dann sah er den schwarzen Stamm mit dem fürchterlichen Stachel wild auf den Wellen herunterreiten und gerade auf sie zu stechen. Noch ein paar Sekunden ... Seine Lippen bewegten sich, aber die Laute blieben ihm im Hals stecken. Thomas wartete eisern, bis das Boot beinahe an die Felswand prallte, bevor er mit wuchtigen Ruderschlägen das Heck in schrägem Winkel zum Hindernis brachte. »Sie sind verrückt ...«, stammelte Hogan, doch ein Wasserschwall, der in sein leichenblasses Gesicht klatschte, brachte ihn zum Verstummen. Die Strömung riß das Boot um den Angelpunkt des blockierten

Hecks herum, und plötzlich schoß das Gefährt vorne weg und hinaus ins offene Wasser. In der gleichen Sekunde sauste der schwere Balken schäumend an ihnen vorbei und schlug krachend in den schwarzen Felsen, an dem sie eben noch gewendet hatten. Doch das Boot trieb bereits geradeaus im grünen Wasser sicher talwärts, und Melissa warf Thomas einen glühenden Blick zu.

Über dem Pavillon

Delia erschrak, als die Schüsse vor dem Bug explodierten. »Die schießen auf uns, Ken!«

»Gib einfach zurück, das Feuer liege zu kurz«, konterte er ruhig, straffte die Gurte am Fallschirm und riß die Seitentür auf. »Hör gut zu«, rief er noch, »Hogan hat von Ware gequasselt, die gestern nacht ausgeliefert worden sei. Könnte es die Metal Storm oder gar Gift gewesen sein? Hast du eine Ahnung?«

Der Kommandant der Flakstellung riß den Feldstecher herunter und griff zum Telefon: »Fallschirmspringer!«

»Wir sehen es auch«, schnitt ihm der Sicherheitschef das Wort ab. Die Leute des *Secret Service* rannten zum Geländefahrzeug. »Wo bleiben die Scharfschützen, verdammt«, schrie jemand.

»Ich stieß heute morgen auf eine dieser Schießmaschinen hinten im Lastwagen. Barnakel Antiquitäten stand drauf«, schrie Delia. »Ich merkte mir das Nummernschild.«

Custer machte mit Daumen und kleinem Finger das Telefonzeichen: »Informier Dulliker!« schrie er im Fallen.

Delia kurvte in dem Augenblick weg, als Custer sprang und die Flak zum zweiten Mal schoß. Ken tauchte weg, und die Garbe verfehlte die abdrehende Maschine, die mit heulendem Motor hochzog und das Weite suchte. Die Aufmerksamkeit der Sicherheitsleute galt jetzt ohnehin dem Saboteur, dem wirren Selbstmörder, dessen Schirm sich gerade öffnete.

Gewehrfeuer knatterte. Custer hielt unbeirrt auf den Platz vor dem Pavillon zu. Irgendwann würden sie aufhören zu ballern, hoffte er, spätestens, wenn der Konferenzsaal in die Schußlinie geriet. Als

Antwort zerfetzte eine Kugel ein Seil, eine andere riß ihm den Schirm auf, die dritte pfiff haarscharf am Kopf vorbei. »Nicht schießen, verdammt!« brüllte er aus Leibeskräften, ohne die geringste Chance, gehört zu werden. Er korrigierte zähneknirschend den Gleitkurs. Die Welt will partout zugrunde gehen, Retter unwillkommen. Plötzlich setzte das Feuer aus, aber die Burschen, die mit schwarzen Dingern in den Händen um den Pavillon herumrannten, versprachen nichts Gutes. Custer entschloß sich zu einer kleinen Kursänderung.

Auf dem Fluß

Als Melissa von der nächsten Welle umhergeschüttelt wurde und gegen Hogan prallte, sah sie es. An der feinen silbernen Kette über seinem schwarzrot karierten Hemd funkelte das silberne Abzeichen. Es war haargenau dasselbe, das ihr Thomas am Abend vorher im Restaurant gezeigt hatte. Die stilisierte Arche der Samsoniten. Etwas ist doch faul. Wer ist dieser Hogan? Aber da schrie Thomas schon wieder: »Jetzt!« Sie hechtete nach vorn, so daß ihr Oberköper über den Bug ragte. Im selben Augenblick durchstießen sie die aufschießende Welle. Das Boot hielt den Kurs. Wenn du dich nicht im richtigen Moment nach vorn wirfst, hat das Boot zu wenig Drehmoment. Es wird in die Höhe geschleudert und kippt hintenüber, hallte Thomas' Instruktion nach. Melissa schluckte Wasser. Sie war völlig durchnäßt, fühlte die Kälte aber kaum. Triumphierend blickte sie zurück. Das Tal wude jetzt breiter. »Aufpassen, die Eisenbahnbrücke«, warnte Thomas. Sie wollte ihm eine Warnung zuraunen, aber in diesem Moment drehte sich Hogan um und starrte sie feindselig an. Wenn der Kerl vom *Secret Service* ist, bin ich ein Eisbär auf Hawaii, sagte Melissa zu sich selbst und schaute angespannt nach vorn.

Im Pavillon

Ken landete breitbeinig auf dem Dach des Botta-Pavillons. Unter dem Aufprall seiner Stiefel barst das Glas. In den Fallschirmgurten hängend, landete er krachend auf dem Tisch der Nordirland-Gipfelkonferenz, als auch schon *Secret-Service*-Männer durch die Tür brachen und ihm von allen Seiten ihre Pistolenläufe an den Hals und an den Kopf drückten. Einer drehte ihm sofort die Arme auf den Rücken, so daß er vor Schmerz aufschrie. Überall lagen Glassplitter verstreut. Die beiden Premierminister waren aufgesprungen und verharrten bewegungslos mit dem Rücken zur Wand, die Augen weit aufgerissen. Der Brite ließ allmählich die Schultern fallen und schubste mit dem Fuß die Scherben weg. Das breite Grinsen auf seinem Gesicht war erstorben. Sein irischer Kollege, ein würdiger Herr mit einer großen kahlen Stirn, hielt krampfhaft eine Papierrolle umklammert, während er sich von den Hacken auf die Zehen hob. Unter dem Tisch lag der Sinn-Fein-Chef und vergrub seinen Kopf in den Armen. Der amerikanische Präsident war mit bleichem Gesicht auf dem Sessel sitzen geblieben und schaute verwundert auf den Eindringling, dem seine *Secret-Service*-Leute sogleich die Fallschirmgurte durchschnitten, um ihn zu dritt durch den Ausgang außer Reichweite und Gefahr zu bugsieren.
»Halt«, rief der Präsident. Erstaunt hielten die Leibwächter inne. »Laßt den Mann los.«
»Unmöglich, *Mister President,* wir entscheiden über Ihre Sicherheit. Der Mann ist ein Selbstmordattentäter, bitte ... gehen Sie ...« Ein Agent packte den Präsidenten am Arm und drängte ihn nervös zum hinteren Ausgang. Draußen heulten Sirenen. »Was bedeutet der Lärm?« schrie einer. »Fliegeralarm«, antwortete ein Uniformierter. Der Präsident schüttelte den Bodyguard unwirsch ab. »Der Mann ist mein Freund. Lassen Sie ihn frei.« Er ging auf Custer zu und streckte ihm die Hand hin: »Hallo, Ken, lange nicht gesehen.«
Die *Secret-Service*-Gesichter beobachteten die Szene mißtrauisch, wichen nur widerwillig zurück und bedachten den Fallschirmspringer mit giftigen Blicken.
»Okay, Männer.« Des Präsidenten ungeduldige Handbewegung überzeugte sie schließlich. Murrend zogen sie ab.

Ken tupfte mit dem Taschentuch Blut von der Wange und befreite sich von den restlichen Seilen. Draußen blitzte Blaulicht auf, Wagen preschten heran, Scharfschützen umzingelten den Pavillon.
»Um was geht's, Ken?« fragte der Präsident, der davon ausging, daß sein Spezialagent nicht zum Vergnügen unter Lebensgefahr aus heiterem Himmel mitten in die Konferenz platzte.
»Geben Sie mir bitte eine Verbindung, *Sir*. Hier ist die Nummer!«
Während ein Gehilfe hinauseilte, berichtete Ken vom Riß in der Mauer und wie jede Minute Tausende Tonnen Fels in das Staubecken abstürzen und eine katastrophale Flutwelle auslösen konnten. Besorgte Blicke wanderten dem Fluß entlang hinauf ins Tal. Der Gehilfe rannte mit dem Telefon heran, die Verbindung stand:
»Wie steht es, Delia? Hält die Mauer?« fragte Ken atemlos. In diesem Augenblick heulten von neuem die Sirenen auf.
»Sieht sehr schlecht aus, Ken«, ertönte eine keuchende Stimme aus dem Lautsprecher, Motorengeräusch im Hintergrund. »Eigentlich sehr schlecht, jeden Augenblick ... Ken, o mein Gott, Ken, in diesem Moment ... der Fels rutscht ... gräßlich ... alles kommt herunter ... grauenhaft ... o nein, ... ich muß Höhe gewinnen. Ende.«
Das Tosen und Grollen war bis ins Tal zu hören. Die Fensterwände des Pavillons erzitterten. Leute schrien, als die Erde bebte und das lädierte Glasdach in den Raum krachte.
»Kommt, folgt mir«, übertönte Ken den Lärm. »Es gibt nur einen sicheren Ort.« Er zerrte den Präsidenten am Ärmel und stürzte hinaus. Als er mit dem Fallschirm heruntergesegelt war, hatte er sich die Umrisse des kantigen Hügels mit schwarzen Felsbändern und braunen Grasflecken eingeprägt.
Hinter dem Pavillon parkte das Schneefahrzeug. Er rannte darauf zu und riß die Kabinentür auf. »Folgt mir«, gestikulierte er.
Das Vehikel mit seinen zwei breiten Raupen wurde zum Walzen der Skipisten, aber auch für kleine Transporte eingesetzt. Es sah aus wie ein Hummer-Jeep auf Raupen. Der Präsident und der britische Premier drängten sich neben Custer in die enge Kabine, als der Motor auch schon anlief. Ken ließ die Kupplung schnell los, und mit einem Ruck schoß das Fahrzeug nach vorn. Die Iren klammerten sich auf der Ladebrücke fest. Ihnen folgten Sicherheitsleute, die aber nicht schnell genug waren und den Anschluß verpaßten. Ken fuhr so schnell, wie es die Maschine zuließ, aber nach zwei Drit-

teln der Strecke setzte der Motor stotternd aus, und das Gefährt kam ruckelnd und qualmend zum Stillstand. Eine rote Alarmleuchte blinkte. »Verdammt, das fehlte gerade noch. Wir gehen zu Fuß zu diesem breiten schwarzen Felsband da vorn«, gab Ken die Richtung an. Er sprang aus der Fahrerkabine und kämpfte sich durch den tückischen Schnee vorwärts. Die Männer brachen ein und arbeiteten sich hoch; erst allmählich, im Schatten des Felshügels, wurde die Oberfläche härter und trug, so daß sie rascher vorankamen.

Delias Anruf erreichte Sicherheitschef Dulliker im Zivilschutz-Zentrum oberhalb der Kirche, als er mühsam versuchte, die Verantwortlichen der Schutz- und Alarmorganisation zusammenzutrommeln.

»Wir sind nicht auf Giftanschläge und Überflutungen vorbereitet«, rechtfertigte sich ein sichtlich angeschlagener Ortschef. Dulliker notierte Delias Angaben sorgfältig und wies sie an, die Leitung offenzuhalten und ihre Beobachtungen fortlaufend durchzugeben. Danach befahl er seiner Dienststelle in Bern, den Barnakel-Laster mit der Metal Storm im Laderaum sofort zur internationalen Großfahndung auszuschreiben. »Dringend. Top-Priorität«, stieß er in den Hörer. Der Hinweis war allerdings überflüssig. Am anderen Ende der Leitung gefror dem Beamten das Blut schon in den Adern, als er Dullikers Grabesstimme vernahm. Eine Viertelstunde später erreichte die Fahndungsmeldung die Interpol-Zentrale.

In Parsenn

Als die Sirenen zu heulen anfingen, stach das rote Flugzeug gerade auf Parsenn hinunter. Die Leute hörten die Schüsse, einige sahen den Fallschirmspringer zum Pavillon hinunterschweben. In Windeseile verbreitete sich das Gerücht eines Luftangriffs auf die Gipfelkonferenz, und alle glaubten, das Sirenengeheul stehe damit in Zusammenhang. Neugierige und die ewigen Gaffer strömten heran, bezogen gute Aussichtspunkte und lechzten nach der nächsten Sensation. Sie sollte gleich anrollen ...

»*Action*, Mann«, rief ein Tourist mit umgehängtem Teleobjektiv auf der Terrasse des »Bellevue«, von wo aus die Gäste einen guten Blick auf die Flußlandschaft hatten. Das Flugmanöver schlug sie in Bann, die Schießerei sorgte für Aufruhr. Als die Fliegerabwehr das Feuer eröffnete, rannte Hotelier Rigattoni, ein kleiner rundlicher Mann, auf die Terrasse hinaus und schrie fuchtelnd: »*Mamma mia, la guerra.*« Er machte kehrt, stürzte hinter das Buffet zurück, schaltete das Radio ein und drehte die Lautstärke voll auf. Volksmusik schlug ihm entgegen. Auf dem nächsten Sender sagte einer gerade: »Fachleute führen die extreme Dürre im Amazonasbecken auf das Wetterphänomen El Niño zurück ...« Entnervt hieb er auf die nächste Taste: Radio Parsenna, der Lokalsender, blieb bis auf ein Rauschen stumm.
Kopfschüttelnd rief Rigattoni den Polizeiposten an, nur um das Besetztzeichen zu vernehmen. Als er ziemlich besorgt schließlich im Zivilschutz-Zentrum anrief, wurde er durch eine automatische Ansage benachrichtigt, für dringende Meldungen sei der Polizeiposten zuständig.
Die Sirenen heulten weiter. Der Verzweiflung nahe blickte der Hotelier zur Schlucht hinauf, dann holte er sein starkes Fernglas, das er im Herbst für die Hochwildjagd brauchte, und suchte die Gegend ab. Da sah er das Hochwasser heruntertosen. Entsetzt rannte er wieder hinaus, blickte über die breite Sonnenterrasse, auf der seine Gäste an der Brüstung standen. Sie sprachen laut durcheinander und zeigten zum Himmel, an dem sie zwei Helikopter ausgemacht hatten. Rigattoni sprang auf einen weißbetuchten, gedeckten Tisch, mitten in dampfenden Blumenkohl und Kalbsbraten, verschaffte sich dadurch rasch Aufmerksamkeit und gab den verblüfften Gästen in einer unerwartet kernig-sonoren Stimme Anweisungen: »Sie verlassen jetzt sofort das Hotel und laufen so rasch Sie können den Weg zur Kirche hoch. Jetzt in dieser Sekunde. Die Sirenen bedeuten Hochwasseralarm. Hören Sie das dumpfe Gepolter? Das Tal wird überschwemmt! Hier sind wir in höchster Gefahr. Bitte verlassen Sie das Hotel sofort! Hinauf zur Kirche!« Zu Masken erstarrte Gesichter glotzten ihn an, es herrschte ein Moment der Lähmung, dann kam plötzlich Bewegung in die Schar. Aufgeschreckt stürzten sich Männer, Frauen und Kinder panisch über Tische und Stühle und nahmen fluchtartig Reißaus. Nur nicht

ein paar Besonnene, die sich gefaßt entfernten, und Besserwisser, die heftig zu diskutieren anfingen. Einige davon beschlossen, zunächst das Gepäck aus den Zimmern zu holen, andere fanden es cool, die Überschwemmung mit einem Drink in der Hand oben auf ihrem Balkon zu besichtigen.

Über Parsenn

Custer hatte das Mobiltelefon nicht abgeschaltet, und die Verbindung war noch offen. Deutlich hörte Delia in der Cessna, wie Custer keuchte und Anweisungen schrie. Wenn er ihr nur mitteilen würde, was dort unten passierte, flehte sie. Die Benzinanzeige sank gegen Null, das Aussetzen der Maschine war eine Frage der Zeit. Sie beschloß, auf dem Gletscher aufzusetzen, als sie die Hornisse sichtete. Zufällig blitzte das silberne Arche-Symbol am Rumpf der HB-ARK auf, als die Maschine über den bewaldeten Steilhang zum Flugplatz hinuntersank. Die Zwillingstürme der Flak schwirrten herum. Zu spät. Delia sah die kleinen Wölkchen unter dem Bug der HB-ARK herauspuffen, als auch schon das schrille Rattern den Motorenlärm übertönte. Die kurzen Garben verwandelten die Geschütze innerhalb von Sekunden in einen jämmerlichen Schrotthaufen.

»Samson! Warte, du Bastard!« Delia steckte ihre SIG-Sauer in die Gurte, drehte bei und setzte zum Stechflug an. Da kroch ein Grauen ihren Rücken hoch, als sie den dunkelblauen Hubschauber mit den Kennzeichen der US-Navy erblickte. Der Vogel arbeitete sich im Getöse von Wasser und Böen das Tal hinauf und war im Begriff, zum Burghügel abzudrehen, als die schwarzgelbe Hornisse angriff.

»Jungs, paßt doch auf, nein, um Himmels willen, merkt ihr denn nichts ...«

Wieder puffende Wölkchen, schrilles Geknatter: Der Evakuierungshelikopter des US-Präsidenten zerbarst mitten in der Luft in tausend Stücke. Verschwand einfach, wie pulverisiert. Der Rauch vermischte sich mit dem schmutzigen Dunst des verwüsteten Tales.

Auf dem Berg

Ken hatte keine Ahnung, was der verrückte Samson im Schild führte. Aber ihm blieb keine andere Wahl, als so rasch wie möglich die rettende Höhe des Burghügels zu gewinnen. »Los, vorwärts«, feuerte er die Prominenten-Gruppe an, als die Wassermassen gegen den Pavillon schlugen. Menschen klammerten sich am Dach fest. Die Gruppe erreichte keuchend das erste Felsband des Hügels, als die Glasfront des Pavillons in den Fluten versank.

»O mein Gott«, stöhnte der Präsident. »Garry, Nancy ...« Er griff nach Kens ausgestreckter Hand und hievte sich auf den Felsvorsprung. Der britische Premier hatte sein Jackett weggeschleudert, rannte heran und zog sich aus eigener Kraft hoch. Für die beiden Iren sah es schlecht aus. Die Flut toste näher und stieg. »Rasch, beeilen Sie sich, *Sir*«, schrie Custer.

Der bärtige Sinn-Fein-Chef schaffte es um Haaresbreite. Kaum stand er keuchend auf dem rettenden Felsband, als ein riesiger Baumstamm gegen den Fuß des Hügels trieb. »Los, weiter, das Wasser steigt, wir müssen ganz hoch«, trieb Custer die Leute an. Des Dubliners Hände verkrallten sich in der spärlichen Erde des Felsbandes. Er kam nicht vorwärts. Irgendwo lauerte der klopfende Hubschrauber mit der teuflischen Schießmaschine. Custer riß sich die Jacke vom Leib, kletterte tiefer und warf sie dem Iren wie eine Leine entgegen. »Paß auf, Ken«, schrie der Präsident, der Custer festhielt, damit er den Halt nicht verlor. Endlich bot auch der Bärtige seine Hilfe an. Gemeinsam bildeten sie ein Kette. Ein rotes Ziegeldach kam plötzlich wie aus dem Nichts angeschwemmt. »Springen Sie!« schrie Custer. Der Ire versuchte loszukommen. »Mein Fuß«, stöhnte er. Es sah schlimm aus. Sein Bein war zwischen der Böschung und dem rollenden Baumstamm eingeklemmt. »Wir schaffen es. Halten Sie durch«, rief ihm Ken zu. Die Männer versuchten ihr Bestes, der Körper des älteren Herrn streckte sich, daß die Gelenke knackten, aber der Fuß kam nicht frei. Als das Hausdach in den Stamm krachte, ließ der Ire los. Sekunden später schoben sich die Trümmer über die Böschung und begruben den Mann. Lautlos, in Würde, wie es seiner Erscheinung entsprach, ging er unter. Dann versank alles in den häßlich braunen Wogen.

Das Parkhotel war ein altes Gebäude, aber mit einer gewissen Vornehmheit. Es stand oberhalb des Pavillons ungefähr auf gleicher Höhe wie das weniger elegante »Bellevue«. Vom Schnee frei geschaufelte Spazierwege liefen in einen großen, vorgelagerten Park mit Tannen und Sitzbänken, die Aussicht aufs Tal verhießen. Die schmucke Anlage wirkte wie ein Schutzwall, der für Abstand und Ruhe sorgte. Ruhe vor dem Sturm.
Beim Hoteleingang mit der auffällig golden glänzenden Drehtür stand ein dunkelblauer Jaguar mit offenem Kofferraum. Harrison mit Chinchillamütze auf dem Kopf und Specksohlen an den Schuhen stand daneben und redete energisch auf einen Jungen in grüner Uniform mit Messingknöpfen ein, wobei sein Finger immer wieder auf ein Gepäckstück einstach. Der Page machte kehrt und rannte ins Hotel zurück. Der Portier mit dem dicken Bauch stand nicht wie sonst dienstfertig herum. Oben öffneten sich Zimmertüren, Gäste traten ans Balkongeländer und blickten verunsichert in die Gegend hinaus. Tannenwipfel beschränkten die Sicht zum Fluß. Was eigentlich los sei, schrien mehrere aufgeregt durcheinander. Niemand wußte Bescheid, und die Sirenen heulten nervenaufreibend weiter. Harrison hatte schließlich alle Gepäckstücke beisammen und verstaute sie hastig im Kofferraum. Ein Wirrwarr von Geschrei, Gerede und sonderbaren, rumpelnden, grollenden Geräuschen erfüllte die aufgewühlte, mit Unheil geschwängerte Luft, doch Harrison scherte sich nicht darum, klemmte sich hinter das Lenkrad und ließ den Motor an. Da sah er die dreckige, gräßliche Schaumwoge direkt auf sich zurollen.

Gehen wir.« Custer blickte grimmig nach oben. Stufe um Stufe gewannen sie an Höhe, die Fluten brandeten ebenfalls höher und umspülten das zweite Felsband, aber die Gruppe hatte die größte Gefahr überstanden. Erschöpft halfen sie sich gegenseitig über den Rand auf das flache Stück, wo sich zwischen niederen Mauerresten das weiße Schiff stolz erhob. Sie rannten darauf zu und kletterten hastig über eine Treppe auf Deck. Der Ausblick auf die Überschwemmung vom erhöhten Standort des Schiffs war gewaltig. Eine grausig schmutzige Wasserlawine von Schutt und Geröll, Fels- und Eisbrocken, Holz und Metall wälzte sich das Tal hinunter.

Aber das war nur der Anfang. Tausend Meter höher hatte der Felssturz im Staubecken eine Welle von hundertfünfzig Metern Höhe aufgeworfen. Zuerst verspritzte die Woge krachend einen Teil ihrer Wucht im Felsenengpaß. Der Granit schüttelte sich und ließ die gigantische braune Wasserrolle, bespickt mit Eis und Dreck, passieren. In der Kleinstadt Parsenn bebte die Erde, als die turmhohe Flut tosend gegen die Forno-Bogenstaumauer stürzte und den stillen Gebirgssee in ein wütendes, pfeifendes Inferno verwandelte. Der Erdbebendienst registrierte das Beben der Stärke sechs Komma acht auf der Richterskala und alarmierte die kantonalen Krisenstäbe und die Nationale Alarmzentrale in Zürich. Als die Wassermassen über die Mauer fielen, schien es, als hätte ein Monster eine Riesenhülle aus braungrünem Plastik über die Talsperre geworfen. Nach unendlichen Sekunden tauchte die Bogenmauer aus Schaum und weißem Gischt wieder auf. Oder was davon übriggeblieben war. Die Geländer, das kleine Werkhaus und der Kran waren abrasiert. Die Brüstungen entlang der Fahrstraße weggerissen. Und ein großer Riß verlief in der Mitte über die Mauer hinunter. Ein häßlicher, klaffender schwarzer Spalt, aus dem ein ungeheurer Wasserfall zu Tal stürzte. Doch der gewaltige Bogen hielt stand. Wie lange noch?

Auf dem Fluß

In der Ebene lag das Flugfeld metertief unter Wasser. Geradeaus schäumte das Wasser gegen den Burghügel. »Zum Schiff. Halte auf den Hügel mit dem Kahn zu«, schrie Hogan. Thomas legte sich in die Riemen und steuerte an der Brücke vorbei gegen die Überreste des Pavillons, als Melissa ein plötzliches Entsetzen durchschoß. Kreidebleich, am ganzen Körper zitternd, zeigte sie stammelnd auf die Berge. Thomas folgte ihrem starren Blick aus weit geöffneten Augen und erschrak. Dort rollte eine riesige Wasserwand und Millionen Tonnen Schutt und Geröll aus dem engen Tal in die Ebene. Wo kam nur soviel Wasser her? Es war die reinste Sintflut. Ein ganzer dampfender, dreckgefüllter Ozean ergoß sich herunter. Das Jüngste Gericht!

»O mein Gott, das überleben wir nicht!« schrie Thomas.
Irgendwo knatterte schwach ein Helikopter. Melissa ballte ohnmächtig die Faust: »Fliegt so ein Trottel herum, statt uns zu helfen!« Aber ihre Stimme ging im ohrenbetäubenden Gepolter unter. Ein Sturmwind brauste über sie hinweg. Nur jetzt nicht den Kopf verlieren. Fluchen nützte nichts. Thomas wußte, daß jetzt nur die Ruhe Kraft und Zeitgewinn bringen konnte. Er legte sich in die Ruder und steuerte schlingernd zur steilen Böschung. Das entfesselte Wasser drückte das Boot sogleich hart ans Ufer. Die Schieflage nahm unaufhörlich zu. »Springt!« Hogan war schon drüben und streckte Melissa die Hand hin. Sie packte das Ruder und benutzte es wie ein Stabhochspringer. In einem weiten Sprung setzte sie mit einem Aufschrei in Hogans Rücken ab und faßte mit beiden Händen nach. Die Sintflut toste heran. Thomas löste den Behälter, umschlang ihn mit beiden Armen und stieß sich ab. Er landete sicher neben Hogan, während sich das Boot aufrichtete, kippte und weggerissen wurde. In diesem Augenblick sah Melissa die Bewegung. Es kam für sie nicht unerwartet. Hogan zog seine Beretta und richtete sie mit hämischem Grinsen auf Thomas: »Gib her. Gib mir den Behälter und scher dich zum Teufel!« Thomas zögerte. Mit ungläubigem Staunen im Gesicht fixierte er die Waffe, die sich auf seine Brust richtete. »Mensch, haben Sie den Verstand verloren ...« Da schlug Melissa hart zu. Das lange Ruder hatte eine enorme Kraft, als es gegen Hogans Schläfe knallte. Der Mann fiel der Länge nach hin. Der Schuß löste sich aus seiner Waffe und schlug knapp neben dem Behälter ein. Erde spritzte weg. Melissa schleuderte ihre Waffe weg und riß den zur Salzsäule erstarrten Thomas aus seiner Lethargie: »Komm, nimm die Kiste.« Sie half ihm, das kostbare Gut den Hang hinaufzuschleppen.
Auf allen vieren überwanden sie keuchend die steile Böschung. Von irgendwo ertönten Rufe. Thomas blickte zurück. Die Stelle, an der Hogan gelegen hatte, war leer. Schließlich standen sie atemlos auf dem Burghügel, als unter ihnen auch schon die Fluten mit Tonnen von Geröll, Geschiebe und Baumstämmen in das Naturbollwerk des Burghügels krachten. Der Pavillon war längst verschwunden. »Rasch, in die Arche«, schrie Thomas, als Wellen hochspritzten. »Im Notfall schwimmt der Kahn.«

In Parsenn

Die Wassermassen stießen und rollten unerbittlich gegen die Fundamente des leicht erhöht stehenden »Bellevue«. Plötzlich brach die Terrasse krachend ab. Das Wasser nagte jetzt an der Böschung und fraß sich unter den Mauern durch, die unter angeschwemmten, wuchtig aufprallenden Trümmern erbebten. Rigattoni merkte, wie die Erde erzitterte. Er klemmte die Hotelkasse unter den Arm und rannte aus dem Haus. Und plötzlich, ganz langsam, neigte sich der Hotelkasten und fiel zeitlupenartig in sich zusammen. Das Parkhotel hatte dagegen nur einen »Streifschuß« abbekommen. Das Wasser war in den Park eingebrochen, hatte sich schäumend überschlagen, die geparkten Wagen wie Spielzeugautos weggeschwemmt und einen meterhohen, scheußlichen Geröllhaufen in die Empfangshalle verfrachtet. An der Stelle der goldenen Drehtür klaffte ein gähnendes Loch in der Fassade. Erst Stunden später fanden Rettungsmannschaften neben der Rezeption im Schutthaufen, der bis zum Kristalleuchter an der hohen Decke reichte, den blauen Jaguar, mit den Rädern nach oben. Im zerquetschten Wrack klebte die verrenkte, mit Gebirgsschlamm einbalsamierte Leiche Harrisons.

In den Dörfern der Talschaft reagierte die Bevölkerung unterschiedlich auf die Sirenentöne. Viele glaubten zunächst an einen Probealarm, da solche ein oder zweimal im Jahr stattfanden. Andere schalteten wie der Hotelier Rigattoni das Radio ein, in dem verläßliche Informationen zunächst ausblieben. In den meisten Ortschaften entlang des Flusses war es den örtlichen Feuerwehren zu verdanken, daß die Menschen noch rechtzeitig evakuiert werden konnten. Aus Lautsprechern erfuhren die Bewohner von der Staumauerkatastrophe und befolgten die Anweisung, unter Zurücklassung von Hab und Gut sofort die Anhöhen aufzusuchen. Wer nicht über ein Transportmittel verfügte, wurde auf Lastwagen oder in Bussen in Sicherheit gebracht. Auch hier gab es Besserwisser, die nicht ohne ihre Habseligkeiten flüchten wollten oder den Warnungen keinen Glauben schenkten. Über sie donnerten wenig später die entfesselten Fluten hinweg.

Die Arche

Als Melissa an der Reling hochsprang, streckten sich ihr Arme entgegen.

»*You, Melissa?* Sie werden sich bestimmt erkälten!« Das jugendliche Zähnefletschen des britischen Premierministers machte sie sprachlos. Aber da stand sie bereits an Bord. Und plötzlich keuchte Frank Hogan mit blutüberströmtem Gesicht heran. Andere Männer halfen ihm hinauf. Als sich Thomas ächzend hocharbeitete, griff ihm eine kräftige Hand unter die Arme. Das Gesicht des Helfers war so nahe, daß er den Atem spürte. »Wo kommen Sie denn her?« keuchte der Präsident der Vereinigten Staaten und riß Thomas an der Schwimmweste über die Reling.

»Oh, *Sir*! Wußte gar nicht ... Passen Sie bloß auf, *Sir*. Der Behälter ist gefährlich.«

»Bringt die Leute in die Wärme«, rief eine vertraute Stimme, die Thomas die Schmerzen, Nässe und Kälte vergessen ließ.

»Dad! Ken! Bist du okay? Hilf mir. Da, in dieser Kiste befinden sich biologische Kampfstoffe. Sie lagen oben im Maschinenhaus herum. Paß auf, ein Kerl namens Hogan ...« Thomas brach entsetzt ab, als ihm Hogan die Pistole an die Schläfe preßte: »Gib den Behälter her, Junge. Danke für das tolle *River Rafting*. Aber hier trennen sich unsere Wege endgültig, und deine kleine Schlampe krieg ich auch noch dran.«

In diesem Augenblick schoß die HB-ARK knatternd über den Rand des Burghügels und setzte dröhnend auf den Landeplatz im Heck des großen Schiffes auf. Robusto Samson kletterte mit offener Mähne aus dem Pilotensitz, noch bevor die Rotoren ausliefen. Eine rote Propellermaschine brauste ungehört hoch oben über das Schiff.

»Tommy«, erklärte Ken, so daß es alle hören konnten, »Frank Hogan ist ein hundsmiserabler IRA-Terrorist. Er nahm euch doch nur als Geisel, um mit dem lebensgefährlichen Nervengift abzuhauen.«

Hogan wankte mit dem Behälter in der einen und der Pistole in der andern Hand auf Robusto Samson zu.

»Perfektes Timing, Chef. Jemand wollte gerade unsere Pläne durchkreuzen.« Er stellte den Behälter ab und richtete die Waffe grimmig

auf die Schar um den amerikanischen Präsidenten. Samson hielt seine Neunmillimeter ebenfalls im Anschlag.
Hogan trat auf die Gruppe zu und fuchtelte mit der Pistole. »Hey, so rasch wendet sich das Blatt, Kumpel«, triumphierte er und bedachte Ken mit einem Blick abgrundtiefer Verachtung. Aber Robusto Samson blieb Herr der Lage. »Frank, hierher!« bellte er ihn an, und Hogan schlich wie ein gut abgerichteter Hund zu seinem Meister. Samson musterte ihn unter seinen blonden Brauen und donnerte mit einer Stimme, die das Getöse der Naturgewalten übertönte:
»Du wolltest mich hereinlegen, Frank.« Er deutete auf den Behälter. Hogan fuhr erschrocken auf. »Du wolltest deinen eigenen kleinen Scheißkrieg da oben in diesem verrotteten Irland führen. Pajero hat dich verpfiffen. Du hast Flaschen mit Botulin gestohlen, um sie den Irakern anzudrehen. Mit dem Geld wolltest du dir Waffen zusammenkaufen, um die Briten zu erledigen, stimmt's, oder hab ich recht?«
»Ich schwöre Ihnen, *Mister* Samson, alles geschah in Ihrem Sinne ... das Chaos wird ausbrechen ... ich war Ihnen immer treu ergeben, nein!« Er warf die Waffe weg und hob flehend die leere Hand.
»Ach so? Und den Iranern hast du die Kampfstoffe ebenfalls angeboten, du elender Verräter. Glaubtest du wirklich, dein mieses Doppelspiel sei meinen Gewährsleuten in Teheran entgangen? Für wen hältst du mich? Du bist ein Nichtsnutz. Zu dumm für alles. Die Briten gehören zu meinen guten Kunden, Hogan. Du bist blind vor Haß.« Samson schoß und traf Hogan genau zwischen die Augen.
Wie wenn nichts geschehen wäre, machte er zwei Schritte auf die vor Kälte und Schrecken zitternden Gestalten zu und eröffnete ihnen lächelnd:
»Das ist meine Sintflut. Wie angekündigt. Heute um zwölf Uhr. Nicht ganz programmgemäß. Die verdammte Mauer ist nicht geborsten. Aber immerhin, schauen Sie selbst. Hübsch, nicht?« Er machte mit der Waffe eine ausladende Gebärde. Die wogenden, schäumenden, schmutzigen Fluten überspülten jetzt sogar den Burghügel und rüttelten am Schiff. Gegenüber auf dem Flugfeld brodelte die braune Brühe. Von den Fliegerabwehrgeschützen, den

Reisejets, der SuperPuma, vom Gebäude war nicht die geringste Spur mehr zu sehen. Menschliche Körper, Baumstämme, Hausdächer und Autos trieben an der Oberfläche, und über dem ganzen Tal lag ein grauer, häßlicher, stinkender Dunst.
Die Gruppe drängte sich unter dem Steuerhaus zusammen wie ein Igel vor dem Angriff. »Als nächstes werde ich Ihnen meine geniale Metal Storm vorführen.« Samson zeigte auf die beiden Kästen unter dem Bug der HB-ARK und schrie in den Lärm des Infernos: »Sie haben sicher gesehen, wie der Helikopter des Präsidenten in tausend Stücke zersprungen ist. Mit dieser Fernbedienung löse ich jetzt eine kleine Serie aus, aber vorher ...« Er schaute betroffen hoch, als das rote Flugzeuge über sie hinwegbrauste, als suche es einen Landeplatz. Das Wasser stieg höher, und Wellen schwappten über die Schwimmer der Arche. Das Schiff schaukelte. »... vorher möchte ich Ihnen versichern, die Natur hat das Chaos auf Sie alle heruntergebracht. Ich bin nur ein kleiner Vollstrecker. Und diese Flaschen hier«, er zeigte auf den Behälter, »werde ich zuletzt ins Wasser mischen. Hahaha!« Samson, sein Antlitz von Heimtücke und Bösartigkeit zur Unkenntlichkeit verzerrt, hob das Gerät mit dem Abzugsknopf. Teuflisch grinsend hielt er in der Bewegung inne und erklärte: »Meine Herren, es gibt kein Entweichen vor der Sintflut gegen den Willen von Robusto Samson.«
»Stopp«, brüllte er dann, als der bärtige Sinn-Fein-Mann zum zweiten Mal fast unbemerkt ein paar Schritte zurücktat. Samson zielte und schoß. Der Bärtige schrie auf, faßte sich an die Brust und schlug rückwärts ins Steuerhaus, in dem er liegen blieb.
Samsons Augen blitzten gefährlich: »Ich bin der Herr über die Gewalten, ich lasse die Fluten steigen, in Angostura, hier und ...« er brach ab und blickte mißtrauisch zum Himmel, als läge ihm eine Frage auf der Zunge.
Der Präsident trat mutig vor und schritt auf Samson zu. »*Mister* Samson, Sie sind erschüttert von dieser Katastrophe, wir werden alles tun ...«
»Erschüttert? Wer sind Sie?« höhnte Samson. »Präsident der Vereinigten Staaten? Wer ist das? Sie sind vielleicht erschüttert, aber nicht mehr lange.« Er hieb ihm mit der Pistole ins Gesicht. Blut spritzte, die Lippe quoll auf, und Custer sprang heran, um den Präsidenten zu stützen.

»Rüber an die Reling, marsch, marsch! Schön aufstellen. Die Munition meiner Schießkiste ist kostbar. Schön zusammenstehen. So ist es besser.«

Es war unwirklich, verrückt. Melissa überlegte, ob sie das perverse Monster anspringen sollte. Sie schielte zu Thomas, der ihren Blick verstand. Er nickte langsam, unmerklich. Da flog die rote Cessna wieder über den Hügel, der Motor hatte ausgesetzt, und die Maschine trudelte dem Boden entgegen, direkt in die steigenden Fluten. Einen Augenblick lang verharrte Samson regungslos, verfolgte gebannt das spektakuläre Schauspiel des Absturzes und das Aufklatschen im Wasser, dann faßte er sich und hielt die Fernbedienung hoch. Die Schießkiste mit ihren sechsunddreißig Läufen glänzte als bedrohliches Bild tödlicher Präzision unter dem Rumpf hervor. Melissas Muskeln spannten sich zum Zerreißen.

»Sprecht eure Stoßgebete«, höhnte Samson. »Nach mir die Sintflut, wie es so schön heißt.« Er tänzelte und neckte sie höhnisch, indem er mit dem Daumen am Gerät spielte, als wollte er abdrücken.

Jetzt oder nie, faßte sich Melissa ein Herz und duckte sich leicht ab, zum Sprung bereit. In diesem Augenblick sah sie den Schatten am oberen Rand ihres Blickfeldes und zögerte instinktiv.

Ken Custer bemerkte den Schatten ebenfalls. Zunächst sah er aus dem Augenwinkel lange Beine, verdammt schöne Beine, die in die Baumwipfel zu fallen schienen, dann den Fallschirm. Delia zielte haargenau auf das Schiff. Geistesgegenwärtig trat Ken einen Schritt vor und schrie aufgebracht: »Samson, du Schwein, du Versager, du hast ja nicht einmal die Kontrolle über deine Leute, sie stehlen dir Gift und Waffen, du bist ein Kindsmörder, ein Schwanzlutscher und ein ganz kleiner, feiger, mieser Terrorist, den wir austreten wie einen Wurm!« Er stampfte mit dem Fuß auf die Planken, als zerquetschte er ein niederes Insekt. Die dramatische Ablenkung wirkte. Fassungslos starrte ihn Robusto aus geweiteten Augen an, dann hob er mit dreckigem Lächeln langsam die Pistole und krümmte den Finger um den Abzug.

Polnische Grenze

Der Lastwagen mit der Aufschrift Barnakel Antiquitäten rollte um diese Zeit mit der vorgeschriebenen Höchstgeschwindigkeit auf der E 6 bei Stralsund über die Brücke zur Insel Rügen, verließ nach dreißig Kilometern bei Bergen die Hauptstraße und fuhr zum Hafen Mukran hinaus, in dem die Fähre wartete. Die See in der Pommerschen Bucht glitzerte trügerisch, ein eisiger Wind blies von der polnischen Küste herüber. Der Laster stand in einer kurzen Kolonne, die sich in Gang setzte, als die rotweiße Schranke sich öffnete. Die deutschen Grenzer winkten die Wagen mit gleichmütiger Miene durch, Papiere interessierten an diesem Grenzübergang in östlicher Richtung kaum. Eine halbe Stunde später legte die »Pommern« ab und nahm Kurs auf die litauische Hafenstadt Klaipéda. Die Ladung im Laster der Barnakel Antiquitäten war gut vertäut, denn bei schwerem Seegang konnten lose hingestellte Kisten schon mal durcheinanderfallen. Heute verlief die Überfahrt aber ruhig, und die gefürchtete Metal-Storm-Schießmaschine, die Handgranaten und Panzerfäuste sowie der numerierte Spezialbehälter mit den biologischen Kampfstoffen aus dem Bristen-Munitionslager verrutschten keinen Zoll. Sowenig wie der antike Billardtisch und die französischen Louis-XV.-Sessel.

Die Arche

Samson kam nie dazu, den Abzug durchzuziehen. Delias Füße schlugen hart auf seinen Schultern auf, ihre Beine umklammerten den massigen Körper wie einen Barhocker, und ineinander verkrallt stürzten die Leiber auf das Schiffsdeck. Jetzt erst entdeckte Custer die blitzende Klinge in der Hand der fauchenden Raubkatze. Die Körper rollten hart gegen die Reling, kamen dort zum Stillstand, und dann ging alles rasend schnell. Delia schwang sich behende hoch, stemmte das Knie in den Rücken ihres Opfers und packte den gewaltigen Schopf Samsons. Dann riß sie den Schädel

hoch und skalpierte den Überrumpelten. Die Klinge fuhr blitzschnell durch die gewaltige, blonde Mähne, Blut spritzte, ein furchtbarer Schrei erklang, Delia sprang hoch und hielt den von Blut triefenden Skalp triumphierend in die Höhe. »Wo ist nun deine Kraft, Samson, wo?« höhnte sie.
Custer war mit einem Satz neben der wimmernden Gestalt des einst mächtigsten Gurus der Welt und entwand ihm die Waffe. Die Fernbedienung lag achtlos auf dem blutverschmierten Deck. Ken packte sie, rannte zum Hubschrauber und kletterte in die Kabine. Die anderen sprangen heran, seufzten hörbar vor Erleichterung und umringten die Heldin. »Ein verdammt guter Sprung«, sagte der amerikanische Präsident trocken und faßte Delia zärtlich um die schlanke Taille. Mit der andern Hand drückte er das Taschentuch an seine Lippen.
Samson zog wimmernd seine Daunenjacke über den blutenden Schädel und kroch kraftlos wie ein wundes Tier auf allen vieren an der Reling entlang nach vorn, wo er liegen blieb.
Delia sprang behende auf die Kommandobrücke und hielt Samsons gewaltige, von Hautfetzen verklebte Mähne hoch. »Hier drin lag seine ganze enorme Kraft. Jetzt ist der Sintfluter ein erbärmlicher Wurm, ein Floh, ein Nichts.«
Die Verwüstung der Landschaft war das Grausamste und Erschreckendste, was ihr je unter die Augen gekommen war. Sie schluckte leer, Übelkeit stieg in ihr auf, aber sie riß sich zusammen. Mit der Klinge schnitt sie in ihrer Wut die Hälfte des Schopfs weg und steckte das Büschel in den kleinen Rucksack an ihrem Bauch. »Das ist meine Trophäe«, schrie sie in Richtung der erbärmlich am Boden winselnden Figur des Entmannten. Dann schleuderte sie Haut und Haar mit einem kräftigen Wurf hinaus in die Fluten. Eine Weile flatterte der Skalp in Augenhöhe in der Luft, ein Windstoß hob ihn an, dann stürzte er senkrecht ab und verschwand in den Fluten.
Hinter Delia hatten sich die Männer zusammengeschart und starrten in das tosende Inferno. Die Ebene von Parsenn war zerstört. Der oberste Teil der Stadt und die angrenzenden Anhöhen blieben vom Wasser zwar verschont, doch vor das Kongreßzentrum und das Parkhotel hatte es riesige Schuttmassen, Schlamm und Trümmer angeschwemmt. Das vom gewaltigen Wasserausbruch erzeug-

te Erdbeben hatte ganze Hausdächer eingerissen. Im Kongreßzentrum begrub eine eingestürzte Wand eine Gruppe Journalisten, die sich auf das Dach flüchten wollten. Man sah Leute hilflos herumrennen, schreien, weinen ...

»Die Gipfelkonferenz wäre um ein Haar gescheitert«, sagte plötzlich der amerikanische Präsident. Die andern starrten ihn verständnislos an.

Da zog er die grüne Schließakte unter seinem Jackett hervor. »Hier ist das fünf Minuten vor zwölf allseits unterzeichnete ›Abkommen von Parsenn‹«, strahlte er, schlug die Akte auf und ließ Custer und Delia einen ungläubigen Blick über seine Schultern werfen. »Seht, alle Unterschriften sind drauf. Das Datum auch: 2. Februar 2000. Der Friede in Irland ist gesichert. Die Endzeit wird nicht anbrechen. Diese Rechnung ist Samson nicht aufgegangen. Dank einer handvoll mutiger Männer und Frauen. Ich bin stolz auf Sie. Seien Sie der großen Dankbarkeit des amerikanischen Volkes versichert.« Er machte eine kurze Pause, tupfte Blut ab und meinte verschmitzt: »Newt und seine Freunde in Washington hätten es zwar lieber gesehen, ich wäre heute hier ertrunken. Sie werden wohl schon wieder behaupten, an mir bleibe nichts kleben, hmm. Tja, stimmt ja auch.«

Polnische Grenze

Als das Heck der »Pommern« im Dunst der Dämmerung und des schwarzen Qualms entschwand, ratterte im Gebäude des deutschen Grenzpostens das Faxgerät. Wolfgang, der diensthabende Feldwebel, der sich nach der Abfertigung der Fähre vor einen doppelten Hamburger gesetzt hatte und gerade eine Handvoll Pommes frites in den Mund schaufelte, erhob sich knurrend, wankte unwillig zum Störenfried hinüber und wartete kauend, bis der Drucker fertiggekratzt hatte. Dann riß er das Blatt ab, kehrte mürrisch an den Tisch zurück, setzte sich hin und begann zu lesen. Der Vermerk: Höchste Dringlichkeit. Interpol/Bundesgrenzschutz, Hauptdienststelle Bremen, ließ Wolfgang den Hamburger verges-

sen. Derartige Alarmmeldungen bildeten auf Rügen die Ausnahme. Gierig las der Feldwebel weiter:
»Zur Fahndung ausgeschrieben wird: Kleinlastwagen mit der Firmenaufschrift Barnakel, Kennzeichen 7 J 14 NL. Der gesuchte Wagen ist sofort anzuhalten. Die Begleitpersonen sind ohne weiteres in Haft zu nehmen. Vorsicht: Es besteht die Gefahr, daß die Verdächtigen Schußwaffen einsetzen. Bitte sofort Verstärkung durch die Polizei und die Hauptdienststelle anfordern. Vermuteter Tatbestand: Terroristischer Waffenschmuggel. Personenkreis: IRA/Kaitselit.«
»Heh, Mist, da hatten wir doch so einen Laster«, rief Wolfgang, schnellte aus dem Stuhl und packte den Feldstecher. Draußen winkte er die beiden Kollegen, die lässig an der Barriere Zigaretten rauchten, heran. »Rasch, kommt schon«, rief er und suchte die See mit dem Fernglas ab. Die Umrisse der »Pommern« lösten sich im dämmrigen Dunst auf. »Lest dieses verdammte Fax hier. Ich schwöre, die sind uns gerade entwischt.«
»Wenn du mit Stottern fertig bist, kannst du uns vielleicht erklären, worum es geht, bevor du vor Aufregung in die Hosen machst«, sagte Siegfried, ein älterer, untersetzter Grenzschützer, zog an seiner Zigarette und spuckte die Kippe ins Wasser.
»Kommt ins Haus«, befahl der Feldwebel und ging voran.

Die Arche

Melissa kümmerte sich um den Sinn-Fein-Chef, der sich seine Schulterwunde hielt und am ganzen Leib vor Kälte und Erschöpfung schlotterte. »Er verliert zuviel Blut«, sagte Melissa und drückte das Hemd auf die Wunde. Stotternd und keuchend stieß der Bärtige mühsam hervor: »Seien Sie versichert ... *Mister President* ... *Mister Primeminister* ... die Sinn Fein ... wird das Abkommen in allen Teilen ... einhalten und der Gewalt ein ... Ende setzen.« Er streckte den Arm in Richtung der fürchterlichen Überschwemmung aus und würgte noch hervor: »Ich gelobe es!« Erschöpft sank er in Melissas stützenden Arm und verlor das Bewußtsein, noch bevor ihn

die andern mit vereinten Kräften in den Hubschrauber bugsierten. Das Wasser rüttelte bedrohlich an der Arche und schob sie unmerklich seitwärts. Schäumend teilten sich die Wellen an den beiden großen Schwimmern, die den Rumpf trugen. Für die Besatzung des SuperPuma der Schweizer Luftwaffe, der gerade über dem Burghügel einkurvte, sah die Lage kritisch aus. Die Maschine schwebte ein paar Meter über dem Schiffsbug, eine Strickleiter fiel herunter, und ein drahtiger Typ seilte sich schneidig ab, landete hart auf Deck und schoß sogleich kerzengerade in die Habt-acht-Stellung. »Leutnant Krall, *Swiss Army Rescue Team*«, salutierte er dem amerikanischen Präsidenten. Die Bergung verlief schnell. Die Prominentengruppe wurde mit der Rettungswinde in die Armeemaschine hochgehievt, während Ken Custer Delia, Thomas und Melissa an Bord nahm.
»Die Leiche bergen wir später«, entschied der Leutnant. »Und den andern Verletzten?« Er zeigte auf die erbärmliche Figur Samsons.
»Der kann warten«, rief Delia scharf. Dann sagte sie zu Thomas: »Los, hilf mir die Kiste mit dem Dreckzeug da zu verladen. Allein daß ihr die Kiste mitgenommen habt, ist eine Tat, die niemand hoch genug anrechnen kann.«
Als sich die Maschinen entfernten, kroch Samson auf allen vieren stöhnend zur Bordwand und verfolgte mit ungetrübtem Blick, wie die Wogen die Arche umspülten und sie Meter um Meter vom Hügel drückten. Wasser übergoß ihn, er rappelte sich an der Reling hoch und schleppte sich zum kleinen Steuerhaus auf der Kommandobrücke. In diesem Moment kam der Rumpf frei, und die Arche löste sich träge vom Felsen, bis der Bug vom riesigen Strom hinausgerissen wurde. Ein zweiter Rettungshubschrauber mit den Schweizer Armeekennzeichen drehte eine Runde über dem Hügel.
»Sieh, dort unten, das Schiff! Träume ich? Das gibt es doch nicht«, rief der Bordfunker.
»Sicher träumst du, statt die Nachrichten zu schauen«, erwiderte der andere, der die Maschine flog. »Dieser Scheißkahn und die genau gleiche Arche, die sie auf die Rigi gestellt haben, waren in letzter Zeit doch ständig überall abgebildet, zuletzt noch im ›Flash‹. Ein totaler Unfug.«
Der andere lachte und meinte verächtlich: »Das ›Flash‹ bringt nur Kolportagen. Hintertreppenfortsetzungsromane. Die lügen wie ge-

druckt. Der Klatsch ist dort das Öl für die Nabe des Skandals. Wer liest das schon?«
»Die sind eben wild auf Kohle. Jetzt können sie wieder auf einer Flut von Sensationen herumsurfen«, meinte der Pilot bitter mit einem Nicken zum Bild der Verwüstung, das die Überschwemmung in die Landschaft zeichnete.
»Schlimm ist, daß sie die Lügengeschichten als *Facts* verkaufen. Geh näher ran, ich glaube, auf der Brücke dieser verdammten Arche steht jemand.«
»Ich informiere mich längst an der Quelle, über das Netz. Zapfe die Agenturen an, da weißt du, was stimmt«, murmelte der Pilot und senkte die Maschine ab, als das weiße Schiff immer schneller talwärts trieb. »Ich sehe keinen Knochen an Bord.« Er kurvte und überflog die Arche nochmals. »Das Boot ist unbemannt. Ein Gespensterschiff«, bestätigte der Beobachter.
Als der Armeehubschrauber schließlich abdrehte und das Geknatter verklang, richtete sich Samson auf der Kommandobrücke auf und startete den Dieselmotor. Er sprang sofort an. Top-Qualität der *ArkGroup*. Doch die reißenden Fluten und die seichten Stellen voller unsichtbarer Hindernisse erschwerten die Navigation beträchtlich ... Es wurde keine lustige Seefahrt.

Zwanzig Kilometer talabwärts sichteten Suchtrupps Stunden später aus der Luft die im zerstörten Backsteinbau der Forno-Zentrale verkeilte Arche. Sie brannte lichterloh und explodierte, noch während die Männer im Hubschrauber ihre Kameras bereitmachten. Von Robusto Samson fehlte jede Spur. Der Luftwaffensoldat, der ihn vom Hubschrauber aus gesichtet hatte, behielt seine Beobachtung für sich. Vielleicht hatte er sich ja wirklich getäuscht, und auf dem Gegenteil herumreiten, brachte sowieso nur Scherereien mit den Vorgesetzten.

Parsenn

Glaubst du, er hat sich in die Fluten gestürzt?« fragte Custer und zog die Decke bis zum Hals hoch.
»Er konnte gut schwimmen. Möglich, daß er einem Trümmerteil aufsaß und an Land trieb.« Sie kuschelte sich an ihn. »Vielleicht ist er tot. Und im Tod brachte er mehr Verderben über andere als zu seinen Lebzeiten.«
»Ich glaube, er hat sich in eine andere Schwingungsebene abgesetzt«, spottete Custer. Sie schwiegen. Musik erklang leise. Ken atmete gleichmäßig, sein Herz pochte unter ihrer Wange.
»Nun mal ganz ehrlich, als du auf den Hubschrauber zugerast bist, oben im Engpaß am See, hast du gedacht, es sei aus und vorbei, oder nicht?« fragte Ken.
»Und du?«
»Ich, ja, ich sah mich schon als Engelchen durch die Wolken stoßen«, gestand er.
»Engelchen, du, ausgerechnet du?« Sie küßte ihn.
»Ja, der Teufel will mich ja nicht holen.«
Sie schüttelte sich vor Lachen. »Genau, du Biest ... du ewiger Angeber, du Patentkerl, du, du ...« Sie biß ihn in die Wange. »Warum haben sich deine zwei Frauen eigentlich von dir scheiden lassen?«
»Ach, weißt du, sie fanden meine Lebensweise zu langweilig. Aber nun im Ernst, was hast du denn gedacht vor dieser verdammten Engstelle?«
Delia hob ihren hübschen, gescheiten Kopf und meinte ruhig: »Ich wußte, daß die HB-ARK nach einem Höhenstabilisator flog. Und mir war bekannt, daß der Stabilisator fest auf fünf Meter ab Boden programmiert war, also flog ich ein bißchen tiefer ...« Es verschlug Custer die Sprache, also nahm er sie in die Arme und küßte sie lange auf den Mund, während seine Hand über ihre betörenden Rundungen wanderte. Plötzlich hob er den Kopf und sagte: »Weißt du, nachdem ich mir auf diesen tollkühnen, lebensgefährlichen Eskapaden hoch über schroffen Bergzacken deinetwegen fast das Genick gebrochen habe, ist mir zum Glück nun doch noch eine Bruchlandung auf weichen Hügeln gelungen.«
Bevor sie empört über ihn herfallen konnte, zog er die Decke über

seinen Kopf und tauchte ab dahin, wo zwei im Untergehen wiederauferstehen ...

Zur gleichen Zeit ging die Pressekonferenz der Gipfelteilnehmer im hastig hergerichteten Ballsaal des »Belvedere« oben am Waldrand zu Ende. Während der Präsident durch den Hinterausgang in Sicherheit gebracht wurde, scharte sich die Medienmeute vor allem um einen jungen, unbekannten Reporter, der gerade in die Kamera sprach:
»Der Präsident ist nicht nur vom anstrengenden Verhandlungsmarathon sichtlich gezeichnet, sondern auch von seinem dramatischen Überlebenskampf gegen das Hochwasser. Das Weiße Haus hat der Schweizer Regierung für das Gastrecht in Parsenn gedankt und ihr gleichzeitig das Beileid für die über tausend Opfer der Flutkatastrophe ausgesprochen. Man ist sich hier einig, daß die Anzahl der Opfer um ein zehnfaches höher wäre, wenn die Entstehung der verheerenden Flutwelle unbemerkt geblieben wäre wie in Angostura. Dank eines Sportfliegers und der funktionierenden Warnsysteme konnte der Bergsturz gerade noch rechtzeitg erkannt werden, was den Sicherheitsbehörden erlaubte, die Talschaft zu alarmieren. Man vermutet hier, daß Terroristen versucht haben, die Nordirland-Gipfelkonferenz mit Raketen zu beschießen, um den Frieden zu torpedieren. Von einem Flugzeug der Sicherheitskräfte abgedrängt, lösten sich die Raketen der Terroristen und schlugen über dem Staubecken in den großen Steilhang, von dem es heißt, er sei ungenügend gesichert gewesen. Nun schalten wir nach London, um das historische Ereignis des Nordirland-Abkommens zu würdigen. Thomas Jefferson für CNN aus Parsenn.«

Polnische Grenze

Die litauische Grenzpolizei war mangels eines zwischenstaatlichen Abkommens nicht verpflichtet, mit den Deutschen zusammenzuarbeiten. Das wußten nicht nur die kleinen Schmuggler. Die Waffendealer, die ihre heiße Ware über Rügen und Litauen nach

Estland schoben, nutzten den Freiraum schamlos aus. Zudem hatten sie ihre Helfer unter den Grenzern von Litauen und Estland. Wenn im Hafen von Klaipéda die von den Fähren rollenden Transporter ab und zu von einer Razzia überfallen werden sollten, waren die Gewährsleute der IRA schon vorgewarnt. Ein gut organisierter Kern innerhalb der Kaitselit, der estländischen Geheimpolizei, trieb einen lukrativen Handel mit der IRA. Nachdem die libysche Straße zugemacht worden war, lief der Nachschub von Waffen für die IRA über Rügen, Litauen und Estland und von dort an die irische Nordküste. Als Hauptlieferant der Waffen, hauptsächlich schwerer Kaliber wie Panzerfäuste und Sprengmittel, war nach dem Ausscheiden von Libyen der Iran in die Bresche gesprungen; die Kaitselit lieferte gelegentlich Handfeuerwaffen und Munition aus ehemals sowjetischen Beständen.
Trotz fehlendem Abkommen hatte sich aber zwischen deutschen und litauischen Grenzern über die Jahre eine pragmatische Rechtshilfe nach dem Prinzip »wenn du mir, so ich dir« entwickelt. Man kannte sich, und so kam es, daß man sich gegenseitig Tips gab. Im Augenblick stand der Spielstand zu Gunsten der Litauer. Vor zwei Wochen schnappte Wolfgang nämlich mit seinen Leuten nach einem inoffiziellen Hinweis des litauischen Amtskollegen einen des Mädchenhandels verdächtigen Russen, der Litauerinnen auf den Strich nach Hamburg vermittelte. Offiziell lag gegen den einreisenden Russen zwar nichts vor, aber Wolfgang schickte den Ganoven nichtsdestoweniger in Handschellen nach Klaipéda zurück. Jetzt hatte er bei ihnen dort drüben einen gut.
Seine Kollegen nickten Wolfgang aufmunternd zu, als er nach kurzer Beratung im Wachhaus zum Telefonhörer griff, um Alexandre, Chef der Hafenpolizei von Klaipéda, anzurufen.

Parsenn

In Parsenn telefonierte Marcel Dulliker unterdessen mit dem Staatsanwalt in Dallas. »Ich habe die Bilder im Fernsehen gesehen«, meinte dieser. »Furchtbar. Kennst du diesen Helden Custer?«

»Sicher. Einer unserer Top-Agenten«, brüstete sich Dulliker. Raschelnde Geräusche drangen durch den Äther.
»Bist du unter der Dusche, Bruce?« spottete der schweizerische Sicherheitschef.
»Noch ... nicht ... warte, *Darling, hold it* ... Marcel, bist du noch dran?«
»Nein, du bist dran, wie ich höre, mitten am hellichten Tag«, widersprach Dulliker grinsend.
DiBenedetto lachte heraus und sprach leiser in die Leitung. »*Carpe diem*, Marcel.«
»Was soll das heißen? Deine neue Duftnote?«
»Nein, wenn du es nach dem Mittagessen tust, bist du abends geistig in Topform und kannst dich erst so richtig auf die Verbrecherjagd konzentrieren. Sitzt Samson im Knast?«
»Samson ist spurlos verschwunden!«
»Was? Was sagst du?« fragte DiBenedetto. Lärm und ein unterdrückter Schrei ertönten. »Sorry, mir ist der Hörer vor Schreck entfallen, und er hat prompt die Whiskeyflasche heruntergefegt.«
»Ich nehme an, Samson liegt unter zehn Metern Geschiebe. Andernfalls taucht er später wieder auf, in Südfrankreich vielleicht. Wir haben das Haar.«
»Welches Haar?«
»Nicht das, woran du schon wieder denkst, Bruce. Dein forensisches Haar, das du so dringend angefordert hast.«
»Ach, ja. Gut. Wenigstens etwas.«
»Finde ich auch. Wir haben seinen ganzen Haarschopf mit Haut und Blut. Seine genetischen Fingerabdrücke, Bruce. Wenn Samson noch lebt, wird er uns nie mehr entwischen.«
»Samson war überlebensgroß. Ein gewaltiges Tier. Ich fühle, daß er noch lebt, Marcel.«
»Ach, deine Intuitionen ...«
»Es wäre schade, wenn er sich einfach so verabschiedet hätte. Samson war ein großartiger Bösewicht. Ihn müßte man lebend fassen und genetisch reproduzieren. Ich schließe die Akte noch nicht«, erklärte der Staatsanwalt.
»Viel Spaß, Bruce. Es war ein Vergnügen, mit dir zusammenzuarbeiten.«
»Danke gleichfalls, Marcel. Ihr Europäer habt etwas gut. Bis zum

nächsten Mal.« Es klickte in der Leitung. Dulliker legte auf und schaute auf das biblische Verwüstungsbild, das die Ebene bot. Es sah aus wie nach der Sintflut, und die, auf die es ankam, die hatten sich in die Arche oben auf dem Hügel gerettet.

Polnische Grenze

Als die »Pommern« in tiefer Nacht am Pier zwei von Klaipéda festmachte, lag Alexandre mit seinen Leuten auf der Lauer. Die zehn Mann seines Teams, drahtige Kerle mit geschwärzten Gesichtern, verfügten über eine moderne Ausrüstung. Am Gürtel unter der Kugelweste hatte jeder das neueste Mobilfunktelefon hängen, das sich handfrei bedienen ließ. Zusätzlich zu den schallgedämpften Walther-Pistolen hielt jeder eine Maschinenpistole griffbereit in der Nähe. Sie waren Spezialisten für Munition und Sprengstoff und hatten ausnahmslos den fünfzehnwöchigen Ausbildungskurs absolviert, den die litauische Grenzschutztruppe mit einer Spezialfirma organisiert hatte. Sie hieß *Executive Solutions* und hatte die Männer von der Vorhölle durchs Fegefeuer in die Hölle und zurück geführt. Jedenfalls hielt sich am Schluß der beinharten Ausbildung jeder Absolvent für unbesiegbar.

Der Barnakel-Laster rollte um 11.54 Uhr von Deck der »Pommern«, wie es später im Bericht hieß. Er hielt kurz vor einem Imbißstand an. Der Fahrer holte sich eine Dose Bier und eine Stange Markenzigaretten, zahlte in Deutschmark und fuhr in die Stadt, wo er in der Straße des 5. Dezember parkte und sich in das Restaurant »Mira« begab. Nach einer knappen Stunde kam er wieder heraus, telefonierte neben seinem Laster, stieg wieder ein und fuhr mit knatterndem Auspuff zum Hafen zurück. Dort angekommen, kurvte er zum Pier eins hinüber. Er hielt neben einem mittelgroßen Frachter mit rotweißen Aufbauten und der verrosteten Aufschrift »Sterling« am Bug.

Lange geschah gar nichts. Der Laster stand einfach dort, der Fahrer stieg nicht aus. Nach einer weiteren Stunde, die Uhr des Anführers im Hinterhalt zeigte 2.12 Uhr, ging auf der Brücke Licht an, und

Männer in dunklen Jacken erschienen an Deck. Sie legten einen Steg aus, während der Laster rückwärts heranmanövrierte. In diesem Augenblick schoß aus der Dunkelheit ein schwarzer Hummer-Jeep heran und raste auf den Barnakel-Laster zu.
Die Männer auf der »Sterling« erstarrten. Dann schrie jemand einen Befehl. Der Schiffsmotor lief an, eine helle Rauchfahne stieg in den Nachthimmel, Taue wurden eingeholt. Die Männer im Hummer-Jeep achteten nicht darauf, als sie heruntersprangen und zum Kahn rannten. Sie spähten nach den Gestalten, die sich plötzlich hinter den Deckaufbauten in Deckung warfen. Der Anführer gab einen Befehl. Jeder im Spezialteam hörte ihn über sein Funkgerät und setzte zum Sprung an.
Die Männer des Teams stürmten den Kahn. Die Salven aus ihren Maschinenpistolen zerrissen die Stille. Die Besatzung der »Sterling« schoß zurück. Aber während die Angreifer die Ziele ausgemacht hatten und mit jeder Garbe trafen, das Resultat des scharfen Trainings der *Executive Solutions*, ballerten die überraschten Verteidiger wahllos in die Richtung, in der sie Schatten erblickten und trafen auch ihre eigenen Leute. Nach fünf Minuten, wie es später im Bericht hieß, lagen zwölf Besatzungsmitglieder der »Sterling« tot an Deck, und das Spezialteam von Alexandre stürmte die Treppen hinunter in den Schiffsbauch.
»Es war ein voller Erfolg«, berichtete am Nachmittag Alexandre seinem Amtskollegen auf Rügen. »Wir haben im Laster eine sonderbare Schießmaschine sichergestellt. In der ›Sterling‹ fanden wir ein richtiges Waffenlager. Kiste an Kiste. Der Kapitän hat nach Beendigung unserer speziellen Befragungsmethode gestanden. Der ganze Krempel sollte über Tallinn nach Nordirland veschachert werden. Modernste Waffen im Wert von ein paar Millionen Dollar lagen in diesem Kahn, Wolfgang. Anscheinend aus dem Iran. Ausgenommen diese komische Scheiß-Schießkiste. Der Fahrer sitzt übrigens im Knast. Vermutlich einer dieser IRA-Knallköpfe. Und noch etwas: Im doppelten Boden des Lasters fanden wir einen sargähnlichen Behälter, gefüllt mit Haarspray-Dosen. Nur befand sich nicht Haarspray drin. Sagt dir Botulin, B-O-T-U-L-I-N etwas? Die Dosen waren bis zum Rand voll mit diesem biologischen Kampfstoff. Stell dir vor! Egal, die Briten sind bereits mit Spezialisten unterwegs. Es war ein guter Fang. Vielen Dank für den Tip, Wolfgang. Ich gehe

jetzt mit meinen Männern essen, dann ab in den Puff!« Er lachte schrill.
Wolfgang legte mit einem Ausdruck von Bewunderung und Neid auf. Dann wählte er die Nummer der Hauptdienststelle in Bremen. Er würde denen die Geschichte so verkaufen, daß sie um seine Beförderung zum Leutnant nicht herumkämen. Und Siegfried könnte dann als Feldwebel nachrücken ...

Parsenn

Thomas wehrte mit beiden Armen die ausgestreckten Mikrophone der drängenden Reporter ab und zog sich rückwärts ins »Belvedere« zurück. Plötzlich fühlte er zarte Hände auf seinem Bauch. Jemand umarmte ihn von hinten, vergrub das Gesicht in seinem Nacken, und feuchte Lippen preßten sich auf seine nackte Haut. Er drehte sich um. Melissa strahlte ihn an. Sie trug enge schwarze Skihosen und eine matt glänzende Lederjacke, die locker um ihre Hüften hing. Aus dem Pelzkragen leuchtete ein feuerroter Strickpullover. Dunkelblonde Strähnen spielten um ihre hohen, glatten Wangen. »Du siehst wunderbar aus, Melissa. Du wirst jeden Tag schöner. Dein Gesicht, es leuchtet, ja, wie Schnee im Mondschein!«
Ihr Mund war offen, sie brachte keinen Laut hervor. Übertreib nicht, deuteten die Lippen an. Doch Thomas war nicht zu halten. »Du bist meine Retterin. Das wirst du mir noch büßen«, neckte er sie, während er einen Umschlag aus der Tasche zog, »aber im Ernst, wir beide ... äh, übrigens, hier ist die Buchung für die Reise.« Sie betupfte die Zwillingslocken an ihren Schläfen und blickte ihn aus glänzenden Augen an. Nach einer Weile fragte sie wie benebelt: »Wohin denn?«
»Nach Venedig. Wie versprochen, nicht? Übermorgen fahren wir.« Da fiel sie ihm um den Hals und gab ihm einen langen Kuß auf seinen schön geformten Mund.
»Happy-End!« dröhnte eine Stimme in ihrem Rücken. Sie fuhren ungehalten auseinander. »Ah, Dad ... äh, darf ich bekanntmachen. Das ist Melissa Moore. Melissa, mein Dad. Ken Custer.«

»Sind wir uns nicht schon irgendwo begegnet?« schmunzelte Ken. »Kommt. Ich habe eine Spezialmaschine ergattert, die uns aus diesem engen Tal in den hohen Himmel führt.«
»Die Maschine des Präsidenten?« fragte Thomas erstaunt.
»Sicher, des Präsidenten der Swidle Oil Company«, grinste Ken ansteckend, »John hat das Erdbeben im Kongreßzentrum gerade um Haaresbreite überlebt. Unterhielt sich mit dem brasilianischen Staatspräsidenten, als die Decke neben ihm herunterkrachte. Ein paar Anwälte hingegen, die sich nebenan um den Präsidenten des ›World Jewish Congress‹ scharten, hatten weniger Glück: Sie wurden von den Trümmermassen begraben, alle tot. Der gute John fliegt mich mit dem Helikopter nach Hause, dann verreise ich nach Venedig.«
»Was? Du auch?« Kam es wie aus einem Mund. Thomas und Melissa wechselten Blicke.
Ken zuckte die Schultern. »Nicht allein. Mit Delia, ich hab's ihr versprochen ...«
»Schon gut. Es kommt mir irgendwie bekannt vor. Zwei Charmeure seid ihr doch!« lachte Melissa, als Jordi räuspernd mit einem Gepäckstück herantrat: »Der neue Gürtel, *Sir*. Wieder komplett ausgerüstet. Für alle Fälle, *Sir*.« Er zwinkerte. Lachend verließen sie die Halle.

Ende

Personen der Handlung

ROBUSTO SAMSON	Rüstungsmagnat und Vorsitzender der *ArkGroup*, New York; Sektenguru und Anführer der Samsoniten
KEN CUSTER	ehemaliger Agent der amerikanischen *Central Intelligence Agency* (CIA)
DELIA COOPER	Assistentin von Robusto Samson, Leiterin der Kampfausbildung
THOMAS JEFFERSON	Schwimmer im US-Nationalteam, Dallas
MELISSA MOORE	Presseattaché am britischen Konsulat, München
CASEY	stellvertretender CIA-Direktor, Langley
Frank Hogan	IRA-Terrorist
MARCEL DULLIKER	Chef des Sicherheitsdienstes der Bundesverwaltung (SID), gleichzeitig Chef der Bundespolizei, Bern
HARRISON	CIA-Agent (Anti-Terror-Abteilung)
SHARON JEFFERSON	»Miss Texas«, Fallschirmspringerin, Dallas
ROLAND TSCHANUTT	Beamter im schweizerischen Rüstungsamt, Bern
CHUCK STEEL III.	Mehrheitsführer im US-Senat
BRUCE DIBENEDETTO	Staatsanwalt von Dallas
JIM FRAZER	US-Außenminister
OBERST BRÖNIMANN	Betriebsleiter der Munitionskaverne Bristen
NATIONALRAT PRASCHAUDER	Präsident der Sicherheitskommission, Bern
FELDWEBEL MATTER	Gruppenchef in der Munitionskaverne Bristen
DR. DIX-SANG	Experte für Staumauer-Schwingungen
ALAN CLARK	Agent des britischen *Secret Service*

Leutnant Krall	Zugführer in der Sondereinheit »Luchs«
Homero	ein Kleinbauer in Chiapas, Mexiko
Antonio	sein Sohn
Egon Zachs	Waffenhändler, Zürich
Habermatt	Chef der Burlikon ®, Zurich, Raketenfabrik
Ingenieur Zwicky	Experte für den Bau von Talsperren
Ochsner	Betriebsleiter der Nord-Süd-Watt AG
Wasserfallen	Erster Ingenieur der Nord-Süd-Watt AG
Viviane	seine Tochter
Wyss	Geologe der Nord-Süd-Watt AG
Mister Swidle	Vorsitzender der Swidle Oil Co., Dallas
Jordi	Chauffeur, Butler, Leibwächter
Charly	Pilot
Yuthi	kambodschanische Masseurin
Wolfgang und Siegfried	Deutsche Grenzschutzbeamte
Alexandre	Litauischer Grenzpolizeichef

Der amerikanische Präsident
Der britische Premierminister
Der Sinn-Fein-Chef
Der irische Regierungschef

Gehilfen von Robusto Samson:	
Tarek	Algerier, Leibwächter
Zomba	Deutscher Stinger-Schütze
Pajero	Leibwächter
Jochen und Craig	Hubschrauberpiloten